El
PACTO

Si tienes un club de lectura o quieres organizar uno, en nuestra web encontrarás guías de lectura de algunos de nuestros libros.
www.maeva.es/guias-lectura

Este libro se ha elaborado con papel procedente de bosques gestionados de forma sostenible, reciclado y de fuentes controladas, avalado por el sello de PEFC, la asociación más importante del mundo para la sostenibilidad forestal.

MAEVA desea contribuir al esfuerzo colectivo y permanente de proteger y preservar el medio ambiente y nuestros bosques con el compromiso de producir nuestros libros con materiales responsables.

MICHELLE RICHMOND

El PACTO

Traducción:
JOFRE HOMEDES BEUTNAGEL

Título original:
THE MARRIAGE PACT

Publicado por primera vez por Bantam Books
Sello perteneciente a Random House, una división de Penguin Random House LLC, Nueva York
Publicado bajo el acuerdo de Georges Borchardt, Inc. y International Editors Co.

Benito Castro, 6
28028 MADRID
emaeva@maeva.es
www.maeva.es

ISBN: 978-84-17108-49-6
Depósito legal: M-5.849-2018

Diseño e imagen de cubierta: Opalworks
Foto de la autora: © Misty Richmond
Preimpresión: Gráficas 4, S.A.
Impresión y encuadernación: CPI BLACK PRINT
Impreso en España / Printed in Spain

Para Kevin

1

Me despierto en un Cessna, en plenas turbulencias. Me duele la cabeza, y hay manchas de sangre en mi camisa. No tengo ni idea de cuánto tiempo ha pasado. Me miro las manos, pensando que me las veré esposadas, pero no, solo llevo un cinturón normal de los de avión. ¿Quién me lo ha puesto? Ni siquiera me acuerdo de haber embarcado.

Veo el cogote del piloto por la puerta abierta de la cabina. Estamos solos. Hay nieve en las montañas. El viento zarandea el avión. El piloto parece muy absorto en los controles, con los hombros tensos.

Levanto una mano y me toco la cabeza. Se ha secado la sangre y se ha quedado todo pegajoso. Mi estómago protesta. No he comido nada desde la tostada. ¿Cuánto hace de eso? En el asiento de al lado encuentro agua y un bocadillo envuelto en papel parafinado. Abro la botella y bebo.

Desenvuelvo el bocadillo –jamón y queso– y le doy un mordisco. Mierda. Me duele demasiado la mandíbula para masticar. Deben de haberme dado un golpe en la cara cuando ya estaba en el suelo.

–¿Estamos volviendo? –le pregunto al piloto.

–Depende de lo que entiendas por volver. Vamos a Half Moon Bay.

–¿No te han contado nada de mí?

–Nombre de pila, destino y poca cosa más. Soy un simple taxista, Jake.

–Pero eres miembro, ¿no?

–Sí, claro –contesta con un tono indescifrable–. Fidelidad al cónyuge, lealtad a El Pacto. Hasta que la muerte nos separe.

Se gira el tiempo justo para disuadirme con los ojos de que haga más preguntas.

Pasamos por una turbulencia tan fuerte que se me escapa el bocadillo de las manos. Suena un pitido urgente. El piloto dice una palabrota, aprieta botones como un desesperado y les grita algo a los controladores. Estamos bajando muy deprisa. Me aferro a los apoyabrazos mientras pienso en Alice, rememoro nuestra última conversación y me arrepiento de haberme callado tantas cosas.

De repente, el avión se estabiliza y ganamos altitud. Parece que todo se ha arreglado. Recojo los trozos de bocadillo del suelo, los envuelvo otra vez en el papel parafinado y dejo la masa pringosa en el asiento contiguo.

–Perdona por la turbulencia –dice el piloto.

–No es culpa tuya. Buena maniobra.

Sobrevolamos Sacramento a pleno sol. Entonces sí que se relaja, y hablamos de los Golden State Warriors y de lo sorprendente que está siendo su temporada.

–¿Qué día es hoy? –pregunto.

–Martes.

Siento alivio al reconocer la costa por la ventanilla, y gratitud al ver el pequeño aeropuerto de Half Moon Bay. El aterrizaje es suave.

–No te acostumbres, ¿eh? –se gira a decirme el piloto, una vez en tierra.

–No lo tenía pensado.

Recojo mi bolsa y salgo. Él cierra la puerta y, con el motor en marcha, da la vuelta y vuelve a despegar.

Entro en el bar del aeropuerto, pido un chocolate caliente y le mando un mensaje de texto a Alice. Al ser las dos de la tarde de un día laborable, seguro que anda liada en mil reuniones. No quiero molestarla, pero la verdad es que necesito verla.

Me llega la respuesta. «¿Dónde estás?»

«He vuelto a HMB.»

«Salgo en 5 min.»

Entre el despacho de Alice y Half Moon Bay hay más de treinta kilómetros. Después de leer otro mensaje suyo en el que anuncia atascos en el centro, pido algo de comer, casi toda la parte izquierda de la carta. El bar está vacío. La camarera, una chica pizpireta con el uniforme perfectamente planchado, no se aleja mucho de mi mesa.

–Que tenga usted buen día, amigo –me dice cuando le pago la cuenta.

Salgo y me siento a esperar en un banco. Hace frío, con rachas de niebla. Para cuando llega el viejo Jaguar de Alice, estoy helado. Me levanto y compruebo que no me he dejado nada, mientras ella se acerca al banco. Lleva un traje formal, pero se ha quitado los zapatos de tacón para conducir con zapatillas de deporte. Tiene el pelo negro húmedo a causa de la niebla; los labios rojo oscuro, me pregunto si por mí. Espero que sí.

Se pone de puntillas para darme un beso. Hasta entonces no me había dado cuenta de que la echara tanto de menos. Se aparta y me mira de los pies a la cabeza.

–Al menos sigues de una pieza. –Levanta la mano y me toca suavemente la mandíbula–. ¿Qué ha pasado?

–No lo sé muy bien.

La tomo entre mis brazos.

–Bueno, ¿qué, para qué te han hecho ir?

Tengo ganas de contarle muchas cosas, pero me da miedo. Cuanto más sepa, más peligro correrá. Por otro lado, hay que reconocer que si averigua la verdad se va a pillar un buen cabreo.

Qué no daría por volver al principio, antes de la boda, y de Finnegan, y de que El Pacto pusiera patas arriba nuestra vida.

2

Seré sincero: casarnos se me ocurrió a mí. La localización, el sitio, la comida, la música, todo lo que le salió bordado a Alice... Todo eso no fue idea mía, pero casarnos sí. Hacía tres años y medio que nos conocíamos. Quería seguir con ella, y la manera más segura de no perderla era el matrimonio.

Su historial de continuidad no era demasiado bueno. En su primera juventud había sido rebelde, impulsiva y, en algunos casos, demasiado sensible al atractivo de lo reluciente pero efímero. Yo tenía miedo de que si esperaba demasiado se marchase. Para ser sincero, la boda fue un simple medio al servicio de un fin, la permanencia.

Me declaré un plácido martes de enero. Acababa de morir su padre, de manera imprevista, y habíamos vuelto a Alabama. Era su último pariente vivo. Yo nunca la había visto tan afectada. Después del entierro nos quedamos unos días en las afueras de Birmingham, vaciando la casa de su infancia. Por la mañana ordenábamos las cajas del desván, del despacho y del garaje. Estaba todo lleno de recuerdos de la vida familiar: la carrera militar del padre, las hazañas de su difunto hermano como jugador de béisbol, los libros de recetas de su difunta madre, fotos descoloridas de sus abuelos... Era como un yacimiento arqueológico de una pequeña tribu que ya no recordaba nadie, y cuya civilización había dejado de existir.

–Ahora solo quedo yo –dijo, pero sin patetismo, como si fuera lo más normal del mundo.

Su madre había muerto de cáncer, y su hermano se había suicidado. Alice sobrevivía, pero no indemne. Al verlo en retrospectiva, me doy cuenta de que su condición de última de la familia la hizo ser más cariñosa y temeraria de lo que habría sido en otras circunstancias.

Si no hubiera estado sola en el mundo, no estoy seguro de que me hubiera dado el sí.

El anillo de pedida, que había encargado hacía varias semanas, llegó por UPS justo después de la noticia de la muerte de su padre. Al salir con Alice para el aeropuerto metí la caja en mi bolsa, no sé muy bien por qué.

A las dos semanas de nuestra llegada nos pusimos en contacto con una inmobiliaria, para que vinieran a tasar la casa. Durante el recorrido por las habitaciones, el agente tomaba notas a gran velocidad, como si preparase un examen. Al final de la visita nos quedamos en el porche esperando su valoración.

–¿Seguro que queréis venderla? –preguntó.

–Sí –contestó Alice.

–Es que... –Movió su portapapeles hacia nosotros–. ¿Por qué no os quedáis? Casaos, tened hijos, montaos aquí la vida... En este pueblo hacen falta familias. Mis hijos se aburren un montón. Mi hijo tiene que jugar al fútbol porque faltan niños para un equipo de béisbol.

–No, por nada –dijo Alice, mirando la calle.

Punto final. «Por nada.» El agente volvió al modo profesional. Propuso un precio. Alice, otro algo más bajo.

–Para el barrio que es, no llega al precio de mercado –dijo él, sorprendido.

–Da igual. Yo lo que quiero es venderla.

Se apuntó algo en el portapapeles.

–Bueno, está claro que me facilitará el trabajo.

Horas después llegó un camión, bajaron varios hombres y la casa se vació de muebles viejos y de electrodomésticos obsoletos. Solo quedaron dos tumbonas junto a la piscina, idéntica a como estaba en 1974, cuando excavaron el vaso y lo impermeabilizaron.

Por la mañana llegó otro camión, esta vez con operarios de la inmobiliaria, que descargaron muebles nuevos para toda la casa. Con rapidez y aplomo colgaron cuadros abstractos de gran formato en las paredes, y adornaron las estanterías con estatuillas brillantes. Cuando se fueron, estaba todo igual pero distinto: más limpio y austero, sin todos los estorbos que dan alma a las casas.

El día después, un desfile de agentes inmobiliarios guio por las habitaciones a una horda de posibles compradores que hacían lo mismo: susurrar, abrir armarios y estudiar el listado de detalles. Por la tarde llamó el agente con cuatro ofertas, entre las que Alice optó por la más elevada. Una vez hecho el equipaje, reservé un vuelo de regreso a San Francisco.

Al anochecer, cuando salieron las estrellas, Alice salió a mirar el firmamento, y a despedirse para siempre de Alabama. Hacía calor. Del fondo, al otro lado de la valla, llegaban ráfagas de olor a barbacoa. Las farolas se reflejaban con fuerza en la piscina. La comodidad de las tumbonas era la misma que el día en que debió de sacarlas por primera vez su padre a la terraza, cuando tenía una mujer guapa y morena, y unos hijos pequeños y traviesos. Intuí que Alabama no podía ofrecer nada mejor, pero Alice parecía muy triste, inmune a la belleza que acababa de asaltarnos sin previo aviso.

Más tarde les conté a nuestros amigos que la idea de aprovechar el momento para declararme fue un impulso. Quise animarla. Quise demostrarle que el futuro existía. Quise darle un poco de felicidad en un día tan triste.

Salí a la piscina, me puse de rodillas, saqué el anillo de la caja y me lo puse en la palma de la mano, cubierta de sudor. En ningún momento abrí la boca. Alice me miró, miró el anillo y sonrió.

–Vale –dijo.

3

La boda fue en un prado a orillas del río Russian, a dos horas en coche al norte de San Francisco. Habíamos ido a verlo hacía unos meses, y pasamos de largo un par de veces porque no estaba señalizado desde la carretera. Cuando abrimos la verja y bajamos por un camino hacia el río, Alice me abrazó.

–Me encanta –dijo.

Al principio pensé que lo decía en broma. En algunos sitios la hierba llegaba al metro y medio. Era una explotación lechera enorme, laberíntica, con vacas que deambulaban por los pastos. La dueña era la guitarrista rítmica del primer grupo de Alice. Sí, estuvo en un grupo; hasta es posible que hayáis oído alguna canción suya, pero bueno, ya habrá tiempo de hablar de eso.

El día antes de la boda pasé otra vez de largo, porque la finca estaba muy cambiada. La guitarrista, Jane, había dedicado varias semanas a segar, recortar y replantar el pasto. Era increíble. Parecía una calle del campo de golf más perfecto del mundo. La hierba subía por la colina, y luego bajaba hacia el río. Jane dijo que ella y su mujer habían estado buscando un proyecto.

Había una carpa, una terraza y una piscina, con una pérgola moderna; también un escenario junto al río, y una glorieta encima de una loma, con vistas al conjunto. Las vacas seguían paseándose como antes, lentas, pensativas.

Trajeron sillas, mesas, aparatos de música, altavoces y sombrillas. Alice no era muy amante de las bodas, que se dijera, pero sí de las fiestas. En los últimos años, desde que nos conocíamos, no habíamos organizado ninguna, pero yo lo sabía de oídas: grandes juergas en discotecas, playas o en sus anteriores casas. Por lo visto, se le daba especialmente bien; de ahí que yo dejara toda la organización en sus manos. Meses de hacer planes, y un resultado perfecto, gracias a una sincronización irreprochable.

Doscientas personas. En principio tocaban a cien por novio, aunque al final se descompensó un poco. La lista de invitados quedó rara, como en cualquier boda: mis padres, mi abuela, varios socios del despacho de Alice, compañeros del hospital donde había trabajado yo, antiguos clientes, amigos de la universidad y el posgrado, las viejas amistades de Alice de cuando tenía el grupo, y el resto, un cajón de sastre.

Sin olvidar a Liam Finnegan y su mujer.

Fueron los últimos a los que invitamos, el 201 y 202 de la lista. A él lo conoció Alice tres días antes de la boda, en el despacho de abogados donde trabajaba día y noche desde hacía un año. Sí, ya sé que es raro que mi mujer sea abogada. Si la conocierais, también os sorprendería. Pero ya habrá tiempo de hablar de eso. De momento lo importante es Finnegan y su mujer: Liam y Fiona, los invitados 201 y 202.

En el despacho habían asignado el caso de Finnegan a mi mujer, en calidad de asociada júnior. Era algo sobre propiedad intelectual. En el período de la boda, Finnegan era empresario, pero años antes se había hecho famoso como líder de un grupo de folk–rock irlandés. Es probable que no hayáis oído nada suyo, pero quizá hayáis visto su nombre, porque ha salido en toda la prensa musical británica: *Q*, *Uncut*, *Mojo*... Hay decenas de músicos que lo consideran como una influencia clave.

Desde que le asignaron la demanda a Alice, los discos de Finnegan estuvieron sonando en nuestra casa varios días sin parar. El pleito era todo lo simple que pueden ser los de propiedad intelectual. Un grupo joven había triunfado por todo lo alto plagiando parcialmente una canción de Finnegan. Si sois como yo, que no entiendo de música a nivel técnico, no veríais las similitudes, pero para los músicos, según mi mujer, el plagio era evidente.

El origen del pleito era un comentario de Finnegan, que años antes le dijo a un entrevistador que el bombazo del grupo se parecía sospechosamente a una canción de su segundo disco. No tenía pensando ir más allá, pero el mánager del otro grupo le exigió por carta que pidiera disculpas por el comentario, y declarase públicamente que la canción no era ningún plagio; y a partir de ahí se llegó a la situación de que mi mujer dedicara un millón de horas a su primer caso importante.

Ya he dicho que ella era la asociada júnior; por eso, cuando la justicia dictaminó a favor de Finnegan, todo el mérito se lo llevaron los socios. Un mes más tarde, a falta de una semana para nuestra boda, Finnegan hizo una visita al despacho. Le habían concedido una indemnización demencial, muy superior a lo que quería, y no digamos a lo que necesitaba, y quería agradecerles a todos su labor. Cuando llegó, los socios se lo llevaron a una sala de reuniones, donde lo obsequiaron con historias sobre su fantástica estrategia. Al final él les dio las gracias, pero luego les pidió permiso para conocer a todos los que habían trabajado de verdad en el caso. Citó un par de informes y mociones, demostrando una atención a los detalles que dejó sorprendidos a los socios.

Entre los informes que más le gustaban estaba uno de Alice, muy gracioso y creativo, en la medida en que pueda serlo un informe jurídico, así que los socios la invitaron a que entrara en la sala, y en un momento dado alguien comentó que ese fin de semana se casaba. Finnegan dijo que le encantaban las bodas.

–¿Quiere venir a la mía? –le preguntó Alice, medio en broma; y él, para sorpresa general, accedió.

–Sería un honor.

Luego, justo antes de marcharse, pasó por el cubículo de Alice, que le dio una invitación.

Dos días más tarde llegó un mensajero a nuestro piso con una caja. La verdad es que no nos sorprendió, porque durante la semana ya nos habían entregado varios regalos de boda. En el remite ponía «Familia Finnegan». Abrí el sobre. Dentro había una tarjeta blanca doblada por la mitad, con una foto de una tarta delante. De buen gusto.

> Alice, Jake, mi más sincera enhorabuena por vuestro inminente enlace. Si respetáis el matrimonio, os dará mucho a cambio.
> Liam.

Hasta entonces los regalos no habían sido demasiado sorprendentes. Había una especie de ecuación que me permitía predecir su contenido antes de abrirlos. El coste total del regalo solía ser una combinación de los ingresos netos del regalador multiplicados por los años que hacía que nos conocíamos, y divididos por pi. O algo por el estilo. La abuela nos compró una cubertería completa para seis personas; mi primo, una tostadora.

Con Finnegan, en cambio, no podía hacer cálculos. Era un empresario de éxito, acababa de ganar un pleito importante y tenía un catálogo de canciones que probablemente no le reportara grandes ingresos. El caso es que lo conocíamos desde hacía poco. Bueno, de hecho no podíamos decir que lo conociéramos.

Rompí enseguida el envoltorio, por curiosidad. Era una caja grande y pesada de madera reciclada, con un sello grabado a fuego en la parte superior. Al principio pensé que era una caja de algún whisky irlandés superelitista y de producción muy limitada, lo cual tenía su lógica: era justo lo que habría predicho la ecuación de los regalos.

Me puse un poco nervioso. Ni Alice ni yo teníamos bebidas fuertes en casa. Más vale que me explique. Nos conocimos en un centro de desintoxicación al norte de Sonora. Yo para entonces ya llevaba unos años dedicado a la psicoterapia, y no dejaba pasar ninguna ocasión para seguir formándome. Estaba sustituyendo a un amigo para tener más experiencia laboral. El segundo día me puse al frente de un grupo de terapia del que formaba parte Alice. Dijo que bebía demasiado y que tenía que dejarlo. No definitivamente, dijo, sino el tiempo justo para aplicar una serie de cambios que estabilizaran su vida. Explicó que nunca había sido muy bebedora, pero que una serie de tragedias familiares la habían llevado a adoptar una conducta temeraria, y que quería controlarla. Me impresionaron su compromiso y su claridad.

Varias semanas después volví a la ciudad y decidí llamarla. Estaba tratando a un grupo de adolescentes con problemas del mismo tipo, y tenía la esperanza de que Alice se prestara a darles una charla. La falta de rodeos con que hablaba de sus propios problemas era a la vez directa y atractiva. Yo quería ganarme a los chicos, y sabía que a ella le harían caso. El hecho de que fuera música ayudaría. Con su chupa gastada de motero, su pelo negro corto y sus historias de la vida en la carretera, molaba por su aspecto y por lo que decía.

Resumiendo, que aceptó hablar para mi grupo, salió bien, la invité a comer, nos hicimos amigos, pasaron los meses, empezamos a salir, nos compramos un piso, y luego, como ya sabéis, le pedí que se casara conmigo.

Total, que cuando llegó el paquete de Finnegan me puse nervioso, pensando que sería una botella de algo increíblemente exquisito. Durante los meses iniciales de nuestra relación, Alice nunca bebía. Al cabo de un tiempo empezó a tomarse alguna que otra cerveza o una copa de vino durante la cena. No es el camino tradicional de quienes tienen problemas relacionados con el alcohol, pero en el caso de Alice pareció que funcionaba. Solo vino y cerveza, eso sí. Con las bebidas fuertes, decía en broma, siempre «acaba alguien en la cárcel», cosa difícilmente imaginable, porque yo nunca había conocido a nadie que lo tuviese todo más controlado que ella.

Puse el regalo encima de la mesa. Una caja de madera elegante y bastante pesada.

Lo que no me cuadró fue la etiqueta.

EL PACTO.

¿Cómo puede llamarse EL PACTO un whisky irlandés?

Al abrir la caja vi que dentro había otra, también de madera, con un envoltorio de terciopelo azul, y en cada lado una pluma de aspecto prohibitivo, hecha de plata, de oro blanco o quizá de platino. Al sopesar una, me sorprendió su consistencia, su estructura. Era uno de esos regalos exquisitos que se le hacen a alguien que lo tiene todo. Por eso me extrañó que nos lo hicieran a nosotros dos, que aunque trabajásemos mucho, y nos ganásemos bien la vida, no lo teníamos todo, en absoluto. De hecho, yo le había comprado a Alice una pluma para su licenciatura en Derecho; una pluma muy bonita, comprada a un particular suizo después de investigar durante meses el campo, sorprendentemente complejo, de los instrumentos de escritura de alta calidad. Era como haber abierto una puerta pensando que detrás había un pequeño armario, y haber encontrado todo un universo. A la hora de pagarla no reparé en subterfugios que ocultasen su precio exorbitante. No quería que, llegado el caso de que Alice la perdiera, le agobiara el verdadero alcance de la pérdida. Cogí la pluma de Finnegan y dibujé unos cuantos círculos en el papel de regalo, seguidos por la frase «¡Gracias, Liam Finnegan!». La tinta corría con fluidez a medida que la plumilla se deslizaba por el papel satinado.

La pluma llevaba algo grabado. La letra era tan pequeña que no pude leerla. Me acordé de una lupa que venía con un juego de mesa que me había regalado Alice para Navidad. Busqué en el armario del pasillo y lo encontré detrás del Risk, el Monopoly y el Boggle. La lupa aún estaba envuelta en celofán. Acerqué la pluma a la lámpara, y puse la lupa delante.

ALICE & JAKE, la fecha de la boda y después, sencillamente, DUNCANS MILLS, CALIFORNIA. Reconozco que me decepcionó un poco. Esperaba más de uno de los mejores cantantes folk vivos del mundo. De hecho no me habría sorprendido que la inscripción contuviera el sentido de la vida.

Saqué la otra pluma y la dejé sobre la mesa. Luego saqué la caja más pequeña. Era de la misma madera reciclada que la otra y tenía los mismos herrajes elegantes y el mismo logo frontal, grabado a fuego: EL PACTO. Me sorprendió su peso.

Al intentar abrirla me encontré con que era imposible, así que volví a dejarla encima de la mesa y busqué una llave en el paquete. Lo único que encontré al fondo fue una nota escrita a mano: «Que sepáis, Alice y Jake, que El Pacto nunca os abandonará».

Me quedé mirándola. ¿Qué podía significar?

Alice no saldría hasta tarde del trabajo. Tenía que dejar atados muchos casos y proyectos antes de la boda y la luna de miel. Cuando llegó habían surgido otras mil cosas, y me olvidé del regalo de Finnegan.

4

En los primeros cinco minutos de una boda ya se puede ver por dónde irán los tiros. Si llega la gente un poco tarde y va despacio, es señal de que puede que sea un rollo. En cambio, a la nuestra llegaron todos con antelación. Mi padrino, Angelo Foti, y su mujer, Tami, tardaron menos de lo previsto en llegar de la ciudad en coche, así que hicieron tiempo en un café de Guerneville, y mientras tomaban algo se fijaron en que había otras cuatro parejas vestidas como para una boda. Se presentaron, y parece que la fiesta empezó ahí mismo.

Entre la sucesión de amigos y parientes, mis nervios y todo lo demás, no me di cuenta de que había aparecido Finnegan hasta después del comienzo de la ceremonia. Estaba yo mirando a Alice, preciosa vestida de novia, mientras se acercaba a mí por el pasillo, cuando por encima de su hombro entreví a Finnegan en la última fila. Llevaba un traje impecable, con corbata rosa. Su acompañante, una mujer a la que sacaría unos cinco años, iba de verde. Me sorprendió que sonrieran. Se les notaba contentos por haber venido. Supongo que pensaba que Finnegan y su mujer se limitarían a cumplir, que llegarían tarde y se marcharían temprano, reduciendo su presencia a un puro trámite, una obligación social, una simple X en una casilla; pero no fue así, al contrario.

Ahora sé algo que entonces no sabía: que en las bodas, si te fijas, puedes identificar a las parejas felizmente casadas. Será por lo que tiene de confirmación de lo que decidieron, o de simple fe en la convención del matrimonio, pero existe un algo, tan fácil de reconocer como difícil de definir, y los Finnegan lo tenían. Antes de que volviera a fijarme en Alice –que estaba muy guapa, con un vestido blanco sin mangas y un sombrero *pillbox* retro–, mi mirada se cruzó con la de Finnegan, que sonrió y brindó con una copa imaginaria.

La ceremonia fue muy rápida: el anillo, el beso... A los pocos minutos de que recorriera Alice el pasillo estábamos casados, y luego, igual de repentinamente, se encontraba la fiesta en su apogeo. Me vi inmerso en conversaciones con amigos, parientes, compañeros de trabajo y unos cuantos colegas del instituto, empecinados todos en volver a contar versiones de mi vida en las que en muchos casos equivocaban el orden cronológico, pero siempre narradas desde un punto de vista positivo. A Finnegan no volví a verlo hasta que empezó a hacerse de noche. Estaba cerca del escenario, viendo cómo se las apañaban los amigos músicos de Alice con una selección ecléctica de canciones. Tenía delante a su mujer, y le rodeaba la cintura con las manos. Ella le había tomado prestada la chaqueta del traje para protegerse del fresco de la noche. Seguían ambos con la misma cara de satisfacción.

Había perdido la pista de Alice, así que la busqué entre la multitud hasta que me di cuenta de que estaba sobre el escenario. Nunca había tocado desde que nos conocíamos. Era como si se hubiera desvinculado por completo de esa parte de su vida. Las luces estaban apagadas, pero vi en la oscuridad que señalaba a amigos, llamándolos al escenario: Jane, la antigua batería del grupo, un amigo del despacho de abogados, con su bajo, y otros, un grupo de gente a la que yo no conocía mucho, o en algunos casos nada, pero cuya presencia hablaba de toda una vida antes de mí, una parte importante de su esencia que por algún motivo me estaba vedada. Verla así me produjo una mezcla de tristeza y de entusiasmo; tristeza porque, aunque no quisiera, me sentía excluido, superfluo; alegría porque... pues porque Alice seguía siendo un misterio para mí, en el mejor sentido posible. Tendió la mano hacia Finnegan. Todo empezó a resplandecer de una luz azulada, y me di cuenta de que al acercarse Finnegan al escenario la gente había sacado discretamente los móviles para grabarlo.

Mi mujer se quedó un buen rato sin moverse. La expectación fue apagando las voces. Finalmente se acercó al micrófono.

–Amigos –dijo–, muchas gracias por estar aquí.

Me señaló, al mismo tiempo que empezaba a sonar una nota de órgano a sus espaldas. Finnegan, en el teclado, estaba en su elemento. Guiados por el órgano fueron entrando en liza el resto de los instrumentos, creando un sonido hermoso, indefinible. Alice seguía mirándome, mientras se contoneaba suavemente al ritmo de la música. Al subir de intensidad las luces, Finnegan insinuó una melodía que reconocí de inmediato. Era una canción antigua, de las mejores de Led Zeppelin, sutil y contagiosa; una canción de boda muy bonita, «All My Love». Al principio la voz de Alice era tenue, insegura, pero fue adquiriendo más aplomo. Parecía que Finnegan y ella estuvieran en la misma onda, no sé muy bien por qué.

Al vaivén de la música, Alice entró en un círculo de luz, cerró los ojos y repitió el estribillo, precioso; palabras muy sencillas, pero que hicieron que me diera cuenta por primera vez de que, en efecto, me quería. Miré por la carpa, y vi que todos nuestros amigos y parientes se mecían con la música a media luz.

Luego cambió un poco la canción, y Alice entonó el verso crítico que yo hacía tiempo que ya no recordaba, una pregunta sencilla pero que cubría el resto de la letra con una fina pátina de ambigüedad y duda. Durante un momento tuve la impresión de perder el equilibrio. Me apoyé en el respaldo de una silla y miré a mi alrededor, viéndolo todo a la luz de la luna: la gente, los pastos, las vacas dormidas en el campo, el río... Junto al escenario vi bailar a la mujer de Finnegan, con su vestido verde y los ojos cerrados, inmersa en la música.

La fiesta se alargó varias horas. Al amanecer nos quedamos unos pocos alrededor de la piscina, viendo salir el sol al otro lado del río. Alice y yo compartíamos una tumbona. En la de al lado estaban los Finnegan.

Al final recogieron sus chaquetas y zapatos y se dispusieron a marcharse.

–Os acompañamos –dijo Alice.

Mientras íbamos los cuatro hacia la entrada, tuve la sensación de que los conocía desde hacía años. En el momento en que subían a su Lamborghini –prestado, dijo con un guiño Finnegan, por un amigo–, me acordé del regalo.

–Ah –dije–, me había olvidado de daros las gracias. Teníamos pensado hablar de vuestro intrigante regalo.

–Claro, claro –contestó Finnegan–. Todo a su debido tiempo. –Su mujer sonrió–. Mañana volvemos a Irlanda, pero ya os mandaré un correo electrónico cuando hayáis vuelto de la luna de miel.

No se habló más. Dos semanas en un hotel prácticamente abandonado, pero con un pasado de esplendor, a orillas del Adriático, un largo vuelo de regreso, y de repente regresábamos al punto de partida: iguales, pero casados. ¿Era el final o tan solo el principio?

5

Después de la luna de miel los dos nos esmeramos en evitar la decepción que tan fácilmente podría haber seguido a la estupenda fiesta y a las semanas de tranquilidad y sol en la playa. Durante la primera noche, instalados de nuevo en nuestra pequeña casa de San Francisco, a diez manzanas del borde del continente y de la playa menos soleada del mundo, saqué la vajilla de mi abuela y preparé una cena de tres platos y postre, con servilletas de tela y velas en la mesa. Ya llevábamos más de dos años viviendo juntos, y quise que la sensación de estar casados fuera diferente.

Hice una receta de asado con patatas que había encontrado en internet, y que me salió malísima, un mejunje marrón y carnoso, catastrófico. Hay que decir en honor de Alice, que dejó el plato limpio y que aseguró que estaba delicioso. Pese a ser menuda –ni con sus tacones más altos pasa del metro sesenta y cinco–, con la comida casera es una lima. Es algo de ella que siempre me ha gustado. Suerte que salvó la cena el pastel con cobertura de chocolate. La noche siguiente probé con otra cena familiar, y esta vez acerté más.

–¿Me esfuerzo demasiado? –pregunté.

–Como no sea en engordarme... –dijo Alice mientras rebañaba el plato comiéndose un muslo y el puré de patatas.

A partir de entonces fuimos recayendo en nuestras viejas costumbres. Pedíamos pizza de salchicha, o algún plato preparado, y comíamos delante de la tele. Fue en una de esas noches, mientras nos tragábamos toda una temporada seguida de *Life After Kindergarten*, cuando se oyó el tono de entrada de un correo electrónico en el móvil de Alice.

Lo miró.

–Es de Finnegan –dijo.

–¿Qué pone?

Leyó en voz alta.

–«Muchas gracias por acogernos a Fiona y a mí con los brazos abiertos en la celebración de vuestro enlace. Nada nos gusta tanto como una boda bonita y una fiesta trepidante. Fue un honor participar en un día tan especial para vosotros.»

–Qué amables.

–«Dice Fiona que tú y Jake le recordáis a nosotros hace veinte años –siguió leyendo Alice–. Insiste en que el verano que viene paséis unos días con nosotros en la casa que tenemos en el norte.»

–Guau –dije yo–. Parece que de verdad les apetece que seamos amigos.

–«Y ahora, finalmente, el regalo –continuó Alice–. El Pacto también lo recibimos Fiona y yo al casarnos. Nos lo dejaron en la entrada de casa un lunes por la mañana, mientras llovía, y hasta dos semanas después no averiguamos que era del profesor de guitarra que había tenido yo de pequeño, un hombre mayor de Belfast.»

–¿Un regalo reaprovechado? –pregunté, perplejo.

–No, no creo –respondió Alice, antes de bajar la vista hacia el teléfono y seguir leyendo–. «Resultó ser el mejor regalo que nos hicieron a Fiona y a mí, y si queréis que os diga la verdad, el único del que me acuerdo. Con el paso de los años les hemos regalado El Pacto a unas cuantas parejas jóvenes. No es para todos, conviene que os lo diga desde un primer momento, pero aunque hayamos pasado tan poco tiempo juntos, tengo la sensación de que puede amoldarse bien a ti y a Jake. ¿Te puedo hacer unas cuantas preguntas?»

«Sí», tecleó rápidamente Alice, y se quedó mirando su teléfono.

Ping.

Volvió a leer en voz alta.

–«Perdonad que sea tan descarado, pero ¿vosotros queréis que dure para siempre vuestro matrimonio? ¿Sí o no? Solo funciona si sois sinceros.»

Alice me miró un poco extrañada, y después de un titubeo un poco demasiado largo escribió «sí».

Ping.

Parecía cada vez más intrigada, como si Finnegan la estuviera llevando por una calle oscura.

«¿Creéis que un matrimonio largo pasa por épocas de felicidad y de tristeza, de luz y de sombra?»

«Por supuesto.»

Ping.

«¿Estáis dispuestos a esforzaros por que dure siempre vuestro matrimonio?»

–No hace falta decirlo.

Alice escribió.

Ping.

«¿Alguno de los dos se rinde fácilmente?»

«No.»

«¿Los dos estáis abiertos a las novedades? ¿Y dispuestos a aceptar ayuda de vuestros amigos si lo hacen por vuestro éxito y vuestra felicidad?»

Qué raro. Alice me miró.

–¿A ti qué te parece?

–Que sí. Yo al menos sí.

–Vale, pues yo también –dijo mientras tecleaba.

Ping.

«Fantástico. ¿Estáis libres el sábado por la mañana?»

Alice levantó la vista.

–¿Estamos libres?

–Sí, claro –contesté.

«Sí –escribió–. ¿Estáis en la ciudad?»

«Por desgracia estoy en un estudio de las afueras de Dublín, pero irá a veros mi amiga Vivian para explicaros El Pacto. Si os parece bien, sería un honor que tú y Jake decidierais uniros a un grupo tan especial como el nuestro. ¿Qué tal a las diez de la mañana?»

Alice hizo unas consultas en el calendario del móvil, y volvió a contestar «sí».

Ping.

«Genial. Seguro que congeniaréis con Vivian.»

Seguimos a la espera, pero ya no llegaron más mensajes. Ni Alice ni yo apartábamos la vista del teléfono, en espera de que volviera a pitar.

–¿A ti no te parece... un poco complicado? –pregunté finalmente.

Alice sonrió.

–¿Qué quieres que pase?

6

Unas palabras sobre mí. Soy psicólogo y terapeuta. Mis padres me querían, y mi infancia, vista desde fuera, podría parecer idílica, pero a veces se me hizo duro crecer. Con la perspectiva de los años veo que más que elegir mi profesión, me eligió ella a mí.

Entré en la UCLA para especializarme en biología, pero no me duró mucho. Al principio de mi segundo año entré a trabajar en un servicio de apoyo telefónico al alumnado para la Facultad de Letras y Ciencias. Disfruté de los estudios, y más tarde del trabajo. Me gustaba hablar con la gente, escuchar sus problemas y ayudar a encontrar alguna solución. Al licenciarme, como no quería renunciar a mi «carrera» de orientador, me matriculé en el posgrado de Psicología Aplicada de la UC Santa Bárbara. Volví a San Francisco con una beca postdoctoral, y trabajé con adolescentes en situación de riesgo.

Con dos amigos de esa beca comparto hoy un pequeño gabinete. Hace dieciocho meses, cuando montamos el grupo en los restos de un viejo taller de reparación de aspiradoras del barrio de Outer Richmond, teníamos miedo de no poder llegar a fin de mes. Llegamos incluso a plantearnos montar un negocio paralelo que nos ayudara a pagar el alquiler, sirviendo cafés y mis galletas de chocolate, famosas en nuestro círculo más íntimo.

Al final, sin embargo, pudimos comprobar que el despacho sobrevivía sin necesidad de intervenciones desesperadas. Mis dos socios, Evelyn (treinta y ocho años, soltera y superinteligente, hija única, de Oregón) e Ian (británico, cuarenta y un años, también soltero, gay y el mayor de los tres) son personas simpáticas, encantadoras y en líneas generales felices. A esta felicidad atribuyo, en cierto modo, que haya sobrevivido el negocio.

Nos repartimos los ámbitos entre los tres. Evelyn trabaja sobre todo con las adicciones, Ian está especializado en gestión de la ira en adultos y en TOC, y a mí me tocan los niños y los jóvenes. Si un paciente encaja con claridad en alguna de estas categorías, es asignado al socio correspondiente. Lo demás nos lo repartimos a partes iguales. Últimamente, sin embargo, hemos decidido expandirnos. Bueno, la que lo decidió fue Evelyn: al volver de mi luna de miel descubrí que me había puesto al frente de nuestra expansión a la terapia conyugal.

–¿Por mi gran experiencia con el matrimonio?

–Exacto.

De hecho, ya me había conseguido tres clientes nuevos. Por algo es la genio del marketing. Ante mis protestas, me enseñó los correos electrónicos donde ponderaba a los clientes mis años de experiencia como terapeuta y mis dos semanas exactas de experiencia conyugal.

Soy una persona con temor a no estar preparado. Por eso, al recibir la noticia de Evelyn, entré enseguida en modo pánico, y empecé a ponerme al día. Investigué la evolución del matrimonio, y me sorprendió descubrir que solo hace unos ochos siglos que se afianzó el matrimonio monógamo en las sociedades occidentales.

También descubrí que los casados viven más tiempo que los solteros. Ya lo había oído comentar, pero nunca había consultado los estudios, y la verdad es que son bastante convincentes.

Un comentario en las antípodas es este de Groucho Marx: «El matrimonio es una institución maravillosa, pero ¿a quién le apetece vivir en una institución?»

Me apunté esta y muchas otras citas, tanto de internet como de un estante entero de libros sobre el matrimonio que compré en la librería de al lado del gabinete.

> Para que tenga éxito el matrimonio hay que enamorarse muchas veces, siempre de la misma persona.

> No os sofoquéis mutuamente, que en la sombra no crece nada.

Cosas por el estilo. Aunque las citas puedan incurrir en un exceso de simplificación, y ser el último refugio del diletante, me gusta tenerlas a mano en mis sesiones de orientación matrimonial. A veces te ves en una situación en la que no sabes qué decir. Un poco de Groucho Marx sirve para romper el hielo, llevar por un camino inesperado o, simplemente, darme un minuto a mí mismo para ordenar mis ideas.

7

El sábado nos levantamos temprano para preparar la llegada de Vivian. A las 9.45 Alice acabó de pasar la aspiradora, mientras yo sacaba los bollos de canela del horno. Nos habíamos puesto un poco más elegantes de lo habitual sin acordarlo. Al verme salir del dormitorio con una camisa de vestir y unos chinos que llevaba meses sin ponerme, Alice se rio.

–Si tengo que comprarme una tele de pantalla plana en el Best Buy, te llamaré –dijo.

Era una simple manera de intentar mejorar un poco nuestra imagen, y la de nuestra casita con vistas muy parciales al Pacífico. No sé muy bien por qué sentíamos la necesidad de impresionar a Vivian, pero el caso es que no nos hizo falta verbalizarlo para comprender que era un deseo compartido.

A las 9.52, Alice acabó de cambiarse por tercera vez. Entró en la sala de estar y dio un giro para enseñar su vestido azul de flores.

–¿Demasiado?

–Perfecto.

–¿Y los zapatos?

Llevaba unos de tacón de los que solo se ponía para ir a trabajar.

–Demasiado formales –contesté.

–Vale.

Se fue por el pasillo y volvió con unos Fluevog rojos.

–Ideales –le dije.

Miré por la ventana de la calle, pero no había nadie. Estaba un poco nervioso, como si esperásemos una entrevista de trabajo para un puesto al que ni siquiera nos habíamos presentado. Pero que aun así queríamos. Entre la caja, las plumas y los correos crípticos, Finnegan lo había hecho sonar tan atractivo, y reconozco que tan exclusivo... En el fondo Alice es una perfeccionista de tomo y lomo: cuando empieza algo siempre quiere llegar hasta el final. Y cuando llega al final de algo siempre quiere ganar, la beneficie o no.

A las 9.59 volví a mirar por la ventana. Había una niebla muy espesa. No vi ningún coche, ni en una ni en otra dirección.

Pasos en la escalera. Tacones, de los de vestir. Alice bajó la vista hacia sus Fluevog, y después me miró a mí.

–¡Mal elegido! –susurró.

Me acerqué a la puerta, cohibido, y la abrí.

–Vivian –dije con una formalidad involuntaria.

Llevaba un vestido de buen corte, pero insólitamente amarillo, a lo Tour de Francia. La encontré más joven de lo que me esperaba.

–Tú debes de scr Jake –dijo–. Y tú –añadió–, Alice. Eres aún más espectacular que en la foto.

Alice no se puso roja. No es de las que se ruborizan. Su reacción fue ladear la cabeza y quedarse mirando a Vivian como si la examinara. Conociéndola, lo más probable es que sospechase que el comentario iba con segundas, pero yo me di cuenta de que había sido sincero. Es el efecto que tiene Alice en la gente. Yo, sin embargo, sabía que habría renunciado encantada a sus pómulos marcados, sus grandes ojos verdes y su lustrosa cabellera negra –las tres cosas a la vez– a cambio de una familia normal, una familia viva, cariñosa, una madre que no se hubiera destrozado el hígado, un padre que no se hubiera destrozado los pulmones y un hermano que no hubiera optado por lo que se llama, equivocadamente, «la solución más fácil».

Vivian, por su parte, tenía el atractivo de las mujeres seguras de sí mismas, con buena formación y buen gusto. Su *look* era un ochenta por ciento trabajo y un veinte «*brunch* de sábado por la mañana con amigos». Llevaba un bolso de piel buena, y un collar de perlas reluciente. Cuando le dio la luz en la cara, pensé que en realidad no le faltaba mucho para cumplir los cincuenta. Tenía el pelo brillante, y una luminosidad en la piel que atribuí a una dieta orgánica, un ejercicio regular y la moderación como principio general. Me la imaginé con un buen cargo en una empresa tecnológica, acciones y una prima anual que nunca quedaba por debajo de sus expectactivas.

Cuando viene a mi consulta un posible cliente, suele bastarme una mirada para calibrar la gravedad de su problema. La ansiedad, el estrés y la inseguridad van revelándose en las caras a medida que pasan los años. Es como las curvas de los ríos: el estrés, o la ansiedad, se acumulan poco a poco en el rostro hasta que se dibuja algo perceptible a simple vista.

En el momento del que hablo, cuando se abrió paso la luz entre la niebla y entró a borbotones en nuestra sala de estar, irradiando literalmente la cara de Vivian, pensé que era una mujer sin estrés, ansiedad ni inseguridad.

–¿Un café? –pregunté.

–Sí, gracias.

Se sentó en el gran sillón azul que había costado la mitad del primer sueldo de Alice en el despacho de abogados. Acto seguido abrió su maletín y sacó un ordenador portátil y un pequeño proyector.

Fui de mala gana a la cocina. Ahora que lo pienso, me doy cuenta de que estaba nervioso por dejar a Alice sola con Vivian. Cuando volví con el café, estaban hablando de nuestra luna de miel y de lo bonita que es la costa del Adriático. Vivian preguntó por nuestro hotel, llamándolo por su nombre. ¿Cómo sabía dónde nos habíamos alojado?

Me senté al lado de Alice y serví tres bollos de la bandeja en otros tantos platos de postre.

–Gracias –dijo Vivian–. Me encantan los bollos de canela.

Conectó el proyector al portátil y se levantó.

–¿Os importa que quite este cuadro?

En realidad ya había empezado a descolgarlo de la pared. Era una foto de Martin Parr que me había regalado Alice en mi último cumpleaños. Siempre me había gustado, pero no me la había podido permitir. Era una escena de tormenta, con un solo personaje visto de muy lejos: un hombre que nadaba en una piscina pública hecha polvo, al lado de un mar verde y picado, en un pueblo escocés de mala muerte. Al preguntarle dónde la había comprado, Alice se había reído. «¿Comprado? Ojalá hubiera sido tan fácil.»

–Bueno –dijo Vivian, girándose–, ¿cuánto os ha contado Liam?

–La verdad –contestó Alice– es que nada.

–¿Os parece que abramos la caja? –preguntó Vivian–. Con que traigáis la más pequeña de las dos me vale. También necesitaremos las plumas.

Volví al pasillo para ir a la habitación del fondo, donde guardábamos los regalos de boda pendientes. Según los manuales de etiqueta, el margen para mandar una carta de agradecimiento es de un año exacto, pero en el mundo del correo electrónico y de la mensajería instantánea un año parece una eternidad. Cada vez que veía los regalos me sentía culpable de que nos faltasen tantas tarjetas por mandar.

Dejé la caja y las plumas en la mesa de centro, frente a Vivian.

–Aún está cerrada –dijo sonriendo–. Habéis pasado la primera prueba.

Alice daba sorbos de café, nerviosa. No había visto la caja hasta después de la luna de miel, momento en que había intentado forzar la cerradura con unas pinzas sin lograrlo.

Vivian metió la mano en su maletín y sacó unas llaves doradas. Al encontrar la que buscaba, la introdujo en la cerradura, pero sin girarla.

–Necesito una confirmación verbal de que estáis dispuestos a seguir adelante –dijo. Y se quedó a la expectativa, mirando a Alice.

Ahora que lo pienso me doy cuenta de que en ese momento ya deberíamos haber notado algo raro. Deberíamos haberle dicho a Vivian que se fuera y no haber respondido a la llamada de Finnegan. Deberíamos haber puesto punto final ahí mismo, antes de que empezara de verdad, pero éramos jóvenes, teníamos curiosidad y nuestro matrimonio aún estaba fresco. Además, el regalo de Finnegan había sido tan inesperado, y su intermediaria le había puesto tanto entusiasmo, que habría parecido de mala educación decir que no.

Alice asintió con la cabeza.

–Lo estamos.

8

Vivian puso en marcha el proyector. En la pared, justo donde había estado, hasta hacía pocos minutos, mi foto de Martin Parr, apareció una diapositiva.

Ponía: EL PACTO.

Nada más. Y nada menos. En grandes letras Courier, negro sobre blanco.

–Bueno –dijo Vivian mientras se limpiaba los dedos con una servilleta sobrante de la boda. Aún me impactaba un poco (en el buen sentido) ver impresos nuestros nombres en la servilleta: «Alice & Jake»–, os tengo que hacer unas preguntas.

Sacó un portafolios de piel del maletín y lo abrió. Dentro había una libreta amarilla. El proyector seguía imprimiendo las palabras EL PACTO en nuestra pared. Intenté no mirar aquellas letras imponentes que se cernían sobre Alice y yo, y sobre nuestro nuevo y frágil matrimonio.

–Ninguno de los dos había estado casado, ¿verdad?

–Verdad –respondimos al unísono.

–Hasta entonces, ¿cuánto había durado vuestra relación más larga?

–Dos años –dijo Alice.

–Siete –contesté yo.

–¿Siete? –preguntó Vivian.

Asentí con la cabeza.

–Muy interesante. –Vivian anotó algo en su libreta–. ¿Cuánto tiempo estuvieron casados vuestros padres?

–Diecinueve años –dijo Alice.

–Cuarenta y pico –contesté yo, sintiendo un orgullo inmerecido por el éxito matrimonial de mis progenitores–. Todavía lo están.

–Estupendo. –Vivian asintió con la cabeza–. Alice, ¿el matrimonio de tus padres acabó en divorcio?

–No.

Alice aún tenía demasiado reciente la muerte de su padre, y vi que no quería entrar en detalles. En muchos aspectos es un libro cerrado. No es el rasgo que menos me cuesta aceptar como psicólogo, ni como marido, dicho sea de paso.

Vivian se inclinó y apoyó los codos en la libreta amarilla.

–¿Cuál diríais que es el motivo más habitual de divorcio en el mundo occidental?

–Tú primero –dijo Alice, dándome unos golpecitos en la rodilla.

No tuve que esforzarme mucho.

–La infidelidad.

Vivian y yo miramos a mi mujer.

–¿La claustrofobia? –propuso ella.

No era la respuesta que esperaba yo.

Vivian puso nuestras respuestas por escrito en la libreta.

–¿Os parece que la gente tiene que responsabilizarse de sus actos?

–Sí.

–Sí.

–¿Creéis que la terapia de pareja puede servir de algo?

Me reí.

–¡Eso espero!

Escribió algo más. Me incliné para ver qué anotaba, pero tenía una letra demasiado pequeña. Cerró el portafolios y mencionó a dos actores famosos que se habían separado hacía poco. En el último mes no se había hablado de otra cosa que de los detalles más sórdidos de su divorcio.

–Bueno –preguntó Vivian–, ¿vosotros cuál de los dos diríais que tiene la culpa del divorcio?

Alice frunció el ceño, intentando deducir qué quería oír Vivian. Ya he dicho que es una perfeccionista. No se conforma con aprobar el examen, a lo que aspira es a la nota máxima.

–Me imagino que la culpa la tendrán los dos –contestó–. No creo que lo que hizo ella con Tyler Doyle fuera muy maduro, que se diga, pero su marido podría haber reaccionado de otra manera. Para empezar, no debería haber colgado esos *tweets*.

Vivian asintió con la cabeza. Alice se irguió un poco, claramente satisfecha. Se me pasó por la cabeza que de niña, en el colegio, ya debía de ser así: siempre con el dedo en alto, preparada, con ganas de participar. Ahora la hacía parecer vulnerable, en el buen sentido de la palabra. No dejaba de ser incongruente, y a la vez entrañable, que mi mujer –con su trabajo de primera, sus acuerdos extrajudiciales millonarios y su vestuario tan adulto– pusiera tanto empeño en contestar correctamente.

–Estoy totalmente de acuerdo con mi mujer, como siempre.

–Buena respuesta –dijo Vivian con un guiño–. Faltan pocas. ¿Cuál es vuestra bebida favorita?

–La leche con cacao –contesté yo–. Cuando hace frío, el chocolate caliente.

Alice se lo pensó un momento.

–Antes, zumo de arándano, vodka y hielo. Ahora el agua con gas Calistoga con sabor a frutos del bosque. ¿Y la tuya?

Vivian parecía un poco sorprendida de que se giraran las tornas.

–Probablemente el Green Spot de doce años, solo. –Miró los papeles–. Ahora la gorda: ¿queréis que vuestro matrimonio dure siempre?

–Sí –lo dije automáticamente–. Por supuesto.

–Sí –dijo Alice.

Parecía que lo hubiera dicho en serio, pero ¿y si solo era para aprobar el examen?

–Ya está –dijo Vivian, deslizando el portafolios en el maletín de cuero–. ¿Miramos las diapositivas?

9

–El Pacto es un grupo de personas que ven el mundo de manera parecida y se esfuerzan por cumplir un objetivo similar –empezó a decir Vivian–. Fundado en 1992 por Orla Scott en una pequeña isla de Irlanda del Norte, desde entonces su tamaño y compromiso han crecido de forma exponencial. Aunque hayan cambiado nuestros estatutos y nuestra normativa, aunque haya aumentado nuestro número de miembros, y aunque estemos presentes en muchos más lugares que antes, la misión y el espíritu de El Pacto siguen fieles al concepto creado por Orla el primer día.

Se sentó un poco más al borde de la silla, poniendo las rodillas a pocos centímetros de las nuestras. Su ordenador seguía proyectando EL PACTO en nuestra pared.

–¿O sea, que es un club? –preguntó Alice.

–En cierto modo, sí –contestó Vivian–, y en cierto modo, no.

En la primera diapositiva salía una mujer alta y delgada delante de una casa blanca, con el mar al fondo.

–Orla Scott era abogada, fiscal de lo penal, concretamente –explicó Vivian–. Estaba muy volcada en su trabajo; una trepa, según ella misma. Estaba casada y no tenía hijos. Quería poder dedicar todo su tiempo al trabajo, e ir ascendiendo en el ministerio de Justicia sin ninguna traba. Poco antes de llegar a los cuarenta, se le murieron sus padres, la dejó su marido y eliminaron su cargo, todo el mismo año.

Alice se quedó mirando la imagen de la pared. Supuse que sentía cierta afinidad con Orla. Algo sabía de perder a sus seres queridos.

–Para entonces Orla había llevado más de tres mil casos –continuó Vivian–, y se rumorea que los ganó todos. Era un engranaje de la maquinaria de Thatcher. De repente sacaron a Thatcher del poder, y Orla se quedó sin trabajo.

»Se retiró a Rathlin, la isla donde había crecido. Alquiló una casa con la idea de quedarse una o dos semanas haciendo balance de la situación y planeando su siguiente paso, pero al pasar los días la atrajo cada vez más la paz de la isla, y la vida tranquila que había tenido de niña. Se dio cuenta de lo superficial que era todo lo que más valoraba. Había ido a la isla para superar mejor el estrés y la ansiedad de haberse quedado sin trabajo, pero descubrió que estar en paro no era tan catastrófico como se había imaginado. Resultó que lo que la sacaba de quicio de verdad era el final de su matrimonio.

»De su marido se había enamorado locamente en la universidad. Se casaron jóvenes, y luego fueron distanciándose. Para Orla fue un alivio que él le pidiera que se divorciasen. Así se ahorraba tener que pensar en un problema complicado. En un momento de sinceridad brutal se dio cuenta de que había estado viendo el matrimonio como una molestia, algo que la hacía sentirse culpable cada vez que tenía que quedarse hasta tarde a trabajar.

»Había entrado en el mundo de la fiscalía por idealismo, por ganas de ayudar a las víctimas, pero durante los meses siguientes al divorcio se puso a analizar con frialdad su trayectoria y vio que su vida estaba basada en la adrenalina, en la necesidad de saltar de un caso a otro sin tiempo para ver las cosas desde una perspectiva más amplia. Con el tiempo había pasado a formar parte de un paisaje político cambiante por el que no sentía ningún respeto profundo. Se dejaba llevar por la inercia cotidiana.

»Al ver claras todas estas cosas, empezó a analizar la evolución de su matrimonio, e intentó reanudar la relación con su exmarido, pero él ya había rehecho su vida.

Vivian hablaba cada vez más deprisa, cautivada por una historia que seguramente habría contado decenas de veces.

–Un año más tarde, durante el paseo que daba cada día por la isla, conoció a alguien. Richard era un turista americano que viajaba solo por las islas de Irlanda del Norte para conectar con las raíces lejanas de su familia. Canceló el vuelo de regreso, dejó su trabajo en Estados Unidos, alargó su reserva en la única pensión de la isla y al final le pidió a Orla si quería casarse con él.

Vi que Alice estaba inquieta por algo.

–En esta historia –dijo– todos dejan sus trabajos. ¿Es un requisito, o algo así? Porque a Jake y a mí los nuestros nos encantan.

–Os aseguro que El Pacto tiene muchos miembros que triunfan en el mundo laboral, como vuestro patrocinador –contestó Vivian–. El Pacto quiere que seáis mejores, pero sin dejar de ser vosotros mismos.

Estuve casi seguro de haber oído la misma frase en un campamento de verano.

–Orla tenía dudas sobre si casarse con Richard –nos contó Vivian–. A esas alturas ya se había formado una idea de cuáles de sus actos habían hecho que se deshiciera su matrimonio, y no quería repetir los mismos errores. Orla está convencida de que somos animales de costumbres, y de que es difícil cambiar de pautas.

–Pero se puede cambiar –insistí yo–. Toda mi actividad, toda mi profesión, se basan en ese principio.

–Claro que se puede –dijo Vivian–. Orla estaría de acuerdo contigo. Llegó a la conclusión de que el éxito de su segundo matrimonio pasaba necesariamente por una estrategia clara. Estuvo varios días paseando por la costa y reflexionando sobre el matrimonio, qué hace que fracase y qué lo beneficia. Luego, al volver a su casa, mecanografiaba sus ideas en la misma máquina de escribir que había usado décadas antes su madre, que era novelista aficionada. Las hojas mecanografiadas fueron amontonándose al lado de la máquina durante diecisiete días. Así creció El Manual, y se creó el sistema para un matrimonio sólido. Porque no nos engañemos: es un sistema, un sistema muy eficaz y con base científica cuyas bondades han sido demostradas muchas veces. Y es que Orla está convencida de que en el matrimonio no hay que dejar nada al azar. Al final, las ideas que tuvo durante sus paseos se convirtieron en la base de El Pacto.

–¿Llegaron a casarse Orla y Richard? –pregunté.

–Sí.

Alice se inclinó.

–¿Y aún están casados?

Vivian asintió con energía.

–Por supuesto. Lo estamos todos. El Pacto funciona. Funciona para Orla, funciona para mí y funcionará para vosotros. Para decirlo de manera sencilla, El Pacto son dos cosas. Es un acuerdo al que llegáis con vuestro cónyuge y es formar parte de un grupo. –Cambió de diapositiva, e hizo un gesto para señalar la imagen de varias personas contentas en un césped verde–. Una asociación de personas que ven las cosas de manera parecida, y que se asocian para apoyar y poner en práctica el acuerdo. ¿Os queda más claro?

–No del todo –dijo Alice, sonriendo–, pero me intriga.

Vivian pasó unas cuantas diapositivas más. En la mayoría salían fotos de gente bien situada que disfrutaba mutuamente de su compañía en céspedes cuidados y habitaciones bien decoradas. Se paró al llegar a una de Orla en un balcón, pronunciando un discurso ante una entregada multitud, con un sol intenso y un gran desierto a sus espaldas.

–Al principio a Orla le atraía el mundo del derecho –dijo Vivian–. Le gustaba que las leyes fueran estrictas y rápidas, y de que en caso contrario hubiera una jurisprudencia por la que guiarse. La reconfortaba la idea de que ya existieran todas las respuestas y solo hubiera que encontrarlas. Se dio cuenta de que el matrimonio necesitaba un conjunto de leyes, como la sociedad.

»Estaba convencida de que eran esas leyes las que habían permitido el buen funcionamiento de la sociedad británica durante siglos. Todo el mundo sabía a qué atenerse. Aunque hubiera personas con ganas de engañar, o de robar, o hasta de asesinar, Dios no lo quiera, la gran mayoría de los ciudadanos no infringían las leyes, porque sabían las consecuencias. Después de que fracasara su primer matrimonio, Orla pensó que en el matrimonio no solo estaban poco claras las expectativas, sino también las consecuencias.

–¿O sea –dije–, que lo que pretende El Pacto es llevar los principios del derecho británico a la institución del matrimonio?

–No es que lo pretenda, es que lo logra. –Vivian apagó el proyector–. Sería imposible exagerar todo el valor que tiene El Pacto. Aporta respaldo comunitario, estímulos y estructura a la institución del matrimonio.

–Has hablado de consecuencias –dijo Alice–. No sé si lo entiendo.

–Mirad –dijo Vivian–, es la segunda vez que estoy casada. La primera fue a los veintidós, con un hombre de veintitrés. Nos conocíamos del instituto, y fuimos novios durante una eternidad. Al principio era emocionante estar juntos, los dos contra el mundo, pero a partir de un momento... No estoy segura de cuándo cambiaron las cosas, pero el caso es que empecé a sentirme sola, muy sola. Teníamos problemas, y yo no tenía a quién recurrir. Mi marido me engañaba.

Yo no sabía por qué. Tenía miedo de que fuera culpa mía, pero no sabía cómo reaccionar. Nos divorciamos muy deprisa, como si no hubiera otra puerta y lo único que quisiera yo fuera salir.

Vivian tenía una sola lágrima en la comisura de los párpados. Se irguió un poco más y se la quitó con la punta del dedo.

–Al conocer a Jeremy me había vuelto desconfiada, igual que Orla. Él me pidió que nos casáramos, y le dije que sí, pero lo dejaba siempre para más tarde, por miedo a cometer los mismos errores. El matrimonio evocaba tantos pensamientos negativos...

–¿Cómo acabaste en la organización? –preguntó Alice.

–Al final se me acabaron las excusas. Como Jeremy se emperraba en fijar una fecha, cedí, y a partir de ese momento fue todo muy rápido. Faltando dos semanas para la boda salí de viaje de negocios. Estaba en la sala vip Virgin de Glasgow, tomándome una Gordon's, o unas cuantas, puede que demasiadas. Me acuerdo de que lloraba sola. De hecho sollozaba en voz alta, tan fuerte que los que estaban sentados a mi alrededor se levantaban y se iban. Muy violento. De repente, se acercó un señor mayor y bien vestido, con cara de buena persona, y se sentó a mi lado. Iba a ver a su hijo en la Universidad de Palo Alto. Hablamos mucho. Yo se lo conté todo sobre la boda. Me sentó bien desfogar todos mis miedos con aquel desconocido, con el que no me jugaba nada. Lo que tenían que ser dos horas de escala se convirtieron en ocho por la erupción de un volcán en Islandia, pero era tan amable y tan interesante aquel señor, que al final fue un placer. Pocos días después me llegó por correo un regalo de boda. Y aquí estoy: felizmente casada desde hace seis años.

Tendió la mano hacia la caja de madera, hizo girar la llave dorada en la cerradura y levantó la tapa. Dentro había unos documentos impresos con tinta azul oscuro sobre pergamino. Los sacó y los dejó sobre la mesa. Al fondo había dos libros pequeños, idénticos, con encuadernación de piel dorada.

Alice los acarició, intrigada.

Vivian nos dio un libro dorado a cada uno. Me sobresaltó ver que llevaban grabados nuestros nombres, nuestra fecha de boda y la inscripción con EL PACTO en grandes mayúsculas negras.

–Este es El Manual –nos dijo Vivian–. Os lo tendréis que aprender de memoria.

Abrí el libro y empecé a hojearlo. La letra era minúscula.

Sonó el teléfono de Vivian. Deslizó un dedo por la pantalla.

–Página cuarenta y tres –dijo–: responder siempre cuando llama el cónyuge.

Al ver mi mirada interrogante, señaló El Manual.

Salió al porche delantero, cerrando la puerta. Alice levantó el libro con los ojos muy abiertos y articuló las palabras «lo siento», pero sonreía.

«No lo sientas», contesté yo en silencio.

Se acercó para darme un beso.

Ya he explicado que le propuse matrimonio porque quería que siguiera a mi lado. Desde nuestro regreso de la luna de miel, mi miedo era que se llevara una desilusión, porque todo había vuelto a ser enseguida como antes de la boda, exactamente igual. Estaba nervioso. Alice necesita cierto grado de emoción. Se aburre con facilidad.

Mi conclusión, de momento, era que el matrimonio, en el sentido físico, no se diferenciaba de vivir juntos, pero que mentalmente suponía un salto enorme. No sé muy bien cómo explicarlo. En cuanto el sacerdote pronunció las palabras «os declaro marido y mujer», me «sentí» casado. Esperaba que Alice sintiera lo mismo, pero no podía estar seguro. Más feliz sí parecía, pero a veces la felicidad se diluye.

Por todo ello, tengo que reconocer que me gustó aquella cosa rara en la que nos estaba metiendo Finnegan. Tal vez aportase mayor emoción al nuevo estadio de nuestra relación. Tal vez así sintiéramos de otra manera, con más fuerza, nuestro vínculo.

Volvió Vivian.

–El tiempo vuela –dijo–. Tengo que irme. ¿Firmamos?

Empujó hacia nosotros los pergaminos. La letra era diminuta, y al pie del formulario había dos casillas en las que firmar. Vivian lo hizo a la izquierda, encima de donde ponía «Intermediario». Debajo había firmado Orla Scott en tinta azul. La palabra de debajo de su firma era «Fundadora». A la derecha había firmado Finnegan por encima de «Patrocinador». Mi nombre estaba impreso sobre la palabra «Marido». Vivian nos dio las plumas que venían con la caja de madera.

–¿Podemos quedarnos un par de días los contratos? –preguntó Alice.

Vivian frunció el ceño.

–Sí, claro, si no hay más remedio... Aunque esta tarde me voy de la ciudad, y la verdad es que me gustaría empezar a tramitar lo vuestro lo antes posible. Me daría mucha rabia que os perdierais la próxima fiesta.

–¿Fiesta? –preguntó Alice, animándose.

No sé si he comentado que a Alice le encantan las fiestas.

–Será espectacular. –Vivian señaló los papeles como si no tuvieran importancia–. Pero no quiero meteros prisa. Tomaos todo el tiempo que queráis.

–Vale –dijo Alice, mirando la primera página.

Quizá se hubiera vuelto más abogada que música. Yo eché un vistazo a las páginas, tratando de cruzar su velo impenetrable de ambigüedades y jerga legal. Observé la cara de Alice mientras leía. Sonrió un par de veces, y frunció el ceño otras tantas. No tenía la menor idea de qué le pasaba por la cabeza. Al final giró la última página, echó mano de la pluma y firmó. Al reparar en mi cara de sorpresa, me dio un abrazo.

–Va a ser bueno para los dos, Jake. Además, ¿qué te crees, que me perdería la fiesta?

Vivian había empezado a guardar el proyector. Yo sabía que probablemente fuera aconsejable leer la letra pequeña, pero Alice quería seguir adelante. Y yo quería hacer feliz a Alice. Sentí el peso de la pluma en mis dedos al firmar.

10

En toda persona hay una brecha entre quien es y quien cree ser, por descontado. Y aunque me guste creer que en mi caso es pequeña, estoy dispuesto a reconocer que la hay. ¿Señales? Una: el hecho de que me considere una persona bastante popular y simpática, con más amigos que la media. A pesar de lo cual no he sido invitado a muchas bodas. El porqué no lo sé muy bien. A algunas personas, como Alice, las invitan constantemente a bodas.

La ventaja es que puedo acordarme de todas las bodas a las que he asistido, incluida la primera.

Tenía trece años, y se casaba en San Francisco una de mis tías favoritas. Tras un noviazgo rápido, de repente ya tenían fecha. Fue un sábado de julio. La fiesta fue en el United Irish Cultural Center, un sitio enorme, de suelo pegajoso, con un olor a cerveza barata que salía por todos los resquicios, testimonio de bodas olvidadas. En el escenario se estaba instalando un mariachi, y de la cocina salían enchiladas y tortillas. La barra ocupaba toda la pared del fondo, con camareros irlandeses que corrían entre las botellas. El local estaba a reventar. Alguien me dio una cerveza, sin que nadie pareciera molesto. Es más: supe por intuición que rechazarla se habría considerado un insulto.

Mi tía presidía un sindicato de los grandes. El futuro marido también era dirigente sindical, de la misma importancia, aunque de otra región. Cuánta gente y qué ambiente tan festivo... A pesar de mi edad, me di cuenta de que pasaba algo importante. No paraba de entrar gente por las puertas, gente contenta, que hablaba en voz alta y dejaba los abrigos, los bolsos y las llaves del coche, clara señal de que pensaban quedarse un buen rato. Decir que se bebía y se bailaba, que hubo discursos, música y más bebida y baile, sería hacerle poco honor a la boda. Yo nunca había ido a una fiesta tan desmadrada ni tan larga. No me acuerdo ni de cómo terminó, ni de cómo volví a casa. Es un vago recuerdo que sigue en mi memoria como un sueño extraño, lleno de ruido, como en un precipicio entre la infancia y la edad adulta.

No recuerdo haber oído nunca que el matrimonio de mi tía se acabara. Pareció más bien que se desvaneciese. De un día para otro, mi tío pasó de estar presente a no estarlo. Pasaron los años. Ambos alcanzaron el éxito y la fama en sus respectivas trayectorias. Una mañana, al leer *Los Angeles Times*, vi que mi extío había muerto.

Soñé hace poco con la boda –la música, el banquete, la bebida, la desenfrenada alegría del local abarrotado de gente y de olores–, y llegué a dudar de que fuera real. Fue mi primera boda de verdad, o al menos la primera que me enseñó que de lo que trataba el matrimonio, en principio, era de alegría y de felicidad.

11

Es de noche, tarde, después de la visita de Vivian. Estamos en la cama, y Alice me entrega mi ejemplar de El Manual.

–Mejor que vayas estudiando, no sea que te lleven a la cárcel de maridos.

–Eres injusta. La que ha estudiado derecho eres tú. Tienes ventaja.

El Manual está dividido en cinco partes: Objetivos, Reglamento, Leyes de El Pacto, Consecuencias y Arbitraje. La más larga es, con diferencia, la de Leyes de El Pacto. Las partes se dividen en secciones, las secciones en unidades, las unidades en párrafos y los párrafos en frases y viñetas, todo ello escrito con una letra muy pequeña. Es un verdadero mamotreto, y me basta con verlo para estar seguro de que como máximo me lo leeré por encima. Para Alice, en cambio, los detalles y la jerga legal son su vida.

–Uy, uy, uy... –dice–. Aquí puedo tener problemas.

–¿Dónde?

–En la Unidad 3.6, «Celos y sospechas».

No es ningún secreto que Alice tiene problemas de celos. Se trata de un complejo amasijo de inseguridades que llevo intentando deshacer desde que empezamos a salir juntos.

–Es posible que las pases canutas.

–No corras tanto y mira esto: Unidad 3.12, «Salud y tonificación».

Intento quitarle el libro de las manos, pero ella se resiste entre risas.

–Por hoy basta de lectura –digo.

Alice lo deja en la mesita de noche y se arrima a mí.

12

Mi despacho está lleno de libros y artículos sobre el matrimonio. Según un estudio de la Rutgers University, cuando una mujer está satisfecha con su matrimonio, su marido es mucho más feliz, mientras que no parece que el grado de satisfacción matrimonial de los hombres influya en la felicidad de las mujeres.

Los hombres bajos duran más tiempo casados que los altos.

¿Cuál es el mejor indicador del éxito de un matrimonio? La capacidad crediticia.

En el derecho babilonio, la mujer que engañaba a su marido debía ser lanzada a un río.

En el ámbito académico, los buenos estudios, con conclusiones sólidas, suelen basarse en una gran cantidad de información. Cuantos más abundantes son los datos, más se diluyen las excepciones, y mejor se dibuja la realidad. Hay veces, sin embargo, en las que me parece que un exceso de datos provoca sobreabundancia de información, en cuyo caso empieza a escaparse la verdad. En el caso del matrimonio, no sé qué decir. Está claro que algo puede aprenderse de los éxitos y los fracasos de anteriores matrimonios, pero ¿no es único cada uno de ellos?

Mis primeros clientes son Liza y John. Me pongo al día antes de que lleguen al despacho, porque soy así y es a lo que me dedico. El día es lluvioso, y aún más gris de lo habitual en Outer Richmond. Él es contratista, y ella se dedica al marketing. Se casaron hace cinco años y celebraron una fiesta de altos vuelos en un campo de golf de Millbrae.

Me caen bien enseguida. Ella lleva una gorra de punto multicolor que se ha hecho ella misma, cosa que parece situarla en las antípodas de la vanidad. Él me recuerda a un buen amigo del instituto, pero más inteligente. Quizá este tipo de terapia pase a ser un agradable contrapeso a mi trabajo habitual con niños y adolescentes. Quizá no esté mal, para variar, rodearme de adultos, y tener conversaciones adultas que no deriven hacia Nietzsche, Passenger o los beneficios científicamente demostrados de los porros. Cuidado, que a mí los niños me gustan, ¿eh? Pero lo que los hace ser tan vulnerables –su sentido del descubrimiento mezclado con desesperación, su ingenua fe en la originalidad de lo que piensan– también puede hacer que pequen de repetitivos. A veces he tenido la tentación de poner en mi puerta un cartel donde pusiera: «Sí, he leído *Franny y Zooey*. No, la anarquía no es una forma viable de gobierno». En suma, que Liza y John son un territorio nuevo y fértil. Me gusta la idea de ayudar a la gente a resolver problemas más parecidos a los míos. En otras circunstancias, casi podría ser amigo suyo.

John trabaja más horas de la cuenta en su *startup* tecnológica, desarrollando una aplicación de efectos rompedores que no acaba de saber explicar. Liza se aburre con su trabajo de publicitar las maravillas de un hospital que a ella le parece una especie de fábrica para enfermos.

–Tengo la sensación de ser una impostora –confiesa mientras se coloca bien el gorro de punto–. Echo de menos a mis amistades. Quiero mudarme otra vez a Washington...

–Echas de menos a una de tus amistades –la interrumpe John–. No nos andemos con rodeos. –Me mira a mí y repite–: Echa de menos a una de sus amistades.

Ella no le hace caso.

–Echo de menos la emoción de vivir en la capital del país.

–¿Qué emoción? –se burla John–. En Washington no sale nunca nadie, ni siquiera cuando hace mejor tiempo. Nueve de cada diez restaurantes son cervecerías artesanas. No hay manera de que te hagan una ensalada decente. No me digas que quieres volver a vivir de aros de cebolla y lechuga iceberg.

Entiendo que su energía negativa pueda poner a su mujer de los nervios.

Liza explica que hace seis meses se puso en contacto con ella un novio del instituto que la localizó por Facebook.

–Está metido en política –dice–. Al menos hace algo.

–No sé qué es peor –dice John–: que mi mujer me esté siendo infiel, o que lo sea con un politicucho pretencioso.

–Liza –digo yo–, John cree que le eres infiel. ¿Tú describirías tu relación con tu exnovio como una infidelidad?

A veces es bueno ser directo, aunque otras tienes que abordar los temas de soslayo. No tengo claro en qué tipo de situación nos encontramos.

Liza le echa una mirada asesina y sigue hablando, sin responder a mi pregunta.

–Vino aquí a trabajar y quedamos para tomar un café. La vez siguiente fuimos a cenar.

Menciona un restaurante escandalosamente caro y describe la velada con una sensación de asombro y maravilla que no encaja para nada en la vulgaridad absoluta de la situación. Me dan ganas de decirle que no tiene nada de original abandonar al cónyuge por un exnovio con quien has reanudado el contacto por Facebook. Me dan ganas de decirle que ella y el ex no están reinventando la rueda, sino metiéndose por un camino de lo más trillado que nunca conduce a nada bueno. Sin embargo, no lo hago. No me corresponde. Tengo la corazonada de que John estaría mejor sin ella. Al cabo de unos meses de que se haya ido Liza, encontrará a una simpática programadora y se alejarán en bici hacia el crepúsculo.

Liza habla de «compatibilidad mental y sexual» como si hubiera leído algún tipo de manual. Usa la palabra «autorrealización», que aunque a priori sea un concepto sólido, se ha convertido en un latiguillo para decir «lo que más me convenga, le duela a quien le duela». Cada vez se pone más irritante, y John más abatido. No tardo mucho en darme cuenta de que solo soy un breve descanso en su viaje hacia el divorcio. Dos jueves más tarde llama John para cancelar sus citas, y aunque me dé pena por él, y personalmente sea una decepción, no me sorprende.

13

A los tres días de la visita de Vivian, nos invitaron a la fiesta anual del despacho de abogados de Alice. Quizá «invitar» no sea la palabra indicada, ya que para los abogados júnior la asistencia es obligatoria. Será en el hotel Mark Hopkins de Nob Hill. Es el primer año que figuro en la lista de invitados. Se trata de un despacho a la antigua, conservador y tradicional. Nunca son bienvenidos los novios ni las novias, mientras que la presencia de los cónyuges es obligada.

Saco mi mejor traje, el Ted Baker que llevé en la boda, e intento darle un toque más festivo con una camisa de cuadros verdes y una corbata roja. Alice pone mala cara en cuanto me ve, y deja encima de la cama una caja de Nordstrom.

–Esta. Te la compré ayer.

Es una camisa azul de buen corte.

–Y esta.

En la segunda caja hay una corbata, también de Nordstrom. Es de seda, de un azul más oscuro que la camisa, con rayas moradas muy discretas. El cuello de la camisa me aprieta y la corbata es difícil de poner. No aprendí a hacerme el nudo hasta los treinta y uno. No sé muy bien si es un motivo de orgullo o de vergüenza.

Me gustaría que viniera Alice a ayudarme con el nudo de la corbata, como las mujeres casadas de la tele, pero claro, no es de esas. No es de las que planchan y sabe hacer un nudo de corbata lanzando miradas seductoras por el espejo, mientras te pasa los brazos por el cuello. Es *sexy*, pero no de un *sexy* doméstico, cosa que a mí me parece muy bien. Más que bien.

Alice ya se ha engalanado, con un traje negro entallado y unos zapatos también negros de piel de serpiente. Pendientes de perlas y una pulsera de oro, sin collar ni anillos. La he visto en fotos con montones de pulseras y montones de pendientes, y collares colgando a tutiplén, pero últimamente, en lo que respecta a las joyas, sigue a rajatabla a Jackie O: dos es ideal, tres es pasarse, y a partir de ahí hay que recortar imperativamente. ¿Cuándo ha pasado su vestuario del rock *steampunk* de los noventa al chic de abogada júnior? Sea como sea, está impresionante.

Dejamos el coche en la rotonda de Top of the Mark para que nos lo aparquen. Aún faltan unos minutos, y como a Alice le da mucha rabia llegar pronto, damos una vuelta rápida a la manzana. Sin ser muy dada a maquillarse, tiene una fe ciega en la combinación del pintalabios rojo y el color saludable del ejercicio, y cuando llegamos a la fiesta tiene las mejillas sonrosadas y está muy guapa.

–¿Preparado? –pregunta al cogerme de la mano, sabiendo cuánto odio este tipo de cosas.

–Mientras no me obligues a hablar de daños y perjuicios...

–No te prometo nada. Te recuerdo que es trabajo.

Entramos en la fiesta. Nos recibe un camarero con champán.

–Supongo que no es un buen momento para pedir un Bailey's con hielo –le susurro a Alice.

Ella me aprieta la mano.

–Para un hombre de tu edad nunca es buen momento para pedir un Bailey's con hielo.

Me presenta a varias personas. Yo sonrío, asiento y doy la mano, optando por la seguridad del «me alegro de verte» por encima del «encantado de conocerte». Hay alguno que hace el típico chiste de psicólogos: «¿Qué diría Freud sobre este cóctel?», o «¿Con tan solo mirarme ya conoces mis más oscuros secretos?».

–Pues mira, la verdad es que sí –contesto muy serio a un tal Jason, que tiene un vozarrón a tono con los aires que se da, y que consigue pronunciar tres veces las palabras «Facultad de Derecho de Harvard» durante el primer minuto de conversación.

Después de aproximadamente una docena de encuentros así, me despego de Alice –la lanzadera separándose de la nave nodriza– y voy hacia las mesas de los dulces, que son considerables: cientos de refinados pastelitos y *parfaits* en miniatura, y montañas de trufas. A mí los dulces me encantan, pero el auténtico atractivo de este rincón de la sala es que no hay nadie. Odio la cháchara, el hablar por hablar, y conocer a gente de esa manera tan falsa que te garantiza que al final de la conversación sabrás menos de ella que antes de empezar.

Llegan los clientes importantes y veo trabajar de lejos a los abogados. A este nivel, las fiestas tienen más de negocio que de diversión. Alice circula entre los grupos. Salta a la vista que se le da bien. Se nota que ha caído en gracia entre los socios y los compañeros, y además tiene atractivo para los clientes. Es una fórmula, claro; el despacho quiere poder presumir de un equipo intachable que combine a los socios de mayor edad, experiencia y ecuanimidad con asociados jóvenes y llenos de energía y de ambición. Alice desempeña con pericia su papel, y los clientes sonríen, contentos de que entre y salga de sus conversaciones.

Dicho todo ello, mientras observo a Alice, que sigue llevando la misma media copa de champán, hay algo que no me cuadra. Está, como le gusta decir a su jefe, «al máximo de rendimiento», pero por alguna razón me provoca... pues tristeza, la verdad. Está claro que el sueldo se agradece y que sin él no podríamos haber comprado la casa. Sin embargo, pienso en Michael Jordan a mediados de su carrera, cuando renunció al baloncesto para hacer una incursión en el béisbol profesional, o en todo el tiempo que pasó David Bowie haciendo de actor, en buenas películas, pero que han acabado por no ser nada más que una laguna en su discografía.

Se une a mí en la mesa de los postres un tal Vadim, un chico joven que parece menos interesado en conocerme que en alejarse de la partida que se dirime en el centro de la sala. Lleva una camisa verde y una corbata roja. Será que no está casado, y no puede orientarlo su mujer hacia el buen gusto. Me recita su currículum con nerviosismo. Es el investigador del despacho. Al enterarme de que es doctor en informática y ha trabajado cuatro años en Google Ventures, me explico que lo hayan contratado, aunque también me explico por qué no encajará nunca del todo en un sitio así. Nuestra conversación forzada nos lleva a algunos ámbitos extraños, como una larga exposición sobre su miedo a las arañas, y otra sobre su desacertada relación con una ciudadana china que más tarde fue acusada de espionaje industrial.

Dicen que Vadim es el futuro de Silicon Valley, que los Vadim del Valley están procreando con las programadoras y engendrando una nueva generación de vástagos increíblemente inteligentes cuya impericia social, en el futuro, ya no será considerada como un lastre, sino solo una rama distinta de la evolución, necesaria para asegurar la supervivencia de la humanidad en el nuevo mundo feliz. Yo no es que no me crea esta teoría, pero a veces, en mi condición de típico tío de letras, me cuesta conectar con gente como Vadim.

Después del currículum, de las arañas y de la enrevesada historia de espionaje, encontramos, sin embargo, un interés común. Porque de lo que quiere hablar Vadim de verdad es de Alice.

–Alice me parece una mujer muy atractiva –dice. Parece que no sabe que soy su marido (aunque no estoy seguro de que cambiara algo)–. Tanto en el sentido físico como en el intelectual.

Luego pasa a analizar a la competencia: «El marido, claro, pero también Derek Snow».

Señala a un hombre alto y guapo, con el pelo rubio y una muñequera amarilla en plan Lance Armstrong, que está demasiado cerca de Alice, hasta el punto de que sus hombros y los de ella se tocan. Al observar a Derek, sé que Vadim tiene razón: no es el único del despacho que desea a mi mujer. La fama previa de Alice y su talento musical la han convertido en una anomalía dentro de un despacho poblado por la típica cosecha de licenciados de la Ivy League.

–Hicieron apuestas sobre si llegaría a casarse con el psicólogo –dice Vadim.

–¿Ah, sí?

–Yo no participé, como comprenderás. Es irracional apostar sobre la relación de otra persona. Hay demasiados factores incalculables.

–¿Cuántos apostaron?

–Siete. Derek perdió mil pavos.

Elijo un dulce bautizado como galleta orgánica de higo sin harina a la corteza de naranja y me lo como de un bocado.

–Que sepas –confieso–, para no faltar a la verdad, que el psicólogo soy yo.

–¡Me has engañado! –exclama Vadim, aunque no parece que lo ofenda mi mentira por omisión, porque se gira y me pega un repaso sin disimular–. Sí, físicamente hacéis buena pareja –concluye–, teniendo en cuenta que a menudo las mujeres se juntan con hombres un poco menos atractivos que ellas, entendiendo por atractivo una combinación de estatura, forma física y simetría. Tú eres más alto que la media, tienes pinta de corredor y tienes las facciones no perfectas, pero sí bien alineadas. El hoyuelo de la barbilla compensa la frente.

Me toco la frente. ¿Qué coño tiene de malo?

–A Alice no parece que le moleste mi frente –digo.

–Estadísticamente hablando, en los hombres un hoyuelo en la barbilla contrarresta varios defectos poco graves. Lo que está comprobado es que en las mujeres los hoyuelos en las mejillas suman puntos en el terreno del atractivo, mientras que un hoyuelo en la barbilla los resta, porque está asociado a la masculinidad. En todo caso, si el atractivo fuera una escala tonal, os faltaría poco para generar armonía.

–Gracias. Supongo.

–Lo que ya no puedo saber es si formáis buena pareja en lo intelectual, claro.

–Aunque no te lo creas, soy muy inteligente. Pero bueno, gracias por no haber participado en la apuesta.

–De nada.

Me pregunta por la boda, la luna de miel, el hotel y los vuelos, sin cansarse de pedir detalles. Me da la sensación de que recoge datos para introducirlos en un programa que prediga nuestras probabilidades de éxito conyugal, y por lo tanto las suyas de quitarme el sitio. En un momento dado, sin saber muy bien por qué, hago una referencia a El Pacto.

–Lo de Alice y yo es algo sólido –digo–. Ten en cuenta que estamos en El Pacto.

–No me suena de nada.

–Es un club –explico–. Ayudan a los casados a seguir casados.

Ya ha sacado su móvil y ha empezado a teclear.

–¿Puedo encontrarlo en internet, el club este que dices?

Por suerte llega Alice para salvarme, antes de que haya podido dar ningún detalle propiamente dicho sobre El Pacto.

–Hola, Alice –dice Vadim, nervioso–. Esta noche estás muy atractiva.

–Gracias, Vadim –responde ella con una sonrisa dulce. Luego se dirige a mí–. Yo tengo que quedarme, pero tú ya has cumplido. Ya he pedido el coche.

Es una de las razones de que la quiera. También lo es el largo beso en la boca que me da en presencia de Derek Snow, Vadim el Ansioso, su jefe y todos los demás, un beso que proclama sin ambigüedades: «No estoy libre».

14

Al día siguiente suena mi teléfono mientras estoy desayunando en la cocina. No reconozco el número.

–Hola, Jake, soy Vivian. ¿Cómo va todo?

–Bien, ¿y tú?

–Solo tengo un momentito. Estoy en la pastelería, comprando un pastel para Jeremy.

–Felicítalo de mi parte.

–No, si no es su cumpleaños. Solo le compro un pastel porque le gustan.

–Qué detalle más bonito.

–Pues sí. Está claro que no has leído El Manual.

–Lo empecé, pero sin llegar muy lejos. ¿Qué tiene que ver un pastel con El Manual?

–Léelo y lo averiguarás. Pero bueno, no te llamo por eso. Dos cosas rápidas: la primera es que estáis invitados a vuestra primera fiesta de El Pacto. ¿Tienes un bolígrafo?

Voy a buscar uno en la encimera, y también una libreta.

–Sí.

–El 14 de diciembre a las siete de la tarde –dice Vivian.

–Yo estoy libre, pero Alice tiene la agenda muy cargada. Tendré que comprobarlo.

–No es la respuesta correcta –ha cambiado bruscamente de tono–. Estáis los dos libres. ¿Listo para que te dé la dirección?

–Venga.

–Green Hill Court, 4, Hillsborough. Repítemela.

–Green Hill Court, 4, Hillsborough. El 14 de diciembre. A las siete de la tarde.

–Muy bien. Dos: no hables de El Pacto.

–No, claro –contesto, a la vez que reproduzco mentalmente mi conversación con Vadim en la fiesta.

–A nadie –insiste Vivian–. No es culpa tuya.

¿Qué no es culpa mía? ¿Cómo puede saber que he hecho algún comentario sobre El Pacto?

–Las instrucciones sobre el secreto de El Pacto forman parte de El Manual, pero también es posible que yo no recalcara bastante la importancia de leérselo. De cabo a rabo. Apréndetelo de memoria, Jake. Orla tiene mucha fe en la claridad de la comunicación y de los objetivos, y yo, en términos de comunicación, os he fallado.

Me imagino a Vivian castigada en un rincón por falta de claridad. Es ridículo. ¿Cómo puede saberlo? Se le habrá escapado a Alice.

–Vivian –digo–, no has fallado a...

Me interrumpe.

–Nos vemos el 14 de diciembre. Dale a Alice un beso de mi parte, y dile que me tiene para lo que quiera.

15

Alice está cada vez más obsesionada con el trabajo. Desde hace un tiempo, hacia las cinco de la madrugada palpo el otro lado de la cama y no la encuentro. Al cabo de unos minutos oigo encenderse la ducha, pero suelo dormirme otra vez. Hacia las siete, cuando salgo al pasillo, ya se ha ido. Me encuentro la cocina llena de vasos sucios, envases vacíos y hojas arrugadas de libreta. Es como si cada noche entrase en nuestra casa un mapache licenciado en derecho y con debilidad por el yogur islandés a precio exorbitante, y al amanecer se fuera con sigilo.

Muy de vez en cuando me encuentro algo más, como la guitarra de Alice encima del sofá, su MacBook, con el Pro Tools abierto, y una letra de canción escrita a mano en un cuaderno.

Una mañana encuentro su ejemplar de El Manual sobre el apoyabrazos del sillón azul. Yo también lo estoy leyendo –órdenes de Vivian–, aunque casi siempre en el trabajo, cuando tengo tiempo libre. Bueno, vale, por encima. En cada sección se vuelve más específico y más técnico, tendencia que llega a su apogeo en la última parte, donde se exponen las leyes y las reglas en párrafos numerados, con un detallismo insufrible.

Mi reacción a El Manual se compone a partes iguales de fascinación y de repulsa. En algunos aspectos me recuerda mis clases de biología de licenciatura. Es como la disección del corazón de oveja el primer día del semestre: El Manual toma algo vivo –en este caso el matrimonio– y lo desmenuza hasta la última célula para ver cómo funciona.

Como yo soy más de panoramas generales, y en estadística era el último de la clase, me atraen las secciones más genéricas. La parte más corta es la primera: «Objetivos».

El Pacto, en resumidas cuentas, se creó por tres razones: en primer lugar, para establecer un conjunto claro de definiciones que puedan usarse para entender el contrato matrimonial y debatir sobre él; en segundo lugar, para establecer una serie de normas y regulaciones a las que deberán ceñirse los participantes en el matrimonio con el objetivo de fortalecer el contrato matrimonial y garantizar el éxito («saberse las normas y regulaciones da un mapa claro y definido e ilumina el camino a la felicidad»); y en tercer lugar, para formar una comunidad de individuos con un objetivo en común, y el deseo compartido de ayudarse entre ellos a cumplir su objetivo individual –el éxito en el matrimonio–, lo cual, a su vez, refuerza el grupo. Se supone que a partir de estos principios fluye todo de manera lógica.

Según El Manual, El Pacto no tiene ningún otro programa más allá de lo expuesto en su declaración de objetivos. Tampoco tiene mensaje político. No discrimina por etnia, nacionalidad de origen, género u orientación sexual.

La primera parte también resume cómo se localizan, seleccionan y ratifican los nuevos miembros. Las nuevas parejas son elegidas en función de su capacidad de aportar algo «único, individual y que refuerza a la comunidad en su conjunto». Todo miembro de El Pacto con un mínimo de cinco años de antigüedad tiene derecho a presentar cada dos años la candidatura de una nueva pareja para el proceso de ratificación. Se nombra entonces a un Investigador Imparcial que redacta un expediente exhaustivo sobre los candidatos. En este expediente basa el comité de admisión su decisión de rechazar o admitir la candidatura. Los candidatos solo pueden ser informados de su candidatura si han sido ratificados como posibles miembros. Las parejas cuyo ingreso es rechazado no llegan a saber nunca nada de El Pacto ni de su candidatura fallida.

A juzgar por el aspecto de su ejemplar, a Alice le atraen más las secciones sobre las normas y el reglamento, cosa que no me sorprende. Ha dejado el libro abierto por la Norma 3.5, «Regalos».

> Todos los miembros deberán aportar cada mes natural un regalo a sus cónyuges. Se entenderá por regalo un objeto u acto especial e inesperado que manifieste haber sido elegido y/o realizado con esmero. La finalidad principal del regalo es poner de manifiesto la centralidad del cónyuge en la

vida del miembro, y el respeto y el amor que en él despierta. Por otra parte, dicho regalo debe poner también en evidencia una comprensión excepcional del cónyuge, sus intereses y el estado actual de sus deseos. No es necesario que el regalo sea caro u original. El único requisito es que tenga sentido.

Cada norma va acompañada de una anotación relativa a las sanciones. En el caso de «Regalos», 3.5b, la sanción es la siguiente:

La no aportación de un regalo a lo largo de un mes natural se interpretará como una falta de Tercera Clase. La no aportación de regalos a lo largo de dos meses consecutivos se interpretará como una falta de Segunda Clase. La no aportación de tres o más regalos a lo largo de un año natural se interpretará como un delito de Quinta Clase.

Por la noche, al volver del trabajo, Alice se quita los zapatos, las medias y la falda en el orden habitual, dejando un rastro de ropa en el pasillo, y una vez enfundada en sus pantalones de chándal se retira con el libro al dormitorio. Lee muchas veces al llegar de trabajar. Es su ritual, su respiro diario. Media hora después, puntual como un reloj, entra en la cocina para que preparemos la cena juntos. Yo espero a que comente algo sobre lo que ha leído, pero nunca lo hace. Me parece que si vacilamos en hablar de El Pacto, de la extraña experiencia con Vivian y de todo el tema en general es por la simple razón de que aún no hemos acabado de asimilarlo. Al principio habría sido fácil descartarlo como una simple rareza, algo de lo que burlarse, pero creo que nos hemos dado cuenta de que no habría sido del todo justo. El objetivo de El Pacto –crear un matrimonio positivo y sólido mediante el apoyo de otras personas con una visión del mundo similar– es tan admirable como deseable.

Al día siguiente, al entrar en la cocina, veo que Alice se ha marchado, y me encuentro lo de siempre, un caos de papeles, una taza de café vacía y un cuenco de Rice Chex sin terminar, en el que flota su cucharada habitual de Ovaltine; pero esta vez, en medio de la mesa hay un paquete pequeño envuelto en papel de regalo con un motivo de pingüinos que bailan. Alice ha escrito mi nombre en tinta dorada sobre una tarjeta blanca pegada al paquete con cinta adhesiva. Al abrirlo encuentro la espátula de diseño más chula del mundo, con la parte superior naranja, mi color preferido, y la inferior amarilla. En la etiqueta pone «Hecho en Finlandia», primero en inglés y luego en finlandés. No es necesariamente cara, pero sí perfecta, y posiblemente difícil de encontrar. Giro la tarjeta. «Haces las mejores galletas con trocitos de chocolate del mundo», ha escrito mi mujer. «Y te quiero.»

Nada más desenvolver la espátula, me fotografío con ella en la mano, casi totalmente vestido, sonriendo. Le mando a Alice la foto por correo electrónico, acompañada por solo cuatro palabras: «Yo también te quiero». Por la noche uso la espátula para hacer galletas, y ninguno de los dos saca a relucir la relación con El Pacto o con sus normas.

A pesar de que aún no estoy del todo seguro de en qué nos hemos metido, me alegro de que Alice haya asumido El Pacto. Interpreto que su aceptación es una prueba de que también ha asumido nuestro matrimonio.

Durante los siguientes días quiero demostrarle que también estoy dispuesto a aceptar El Pacto, y lo que es más importante, igual de comprometido que ella en que funcione nuestro matrimonio, así que me sumerjo más a fondo en El Manual. La Sección 3.8 se titula «Viajes».

> El hogar es el santuario de un buen matrimonio, pero también es esencial viajar. Gracias a los viajes, las relaciones disponen del sol y del espacio necesarios para crecer en un entorno más propicio. Viajando, los cónyuges pueden crecer juntos a través de las experiencias que comparten. Viajar permite a los cónyuges desvelar facetas de su personalidad ajenas al contexto de la vida cotidiana. Viajar puede tener efectos rejuvenecedores, y hacerlo juntos puede rejuvenecer un matrimonio.
>
> 3.8a: Todos los miembros deberán planear un viaje en común por cuatrimestre. Se entenderá por viaje estar lejos de casa durante un período no inferior a treinta y seis horas. Los miembros no podrán estar acompañados por personas, amigos, parientes u otras relaciones. Si bien la mayoría de los viajes deben ser realizados por los cónyuges a solas, se acepta, e incluso se estimula, viajar en compañía de otros miembros de El Pacto. No es necesario gastar mucho dinero, ni viajar muy lejos, ni pasar mucho tiempo fuera.

3.8b(1): Sanción: La no planificación de un viaje, como mínimo, a lo largo de un período de nueve meses se interpretará como una falta de Segunda Clase. La no planificación de un viaje, como mínimo, durante un período de doce meses se interpretará como un delito de Quinta Clase.

Se me escapa la risa al leerlo. ¿Una falta? Se ve que con El Pacto es facilísimo meterse en líos. Aun así, me doy cuenta de que cumplir la norma del viaje daría mucha más emoción al matrimonio, así que empiezo a planear mi primer viaje según lo que entiende como tal El Pacto.

Cuatro noches después de recibir la espátula, mientras Alice se prepara para acostarse, entro sin hacer ruido en la cocina y dejo en la mesa un sobre con su nombre. Dentro están los detalles del viaje que he planeado, un fin de semana en Twain Harte, Sierra Nevada. La cabaña que he alquilado no tiene dirección, solo un nombre: Mountain Ruby. El contrato de alquiler lleva grapada una foto de las vistas desde la ventana principal: kilómetros de lago azul, y un fondo de cumbres nevadas.

16

Tanto Alice como yo estamos muy ocupados con nuestros trabajos y las compras navideñas. El 14 de diciembre llega antes de lo esperado.

Alice anda metida de lleno en un nuevo caso. Un escritor solitario ha contratado a su despacho para demandar a una productora de televisión, a la que acusa de haberle robado tres relatos cortos para una nueva serie. Como el demandante tiene un presupuesto limitado, han puesto al frente a Alice, que le ha dedicado muchas horas extras al caso, trabajando hasta altas horas de la noche o de madrugada. Sea cual sea el desenlace, el pleito llevará su firma.

Salgo temprano del trabajo y voy a la Facultad de Bellas Artes. Un antiguo paciente, un chico de dieciocho años a quien traté durante sus primeros dos años de instituto, me ha invitado a una función matinal del *Cuento de Navidad*, donde interpreta el papel protagonista. Es un chaval encantador, con algunos problemas de socialización. Ha dedicado muchos esfuerzos a montar la obra, y estoy impaciente por verla.

Alice y yo no hemos hablado ni una sola vez de la fiesta que habrá esta noche en Hillsborough. Justo después de la llamada de Vivian lo anoté en nuestro calendario compartido de iCloud, pero luego se me fue de la cabeza. Antes pasábamos horas hablando, pero desde que tiene más trabajo han disminuido nuestras oportunidades para conversar. Mi jornada no empieza hasta las nueve, y me cuesta hacer el esfuerzo de levantarme a las cinco para despedirme de ella. La mayoría de las noches no llega a casa hasta después de las once, con comida del mediocre chino de la esquina. Aunque me dé vergüenza reconocerlo, nos hemos acostumbrado a cenar tarde delante de la tele.

Hemos estado siguiendo la serie en la que se basa la demanda del escritor, Jiri Kajanë. Los relatos de la discordia formaban parte de su colección *Some Pleasant Daydream*. La serie de televisión va de dos amigos, uno mayor y el otro joven, que viven en un pueblo de un país sin nombre. Se llama *Sloganeering*, que da la casualidad de que también es el título de otro de los cuentos del libro del cliente de Alice. Es de esas series por cable demasiado raras para las grandes cadenas, pero con el punto justo de excentricidad para haberse granjeado un público amplio e incondicional durante las cinco temporadas que lleva en la programación. Durante la fase de presentación de pruebas, el despacho de Alice recibió los DVD de todas las temporadas. Cada noche vemos uno o dos episodios.

Podría parecer que estamos estancados, pero no, qué va; no solo disfrutamos con la serie, sino que es la manera perfecta de relajarnos después de un día mentalmente agotador. Además, es de una domesticidad que reconforta. Si al principio el matrimonio es como una carretilla de cemento húmedo y sin forma, con un sinfín de posibilidades en cuanto a la forma que acabará adquiriendo, la rutina nocturna de comida preparada y *Sloganeering* está dándole al nuestro la oportunidad de endurecerse y asentarse.

Durante el entreacto de la obra, le mando un mensaje de texto a Alice para asegurarme de que haya visto la fiesta de Hillsborough en el calendario.

«Me acabo de fijar –responde ella–. Estoy flipando.»

«Deberíamos ir. Podría ser interesante. ¿Puedes?»

«Sí, pero ¿cómo hay que vestirse para la reunión de una secta?»

«¿Con túnicas?»

«Yo la mía la tengo en la tintorería.»

«Tengo que irme. En cinco minutos declaran.»

«Saldremos a las 18.15.»

«Vale. Besitos.»

Un artículo que leí hace poco en el periódico citaba una investigación científica según la cual las parejas que intercambian mensajes de texto a lo largo del día tienen vidas sexuales mucho más activas y se declaran mucho más satisfechas con sus cónyuges. Yo me lo he tomado muy a pecho, y no hay día en que no abra el teléfono para mandarle un mensaje a mi mujer, aunque sea muy corto.

17

Hillsborough fue fundado en la década de 1890 por un grupo de magnates del ferrocarril y de la banca deseosos de huir de la chusma que estaba invadiendo San Francisco. Se compone de un laberinto de calles estrechas y sinuosas que recorren los cañones como un origami. En Hillsborough son pocas las aceras, e inexistentes los negocios; solo hay grandes casas detrás de muros cubiertos de hiedra. De no ser por su amigable policía, siempre alerta, y con fama de estar dispuesta en todo momento a acompañar fuera del pueblo a los intrusos, se podría uno perder durante días en el laberinto, hasta quedarse sin gasolina y tener que sobrevivir a base de restos de caviar y patas de cordero orgánico a la trufa rescatados de los contenedores de compostaje que cuelgan al otro lado de los imponentes muros.

A las siete y cuarto abandonamos la autovía. Alice ha llegado tarde del trabajo, y se ha probado a toda prisa siete conjuntos distintos antes de poder salir de casa. Al tomar la salida, enciendo el GPS en un estado de inquietud y nerviosismo. Pone: no hay señal disponible.

–Relájate –dice Alice–. A la hora en punto nunca empiezan las fiestas.

Pasa a toda pastilla un Jaguar XKE de 1971, un modelo precioso, del típico verde de los coches ingleses de carreras, con capota dura y la parte de atrás redondeada. Mi socio Ian me dijo que era el coche de sus sueños. Acelero para que no se me escape.

–Haz una foto para Ian –le pido a Alice, pero antes de que haya podido encontrar el icono de cámara de su móvil, el Jaguar se mete por un largo camino de entrada y desaparece.

–Green Hill Court, 4.

Alice señala el buzón de la entrada por donde se ha metido el Jaguar. Reduzco mucho la velocidad y me paro a mirarla.

–¿Seguro que nos conviene?

La casa de Green Hill Court, 4 tiene nombre: Villa Carina. Está grabado en una placa de piedra fijada a la verja de hierro forjado. Originalmente, Hillsborough estaba formado por nueve fincas –con sus casas de invitados, sus caballerizas y sus viviendas de servicio– repartidas por cientos de hectáreas de jardín y bosque. A juzgar por su aspecto, esta era la entrada principal de una de ellas.

El largo camino de acceso, pavimentado de ladrillo, tiene a cada lado una cuidada hilera de árboles. Al final llegamos a una gran explanada de piedra, al pie de una enorme mansión de cuatro pisos que hace parecer minúscula la fila de coches aparcados. Alice cuenta catorce, con mayoría de Teslas. También hay un Maserati antiguo, un Dos Caballos restaurado, un Bentley azul, un Avanti naranja y el Jaguar.

–Mira –dice señalando un Audi negro (tal vez el de Vivian) y un turismo Lexus gris oscuro, para nuestro alivio–: coches de gente casi normal. Y nosotros que pensábamos que desentonaríamos.

–Quizá aún podamos irnos –digo yo en broma, pero no del todo.

–Ni se te ocurra. Lo más probable es que haya cámaras por todas partes. Seguro que ya nos han grabado desde alguna.

Aparco al final, dejando mi Jeep Cherokee al lado de un Mini Countryman.

Alice baja el espejo del asiento derecho para mirarse el pintalabios y ponerse un poco de colorete, mientras yo me compruebo el nudo de corbata en el retrovisor.

Bajo del coche y voy a abrir la puerta de Alice, que se desencaja del asiento y me toma del brazo al levantarse. Hay luces encendidas en los últimos pisos. Al ir hacia la puerta, pasando al lado de los coches, entreveo nuestro reflejo en la ventanilla del Jaguar, yo con mi traje de Ted Baker y mi corbata nueva, y Alice con el vestido granate que se compró para la luna de miel. «*Sexy* maduro», lo llama. Se ha recogido el pelo, en un estilo serio pero agradable.

–¿Desde cuándo somos tan adultos? –susurro.

–Deberíamos habernos hecho una foto –dice ella–, por si a partir de ahora es todo cuesta abajo.

Siempre que me siento viejo –o sea, cada vez más a menudo–, Alice me dice que me imagine haciéndome una foto, y luego dentro de veinte años, mirándola y pensando en lo joven que se me veía, y esperando haber disfrutado de mi juventud, o como mínimo haberla identificado. Suele funcionar.

Al acercarnos a la casa se oyen voces. Rodeamos el seto y nos encontramos con Vivian al pie de la escalera.

En ningún momento me ha dicho qué había que ponerse ni si había que traer algo. Me doy cuenta de que probablemente fuera otro examen. De repente me alegro de haber hecho esta tarde el esfuerzo de ir a comprar una buena botella de vino para el anfitrión. Vivian se ha puesto otro vestido de color intenso, esta vez fucsia. Tiene una copa en una mano, algo claro, con hielo, y en la otra un ramo de tulipanes amarillos.

–Amigos –dice abrazándonos sin que se le derrame ni una gota. Le da los tulipanes a Alice y se aparta a mirarla–. Los tulipanes amarillos son una tradición, aunque no sé cuándo ni por qué empezó. Venid, que me muero de ganas de presentaros al grupo.

Mientras subimos por los escalones de piedra, Alice me mira como si dijera: «Demasiado tarde para dar media vuelta».

La puerta, muy grande, da a un vestíbulo enorme, aunque no es como me esperaba. En vez de mármol, muebles franceses recargados y el retrato de un antiguo magnate del ferrocarril sobre una chimenea, lo que hay es un suelo de madera natural, una mesa de acero cepillado con una maceta de cemento llena de plantas crasas, y mucho espacio. Al fondo del vestíbulo se abre una sala inmensa con ventanas que van del suelo al techo y enmarcan a un grupo de gente en la terraza.

–Están todos entusiasmados con conoceros –dice Vivian acompañándonos al fondo del salón.

Veo fugazmente la cara de Alice en el espejo de encima de la chimenea. Su expresión es difícil de interpretar. Me gusta verla con los tulipanes amarillos en las manos. La suavizan. Desde que entró a trabajar en el despacho de abogados, se ha endurecido. Los largos horarios y la intensidad del trabajo la han vuelto un poco impaciente, lo cual es comprensible.

Una cincuentona atractiva se acerca a paso rápido a la puerta que tenemos a la izquierda. Lleva una bandeja vacía y parece agotada, pero bajo su energía nerviosa se adivina el porte de una mujer rica e influyente.

–Ah –dice Vivian–, qué oportuno. Os presento a nuestra anfitriona, Kate. Kate, estos son Alice y Jake.

–Naturalmente –contesta Kate mientras abre la puerta con un hombro, revelando una cocina enorme.

Deja la bandeja en la encimera y se gira hacia nosotros. Yo le tiendo la mano, pero recibo un largo abrazo.

–Amigo –dice–, bienvenido.

De cerca huele un poco a pasta de almendra. Me llama la atención una cicatriz en el lado izquierdo de su barbilla. Aunque se la haya tapado con maquillaje, se nota que fue un corte considerable. Tengo curiosidad por saber cómo se lo hizo.

–Amiga –dice abrazando a Alice–, eres exactamente como te ha descrito Vivian. –Se gira hacia esta última–. ¿Por qué no te los llevas fuera y se los presentas al grupo? Yo tengo trabajo. Hacía tiempo que no organizaba una fiesta para treinta y seis personas sin ayuda.

–Según las normas, a la fiesta trimestral solo pueden asistir miembros –explica Vivian mientras se cierra la puerta de la cocina por detrás de Kate–. No puede haber *catering*, camareros, cocineros ni personal de limpieza. Por seguridad, se entiende. Fijaos bien en todo, porque en algún momento os tocará.

Alice me mira emocionada, arqueando las cejas. Se nota que ya está planeando la fiesta en su cabeza.

El jardín es enorme. Una piscina rectangular intensamente azul, un brasero, un césped muy cuidado bordeado de olmos... Parece una foto de una revista de casas de lujo. Las antorchas polinesias infunden un suave resplandor al conjunto, que me permite ver distribuidos en grupos a los invitados.

Vivian nos entrega dos copas de champán y nos lleva al centro de la terraza.

–¡Amigos! –dice en voz alta, dando dos palmadas. Todo el mundo se calla y se gira a mirarnos. Yo no soy precisamente tímido, pero no me gusta el protagonismo y noto que me ruborizo–. Amigos, es un honor presentaros a Alice y Jake.

Se adelanta un hombre con americana azul y vaqueros oscuros. De repente me doy cuenta de que la mayoría de los hombres van vestidos de forma parecida –más a lo empresario de Silicon Valley que a lo financiero de Wall Street–, y me arrepiento de haberme puesto el traje. El hombre levanta su copa.

–Por los nuevos amigos –dice.

–Por los nuevos amigos –repite a coro el grupo.

Bebemos todos. Después de saludarnos a Alice y a mí con la cabeza, y con sonrisas, los demás reanudan sus conversaciones. El hombre se acerca para presentarse.

–Roger –dice–. Estoy encantado de que vuestra presentación se haga en mi casa.

–Gracias por invitarnos –dice Alice.

Vivian me toma por el brazo.

–Déjalos que hablen, que tú tienes que conocer a gente.

Los invitados son mejores de lo que me esperaba, relajados, alegres y, a primera vista, sin ínfulas ni pretensiones. Dos capitalistas de riesgo, un neurólogo y su mujer, dentista, un exjugador profesional de tenis, varios ejecutivos de tecnológicas, un presentador de noticias de la zona, un diseñador de ropa, una pareja que se dedica a la publicidad y el marido de Vivian, Jeremy, propietario de una revista.

Nos acercamos al último grupo. Mientras Vivian inicia las presentaciones, me doy cuenta de que a una de las mujeres la conozco. JoAnne Webb. Ahora, según Vivian, JoAnne Charles. Fuimos juntos a la universidad. De hecho estuvimos en la misma clase, vivimos en habitaciones contiguas durante el segundo curso y fuimos los dos supervisores de planta. Durante todo un año la veía cada martes en nuestra reunión semanal de supervisores del Fireside Lounge.

Hacía años que no la veía, pero la verdad es que he pensado muchas veces en ella. Si me hice psicólogo fue por influencia de JoAnne. Hacia la mitad de nuestro segundo curso, una noche cálida de entre semana, llegó corriendo al bar donde estaba yo cenando un chico de mi planta, pálido y con cara de susto.

–En Sproul hay uno que se quiere tirar –susurró–. Necesitan que vayas.

Salí del bar a toda prisa, crucé la calle y subí al tejado de la residencia contigua. Vi que al borde había un chico a quien reconocí vagamente. Tenía las piernas colgando a siete pisos de altura. Solo había otra persona, JoAnne Webb. La oí hablar despacio y en voz baja, mientras se iba acercando. El chico parecía enfadado y a punto de saltar. Llamé a la policía del campus desde el teléfono de la escalera.

Me acerqué a donde estaba sentada JoAnne al lado del chaval, también con las piernas colgando del techo. Ella hizo un gesto sutil con la mano para pedir tiempo e intimidad. Cuanto más agitada era la voz de él, más dulce y tranquila se volvía la de ella. La lista de preocupaciones de él era muy larga: las notas, el dinero, sus padres... Lo de siempre, aunque daba la impresión de que si estaba fuera de quicio se debía sobre todo a una breve relación que había acabado mal. En lo que llevábamos de semestre ya habían saltado otros dos del mismo tejado, y por el tono de voz de aquel chaval intuí que pronto sería el tercero.

JoAnne se quedó casi dos horas a su lado, mientras al pie del edificio se formaba un gran grupo de estudiantes y policías del campus, al que se añadió un camión de los bomberos. Cada vez que subía alguien al tejado y se acercaba, JoAnne levantaba la mano como si dijera: «Dadme tiempo». En un momento dado me llamó por señas.

–Jake –me dijo–, tengo la garganta seca. ¿Puedes traerme un Dr Pepper de la máquina? –Luego se volvió hacia el chico–. ¿Para ti otro Dr Pepper, John?

La pregunta pareció pillarlo desprevenido. Se quedó callado, mirándola.

–Pues la verdad es que sí, que me apetece –dijo finalmente.

Aunque no pueda explicarlo, supe de inmediato que en esos diez segundos, mediante el simple ofrecimiento de un Dr Pepper, JoAnne había impedido un suicidio. Yo era bastante bueno en mi trabajo, en el trato humano, pero en ese momento me di cuenta de que me faltaban años para llegar a entender a la gente como JoAnne a aquel chico. A los pocos meses cambié de primera opción y me apunté a psicología conductual. Desde entonces, cada vez que veo una lata de Dr Pepper en una máquina de autoservicio, oigo la voz de JoAnne: «¿Para ti otro Dr Pepper?».

En la universidad JoAnne era una chica normalilla, con el pelo largo y mechas doradas y castañas. Ahora que la tengo delante, a la luz de las antorchas, la veo cambiada. Es como si cada pelo de su cabeza siguiera las órdenes estrictas de un peluquero severo y dictatorial de un salón de belleza elegante de Union Square. No es que esté mal su *look* pero sorprende. ¿Cuándo ha aprendido a maquillarse?

–Me alegro de verte, Jake –dice.

–Así que os conocéis. –El tono de Vivian es de falsa alegría–. Qué coincidencia más genial. Me sorprende que no me lo hayan dicho.

–Trabajamos juntos cuando íbamos a la universidad –explica JoAnne–. Hace siglos.

–Ah –dice Vivian–. Eso queda fuera de nuestra política actual de antecedentes.

A continuación, JoAnne me da un largo abrazo.

–Hola, viejo amigo –me susurra al oído.

Se acerca un hombre, moreno, enjuto, de estatura normal, con un traje muy caro.

–Soy Neil –dice, apretándome en exceso la mano–, el marido de JoAnne.

–Espero que no le importe a JoAnne que lo cuente –respondo–, pero una noche vi que le salvaba la vida a un chico.

Neil se apoya en los talones, mirándonos a los dos. No es la primera vez que veo una mirada así. Es una evaluación, de mí y de cómo reacciona JoAnne a mi presencia. Quiere saber si constituyo una amenaza.

–Es una mujer con muchos talentos –dice.

–No, qué va –protesta JoAnne en voz baja–, si no fue como dice.

Vivian me aparta antes de que haya tenido tiempo de hablar con JoAnne.

–Tenemos que conocer a otras personas –insiste mientras me conduce hacia donde se encuentra nuestra anfitriona, Kate.

A su lado hay una lona de plástico clavada al césped con estacas. Kate la está tocando con la punta del zapato. Parece que le moleste.

–¿Necesitas que te ayude? –pregunto.

–No, no –contesta ella–. Son esta porquería de setas. Justo cuando me había quedado tan perfecto el jardín, van hoy y salen. Lo estropean mucho.

–Qué va –dice Vivian–. Se ve todo maravilloso.

Kate sigue poniendo mala cara.

–Esta tarde, cuando estaba a punto de arrancarlas y tirarlas al compostaje, ha salido Roger corriendo para evitarlo. Se ve que son de un tipo poco común, y venenoso. Podrían haberme matado. Él lo sabrá, que por algo fue botánico antes que banquero. En fin, que al final nos hemos limitado a taparlas con una lona. El jueves vendrán a quitarlas.

–Cuando era pequeña –dice Vivian–, en nuestra granja de Wisconsin tuvimos una seta de cuatrocientos kilos. Antes de que nos diéramos cuenta de que estaba, ya había crecido bajo tierra hasta tener el tamaño de un camión.

No la veo yo de granjera en Wisconsin. Es lo que tiene Silicon Valley: si le das a cualquier persona dos décadas aquí, las aristas y las peculiaridades de su estado natal dejan paso a un lustre norcaliforniano inconfundible. «Salud y unas cuantas *stock options* al margen», lo define Alice.

Kate pide permiso para ir a acabar de preparar la comida. Vivian me lleva a otro grupo. Se acerca Roger con una botella de vino y una copa limpia.

–¿Tienes sed?

–Sí, por favor –digo yo, asintiendo.

Me llena la copa a medias, hasta que se acaba la botella.

–Espera –dice mientras coge otra idéntica del bar improvisado en la mesa de la terraza. Se saca del bolsillo trasero un objeto ovalado de acero inoxidable, que mediante un simple giro de la mano deja de ser una extraña obra de arte moderno para convertirse en un mero sacacorchos–. Lo tengo desde hace casi veinte años –dice–. Lo trajimos Kate y yo de nuestra luna de miel en Hungría.

–Qué aventureros –comenta Vivian–. Jeremy y yo solo fuimos a Hawái.

–Éramos los únicos turistas en varios kilómetros a la redonda –dice Roger–. Me tomé un mes sabático y alquilamos un coche para recorrer el país. En esa época vivíamos en Nueva York, y lo menos parecido a Nueva York que se nos ocurrió fue Hungría. El caso es que íbamos con nuestro Lancia por las afueras de la ciudad de Eger cuando se rompió un pistón y nos quedamos parados de golpe. Empujamos el coche hasta el arcén y empezamos a caminar. En una casita había luz encendida. Llamamos a la puerta. El dueño nos hizo pasar. Resumiendo, que los siguientes días los pasamos en su casa de huéspedes. Hacía sacacorchos, como pluriempleo, y nos dio este como regalo de despedida.

»Solo es un objeto, y muy sencillo –dice Roger–, pero a mí me encanta. Me recuerda la mejor época de mi vida.

Nunca había oído hablar a nadie con tanta nostalgia de su luna de miel. Me hace pensar que quizá esto de El Pacto sea algo especial.

Se me pasa la noche volando. La comida está de miedo, sobre todo el postre, una reserva impresionante de profiteroles. No acabo de entender que haya podido prepararlo todo Kate ella sola. Por desgracia estoy demasiado nervioso para disfrutarlo de verdad. Me siento toda la noche como si estuviera en una de esas entrevistas de trabajo heterodoxas de Silicon Valley: un sinfín de preguntas raras disfrazadas de conversación trivial, cuando sabes que en realidad está todo pensado al milímetro para llegar hasta el fondo de tu alma.

De camino a casa, Alice y yo comparamos impresiones. A mí me preocupa haber hablado demasiado poco, y haber aburrido probablemente a todo el mundo. A Alice le preocupa haber hablado demasiado. Lo hace por nerviosismo, y es una costumbre peligrosa, que le ha dado problemas en más de un acto social. Al salir de la finca y seguir el tortuoso recorrido de regreso a la autovía, a duras penas podemos contener una energía nerviosa. Alice está optimista, por no decir eufórica.

–Ya tengo ganas de que llegue la siguiente –dice.

En ese momento decido no explicarle mi segundo encuentro de la velada con JoAnne. Ha sido cuando estaban todos reunidos alrededor de la hoguera. Parecía una reunión prevista de antemano, para que las parejas se contaran mutuamente qué regalos se habían hecho, y adónde habían viajado, desde la última fiesta trimestral. Yo, incómodo, y algo aburrido, me he escapado al cuarto de baño. Después de lavarme las manos y de despejarme la cabeza durante unos minutos, disfrutando del silencio después de toda una velada de charla insulsa, he abierto la puerta y me he encontrado a JoAnne al otro lado. Al principio he pensado que solo había subido para ir al baño, como yo, pero luego me he dado cuenta de que me había seguido.

–Hola –le he dicho.

Ella ha mirado nerviosa hacia ambos lados del pasillo.

–Lo siento –ha susurrado.

–¿El qué? –le he preguntado con sorpresa.

–No deberías estar aquí. No he visto tu nombre en la lista. Debe de haber salido el correo electrónico mientras estábamos de vacaciones.

Lo habría impedido, Jake. Podría haberte salvado. Ahora es demasiado tarde. Lo siento. –Me ha mirado con esos ojos marrones y francos que tanto recordaba–. Lo siento mucho, de verdad.

–Todo el grupo es muy simpático –he contestado yo, perplejo–. No veo que haya nada que sentir, en absoluto.

Entonces me ha puesto una mano en el hombro, y ha puesto cara de querer añadir algo, pero al final se ha limitado a suspirar.

–Mejor que vuelvas con los otros.

El día después de la fiesta, al volver del trabajo, me encuentro un paquete pesado en el porche. Dentro hay una caja de vino húngaro y una tarjeta blanca. «Bienvenidos, amigos –pone en cursiva dorada–. Tengo ganas de volver a veros.»

18

Aunque ya estuviéramos en plenas fiestas navideñas, Alice seguía ocupadísima con su trabajo. Impresionados por cómo abordaba el nuevo caso sobre propiedad intelectual, los socios le habían asignado nuevas obligaciones.

Yo me zambullí de lleno en las mías. A través de un contacto de su iglesia, Ian había empezado enviarme más pacientes para terapia de pareja. La mayoría tenía problemas con lo típico: el nacimiento de un hijo, una infidelidad, problemas económicos...

El porcentaje de los destinados al divorcio rondaba el setenta por ciento, pero yo estaba resuelto a invertir la proporción. A esas alturas ya era capaz de predecir las perspectivas de supervivencia conyugal en los primeros diez minutos. No es por presumir, pero calo muy bien a la gente. Es un don, un talento innato que he perfeccionado con años de práctica. Ha habido casos en que lo he tenido claro cuando aún no nos habíamos sentado en el despacho. Las parejas que se sentaban juntas en el sofá aún se esforzaban por que funcionase, mientras que las que optaban por los sillones ya habían aceptado –al menos inconscientemente– que tarde o temprano llegaría el divorcio o la separación. Hay otros indicios, por supuesto: cómo se sientan, juntando o apartando los pies, con los brazos separados o cruzados, con o sin chaqueta... Cada pareja transmite un centenar de pequeñas señales acerca del rumbo de su matrimonio.

Mi pareja favorita eran Winston y Bella, asiáticos los dos, en la treintena. Él se dedicaba a la biofarmacia, y ella a las tecnologías de la información. Se tomaban sus problemas con sentido del humor, y en líneas generales eran bastante maduros para no caer en el mezquino tira y afloja que empezaba a molestarme en algunas otras parejas. Lo malo era que la ruptura de Bella con su anterior novio,

Anders, se había solapado con el principio de su relación con Winston; y aunque hubieran pasado casi diez años, seguía siendo un obstáculo recurrente a su evolución como pareja. Bella insistía en que sin los celos y las inseguridades de Winston ella ni siquiera habría pensado en Anders en todos esos años. Por desgracia, Winston parecía incapaz de superar los pormenores de un punto de partida tan conflictivo.

Ese jueves, mientras estaba Bella en el baño, Winston me preguntó si pensaba que una relación podía superar un arranque accidentado.

–Por supuesto –contesté.

Entonces me hizo otra pregunta.

–¿Pero en la primera reunión no nos dijiste que la semilla del final de una relación siempre puede encontrarse en sus inicios?

–Es verdad.

–Yo de lo que tengo miedo es de que la semilla se plantara durante nuestro primer mes juntos, cuando ella aún se veía en secreto con Anders, y de que ahora el árbol haya crecido demasiado para que se pueda arrancar de raíz.

–El hecho de que estéis aquí significa que hay muchas posibilidades de que el desenlace sea positivo.

Yo quería que fuera verdad, pero también sabía que Winston, se diera cuenta o no, y a pesar de sus buenas intenciones, seguía alimentando y regando la semilla, y permitiendo que creciera el árbol. Se lo dije.

–¿Pero cómo puedo superarlo? –Su angustia era palpable–. ¿Sabes que aún sale a comer con Anders? Y nunca me lo cuenta. Siempre me entero por terceros, por amigos de amigos, y cuando se lo pregunto se pone muy a la defensiva. ¿Cómo quieres que me fíe de ella, si cada vez que se ven en secreto demuestra que su pasado con Anders es tan importante que por él vale la pena jugarse nuestro futuro?

Cuando volvió a entrar Bella en la consulta, decidí abordar sin rodeos la semilla que se había convertido en árbol.

–Bella –dije–, ¿tú por qué crees que mantienes la amistad con Anders?

–Porque no tengo por qué renunciar a mis amigos.

–Bueno, vale, ya veo tu punto de partida, pero sabiendo que la relación tiene un efecto negativo sobre tu matrimonio, ¿te plantearías sincerarte más con Winston al respecto? Por ejemplo, ¿podrías contarle a Winston cuándo comerás con Anders? Hasta podrías invitarlo.

–No es tan fácil. Si se lo dijera nos pelearíamos.

–Pero cuando lo mantienes en secreto también acabáis peleándoos, ¿no?

–Supongo.

–Muchas veces, cuando uno de los cónyuges se siente obligado a esconderle algo al otro, es que hay un motivo subyacente que va más allá de la reacción más probable del cónyuge engañado. ¿A ti se te ocurre algún motivo subyacente?

–Bueno, es que el pasado pesa mucho –reconoció Bella–. Hay mucho bagaje. Por eso no se lo cuento a Winston.

Vi que los hombros de Winston se encorvaban, que los pies de Bella se alejaban hacia la pared, que sus brazos se cruzaban sobre el pecho... y comprendí que sería más difícil de lo que me había imaginado.

19

–¿Te ha llamado Vivian? –preguntó Alice por teléfono.
Era por la mañana, el día antes de Navidad.
–No –contesté, distraído.
Estaba en la consulta, repasando el informe de un paciente y preparándome para una sesión que se adivinaba difícil. El paciente, Dylan, era un chico de catorce años inteligente, y a menudo gracioso, pero con problemas de depresión. Su tristeza, y mi incapacidad de curarla, me afectaban mucho.
–Quiere que comamos las dos juntas. –Alice parecía nerviosa–. Le he comentado que estoy de trabajo hasta las cejas, pero ella ha dicho que era importante, y con lo amable que estuvo en la fiesta, no he sabido decirle que no, sobre todo cuando no le he mandado ni una triste nota de agradecimiento.
Cerré la carpeta, usando como punto el índice.
–¿Tú qué crees que querrá?
–No lo sé. Tenemos reserva a las doce en el Fog City.
–Esperaba que llegaras pronto a casa.
–Lo dudo, pero haré lo que pueda.
Llegué a las dos, y al encontrar la casa fría encendí la chimenea y empecé a envolver los regalos de Navidad de Alice. Casi todo eran libros y discos que había mencionado en los últimos meses, más un par de camisetas de su tienda favorita, pero quise que quedaran bien. El principal regalo era un collar de plata con un colgante hecho a partir de una perla negra muy bonita.
En nuestro caso, como en el de muchas parejas, los planes de Navidad tienen su intríngulis. De pequeño, en mi familia se celebraban de manera un poco extraña. Cuando llegaba mi padre del trabajo en Nochebuena, él y mi madre nos cargaban a los niños en el coche

y luego él desaparecía unos minutos en la casa, con la excusa de que se le había olvidado la cartera. Cuando volvía, mi madre había puesto villancicos por la radio, y estábamos cantando todos juntos. Con mi padre al volante empezaba la búsqueda de la pizza, una noche en que estaban cerradas la mayoría de las pizzerías. Cuando volvíamos a casa ya había pasado Papá Noel. Los regalos estaban repartidos al pie del árbol, sin envolver. Entonces empezaba el zafarrancho.

Las Navidades infantiles de Alice eran más tradicionales: acostarse temprano en Nochebuena, dejarle galletas a Papá Noel, descubrir por la mañana los regalos envueltos junto al árbol, y luego una larga ceremonia en la iglesia.

Durante las primeras Navidades que pasamos juntos, llegamos a la conclusión de que era de justicia distribuir a partes iguales el calendario festivo. Los años impares los celebraríamos a mi manera, y en los pares respetaríamos las tradiciones familiares de Alice. Lo bueno de Alice, sin embargo, era que siempre cedía en lo referente a la cena de Nochebuena: le gusta tanto la pizza como a mí. Este año era par, y por eso estaba envolviéndolo yo todo.

Me pasé toda la tarde dando vueltas por la casa, esperando a Alice. Hice la limpieza y vi *Historias de Navidad.* A las siete seguía sin llegar.

Justo cuando empezaba a molestarme por que ya no tuviéramos la posibilidad de pedir pizza, oí que se abría la puerta del garaje y que entraba su coche. Después oí sus pasos en la escalera de atrás, y antes de verla ya noté olor a pizza. Llevaba una grande de *peperoni.* Hasta había puesto unos cuantos regalos envueltos encima, para mí.

–Qué buena pinta tienen –dije al fijarme en el papel de regalo, a cuadros y brillante, y en los abundantes lazos de la cinta verde, y en el inconfundible adhesivo dorado de SFMOMA. Me imaginé que Alice no se habría acordado hasta esa mañana misma de que era Nochebuena, y que de camino al restaurante debía de haber pasado por la tienda del San Francisco Museum of Modern Art.

Mientras ella abría la caja de la pizza, y me servía un trozo en el plato, me fijé en que llevaba una pulsera que nunca había visto. Era moderna, plateada, de algún tipo de plástico duro moldeado, o de aluminio, o de fibra de vidrio. De unos cinco centímetros de ancho, y muy ajustada. No vi ningún cierre. De hecho no vi cómo se sujetaba, ni lo más importante, cómo se quitaba. Como joya era chula, pero me sorprendió que estando tan ocupada se hubiera tomado la molestia de comprarse algo.

–Muy bonita, la pulsera –dije–. ¿Del MoMA?

–No –contestó ella mientras doblaba la pizza a lo largo–, un regalo.

–¿De quién?

La primera persona en quien pensé fue el tío ese de la fiesta del despacho, Derek Snow, el de los rizos.

–De nuestra amiga Vivian.

–Ah –dije aliviado–, qué detalle.

–No te creas.

–¿Qué?

Comió pizza durante un momento.

–Ha sido rara, la comida. La verdad es que rarísima. En principio ni siquiera podría hablarte de ella. No quiero meterte en líos.

Me hizo reír.

–Tampoco es que Vivian sea la Gestapo. No creo que me pase nada. ¿Qué te ha dicho?

Alice frunció el ceño, toqueteando su nueva pulsera.

–Se ve que en la fiesta sí que hablé demasiado.

–¿Qué quieres decir?

–Me ha explicado Vivian que uno de los invitados tenía dudas sobre mí. Tienen miedo de que no me centre tanto en nuestro matrimonio como debería, y han presentado algo a El Pacto.

Paré de masticar.

–¿Presentado algo? ¿Qué quiere decir eso?

–Un *amicus curiae*. –Alice se estaba retorciendo la pulsera–. Resumiendo, que me ha delatado alguien. Ha presentado un escrito.

–¿Dónde? –pregunté sin acabar de creérmelo.

–A la «sede central», que no sé qué es.

–¿Qué? Será broma.

Alice sacudió la cabeza.

–Al principio he pensado lo mismo, que Vivian me tomaba el pelo, pero no era ninguna broma. El Pacto tiene un tribunal que dirime asuntos entre sus miembros. Hasta impone multas y castigos.

–¿Castigos? ¿En serio? Yo había dado por sentado que esa parte de El Manual era puramente simbólica.

–Se ve que no. Usan la misma jerga y los mismos métodos que un tribunal normal.

–¿Pero quién iba a delatarte a ti?

–No lo sé. Es anónimo. Vivian me ha dicho que si me hubiera leído todo El Manual lo entendería. En el grupo todos tienen el deber de informar sobre cualquier aspecto que pueda hablar mal de otro miembro y de su vida conyugal. Me ha dicho varias veces que la persona en cuestión lo ha presentado «porque son nuestros amigos».

–¿Pero a ti quién te parece que ha podido ser?

–No lo sé –repitió Alice–. Le estoy dando vueltas todo el rato a una conversación que tuve. Con el tío ese de acento francés.

–Ah, sí, ya me acuerdo. Se llama Guy, y su mujer Élodie. Él es abogado. Trabaja en derecho internacional. Ella es *vicealgo* en el consulado francés.

–Exacto. Me preguntaba sin parar por mi despacho, mis casos, cuánto trabajaba... Me acuerdo de que estuve hablando todo el rato de la cantidad de horas que había trabajado y de lo poco que había dormido. Cuando le comenté que muchas veces no nos sentamos a cenar hasta que es supertarde, me miró con cara de reproche, y me tomó desprevenida. ¡Pero si también es abogado! ¿Cómo puede no hacer esos horarios?

Alice estaba pálida. Se le notaba el cansancio por la falta de sueño y el exceso de trabajo. Le puse otro trozo de pizza en el plato, y lo empujé hacia ella.

–Qué raro, ¿no?

–En el escrito de *amicus curiae* ponía que les caemos los dos bien, y que nos ven volcados en nuestro matrimonio, pero que les preocupa que dedique demasiada energía y tiempo a mi trabajo. Según Vivian, es un problema habitual.

–Espero que le hayas dicho que a ella no le importa cuánto trabajes.

Por la cara que puso Alice vi que no.

–Vivian traía su ejemplar de El Manual, con la página marcada. Parece que podría estar acercándome a una infracción de la Sección 3.7.65, «Concentración prioritaria». No es que aleguen que haya infringido el reglamento, pero al delator le preocupa que si no hay ninguna intervención es probable que en algún momento lo infrinja.

–¿Delator? ¡Madre mía! Retiro lo dicho sobre la Gestapo.

Justo entonces me di cuenta de que me inquietaba algo más: la tranquilidad de la expresión de Alice y la resignación y despreocupación con que me lo contaba todo.

–No pareces enfadada –dije–. ¿Cómo puede ser?

Volvió a tocarse la pulsera.

–Si quieres que te diga la verdad, supongo que me intriga. Todo esto de El Manual... Se lo toman muy en serio, Jake. Tengo que releerlo.

–Bueno, ¿y cuál es la sanción? ¿Una buena comida con Vivian? Podría ser peor, supongo.

Alice levantó el brazo, llamando mi atención sobre la pulsera.

–Es esto, la sanción.

–No lo pillo –insistí.

–Dice Vivian que en la sede han decidido que soy candidata a seguir en observación.

Por fin entendí lo que estaba diciendo. Le cogí la mano y presté más atención a la pulsera. Estaba caliente, y tenía un tacto muy suave. Al fijarme, vi que debajo había una anilla de lucecitas verdes incrustadas en el plástico, que formaban un círculo alrededor de la muñeca de Alice. Delante, donde habría estado la esfera de un reloj, había unos agujeritos que formaban una letra pe.

–¿Duele? –pregunté.

–No.

Qué tranquila parecía... Casi satisfecha. Caí en la cuenta de que desde que estaba en casa no había hablado ni una vez sobre el trabajo, salvo en el contexto de la preocupación de El Pacto por que le estuviera dedicando demasiado tiempo.

–¿Cómo se quita?

–No se quita. Me ha dicho Vivian que volveremos a quedar dentro de dos semanas. Lo más seguro es que entonces pueda soltarse.

–¿Pero de qué sirve, Alice?

–No lo sé, para algún tipo de seguimiento. Dice Vivian que es una oportunidad para demostrar lo centrada que estoy en nuestro matrimonio.

–¿GPS? ¿Vigilancia por audio? ¿Por vídeo? ¡Dios mío! ¿Qué entienden exactamente por seguimiento?

–Vídeo no –contestó Alice–. Eso lo ha dejado muy claro. Pero GPS sí, y puede que audio también. Me ha dicho Vivian que ella nunca la ha llevado, y que no tiene muy claro qué pasa cuando te la quitan. Las únicas instrucciones que le dieron fueron ponerme la pulsera, explicarme por qué la llevo y luego quitármela y devolverla a la sede dentro de catorce días.

Toqué la pulsera, pero no vi que se pudiera abrir.

–No te molestes –dijo Alice–. Hay una llave. La tiene Alice.

–Pues llámala –contesté, enfadado–. Esta noche. Me da igual que sea Nochebuena. Dile que tienes que quitártela. Esto es una ridiculez.

En ese momento, Alice me sorprendió. Rozó la pulsera con los dedos.

–¿Tú crees que estoy demasiado centrada en el trabajo?

–Como todo el mundo. Si no, no serías una buena abogada. De la misma manera que yo no sería un buen psicólogo si no estuviera centrado en mi trabajo.

A la vez que lo decía, calculé mentalmente mis horas de trabajo durante la semana y las comparé con las de Alice. Pensé en la cantidad de veces que no había ido a cenar a casa desde nuestra boda –exactamente cero–, y en las que no había venido ella, y perdí la cuenta. Pensé en cuando se levantaba a primera hora para repasar casos en la cocina y hacer llamadas a la costa este mientras seguía yo en la cama. Pensé en que durante los momentos cada vez más escasos que pasábamos a solas siempre miraba de soslayo el reloj, y siempre tenía la cabeza en otra parte. Fueran cuales fuesen las observaciones del informador presente en la fiesta, no iban desencaminadas del todo.

–Supongo que lo que quiero decir es que tengo ganas de probarlo –dijo Alice–. Quiero que funcione nuestro matrimonio, y probar El Pacto; y si implica esto, pues estoy dispuesta. –Me apretó la mano–. ¿Y tú?

La miré a los ojos en busca de alguna señal de que era una interpretación para la pulsera, pero no la encontré. Si algo sé de mi mujer es que está siempre abierta a la novedad y se ilusiona con todos los grandes experimentos en salud, ciencia o ingeniería social. Al haber sobrevivido a una familia disfuncional, está convencida de que puede sobrevivir prácticamente a todo. Hasta se presentó para viajar a Marte cuando Elon Musk hizo esa convocatoria para exploradores legos dispuestos a ir en la primera nave tripulada. Menos mal que no la eligieron. Pero bueno, la cuestión es que se hizo el vídeo de prueba, rellenó los formularios y se presentó voluntaria para irse de la Tierra al espacio, con el riesgo de muerte que comportaba. Ella es así. Una de las cosas que me encantan de Alice es esa predisposición tan loca a las nuevas experiencias. No le da miedo el riesgo. Al contrario, le entusiasma. ¿Que El Pacto es raro? Sí, claro, pero ¿cuánto miedo puede dar, en comparación con un viaje solo de ida a Marte?

Por la noche, en el dormitorio, sobre nuestra cama ancha y alta, con vistas reducidas pero hermosas del Pacífico, hicimos el amor. Alice se movió con una pasión y un deseo de una intensidad que yo, en honor a la verdad, llevaba cierto tiempo sin ver, aunque ninguno de los dos dijo nada, ni antes ni después. Fue impresionante, de verdad.

Luego, cuando ya dormía, me quedé despierto, sin poder desconectar mi cerebro. ¿A quién iba dirigida la interpretación, a la pulsera o a mí? A pesar de todo, sentí gratitud: por nuestro matrimonio, por Alice y hasta por aquella extraña novedad en la que nos habíamos metido. El Pacto parecía estar teniendo exactamente los efectos para los que estaba diseñado: acercarnos.

20

Las Navidades y los días siguientes estuvieron llenos de una dicha extraña. Mis socios y yo cerramos el gabinete toda la semana, como una especie de reconocimiento de lo difícil pero muy exitoso que había sido el año.

Habíamos ampliado nuestra visibilidad y mejorado nuestros números. En agosto habíamos acabado de comprar nuestro edificio, una encantadora vivienda victoriana de dos dormitorios reconvertida en local comercial. El negocio había conseguido superar el bache, y ahora parecía tener el futuro asegurado.

Sin embargo, cinco días después de Navidad se terminó mi racha de buena suerte. Me desperté a las cinco y media de la mañana y vi a Alice al lado de la cama con mi teléfono. Llevaba una toalla atada al pecho, y otra más pequeña en la cabeza, en plan turbante. Olía a limón y vainilla, una loción que se ponía sabiendo que me volvía loco. Tuve unas ganas enormes de que se metiera conmigo en la cama, pero lo descarté ante su expresión de alarma.

–He contestado porque había sonado cuatro veces –dijo–. Hay un problema.

Cogí el teléfono repasando mentalmente mi lista de clientes, y armándome de valor para la noticia.

–¿Jake?

Era la madre de una chica de mi grupo de los martes, adolescentes cuyos padres acababan de divorciarse o estaban haciéndolo. Hablaba tan deprisa que no pillé su nombre ni el de su hija. Dijo que se había fugado. Intenté adivinar rápidamente de quién se trataba, sin volver a preguntarle el nombre. La semana pasada había tenido a seis adolescentes en el grupo, tres chicas y tres chicos. Eliminé de buenas a primeras a Emily, una chica de dieciséis años que llevaba un año asistiendo a las reuniones, y que estaba a punto de darse de baja porque tenía la sensación de que por fin tenía asumido el divorcio de sus padres. Tampoco parecía probable que fuera Mandy, impaciente por irse a esquiar una semana a Park City para colaborar con la ONG de su padre. Quedaba Isobel, muy afectada por el reciente divorcio de sus padres. Yo había temido que fuera la más afectada por nuestra semana de vacaciones navideña, después de Dylan.

–¿Has hablado con tu marido? –pregunté.

–Sí. En principio ayer tenía que ir a casa de él con el tren Muni, pero no ha llegado –dijo la mujer, muy agitada–. No nos hemos dado cuenta hasta esta mañana. Mi marido pensaba que Isobel estaba conmigo. ¿Tienes noticias de ella?

Su voz temblaba de esperanza.

–No, lo siento.

–Hemos dejado como cien mensajes de voz y de texto.

–¿Te importa si la llamo?

–No, por favor, llámala.

La madre me dio el número de móvil de Isobel, así como su dirección de correo electrónico, su usuario de Twitter y su nombre de Snapchat. Me impresionó que supiera tanto sobre la presencia en las redes sociales de su hija, porque no es el caso de la mayoría de los padres, aunque sea donde más problemas acechan a muchos jóvenes. La madre de Isobel me dijo que ya había llamado a la policía, pero que la habían informado de que a la edad de Isobel tenían que pasar más de veinticuatro horas para que pudiera abrirse una investigación. Alice se quedó todo el rato de pie junto a la cama, con su fina toalla y su turbante en la cabeza. Cuando colgué, quiso saberlo todo.

–¿Tú crees que se habrá metido en algún lío? –preguntó mientras sacaba del armario su vestido azul serio.

–Isobel tiene la cabeza bien puesta –contesté–. Lo más probable es que solo haya pasado la noche con alguna amiga. Ahora mismo está muy enfadada con sus padres. Me contó que necesitaba alejarse un tiempo de su conducta inmadura.

Alice se puso la falda.

–¿Eso te contó?

Asentí con la cabeza.

–Pues vaya. ¿Y se lo dijiste a los padres?

–No. Hay confidencialidad con los pacientes–clientes. Lo que sí le pedí fue que no hiciera ninguna tontería. Le dije que aunque se hayan comportado como críos, la quieren, y han sido bastante buenos padres, y se merecen saber dónde está en todo momento.

Alice se pasó un *body* por la cabeza.

–Pues no parece que se lo tomara muy en serio.

–Gracias.

–No te ofendas –dijo mientras se contoneaba para ponerse sus medias azul marino por debajo de la falda–. En vez de llamar, es mejor que le mandes un mensaje de texto.

Busqué el número y le escribí un mensaje: «Isobel, soy Jake Cassidy. Justo al lado de mi consulta, en la calle Treinta y ocho con Balboa, hay una cafetería que se llama Z Café. ¿Podemos quedar hoy a las doce? Te invito a un chocolate caliente. Te prometo que iré solo. Es que tienes muy preocupado a todo el mundo».

Evité a propósito la palabra «padres». Los chicos cuyos padres se están divorciando sienten todo tipo de cosas hacia ellos: rabia, sentimiento de culpa, amor, compasión... Un ovillo de emociones difícil de desenredar.

No contestó.

21

Me acerqué caminando al Z Café antes de las doce, y me senté en un rincón. Nunca había nadie por el café mediocre que servían y por el precio exagerado de las pastas. Puse mi portátil encima de la mesa y un periódico al lado. Quería dar una imagen relajada y no amenazadora, por si se presentaba Isobel.

En mi trabajo, con los clientes adultos a veces es mejor abordar los problemas de manera directa y enérgica, pero con los menores vale más hacerlo de refilón. Los adolescentes siempre están preparados para un enfrentamiento. La mayoría de los chicos a los que trato han aprendido a levantar rápidamente un muro impenetrable.

A las doce oí que se abría la puerta, y levanté la vista con la esperanza de ver a Isobel, pero no, era una pareja de *hipsters* con ropa cara de los pies a la cabeza, de esa que quiere parecer barata y tiene aberturas estratégicas para enseñar los tatuajes. Llevaban los dos un MacBook Air de última generación.

A las doce y media empecé a preocuparme. ¿Y si a Isobel le había pasado algo de verdad? ¿Y si no se estaba tomando un respiro de unos padres tremendamente inmaduros y egocéntricos? Justo cuando iba a rendirme, y a ir al gabinete para llamar a su madre por teléfono, se deslizó en el asiento de enfrente. Llevaba el pelo castaño hecho un desastre y los vaqueros sucios. Se le marcaban las ojeras.

–¿Qué, no pensabas que aparecería, eh?

Yo ya había ensayado mi saludo, o al menos una parte.

–Pues la verdad es que sí. No me pareces de las que dejan colgado a un amigo.

–Buen dato –convino ella–. Eh, ¿adónde vas? –preguntó al ver que me levantaba.

–Te debo un chocolate caliente grande. ¿Con nata montada?

–Me parece que necesito un café.

Aproveché que iba a la barra para mandarle un mensaje a su madre. «Isobel está bien. Estoy ahora con ella.»

«Menos mal –contestó su madre–. ¿Dónde estáis?»

«Cerca de mi consulta. Danos cinco minutos, que no quiero asustarla y que se marche.»

Ya me esperaba un correo electrónico desesperado en el que me exigiría saber más, pero en honor de la madre de Isobel hay que decir que pareció entender que de momento se imponía la finura. «Muchísimas gracias. Espero a que me digas algo.»

Volví a la mesa con el café.

–Gracias –dijo Isobel, y se echó toda una bolsa de azúcar.

Parecía que no hubiera dormido.

–¿Bueno, qué? –dije doblando el periódico que teníamos entre los dos–. ¿Algún drama grave en casa?

–Sí.

–Le he dicho a tu madre que estás bien, conmigo.

Se puso roja y rehuyó mi mirada. Noté que se debatía entre la rabia y el alivio.

–Vale. Supongo que mejor.

–¿Quieres algo de comer? ¿Un burrito? ¿Conoces el Chino's que hay aquí mismo, en la manzana? Invito yo.

–No, gracias, no me apetece.

–En serio. –Cerré el portátil y lo guardé en mi cartera–. Me disgusta no alimentarte, porque se te nota que estás muerta de hambre.

Me levanté para ir hacia la puerta. Isobel me siguió.

Me felicité mentalmente por haber conseguido sacarla del café y que se moviera. Hablar caminando siempre es más eficaz que las restricciones artificiales de estar sentado en círculo dentro de una sala, con un grupo de la misma edad. Fue como si se soltara. Tenía dieciséis años, pero en algunos aspectos parecía más pequeña. A diferencia de los otros chicos del grupo, el divorcio de sus padres la sorprendió. Normalmente ya hace meses que lo ven venir. De hecho hay muchos que sienten alivio cuando les dan sus padres la noticia. Isobel no. Según ella iba todo genial, y su familia era feliz. Estaba convencida de que sus padres estaban bien casados, hasta el día en que su madre le dijo que se iba de casa para ser «fiel a sí misma».

–Ya sé que no debería importarme que se fuera de casa para vivir con una mujer –dijo tirando el vaso a una papelera–, pero la verdad es que me cabrea mucho. Es tan injusto para mi padre... Si fuera otro hombre, al menos habría... no sé, una pequeña posibilidad de que volvieran juntos.

–Si se hubiera ido de casa para vivir con otro hombre –pregunté suavemente–, ¿sería igual de injusto?

–No lo sé –contestó enfadada, adiviné que no conmigo, sino con el mundo. Con el palo puesto por su madre en la rueda de una vida hasta entonces feliz–. Es que no entiendo que no lo supiera... ¿Por qué se casó con mi padre, para empezar? Yo tengo amigos gais, y ya saben que lo son antes de haber salido del instituto. No entiendo que una persona se despierte un día, después de cuarenta y tres años de vida completamente hetero, y cambie de opinión.

–La generación de tu madre lo vivió de otra manera.

Recorrimos una manzana en silencio. Algo la reconcomía. Finalmente lo soltó.

–Lo que veo es que para mi padre habría sido mucho mejor que ella lo supiera. Siempre me imagino una vida alternativa en la que cumple su sueño de hacerse mayor con la misma persona. Desde que se casaron aparta un poco de dinero cada semana para la casita en la playa que pensaba comprarse cuando se jubilasen. ¿Te lo puedes creer? A mi madre le encanta la playa. La casita tenía que ser el gran regalo que le haría mi padre, el gran gesto. Hace veinte años que alimenta el sueño de sorprenderla con una casa en la playa, el muy tonto. Y siempre ha sido un sueño falso. Y él nunca se había dado cuenta.

–Qué triste –dije yo.

Isobel me miró de reojo.

–Lo que quiero decir es que toda mi vida se basa en que mi padre acabe siendo infeliz. Pero seguiría eligiendo mi existencia por encima de su infelicidad. ¿Soy mala persona por eso?

–Es una falsa elección. Existes porque tus padres se casaron y te tuvieron. Eso no podría cambiarlo nada de lo que pienses ni de lo que sientas. Si algo tengo claro es que tus padres te quieren muchísimo. Te aseguro que ninguno de los dos te cambiaría por una vida distinta.

Pasamos al lado del teatro Balboa, donde estaba programado un pase especial de toda la trilogía de *Matrix*, así que hablamos unos minutos sobre el tema. Isobel dijo que una vez, como proyecto para la asignatura de tejidos, había diseñado un abrigo largo negro basado en el que lleva Neo. Me llamó la atención la incongruencia de que pareciera tener los conocimientos, el vocabulario y las capacidades de una persona el doble de mayor que ella, pero que su comprensión de la conducta humana, del mundo real y de las relaciones básicas pareciera situarse un poco por debajo de su edad. Lo he visto mucho últimamente. Los chavales aprenden cada vez más cosas, y cada vez más deprisa, pero parece que su comprensión de sí mismos y de su entorno se desarrolle aún más despacio que cuando era yo pequeño. Mis colegas a menudo echan la culpa a los móviles y los videojuegos, pero yo no estoy seguro.

–Ya estamos –anuncié–. Chino's. Los mejores burritos de todo Richmond. ¿Tú qué tomarás?

–Yo pediré –decidió Isobel.

Se acercó al mostrador, segura de sí misma, y pidió un burrito con carne asada, arroz, pero sin frijoles, y salsa verde, todo en español, como buena hija de San Francisco. Yo pedí lo mismo, y aparte unos nachos con guacamole. También saqué un par de Fantas de la nevera.

–He buscado por YouTube a tu mujer –dijo Isobel mientras desenroscaba el tapón de la suya–. He visto como cuatro conciertos enteros de hace diez años, y es la leche.

–Sí –contesté–, es verdad.

Me gusta que me lo recuerden. Hace diez años, cuando Alice se hizo un nombre en el mundo de la música, cuando tocaba casi cada noche y salía de gira por toda la costa oeste, yo no la conocía. No es que fuera una superestrella. No era famosa en el sentido tradicional, pero tenía seguidores, gente que se moría de ganas de que sacara un nuevo disco y renunciaba a cualquier otro compromiso para ir a oír a su grupo en Bottom of the Hill, o de teloneros en el Fillmore. Hasta tenía grupis –casi todos hombres– que la seguían de concierto en concierto, y luego hablaban con ella por narices, tan nerviosos que se ponían a sudar y tartamudear. Me ha contado que a los grupis no los echa de menos, porque siempre le daban un poco de miedo, pero muchas otras cosas sí. Sobre todo la música propiamente dicha. Me preocupa que ahora esa parte de su personalidad se esté quedando cerradas lentamente enterrada bajo un sinfín de días y noches de trabajo jurídico y conversaciones de despacho.

–Sus letras son geniales –dijo Isobel–. Bueno, como todo lo que hace. Me fijé en su maquillaje y lo único que se me ocurrió pensar fue que por qué soy tan penosa. ¿Por qué no puedo maquillarme yo así?

–A: De penosa no tienes nada, te lo aseguro. B: Seguro que si quisieras, podrías.

Isobel se me quedó mirando.

–Si voy este fin de semana a vuestra casa y os preparo el desayuno, ¿crees que me enseñará algunos trucos de maquillaje?

–Claro que sí –contesté, sorprendido.

Dijeron nuestro número en voz alta. Fui a buscar nuestros burritos y nos sentamos junto a la ventana.

–Soy muy buena cocinera, en serio –dijo Isobel, retirando el papel de aluminio de su burrito–. Hago unas tostadas que están de muerte.

Hundí una patata frita en el guacamole.

–A Alice le encantan las tostadas.

Entre mordisco y mordisco a su burrito me contó que había pasado la noche en Ocean Beach con un surfero que se llamaba Goofy y un grupo de Bakersfield.

–Te pelabas de frío. Me acurruqué junto a un tal DK, que olía fatal. Llevaba unas conchas puka ridículas, pero es que hacía un frío alucinante.

–No me suena muy divertido –dije–. Ni muy seguro.

–Al principio ha tenido gracia, pero luego no. Estaban todos flipados menos yo. Lo que pasa es que se me había gastado toda la batería del móvil. Hace poco nos cambió el contrato mi madre y nos pusieron otros números. Como aún no me los sé de memoria, ni siquiera pude pedirle prestado el móvil a alguien para llamar a mis padres. Hasta se me ocurrió ir caminando hasta el Safeway, pero me pareció muy peligroso. De noche en Ocean Beach hay mucho tío raro. Esta mañana, cuando he encontrado un bar para poner mi móvil a cargar, estaba lleno de mensajes, y no he sabido qué hacer.

Me la imaginé encogida en la playa, sin poder llamar a nadie para que fueran a buscarla, y me dio mucha pena. Supongo que es lo que quiero decir con lo de que hoy en día los chicos parecen un poco más pequeños. En mi época te aprendías de memoria tu número de teléfono y tu dirección antes del primer día de parvulario.

–Oye, que tienes que irte a tu casa, de verdad –dije–. Si no es por ti, que sea por tus padres. Quizá no se comuniquen tan bien como tendrían que comunicarse, pero sabes que te quieren. Aunque no te guste oírlo, ahora mismo lo están pasando mal. Está claro que eres bastante mayor para entender que los padres son adultos como cualquier otro, con problemas adultos normales que no siempre giran alrededor de los hijos.

Isobel siguió doblando el papel de aluminio, con el que hacía cuadrados cada vez más pequeños.

–Me acuerdo de lo primero que aprendí yo de la vida –me arriesgué a decir.

Aunque pongan tanto los ojos en blanco, y sean tan despectivos, la verdad es que los adolescentes dependen de que los adultos tengan más experiencia que ellos de la vida, y más sabiduría. Por eso les destroza el mundo que no se porten bien, que dejen a la vista sus defectos y equivocaciones como ropa sucia.

–¿De la vida?

–Ya me entiendes, algo real, que te toca la fibra y se te queda grabado.

–Ah, vale –dijo ella con tono de interés.

–No te haré perder el tiempo con detalles. Solo te diré que tenía quince años, y por toda una serie de razones lo llevaba crudo. Había metido la pata, y mi único deseo era desaparecer. Iba por la ciudad, intentando decidir qué haría, cuando me encontré a mi profesor de lengua en la entrada del Camera Obscura. Fue rarísimo verlo en otro contexto. Iba solo, con vaqueros y una camiseta, no con la americana y la corbata de siempre, y se le veía depre, muy distinto al profesor fiable y coherente que conocía yo, o que creía conocer, en todo caso.

»Bueno, total, que esta mañana, cuando te he enviado el mensaje, me he acordado de él. El día en que nos encontramos debió de darse cuenta enseguida de que yo tampoco estaba fino, y me preguntó si me apetecía que me invitara a una taza de chocolate caliente.

–Me suena –dijo Isobel sonriendo.

–Resumiendo, que le conté mis problemas y él no me echó ningún sermón, ni nada parecido. No me hizo sentir mal por los errores que había cometido. Lo único que hizo fue mirarme y decir: «Mira, a veces basta con volver a cruzar el puente que se está quemando». Nada más. El lunes siguiente, al vernos, no me hizo ningún comentario sobre nuestra conversación. Solo me preguntó: «¿Has podido cruzar el puente que se estaba quemando?». Y cuando le contesté que sí, asintió y me dijo: «Yo también». Ahí quedó la cosa, pero es de lo que más me acuerdo de todo lo que aprendí en el instituto.

Mientras caminábamos de vuelta a mi consulta, sonó mi móvil.

–Es mi madre, ¿no?

Asentí con la cabeza.

–Vale –dijo ella–, pues te propongo un pacto. Si tu mujer promete enseñarme trucos de maquillaje este fin de semana, me voy a mi casa.

–Hecho –contesté–, pero es muy importante que les des una oportunidad a tus padres.

–Lo intentaré.

Contesté la llamada.

–Va todo bien –dije–. Quedamos a la entrada de mi despacho.

Mientras esperábamos a que llegara en coche la madre de Isobel, le escribí un mensaje a Alice. «¿Tienes un segundo?»

«Teclea deprisa.»

«¿Podrías enseñarle a Isobel algunos trucos secretos de maquillaje de los viejos tiempos?»

«Hecho, tronco.»

Frenó delante de nosotros la camioneta Saab azul. Le abrí la puerta a Isobel.

–El sábado por la mañana a las nueve –dije.

Le di la dirección y me asomé por la ventanilla para confirmárselo a su madre, que le dio a Isobel un largo y fuerte abrazo. Me alegró ver que su hija la abrazaba también a ella.

22

Alice no hizo ni un solo comentario sobre la pulsera en toda la semana, aunque de vez en cuando me fijé en que pasaba los dedos por encima de su superficie lisa. Entre semana se puso todos los días manga larga, aunque quizá estuviera más relacionado con el clima invernal. Al volver a casa –había empezado a llegar mucho más temprano que de costumbre–, se quitaba enseguida la blusa de manga larga y se ponía una camiseta. A veces también se ponía directamente algún tipo de camisón con encajes, o una camiseta de tirantes con unos pantalones de pijama de tejido fino.

Aunque no me guste nada decirlo, desde la comida con Vivian estaba mucho más atenta conmigo. Si la finalidad de la pulsera era recordarle que prestara más atención a su vida conyugal, estaba funcionando. Claro que también era posible que tuviera un objetivo más perverso, así que procuré tener cuidado con lo que decía, ser discreto cuando estábamos juntos en la cama y quitarme de la cabeza la idea de que nos vigilaban. Aun así, disfrutaba a fondo de nuestro tiempo juntos. Me gustaba cocinar y comer con Alice, gozaba con el sexo, que era fabuloso, y me lo pasaba en grande tomando helado en el sofá mientras veíamos *Sloganeering*.

El sábado por la mañana, cuando llegó Isobel a nuestra casa, lo primero que le dijo a Alice fue:

–Me encanta, me encanta, me encanta tu pulsera. ¿De dónde es?

Alice me miró y sonrió.

–Me la ha regalado una amiga.

Isobel, que había cumplido su promesa de traer todo lo necesario para hacer sus tostadas especiales, procedió a prepararnos el desayuno. Alice puso música y se tumbó en el sofá a leer el periódico. Llevaba su vieja camiseta de los Buzzcocks, con unos vaqueros rotos, y era idéntica a mi antigua novia Alice, no a mi mujer Alice, la abogada.

Más tarde, mientras desayunábamos los tres, tuve la sensación de haber sido metido en una máquina del tiempo. Intuí cómo sería tener un hijo nuestro, pero en un futuro lejano, después de los pañales, y de las canciones con mami, y de la gimnasia con papi, después del alivio y el desgarro del parvulario, y de la emoción del primer viaje de nuestro pequeño a Disneylandia, de un centenar de visitas al médico y de un millón de abrazos y de besos, y de mil rabietas, y de todo lo que media entre el nacimiento y los años de la adolescencia. Estuvo bien. Nos imaginé perfectamente a los dos, Alice y yo, haciendo exactamente lo mismo con un hijo propio. Fui consciente, eso sí, de que con toda probabilidad sería más complicado con un hijo propio. Si Isobel podía estar de esa manera con nosotros era porque no teníamos ninguna historia, ningún bagaje en común. No la habíamos decepcionado, ni nos había matado ella de preocupación. Aun así... Una familia de tres personas, juntas un sábado por la mañana: me lo imaginaba.

Después del desayuno se retiraron a la habitación del fondo para lo del maquillaje. Isobel había traído su portátil para poder poner un vídeo antiguo de Alice.

–La Alice que quiero imitar es esta –oí que decía.

–¿Esta? –contestó Alice, riéndose–. ¿Estás segura? En 2003 se me iba un poco la mano con el lápiz de ojos.

Las dejé solas y me fui a leer mi libro en el salón, aunque seguía oyendo sus risas, y me hicieron feliz, como si fuéramos una familia perfecta e imperfecta. Me pareció que era justo lo que necesitaba Isobel. Quizá también Alice. Debido a su pasado, del que raramente hablaba, pero que a veces llevaba encima como una nube, Alice tenía una visión frágil de la familia. Viéndola con Isobel comprendí que sería una madre estupenda.

23

El jueves siguiente me invitaron a participar en un congreso en Stanford. De camino a casa paré en el Draeger's Market de San Mateo. Estaba en la sección de congelados, buscando mi helado favorito de vainilla natural, cuando apareció en la esquina JoAnne, la de la fiesta de El Pacto, la de la universidad, la de mi anterior vida, y puso cara de sorpresa al verme. Llevaba el pelo liso hasta los hombros, por encima de las orejas, y el cuello envuelto en una bufanda dorada.

–Hola, amigo –dijo con una sonrisa algo malévola. Luego miró por encima del hombro, como si vigilase a alguien–. Qué raro –añadió–. Quería llamarte después de que nos viéramos el otro día. Encontré tu consulta en internet. Debo de haber levantado el teléfono una docena de veces.

–¿Y por qué no has llamado?

–Es complicado, Jake. Me preocupáis tú y Alice.

–¿Te preocupamos?

Se acercó un paso más.

–Está aquí Neil. –Parecía nerviosa–. Si te explico una cosa –susurró–, ¿me prometerás no decírselo a nadie?

–Sí, claro.

La verdad es que se la veía un poco rara, ella que había sido siempre tan normal y tranquila.

–En serio, ¿eh? No se lo cuentes ni a Alice.

La miré a los ojos.

–Ni te he visto –dije con seriedad–, ni hemos hablado.

Tenía en una mano un paquete de café en grano, y en la otra una barra de pan envuelta en papel.

–No me gusta ser tan paranoica, Jake, pero al final lo entenderás.

–¿El qué?

–El Pacto. No es lo que parece. O sí, que es peor...

–¿Qué?

Volvió a mirar por encima del hombro, momento en que se le bajó unos centímetros la bufanda y me fijé en que tenía una marca muy roja en el cuello. La tapaba un poco la bufanda, pero parecía dolorosa y reciente.

–JoAnne... ¿Estás bien?

Volvió a colocarse la bufanda.

–Neil está muy bien relacionado dentro de El Pacto. Le he oído hablando por teléfono y sé que han hecho comentarios sobre Alice.

–Sí –dije, perplejo–, ahora lleva una pulsera...

JoAnne me cortó.

–No está bien. No puedes dejar que se centren en ella, Jake. Tienes que distraer su atención de alguna manera. Hay que sacar a Alice de esto. Te juro que luego va a peor. Hazme un favor y léete el maldito Manual. Hay un montón de maneras de equivocarse, y los castigos van de lo inocuo, para el que tiene suerte, a lo severo. –Se llevó la mano al cuello e hizo una mueca de dolor–. Haz que piensen que va todo bien, pase lo que pase; y si no funciona, si aún parece que la tengan vigilada, haz que te eche ella a ti la culpa. Es muy importante, Jake. Reparte las culpas y la atención entre los dos.

Se le estaban poniendo rojas las mejillas. Me desconcertó verla con pánico y desquiciada. Pensé en el chico al que había convencido de bajar del tejado, y en el Dr Pepper, y en su actitud en las reuniones semanales de los supervisores de planta, con el bolígrafo en la mano, observando a los demás. Con lo imperturbable que había sido siempre...

Echó un vistazo por encima del hombro.

–Tengo que irme. Ni te he visto, ni hemos tenido esta conversación. –Se giró para irse, pero luego me volvió a mirar–. Me gusta venir a comprar dos o tres veces por semana a este Draeger's.

Después de estas palabras se marchó, dejándome perplejo, confundido y reconozco que asustado. ¿Castigos? ¿Severos? ¿Pero qué pasaba? ¿Se estaría volviendo loca JoAnne? Sí, seguro. Pero... ¿y si era una persona perfectamente cuerda atrapada en un club sádico del que habíamos pasado a formar parte Alice y yo?

Me quedé en el pasillo de las galletas, esperando a que se me pasara la impresión y haciendo tiempo para no encontrarme a JoAnne y Neil en la salida. Después de unos minutos, al ir hacia las cajas, los vi a los dos a punto de cruzar la puerta deslizante de cristal, Neil delante y JoAnne detrás. Cuando se abrió la puerta, y salió Neil, vi que JoAnne titubeaba unas décimas de segundo y se giraba hacia la tienda. Buscándome, pensé. ¿Pero qué coño pasaba?

24

101 arriba, cruzando la 380, al norte por la 280... Durante todo el camino a casa intenté acordarme de las palabras exactas de JoAnne. Al meterme en la entrada, y mirar hacia abajo, vi que no quedaba nada del paquete de galletas Stella D'oro que acababa de comprar, y que había migas por todas partes, a pesar de que no recordaba haber comido ni una.

Alice aún no había llegado, así que me puse a hacer la cena. Pollo y lechuga romana con aliño de botella. No tenía la concentración necesaria para preparar nada más complicado.

Alice se presentó pasadas las siete, con su traje *vintage* de Chanel y cara de cansada. Fui a su encuentro, le di un beso y la abracé. Con sus manos en mi nuca, noté la superficie lisa y cálida de la pulsera, pero después de hablar con JoAnne me daba escalofríos.

–Me alegro de que llegues pronto –dije, hablando quizá más con la pulsera que con ella, o conmigo mismo.

Ella me hizo un masaje en la nuca con los dedos.

–Y yo de estar temprano en casa.

Me acerqué su muñeca a la boca, y hablé hacia la pulsera.

–Gracias por traerme mi helado preferido. ¡Qué detalle más bonito!

El helado lo había traído yo a casa, por supuesto, pero eso no podían saberlo, ¿no?

Ella sonrió.

–Bueno –dijo, hablando en dirección a la pulsera–, eso es porque te quiero. Y porque me alegro de haberme casado contigo.

Tuve ganas de explicarle mi encuentro con JoAnne. Se me ocurrió ir a buscar el bloque de papel de la mesa de la cocina, ponerlo todo por escrito y dárselo a Alice, para que pudiéramos analizarlo en silencio y decidir qué hacer, pero acudió enseguida a mi mente la advertencia de JoAnne: ni una palabra a nadie, ni siquiera a Alice. La parte más sensata de mi cerebro me dijo que a JoAnne le pasaba algo, y que se estaba desequilibrando. No sería la primera vez que viera un caso de aparición tardía de la esquizofrenia y la paranoia en personas totalmente normales y mentalmente estables. Reacciones inesperadas a determinados fármacos. Desencadenantes que hacían resurgir traumas de infancia y parecían cambiar la personalidad de alguien de la noche a la mañana. Profesionales maduros que se habían excedido con el ácido en la universidad, y que de pronto se encontraban con que en su cerebro se había abierto una extraña puerta a la demencia. Quise creer que el pánico de JoAnne, su estrambótica historia de castigos, nacían de algún demonio personal al que era incapaz de sustraerse. Lamenté no haber hablado más con su marido durante la fiesta, para hacerme una idea del tipo de persona que era. Sin embargo, la amenaza de medidas contra Alice, y la idea de que Neil pudiera estar analizando con otras personas sus supuestas infracciones y los castigos más indicados me daba escalofríos. ¿Cómo distinguir entre la realidad y el fruto de las alucinaciones de JoAnne?

Mientras poníamos la mesa, Alice me contó que al día siguiente había quedado con Vivian para comer.

–Han pasado dos semanas –me recordó–. Mañana me quitan la pulsera.

Por la noche se saltó su media hora de lectura. Una cena larga, nada de tele, un paseo por el barrio, una conversación llena de ternura y, ya en el dormitorio, un encuentro lento y más sonoro de lo habitual: nuestra interpretación de la pareja feliz fue tan completa que, en comparación con ella, otras parejas felices como Mike y Carol Brady, o Samantha y Darrin Stephens, parecerían al borde de un divorcio de los de tirarse los trastos a la cabeza. Lo raro fue que en ningún momento reconocimos que la interpretación estuviera hecha de cara a la pulsera, así que a medida que pasaba la noche para mí se convirtió en otra cosa, algo más auténtico.

Por la mañana, sin embargo, al despertarme, no quedaba ni rastro de mi esposa perfecta de la noche anterior. Estaban sus zapatos de tacón en el pasillo, tirados de cualquier manera, que casi me hicieron tropezar, sus lociones, su rímel y su barra de labios desperdigados encima del mármol del lavabo, y en la mesa de la cocina su envase vacío de yogur y su tazón de café con manchas de pintalabios. Me medio esperaba alguna nota –«Gracias por una noche increíble. No hay palabras para decir cuánto te quiero»–, pero no encontré ninguna. Al dar las cinco en el reloj, mi entregada esposa Alice había vuelto a convertirse en lo que era, una abogada comprometida al cien por cien con su trabajo. Temí que por su parte lo de la noche pasada hubiera sido, efectivamente, una interpretación de cara a la pulsera.

Mientras me preparaba para ir a trabajar, me acordé de nuestra primera noche juntos. Fue donde vivía entonces Alice, en un apartamento del Haight. Entre la cena y una película se nos había hecho tarde, y al final de la velada nos caímos juntos en la cama, pero sin hacer el amor. Alice quería tomarse las cosas con tiempo, cosa que a mí ya me iba bien. Me encantó acostarme a su lado, y abrazarla mientras escuchaba los sonidos de la calle. Por la mañana nos quedamos sentados en la cama, leyendo el periódico. Sonaba algo de música, una pieza de piano fabulosa de Lesley Spencer. Entraba sol por las ventanas, bañando el piso con una bonita luz amarilla. Por alguna razón me pareció un momento perfecto. Y supe que se me quedaría grabada la imagen durante mucho tiempo.

Siempre me ha sorprendido que nuestros recuerdos más imborrables parezcan a menudo de lo más trivial. No sabría deciros la edad de mi madre ni cuántos años siguió trabajando como enfermera después de tenernos a nosotros, ni qué hizo para mi décimo cumpleaños, pero sí puedo contaros que en los años setenta, un viernes caluroso de verano, me llevó al caer la tarde al colmado Lucky de Millbrae, y que cuando cruzamos la puerta me dijo que podía comprarme lo que quisiera para comer.

No recuerdo los detalles de muchos de los grandes hitos de mi vida, esos momentos supuestamente tan preñados de sentido: la primera comunión, la confirmación, la licenciatura, el primer día de trabajo... Ni siquiera recuerdo mi primera cita. En cambio, sí puedo describir, y con una increíble nitidez, a mi madre esa tarde en Millbrae: el vestido amarillo, las sandalias con plataforma de corcho y flores en las tiras, el aroma a loción Jergens de sus manos, mezclado al olor limpio y metálico de la nevera, el gran carro plateado de la compra, las fuertes luces del colmado, las cajas de Flaky Flix y Chocodiles apiladas en el asiento delantero del carro, el cajero adolescente que me alabó la suerte que tenía, y la sensación cálida y feliz que experimenté, el intenso amor que sentí entonces por mi madre. Parece que los recuerdos siempre me asalten cuando no los busco, como la alegría.

25

A las cinco volví a casa. Quería tener la cena lista para cuando llegara Alice. La perspectiva de saberlo todo sobre su comida con Vivian me tenía en ascuas, y a la vez extrañamente emocionado. Al no estar seguro de si la cena debía tener un componente de celebración, o bien de contención, preparé un arroz muy sencillo, abrí una botella de vino y puse la mesa con velas.

A las seis y cuarto oí que se abría la puerta del garaje, y que entraba el coche de Alice. Tardó tanto en subir que me puse nervioso. No quería delatar mi agitación, por si le había ido mal con Vivian. Al final la oí en la escalera de atrás. Después se abrió la puerta. Traía el maletín del ordenador, el abrigo y un archivador lleno, como de costumbre. Le miré enseguida la muñeca, pero estaba cubierta por la manga de la gabardina.

–¡Mmm –dijo al ver la sartén en los fogones–, arroz!

–Sí –dije yo–, *nouvelle cuisine* de estrella Michelin.

La ayudé a llevar la caja al salón. Al volver vi sus zapatos, sus medias y su falda por el suelo. Se había soltado el pelo y se había quedado en blusa, gabardina y ropa interior, como si por fin pudiera respirar. Le había salido una pequeña imperfección por la parte interior del muslo izquierdo, una vena que desde hacía pocos meses sobresalía ligeramente. El día de su aparición me la enseñó con un grado de preocupación que me pareció injustificado.

–¿Pero esto qué narices es? Estoy en decadencia. Pronto no podré ni ponerme una falda.

–Es mono –le aseguré mientras me arrodillaba para darle un beso en la vena, antes de ir subiendo.

Se convirtió en una especie de clave: siempre que le apetecía ese favor en concreto, señalaba la vena y decía: «Cariño, me afecta mucho tener esto». El efecto fue que desde entonces, siempre que veía ese pequeño defecto sentía una leve emoción erótica.

–¿Qué tal con Vivian? –pregunté mientras daba una patada a sus zapatos para ponerlos debajo de la mesa de la cocina.

Así no me arriesgaba a tropezar. He pensado muchas veces que si se atreviera algún ladrón a forzar la puerta de la casa, sufriría un accidente mortal por culpa de los zapatos de Alice mucho antes de haber podido robar nada.

Ella, entonces, empezó a hacer un baile lento e insinuante mientras se quitaba la gabardina, se desabrochaba la blusa de seda, se la bajaba de los hombros y se quitaba la última manga, revelando que ya no llevaba la pulsera.

Cogí su mano y le di un beso suave en la muñeca. Parecía en carne viva.

–Te echaba de menos –dije.

Estaba aliviadísimo, como si me hubieran quitado un verdadero peso de los hombros.

–Yo también –contestó Alice.

Siguió bailando en bragas y sostén por la cocina, con las manos en alto.

–¿Quiere decir que hemos pasado el examen?

–No exactamente. Dice Vivian que la orden de quitar la pulsera no siempre se puede interpretar como una indicación de que te hayan absuelto de cualquier acto subversivo en contra del matrimonio.

–¿Acto subversivo? ¿Lo dices en serio?

–A veces siguen con las comprobaciones después de haber quitado la pulsera.

En el comedor le aparté la silla. Se sentó con las piernas blancas separadas.

–Cuéntamelo desde el principio –le pedí.

–He ido yo primero al Fog City, para que nos guardaran una mesa.

–Buena idea.

–Vivian ha pedido ensalada de atún, igual que la otra vez. Yo, la hamburguesa. No ha hecho ningún comentario sobre la pulsera hasta después del primer plato. Entonces ha dicho: «Buenas noticias: me han dado la llave de tu pulsera». Me ha pedido que acercara la muñeca. Yo la he puesto encima de la mesa. Entonces se ha sacado del bolso una caja de metal con lucecitas azules en la parte de arriba. La ha abierto. Dentro había una llave fijada a un lado con un cable. Me ha levantado la muñeca y ha metido la llave en la pulsera. Luego ha apretado un botón que había dentro de la caja, y se ha abierto la pulsera. Entonces me ha dicho: «Ya eres libre».

–Qué raro.

Traje el arroz de la cocina y nos sentamos a la mesa.

–Luego ha guardado la pulsera y la llave en la caja, la ha cerrado y se la ha metido en el bolso. Ha sido una alegría no llevarla puesta. Aunque no ha ido todo bien. Me han quitado la pulsera con unas condiciones.

–¡No! –dije, pensando en mi conversación en Draeger's.

Castigos. Tuve la incómoda sensación de que algo de cierto tenían las palabras de JoAnne.

Alice probó la cena y dijo que estaba deliciosa.

–¿Te acuerdas de que cuando nos explicó todo lo de Orla, y de que El Pacto se basa en el sistema de justicia penal inglés pensamos que lo decía en sentido figurado, no literalmente? Pues resulta que nos equivocamos.

Explicó las condiciones de su puesta en libertad. Sí que se parecía al mundo de la justicia penal, sí. Había tenido que firmar unos papeles, pagar una multa de cincuenta dólares y acceder a ver a un asesor una vez por semana durante las siguientes cuatro.

–Libertad condicional –dijo.

–Me imagino que será mejor que te cuente una cosa.

Describí mi encuentro con JoAnne en Draeger's, y las vueltas que le había estado dando en los últimos dos días.

–¿Por qué no me habías dicho nada?

Parecía dolida.

–No lo sé. Me estoy volviendo paranoico por El Pacto. No quería decir nada mientras llevaras la pulsera. Después de todo lo que ha dicho JoAnne, no quería que tuvieras problemas por mi culpa. Tampoco quería que los tuviera JoAnne. La vi muy nerviosa.

Se quedó seria. Me di cuenta enseguida, y supe lo que iba a decir antes de que salieran las palabras de su boca.

–Me habías dicho que trabajasteis juntos en la universidad, pero no si te acostaste alguna vez con ella. ¿Te acostaste o no, Jake?

–No –respondí con énfasis–. ¿Y qué necesidad hay de hablar de eso? Estoy intentando explicarte algo importante.

–Sigue –dijo Alice, aunque vi que no se habían disipado sus sospechas.

–Lo que quiero decir es que después de tu reunión de hoy con Vivian tengo que reevaluar el aviso de JoAnne. Tenemos que analizar todo lo que dijo desde un nuevo punto de vista.

Alice apartó su plato.

–Ahora la que se está volviendo paranoica soy yo.

No me dio la otra noticia del día hasta que quitamos la mesa y nos pusimos a fregar los platos: el despacho había anunciado sus primas anuales. El importe que recibiría ella era tan grande que casi dejaría en la mitad los préstamos de la Facultad de Derecho.

–Eso se merece un champán –dije.

Sacamos las copas y brindamos por la prima, así como por nuestra victoria contra, o tal vez dentro de, El Pacto. Brindamos por nuestra felicidad. Después nos acostamos e hicimos el amor a nuestra manera, sin ruido.

Justo antes de dormirnos, Alice se abrazó a mí.

–¿Tú crees que la pulsera me hacía ser mejor esposa? –susurró.

–Eres la esposa perfecta, con o sin ella. ¿A mí El Pacto me hace ser mejor marido?

–Supongo que ya lo averiguaremos.

Al acordarme de esa noche, me llama la atención que estuviéramos los dos algo asustados, pero que no fuéramos ni lo remotamente cautos que deberíamos haber sido. El Pacto poseía el misterioso atractivo de esas cosas que te repelen y te llaman a la vez, como un ruido en el garaje en mitad de la noche, o un avance amoroso por parte de alguien que sabes que no te conviene, o una luz extraña y brillante que sigues por el bosque sin saber adónde te llevará, ni qué peligro aguarda entre los árboles. Nos atraía de un modo irracional. Tenía un magnetismo muy fuerte, inexplicable, contra el que no podíamos, o no queríamos, luchar.

26

Se tienen muchos datos sobre los indicadores del futuro éxito de un matrimonio, y aunque las estadísticas sean interpretables, una de las conclusiones en las que están de acuerdo todos los especialistas es la siguiente: cuanto más elevados sean tus ingresos, más probabilidades tendrás de casarte. Y algo aún más importante: cuanto más elevados sean, más probabilidades tendrás de seguir casado. Pequeña nota al margen: se podría pensar que lo que gasta una pareja en su boda es directamente proporcional a sus posibilidades de éxito matrimonial, pero sucede lo contrario: las que se gastan menos de cinco mil dólares tienen muchas más posibilidades de seguir casadas que las que se gastan más de cincuenta mil.

Cuando les expuse a mis socios esta información, Evelyn lo vinculó hipotéticamente a las expectativas: una persona dispuesta a pulirse cincuenta mil dólares quiere que salga todo perfecto, y si resulta que la vida conyugal no lo es, tanto mayor es el chasco que se lleva.

–También indica una preferencia por la satisfacción a corto plazo y por impresionar a los demás, más que por la estabilidad a largo plazo –dijo.

Ian se mostró de acuerdo.

–Imagínate que los cuarenta y cinco mil dólares de diferencia te los gastas en una casa, no en la boda. Ya partes con ventaja. Has invertido en tu futuro. No quiero parecer sexista, pero me parece que en las bodas mandan las mujeres. Y una novia que necesita una de cincuenta mil dólares, con peluquera, *wedding planner*, banquete de cinco platos y demás, probablemente salga cara de mantener.

Pensé en la nuestra, una boda discreta, en la que no se comió nada del otro jueves, pero todo el mundo se tomó sus copas y se divirtió. A Alice el vestido le quedaba impresionante, aunque se lo comprara ya hecho en una pequeña tienda *vintage,* porque se negaba a gastarse más de cuatrocientos dólares en algo que solo se pondría una vez. Los zapatos se los compró a mitad de precio en Macy's, porque, como dijo ella misma, «¿cuántas veces voy a ponerme unos zapatos de raso blanco?». Mi traje era caro, pero eso es porque los llevo durante años, y Alice insistió en que invirtiera en uno bueno.

Otras estadísticas interesantes: las parejas que empiezan a salir uno o dos años antes de casarse tienen menos probabilidades de divorcio. Cuanto mayor es la pareja el día de su boda, mayores son sus posibilidades de éxito. Y otra, que parece desmentir nuestra intuición: las personas que empiezan a salir con sus futuros cónyuges sin haber cortado su anterior relación no tienen más probabilidades de acabar divorciándose, sino todo lo contrario.

–Porque optan de manera activa –teorizó Evelyn–. Tenían algo, y al haber encontrado algo mejor, puede que estén agradecidos por que el cónyuge apareciera en su vida en el momento indicado, ahorrándoles la decisión equivocada. Por otra parte, en ese caso el cónyuge se siente elegido. Sabe que su marido o mujer ha renunciado a otra persona para estar con él.

Me gustó tanto su lógica que tomé nota mentalmente de sacarla a relucir en mi siguiente cita con Bella y Winston. «Bella te ha elegido a ti», le diría a Winston. Esperé que ayudase.

Todas estas investigaciones me hacían ver con optimismo mi vida conyugal. El precio de nuestra boda, sumado al hecho de que Alice y yo hubiéramos vivido juntos antes de casarnos, y a que nos casáramos bastante mayores –Alice a los treinta y cuatro, y yo casi a los cuarenta–, sin olvidar que cuando nos conocimos ella estaba con un excompañero de grupo, hacían que, según las estadísticas, nuestro matrimonio fuera bastante sólido. Claro que al final ninguno se parece a otro. Cada pareja casada es un mundo, y se rige por sus propias, y complejas, normas.

27

Las únicas conversaciones reales sobre El Pacto que hubo a lo largo de las cinco semanas siguientes las teníamos los jueves, después de la visita semanal de Alice a su supervisor, Dave, un ingeniero de estructuras que según ella rondaría los cuarenta y cinco años, y estaba dotado de cierta inteligencia y atractivo. Alice insistía en que lo habíamos conocido en la fiesta de Hillsborough, con su mujer, aunque yo no me acordaba. De la mujer dijo que tenía veleidades artísticas, pero más bien en plan de niña rica. Tenía un estudio para ella sola en Marin, y había participado en un par de exposiciones colectivas en la zona, aunque por lo visto ni necesitaba ni quería vender.

Los jueves, Alice se escapaba pronto del trabajo, tomaba el BART hasta el cruce de las calles Veinticuatro y Mission y recorría a pie varias manzanas largas hasta llegar al despacho de Dave. Siempre calculaba con margen, aunque no anduviera sobrada de tiempo, para no llegar tarde. Mi conversación con JoAnne le había hecho extremar la vigilancia. Acostumbraba a llegar pronto a la manzana donde tenía Dave su moderno despacho, justo al lado de una taquería.

Las visitas a Dave solo duraban media hora. Detalles concretos no los daba nunca Alice, porque él le había dicho que «contravenía estrictamente el reglamento»; lo que me dijo fue que solían sentarse ante la mesa de dibujo de Dave, tomaban café Philz, que les traía la secretaria, y hablaban de cómo les había ido la semana. Dave salpicaba la conversación con algunas preguntas directas sobre mí y nuestra vida conyugal. A veces usaba jerga de El Manual, cosas que en una conversación normal no se dirían, y el resultado era que Alice siempre era muy consciente de pisar terreno desconocido. Eran, insistía, conversaciones agradables, pero con preguntas bastantes directas como para que no volver a sentirse cómoda del todo, ni tan relajada como para que se le escapase sin querer algún detalle que pudiera ser usado en contra de nosotros.

Durante su más reciente encuentro, Dave le preguntó por nuestros viajes, y ella, ya versada en los más ínfimos detalles de El Manual, le expuso pormenorizadamente el fin de semana a Twain Harte que había planificado yo, y los cuatro días en Big Sur planeados por ella para dentro de tres meses. Aún no habíamos hecho ninguno de los dos viajes, pero en principio su presencia en nuestros calendarios debía cumplir los requisitos para aquel trimestre y el siguiente. Estas conversaciones con Dave las aprovechaba Alice para dejar marcadas todas las casillas que pudiera, cosas que tal vez distrajesen a las autoridades de El Pacto, como con tanto énfasis nos había aconsejado JoAnne.

También Dave hablaba de sus últimos viajes, y hasta puso por escrito algún consejo sobre hoteles. Alice sabía que probablemente estuviera transmitiendo los detalles de sus conversaciones a alguien más, pero le parecía una buena persona, sinceramente preocupada por nuestro bienestar. Un gran punto a favor, a su modo de ver, era que Dave no se le insinuara nunca de ninguna manera. Después de la primera semana ya no parecía molesta por las visitas. Aunque le costara mucho escaparse por la tarde del trabajo, decía que era una buena manera de despejarse la cabeza.

–Como ir al psicólogo –dijo, aunque nunca hubiera ido a ninguno, salvo que se contasen los grupos de rehabilitación de la semana en que nos conocimos, claro.

Durante su cuarta y última semana de conversaciones, me llamó por teléfono.

–¡Mierda, mierda, mierda! –fue lo único que oí al pulsar el botón de contestar.

–¿Alice?

–Nos ha hecho esperar el puto juez –jadeaba. Estaba corriendo. Se oía el ruido de la calle–. ¡Joder, que solo tengo nueve minutos para ir al despacho de Dave! No llego ni loca. ¿Uber o el BART?

–Mmm...

–¿Uber o el BART?

–Nuestra única oportunidad es el BART. He tenido yo la culpa –dije, pensando en la advertencia de JoAnne–. Dile que te he hecho llegar tarde. Dile...

–¡No! –gritó ella–. No soy ninguna chivata.

–Escúchame –le dije, pero ya se había cortado la llamada.

Intenté rellamarla, pero no contestaba.

28

Conduciendo deprisa podría llegar a Draeger's a la misma hora en que había visto a JoAnne la última vez. Tenía miedo de que el retraso de Alice hiciera que volvieran a fijarse en ella, y quería hablar con JoAnne para averiguar con exactitud lo que podía significar.

Llegué pronto, aparqué, me agencié un carro de la compra y empecé a rondar por los pasillos. Ni rastro de JoAnne. Tenía el teléfono en la mano, pidiendo mentalmente que sonara. Seguro que llamaría Alice para decir que iba todo bien. Era ridículo. A fin de cuentas, llegar tarde a una cita en el norte de California es como llegar diez minutos antes en cualquier otro sitio.

Estuve casi media hora dando vueltas. Me compré unos cereales, Ovaltine, azúcar mascabado para mis galletas y unas flores para Alice. Al final desistí y me fui con la bolsa de mis compras, que bien caras me salieron, por cierto.

Llegué a la ciudad sin noticias de Alice. Fui a casa, pero como no estaba su coche, aparqué en el garaje y fui caminando a mi despacho. Al día siguiente tenía varias consultas, para las que aún no me había preparado. Se me habían acumulado los mensajes en la bandeja de entrada, y tenía la mesa cubierta de documentos, revistas y facturas.

Algo más tarde recibí un mensaje de texto de Alice. «Ha ido mal. Tengo que volver al trabajo. Llegaré tarde. Ya hablaremos en casa.»

«OK. Mándame un mensaje cuando salgas. Pediré la cena en el Burma Superstar. Te quiero, yo.»

Me contestó con solo dos palabras, «te quiero», seguidas por un emoticono triste.

No nos sentamos a cenar en la cocina hasta más de las diez. Alice se había quitado los zapatos a patadas nada más cruzar la puerta. Su abrigo, su traje y sus medias dibujaban un rastro que llegaba a nuestro dormitorio y al vestidor donde tenía el pijama de franela. Era el que se había puesto, un pijama ridículamente grande, con caras de monos, que le había comprado yo una Navidad. Se le había corrido el rímel, y le había salido un grano muy pequeño justo a la izquierda del hoyuelo de su mejilla izquierda, en el lugar exacto donde le sale un grano siempre que está especialmente estresada. Se me ocurrió pensar que a esa mujer la conocía, la conocía de verdad, mejor de lo que la había conocido nunca nadie, probablemente mejor que a mí mismo. A pesar de los muros que tan bien sabía erigir ella, yo estaba especializado en una disciplina propia: Observación de Alice. Podía esconderme muchas cosas, pero muchas otras no. Pero qué manera de quererla, por Dios.

–¿Bueno, qué?

Sacó un par de cervezas de la nevera y me explicó su encuentro con Dave.

–He corrido como dos kilómetros con mis tacones, y he llegado con catorce minutos de retraso. Si no se me hubiera escapado el primer tren para Daly City casi podría haberlo conseguido. Bueno, el caso es que he ido corriendo por la calle Veinticuatro, he cruzado el camino y he subido a su despacho. Tenía toda la blusa sudada, y los zapatos prácticamente destrozados.

Había cruzado las piernas, y comía moviendo la de encima, nerviosa como no la había visto en mucho tiempo.

–Dave se ha dado cuenta de que llegaba corriendo. Me ha dado un vaso de agua y me ha acompañado a su despacho.

–Bien –dije yo–. Eso es que lo entendía.

–Es lo que he pensado. Esperaba que al pedir perdón por llegar tarde me dijera que no pasaba nada. Pensé que le impresionaría que hubiera cruzado toda la ciudad y hasta hubiera corrido un buen trozo. Ya me conoces, nunca voy corriendo a ningún sitio. Total, que estaba yo esperando que me diera unas palmadas en la espalda y me dijera cuánto me agradecía que me hubiera esforzado tanto en llegar a la cita, pero no: en cuanto ha cerrado la puerta del despacho, mientras yo aún estaba de pie, recuperando el aliento, se ha sentado al otro lado de su pedazo de mesa, en su pedazo de sillón, y me ha dicho: «Francamente, Alice, me sorprende un poco que llegues tarde. Catorce minutos».

–Imbécil –murmuré.

–Ya, ya, ni que lo digas. Total, que le explico que vengo del juzgado. Le comento el caso, lo quisquillosos que son los clientes, lo duro que se ha puesto el juez, y él sin decir ni mu, ahí sentado, dando vueltas a un pisapapeles como un malo de película de James Bond. Empatía cero. Lo único que ha dicho es «Alice». Me llama mucho por mi nombre. ¿Ya te lo había comentado?

–Me dan mucha rabia los que lo hacen.

Alice se tomó un bocado de ternera al sésamo y empujó el plato hacia mí, para que lo compartiéramos.

–Me ha dicho: «Alice, en esta vida no tenemos más remedio que dar prioridad a muchas cosas distintas cada día, unas grandes, otras pequeñas, unas a corto plazo, otras a largo...». Me he sentido como un niño en el despacho del director del colegio. Su actitud se ha parecido tan poco a la de las otras reuniones... Como si hubiera pasado con un interruptor de ser Dave el Simpático a Dave el Mandón. Se ha empezado a enrollar sobre que la mayoría de nuestras prioridades (la familia, el trabajo, comer, beber, el agua, el ejercicio, el tiempo libre) son hábitos tan arraigados que los ponemos sin pensarlo por encima de las típicas banalidades que nos presenta la vida. Según él, cuanto más tiempo dura algo como prioridad, más se convierte en un automatismo, una parte consustancial de nuestro pensamiento y nuestros actos.

Se había acabado su cerveza. Fue a buscar un vaso en el armario.

–Total, que ha dicho que uno de los objetivos de El Pacto es ayudar a la gente a ordenar bien sus prioridades.

–Vivian dijo que el objetivo era reforzar nuestro matrimonio. En ningún momento dijo nada sobre prioridades.

Se llenó el vaso con agua del grifo.

–Dave ha dicho que la clave es centrarse. La vida intenta llevarnos en mil direcciones diferentes cada día. A veces nos llama la atención algo que brilla, y necesitamos que sea nuestro. Los problemas llegan cuando estas cosas exigen prioridad respecto al matrimonio. –Se apoyó en el respaldo de la silla–. Dave ha dicho que el trabajo es especialmente insidioso. Ha dicho que pasamos tanto tiempo con los compañeros de trabajo e invertimos tanto tiempo y tanta actividad mental en nuestra profesión, que nos cuesta muy poco olvidar que no debería ser nuestra principal prioridad.

–Con eso no estaría del todo en desacuerdo.

Pensé en lo tarde que llegaba Alice del trabajo antes de la pulsera, y en que mis engranajes cerebrales, a veces, giraban y giraban toda la noche pensando en mis clientes y sus problemas.

Alice imitó la voz grave de Dave.

–«Entiéndeme, Alice, no es que no demos todos mucha importancia al trabajo. Mira a tu alrededor. Ya has visto las maquetas de mi sala de reuniones, y las fotos de proyectos antiguos en el vestíbulo.» Luego se ha puesto a presumir del edificio que ayudó a diseñar para la casa de invitados de los Jenkins en Point Arena, Pin Sur Mer...

–Vaya, que quería fardar de sus amigos.

Los Jenkins eran dueños de un buen porcentaje de los edificios comerciales de la Península, y Pin Sur Mer había salido varias veces en la prensa, además de en el *Architectural Digest*. Cada vez me ponía más nervioso el tal Dave.

–Exacto. Bueno, pues ha dicho que le dedicó un millón de horas, y estuvo tres meses enteros peleándose con el arquitecto.

–Pin Sur Mer. Qué pretencioso.

Alice picó un poco de ensalada de mango.

–Me ha dicho que se enfrascó tanto en el proyecto que se le fueron las prioridades al garete. «Puede que no sea lo que más quieras oír en un momento así, Alice –ha dicho–, pero me alegro de que El Pacto me haya ayudado a centrarme y darme cuenta de lo que es importante. Ha sido muy difícil, no te mentiré, pero me alegro de haberlos tenido a mi lado, y me gustaría que lo hubieran hecho antes.» Luego se ha puesto a desgranar todos los premios que ganó Pin Sur Mer, pero... –volvió a imitar la voz–. «No hay ningún proyecto, no hay ningún detalle, no hay ni una sola tuerca de los proyectos en cuestión que sea tan importante como mi mujer o mi familia. Pin Sur Mer no lo tengo al final de cada día. A Kerri sí. Sin ella, estaría a la deriva.»

–¿Estás segura de que conocimos a Kerri en la fiesta? –pregunté, porque aún no me venía a la cabeza.

–Sí, ¿no te acuerdas? La escultora, barra pintora, barra escritora con los Jimmy Choo. Personalmente, si tuviera que elegir entre Kerri y Pin Sur Mer, puede que me tentase quedarme con la casa. Pero bueno, a lo que iba: «El Pacto –ha dicho Dave– es especial. Sé que en tu caso aún es pronto, y que quizá aún te cueste entenderlo, pero solo te diré una cosa: sabe lo que se hace el puto Pacto».

–Buf.

–Me ha dicho que dentro de veinte años estaremos juntos en una cena trimestral, riéndonos de este pequeño malentendido.

–¿Veinte años? Lo dudo.

–«Me darás las gracias –ha dicho–, y tú y Jake os alegraréis de que gracias a Finnegan entrara El Pacto en vuestras vidas. Puede que ahora mismo no os alegréis tanto, pero eso es un obstáculo que tenemos que superar. Ahora mismo mi trabajo es ayudarte a ordenar bien tus prioridades, Alice. Mi trabajo es ayudarte a no pensar equivocadamente.»

Me acordé de un seminario sobre propaganda que había hecho en la universidad.

–¿Lo de «pensar equivocadamente» no lo dijo Mao durante la Revolución Cultural?

–Es probable. –Alice suspiró–. Todo el discurso sonaba muy autoritario. «Tú me caes bien, Alice –ha dicho Dave–, y Jake parece buen tío. Es difícil llegar a un equilibrio entre el trabajo y la familia. Por eso es necesario que hagamos un reajuste mental y te centremos.»

–¿Un reajuste mental? ¿Se puede saber qué entiende por eso?

–No lo sé. Me ha dicho que tenía a alguien esperando en la sala de reuniones y que casi se nos había acabado el tiempo, pero que quería que supiera que en toda la historia de El Pacto no se ha divorciado ni una sola pareja. Separaciones a prueba, vivir en casas diferentes... De eso nada. «Quizá El Pacto pida mucho –ha dicho–, pero te aseguro que a cambio aporta mucho. Como el matrimonio.»

Tomé un buen trago de cerveza.

–Tenemos que salir de El Pacto. En serio.

Alice siguió manipulando su ensalada, separando los trozos de mango de los de pepino.

–Jake... No creo que vaya a ser tan fácil.

–¿Qué pueden hacer, meternos en la cárcel para matrimonios? Obligarnos a quedarnos no pueden. Imposible.

Se mordió el labio. Luego apartó los platos y se inclinó para tomar mis manos en las suyas.

–Es la parte que da miedo. Justo cuando me levantaba para irme, le he dicho a bocajarro: «La verdad es que no me gusta nada de todo esto. Tengo la sensación de que me estás intimidando».

–Muy bien. ¿Y él cómo ha reaccionado?

–Lo único que ha hecho es sonreír y decirme: «Alice, tienes que reconciliarte con El Pacto. Yo ya lo he hecho, y Jake ya lo hará. Es necesario. De El Pacto no se sale, y El Pacto no te deja». Luego se ha inclinado y me ha apretado tanto el brazo que me ha hecho daño. «Bueno, como no se sale es vivo», me ha susurrado al oído. Yo me he apartado. Tenía los pelos de punta. Entonces él ha vuelto a ser el tío campechano de la fiesta. «Lo último lo he dicho en broma», ha dicho riéndose, pero francamente, Jake, no me lo ha parecido.

Me imaginé que le ponía la mano encima a mi mujer, el muy cabrón, y que la amenazaba.

–Se acabó. Mañana le hago una visita.

Alice sacudió la cabeza.

–No, solo serviría para empeorar las cosas. La buena noticia es que no tengo que volver a verle. Me ha acompañado a la salida, y delante de su despacho me ha dicho que era nuestra última reunión. «Céntrate, Alice, céntrate –ha dicho–. Haz bien las cosas. Dale recuerdos a mi amigo Jake.» Luego ha entrado y me ha dejado ahí. Joder, qué miedo daba todo.

–Tenemos que encontrar la manera de salir.

Alice me miró extrañada, como si se me hubiera escapado lo esencial.

–No jodas, Jake. Pero si lo que te estoy diciendo es que no creo que haya manera de salir. –Me apretó las manos con más fuerza, y de repente vi en sus ojos algo que no me sonaba, algo que no había visto antes–. Jake, tengo miedo.

29

El caso es que a Alice no le dije nada de las excursiones diarias a Draeger's que hice esa semana. No es exactamente que se lo escondiera, pero no quería agravar su angustia. Cuando estábamos juntos me hacía el relajado, intentando transmitir la sensación de que no me quitaba nada el sueño. Cuando ella sacaba El Pacto a relucir, casi siempre para comentar que no había tenido noticias de Vivian ni de Dave en todo el día, yo me esforzaba por no parecer muy preocupado. «Quizá nos hayamos puesto histéricos por nada», le decía, aunque en el fondo no me lo creía, y Alice creo que tampoco. Al ir pasando la semana, sin embargo, como no pasaba nada, pareció que el nerviosismo se fuera mitigando.

Por fin entendí lo que sentían mis pacientes, los adolescentes que me contaban que habían estado esperando a que sus padres les dieran la noticia de que se divorciarían. Se me iban los días en quitarme la angustia de encima, buscar a JoAnne en Draeger's y esperar malas noticias de El Pacto. A nuestro juicio, lo más probable era que nos llamara Vivian por teléfono, invitándonos –u ordenándonos veladamente– a que nos viéramos para comer. Entonces nos vendría con algo totalmente inesperado, alguna norma que hubiéramos infringido o alguna orden de las altas instancias.

Como pasaban los días sin ninguna llamada, me dije que era absurdo el miedo a El Pacto. ¿Por qué temíamos tanto algo que lo único que había hecho era invitarnos a una fiesta estupenda y darle a mi mujer una joya temporal y cuatro semanas de psicólogo gratis, el cual, aparte de la última semana, había estado bastante acertado y sensato? Pero luego me podía la paranoia. Volvía del despacho caminando, y al girar desde Balboa por nuestra manzana miraba la calle por si veía algo raro. Una noche vi sentado a un tío en un Chevrolet

Suburban negro enfrente de nuestra casa, y en vez de subir por la escalera di la vuelta a la manzana y volví por el otro lado de la calle, tomando nota de su matrícula e intentando ver algo a través de las ventanillas tintadas. Cuando se abrió la puerta de una casa y salió una señora mayor china que luego entró en el Chevrolet, me sentí como un idiota.

Pasados unos cuantos días sin noticias, Alice empezó a relajarse, pero no volvió a ser del todo la de siempre. Aún llegaba cada noche a tiempo para cenar, pero se la notaba distraída y no estaba de ánimos para el sexo. El grano de estrés de al lado de su hoyuelo izquierdo se le pasaba y reaparecía. Tenía ojeras, y yo sabía que se pasaba las noches dando vueltas en la cama y se levantaba cada vez más temprano para trabajar en algún pleito antes de irse al despacho.

–Se me está cayendo el pelo –dijo una mañana, con más tono de resignación que de alarma.

–Qué tontería –contesté, a pesar de que las pruebas las veía en la ducha y el lavabo, y en su ropa, llena de pelos enredados.

Volví a Draeger's, pero tampoco esta vez tuve suerte. Empezaba a pensar cosas raras. ¿Por qué no aparecía JoAnne? ¿Tenía problemas? No me gustaba cómo me estaba haciendo sentir El Pacto, ni que se hubiera convertido en una nube negra sobre Alice.

El martes llamé a Vivian y le pregunté si le iba bien que quedáramos para un café. Ella propuso de inmediato el Java Beach, en el barrio de Sunset.

–Quedamos dentro de media hora –dije.

La verdad es que me sorprendió que aceptase, sobre todo tan pronto, pero lo más importante es que en el fondo no tenía pensado qué decir exactamente.

Quería salir de El Pacto, sí, pero ¿cuál era la mejor manera de abordar el tema? Mis años de experiencia laboral me habían enseñado que la gente no reacciona tanto a lo que dices como a la manera de decirlo. Todo el mundo espera buenas y malas noticias. Es el contrato de la vida, a fin de cuentas. Lo bueno y lo malo son inevitables, y tarde o temprano nos tocan a todos. Las noticias son las noticias. Pero el cómo darlas, los gestos, las palabras, la empatía, la comprensión... Esa es la zona de grises donde el mensajero tiene la capacidad de facilitar un poco las cosas, o bien de dificultarlas mucho.

Me pasé todo el camino en coche al Java Beach revisando y corrigiendo lo que tenía que decirle a Vivian. Quería hacerlo lo mejor posible; ser claro, pero no beligerante, y espontáneo pero no brusco. Quería darle un aire de pregunta –para evitar posibles enfados–, pero sobre todo de afirmación directa. Alice y yo necesitamos salir de El Pacto, le diría. Nos está estresando y angustiando, y tensa nuestra vida conyugal, que es justamente lo que pretendía proteger. Lo mejor, tanto para nosotros como para los maravillosos integrantes de El Pacto, era, diría, separarnos. Le daría las gracias por su amabilidad, y me disculparía por habernos desdicho. Sería breve, pero sin dejar lugar a dudas. A partir de ahí se habría acabado todo. Se disiparía la extraña bruma de negativismo en la que había estado envuelta Alice.

Encontré hueco para aparcar a una manzana y media del Java Beach. Caminando hacia el café vi que Vivian ya estaba sentada en la terraza. Tenía dos tazas en la mesa. ¿Cómo había llegado tan deprisa? Su vestido morado parecía informal, pero caro; su bolso, caro a secas. Llevaba gafas de sol grandes, a pesar de la niebla, y tomaba café mirando el mar. Respondía exactamente a la descripción de Alice: a primera vista, de lo más normal, pero observada con mayor atención, nada normal.

A diferencia de quienes la rodeaban, ocupados todos en algo, ella estaba relajada, con expresión serena, y sin móvil ni portátil a la vista. Me pareció absolutamente a gusto consigo misma.

–Amigo –dijo levantándose.

Me dio un fuerte abrazo, que duró un segundo más de lo esperado. Olía bien, como la brisa marina.

–Un chocolate caliente, ¿verdad?

Señaló el tazón que esperaba delante de mi silla, y se quitó las gafas de sol.

–Exacto.

Bebí un poco mientras ensayaba mentalmente mi discurso.

–Jake, deja que nos ahorre un momento de incomodidad. Ya sé por qué has venido, y lo entiendo.

–¿Ah, sí?

Puso una mano encima de la mía. Tenía los dedos calientes, y las uñas muy cuidadas.

–A veces, El Pacto da miedo. Hasta a mí sigue dándomelo, pero si está al servicio de una causa noble, un poco de miedo puede ser positivo, un motivador adecuado.

–Por cierto –dije mientras apartaba lentamente la mano, tratando de recuperar el control de la conversación–, ya que hablamos de estrategia del miedo...

Me arrepentí enseguida de haberlo dicho. No era el tono adecuado. Demasiado agresivo. Volví a empezar.

–Te he llamado por dos razones. La primera es que quiero darte las gracias por haber sido tan amable. –Intenté aligerarlo–. A Alice le sabe fatal no haberte enviado una tarjeta como Dios manda.

–¡Pero si me la envió! –exclamó Vivian.

–¿Qué?

–Después de la última vez que comimos juntas. Dile que los tulipanes amarillos eran preciosos, por favor.

Qué raro. Alice no me había comentado nada de unas flores.

–Vale –contesté, armándome de valor para seguir.

Vivian tendió el brazo para volver a juntar nuestras manos.

–Jake, amigo, por favor, ya sé por qué has venido. Alice y tú queréis salir.

Asentí, sorprendido de lo fácil que estaba resultando.

–Los del grupo nos han caído todos genial. No es nada personal, pero es que no encaja con nosotros.

Vivian sonrió. Me relajé un poco.

–Te entiendo, Jake, pero a veces, amigo, lo que queremos y lo que nos conviene no son exactamente lo mismo.

–Ya, pero a veces sí.

–Te voy a ser sincera. –Vivian me soltó la mano. Su mirada perdió su calidez–. No voy a dejar que renunciéis a El Pacto. Y te aseguro que tampoco El Pacto renunciará a vosotros. Ni en los buenos ni en los malos tiempos. Vuestra situación la hemos vivido muchos. Lo que estáis sintiendo Alice y tú lo hemos sentido muchos. Miedo, angustia, no ver claro el futuro... Y todos lo hemos superado. Al final nos ha beneficiado a todos. –Vivian sonrió con una tranquilidad absoluta. Comprendí que la conversación era idéntica a la que ya había tenido con otras personas–. Hazme caso, Jake: tienes que reconciliarte con El Pacto. Es lo mejor, para ti y para tu matrimonio. El Pacto es un río, fuerte y poderoso para quien se resiste, pero apacible y sereno para quien se deja llevar. Si os movéis con él, puede conduciros, a ti, a Alice y a vuestro matrimonio hacia un lugar lleno de perfección y de belleza.

Hice el esfuerzo de no perder la calma; y, como cuando de repente se vuelven más intensas mis sesiones de psicólogo, bajé la voz.

–Vivian, a Alice y a mí nos irá muy bien sin toda esa belleza. Tenemos que encontrar nuestro propio camino. Y lo encontraremos. A Alice le está asustando El Pacto. A mí también. Te voy a ser franco: parece una secta. Tanta amenaza velada, tanto falso contrato...

–¿Falso? –Vivian arqueó las cejas con sorpresa–. Te aseguro que aquí no hay nada falso, Jake.

Me acordé del primer día, cuando Alice y yo pusimos nuestras firmas imaginando que era solo un juego, algo para divertirse sin consecuencias en la realidad. Las malditas plumas. Las diapositivas. Orla y su casita en Irlanda.

–No sois la ley, Vivian. Ni tú, ni Dave, ni Finnegan, ni ningún otro. El Pacto no tiene ningún tipo de autoridad. Lo entiendes, ¿no?

Se quedó tal como estaba, sin moverse.

–Seguro que te acuerdas de quién os invitó a entrar en El Pacto –me dijo–. ¿Verdad que Finnegan es el cliente más importante del despacho de tu mujer? Un personaje con peso mundial, una figura influyente. Tengo entendido que el despacho le da mucha importancia, y fue su buena opinión lo que hizo que le asignaran a Alice eso tan importante que lleva ahora. Jake, seguro que a estas alturas ya te has dado cuenta de que El Pacto va más allá de mí, de Orla y de Finnegan. El Pacto son mil como Finnegan, cada uno brillante a su manera, y todos con su influencia propia. Abogados, médicos, ingenieros, jueces, generales, estrellas de cine, políticos... Nombres que te darían vértigo. Estás siendo corto de miras, Jake. Estás viendo las cosas en pequeño. Tienes que pararte a mirar con atención la perspectiva general, y a entender el camino que tienes por delante.

Me estaba mareando. Quise acercar la mano a la taza de chocolate, pero por alguna razón calculé mal la distancia y se me cayó al suelo, llenando el bolso de Vivian de manchas marrones. La gente se giró a mirarnos. Vivian, impasible, limpió el bolso con una servilleta. Yo empecé a recoger los trozos.

Se acercó una camarera.

–No se preocupe, que ya lo barre Anton.

Tenía aros en la nariz y el labio, y tatuajes en los brazos y en el cuello. Olía un poco a perro mojado, como si viviera rodeada de animales. De repente tuve ganas de abrazarla, como a una especie de bote salvavidas. Tuve muchos celos de ella, de la vida normal que llevaba.

–Yo solo os deseo cosas buenas –dijo Vivian con calma después de que se fuera–. Estoy aquí para ayudaros a llegar a ese destino.

–Joder, Vivian, pero es que no nos ayudas.

–Fíate de mí. –Era casi robótica en su persistencia, en su tajante negativa a escucharme–. Fíate de El Pacto. Yo lo que te digo, Jake, es que tienes que dejar de pensar en pequeño, de pensar mal, y ver las cosas en perspectiva. Alice y tú tenéis que aceptar el mensaje que transmitió Dave. –Se puso las gafas de sol grandes–. Tenéis que aceptar la fuerza que puede aportar El Pacto a vuestro matrimonio, a vuestra actividad profesional y a vuestra vida. El Pacto, como tantas cosas, pasará: los terremotos, los maremotos, los tsunamis... Es inevitable. Lo único que queda por ver es cómo reaccionaréis.

–Me parece que no me has escuchado. Con Alice y conmigo no contéis.

–No. –Se levantó y recogió el bolso–. Vete a casa. Ve con tu adorable esposa. Eres mi amigo, Jake. Para siempre.

Se giró sin decir nada más, y se marchó.

30

Alice está tumbada en el sofá, rodeada de libros y de documentación jurídica. Tiene abierto el portátil encima de la mesa, pero en lo que está absorta es en su guitarra, en tocar esa canción de Jolie Holland que tanto me gusta, una pieza acústica preciosa que cantó en nuestra boda. Qué bien toca, y qué dulce y tierna es su voz... Parece que la absorba toda la casa, que haga el esfuerzo de escucharla en silencio. Alice me mira y me sonríe. Luego canta.

–*I'm still dressed up from the night before, silken hose and an old Parisian coat. And I feel like a queen at the bus stop on the street. Look what you've done to me.*

Se me parte el alma al oír lo pura que es su voz y verla así sentada. Me da mucha rabia haberle fallado en mi conversación con Vivian.

Hacía tiempo que no tocaba ninguno de sus instrumentos. La canción es tan dulce que, en un momento dado, parece que despoje a Alice de sus capas, que abata los muros invisibles, pero siempre presentes. ¿Cuántas veces me habré preguntado qué Alice hay bajo el barniz de su figura de abogada y de los trajes clasicones de color azul marino? De niña ya soñaba con dedicarse a la música. Su madre daba clases de piano y de guitarra a los niños del barrio, y en su casa sonaba música a todas horas. No me la imagino soñando de pequeña con ser abogada; y sin embargo, cuando nos conocimos cursaba segundo de derecho. Aún grababa, aún daba conciertos, actualizaba su web, respondía al correo electrónico y hasta producía de vez en cuando algún disco de otros músicos, pero me di cuenta de que ya había tomado otro camino. Empezó la carrera de Derecho el año en que cumplía los treinta, «descarriada –según ella– por mis pasiones de juventud». Por eso era una de las mayores de su clase. Se sentía obligada a ponerse al día en muchas cosas, y a compensar mucho tiempo perdido. ¿Pero a quién se le ocurría considerar tiempo perdido tantos años de dedicación a lo que le apetecía de verdad? A mí me parece todo lo contrario de perder el tiempo.

–No era feliz –me dijo una vez, a los pocos meses de noviazgo–. El grupo se me había ido de las manos. Y también... –vaciló–. Mis relaciones.

Leyendo artículos por internet, averigüé que las dificultades en su relación con el bajista Eric Wilson se habían traducido en problemas para el grupo. Según Alice, rompieron fatal, y se notó en la música. Todo parecía contaminado, y al final decidió que había llegado el momento de crecer. Por eso se matriculó en derecho.

Es una melodía que te llega muy adentro. Da gusto oír cómo resuena la voz de Alice por la sala de estar. Cuando acaba de cantar no me saluda ni me cuenta cómo le ha ido el día; lo único que hace es acercarse el teclado que hay en una punta del sofá y empezar a tocar «Dance Me to the End of Love», de Leonard Cohen. Desde el principio hasta el final de la canción –un himno al amor y la pérdida, escrito por Cohen en plena madurez, y en el apogeo de sus capacidades líricas– me mira con una sonrisa irónica.

Yo dejo el maletín sobre la mesa, me quito el abrigo y me acurruco al otro lado del sofá. Viéndola –tan claramente en su elemento– no puedo evitar pensar en sus renuncias. ¿Las hizo por su propio bien? ¿O por el mío? Al final aparta el teclado y se desliza hacia mí por el sofá.

–Qué calentita estás –le digo.

No tengo fuerzas para explicarle mi conversación con Vivian. Es tan perfecto este momento que mi único deseo es que dure. Lo único que quiero es volver a antes de El Pacto.

Nos quedamos sentados en silencio. Ella mete una mano en el bolsillo del jersey y saca un papel arrugado.

–¿Qué es?

Parece un telegrama. Tiene su nombre delante, pero sin dirección.

–Me lo han entregado hoy en mano –dice.

Pone esto:

Querido Amigo:
Por la presente se te indica que deberás presentarte este viernes a las nueve de la mañana en el aeropuerto de Half Moon Bay. Ahí te esperará nuestro representante, que te dará más instrucciones. No hace falta que traigas ropa ni ningún otro efecto personal. Te ruego que tampoco traigas objetos de valor, efectos personales ni aparatos electrónicos. Esto es una directriz, no una petición. Como bien sabes, su incumplimiento está tratado de manera exhaustiva en la Sección 8.9.12–14. Quedamos a la espera de verte.
Atentamente, un Amigo.

Me derrumbo por dentro, invadido por el miedo.

–Por fin había empezado a pensar que me equivocaba en lo de Dave. Casi había llegado a la conclusión de que no pasaba nada, y de que había malinterpretado una conversación de lo más normal, convirtiéndola en algo siniestro.

–Sí que pasa –digo, y le cuento mi cita con Vivian.

Se le llenan los ojos de lágrimas.

–Lo siento tanto, cariño... –La tomo en mis brazos–. Nunca debería haber dejado que nos metiéramos en esto.

–No, lo siento yo, que fui quien hizo la chorrada de invitar a Finnegan a nuestra boda.

–No puedes ir a Half Moon Bay. ¿Qué podrían hacer?

–Muchas cosas. Si hacen que me saquen del despacho, y si... –veo que hace proyecciones de futuro, y que empieza a tener pánico–. Con la cantidad de préstamos que tenemos, y sin carta de recomendación ni nuevo trabajo, más la hipoteca... Vivian tiene razón. La influencia de Finnegan llega muy lejos. Y no solo de Finnegan, sino de todos los miembros de El Pacto a los que no conocemos.

Tengo una idea.

–¿Y todo eso qué importancia tiene? Ahora mismo, tocando, se te veía tan feliz... ¿Qué pasaría si cobraras la prima y te marcharas?

–Las primas aún no las han repartido. No están hechos los cheques, y es un dinero que nos hace mucha falta.

–Podemos prescindir de él –insisto, aunque la verdad es que con las nuevas inversiones en mi gabinete, la hipoteca del edificio victoriano, la de esta casa y el coste de la vida en una de las ciudades más caras del planeta, no nos sobra nada.

–Yo no quiero volver a ser pobre. No es manera de vivir.

–¿Me estás diciendo que deberías ir a Half Moon Bay?

–Creo que sí, aunque hay un problema: este viernes tengo una comparecencia en el juzgado. Es cuando nos han dado hora para defender mi petición de juicio sumario. Hace meses que trabajo en ella. Es el momento en que podemos ganar. Si perdemos el viernes, el resto irá todo cuesta abajo: miles de horas de trabajo inútil, ninguna opción de ganar... Parece imposible. La petición la he escrito yo. No puede hacerlo nadie más.

–El telegrama habla de consecuencias. ¿Cuáles son?

Alice se levanta y baja de la estantería su ejemplar de El Manual. Lo abre por la Sección 8.9.12–14.

–«Los castigos se dispensan en función de la gravedad del delito, y se calculan a partir de un sistema de puntos expuestos más abajo –lee–. La reincidencia se calcula multiplicando por dos. Se reconocen los atenuantes oportunos en caso de cooperación y de confesión voluntaria.»

–Muy útil –digo.

–Podríamos fugarnos –propone Alice–. Podríamos irnos a vivir a Budapest, cambiar de nombre, buscar trabajo en el mercado ese tan grande que hay al lado del puente, comer *goulash,* engordar...

–A mí el *goulash* me encanta. –Intentamos mantener la normalidad, pero no se respira ninguna ligereza en el ambiente. Por lo visto estamos bien jodidos–. Siempre nos queda la policía.

–¿Y qué les explicamos? ¿Que me dio una pulsera una mujer con un bolso muy bonito? ¿Qué tengo miedo de quedarme sin trabajo? Nos sacarían de la comisaría a carcajadas.

–Dave te amenazó –le recuerdo.

–Imagínate que se lo cuento a un poli. No se lo tomarían en serio ni locos. «¿De El Pacto no se sale?» ¡Venga ya! Además, aunque hablaran con Dave, que no lo harían, evidentemente, él les diría que era una broma. Y luego se brindaría a hacerles una visita guiada de Pin Sur Mer.

Nos quedamos un momento en silencio, tratando de encontrar alguna solución. Me siento como si fuéramos dos ratones dentro de una jaula, convencidos aún de que alguna salida tiene que haber.

–Puto Finnegan... –dice Alice finalmente.

Se acerca el teclado y toca otra canción, un tema melancólico del último disco de su grupo, el que escribieron juntos ella y su novio durante la ruptura.

–No es mala idea, Budapest –digo al final de la canción.

Alice pone cara de pensárselo. Lo he dicho en broma, pero quizá no tenga por qué serlo. Se me ocurre que cualquier cosa que decida Alice me va bien. Estoy enamorado de ella. Quiero que sea feliz. No quiero que tenga miedo.

–¿A que nos encontrarían? –susurra, y se me cae el alma a los pies.

31

A pesar de que hoy sigo mis pautas habituales –despertarme, ir al trabajo a pie, recibir a pacientes–, en el fondo tengo la cabeza en otra parte. Si Alice, en principio, tiene que personarse el viernes en el aeropuerto, necesitamos un plan.

Anoche estuvimos mirando *Sloganeering*, porque Alice quería despejarse la cabeza. Era un episodio gracioso sobre el ministro de eslóganes y sus esfuerzos por comprarse un coche italiano que olía mal. Fue agradable sentarnos muy juntos y pensar en otra cosa. Después de apagar la tele, nos fuimos a la cama y dormimos profundamente. Esta mañana, la mesa de la cocina estaba llena de papeles, impresos y libros de derecho, como siempre. En el apoyabrazos del sillón grande azul estaba El Manual. Alice había dejado un punto al principio de la Sección 9: «Procedimientos, directrices y sugerencias».

Entre paciente y paciente trato de que se me ocurra alguna escapatoria. Hay gente que al pensar demasiado en un problema se pone cada vez más paranoica, pero a mí suele pasarme lo contrario. A las tres estoy casi convencido de que la situación no es tan grave como parecía ayer. En eso estoy pensando cuando entra Evelyn en mi consulta y me deja un sobre blanco encima de la mesa. Sin sello. Fuera solo consta mi nombre, en tinta dorada, pero no la dirección. Me quedo mirándola y empiezo a sudar.

–Acaba de entregarlo un mensajero –dice Evelyn.

Dentro hay un tarjetón blanco con un mensaje escrito a mano, también en tinta dorada:

Nos será muy grato el honor de su presencia en la reunión trimestral de Amigos del 10 de marzo a las 18.00. La dirección es Bear Gulch Road, 980, Woodside. El código de seguridad de la verja es el 665544. No comparta en ningún caso con nadie la dirección ni el código.

No hay firma, ni remitente.

32

El jueves por la mañana me quedo sentado en la cama en camiseta y *boxer*, mirando cómo se viste Alice para ir al trabajo.

–¿Qué vamos a hacer? –pregunto.

–Yo mi trabajo –contesta–. Y tú el tuyo. Las consecuencias ya se verán en su momento. La amenaza de Vivian era sobre Finnegan y el despacho, pero si no comparezco en el juzgado ya lo tendré muy crudo con los socios.

–¿Y lo de que la influencia de El Pacto llega tan lejos?

–No sé.

Lo dice con firmeza, sin el menor asomo de la aprensión que siento yo. ¿Es sincero su aplomo, o disimula por mi bien? Aun así, ya me siento mejor solo de ver a la Alice de siempre, dispuesta a plantar cara. Todo lo que tiene de delicada y mística la Alice música, a quien me gustaría ver más a menudo, lo tiene de dura, lista y competente la Alice abogada, y ahora mismo me alegro de tenerla de mi lado.

–Pensaré todo el día en ti –le prometo mientras miro cómo se cepilla el pelo.

Se pone su pintalabios, de un sutil color ciruela, y sus pendientes pequeños de aro, dorados.

–Lo mismo digo.

Me da un beso largo pero suave, con cuidado de que no se le corra el pintalabios.

Por algún motivo enrevesado de obras y de aparcamiento, esta mañana la lleva un compañero del trabajo. A las seis frena un Mercedes gris junto a la acera, y Alice se va.

A las nueve menos cuarto estoy en el trabajo, dando vueltas a nuestro problema insoluble. Me paso todo el día con el alma en vilo, entre consultas de puro trámite, mientras espero a que se confirmen mis malos presagios, y me pregunto en qué forma lo harán.

–¿Qué mosca te ha picado, Jake? –inquiere Evelyn–. Pareces otro. ¿Incubas algo o qué?

–No estoy seguro.

Sopeso la idea de contárselo todo, pero ¿de qué serviría? Me la imagino debatiéndose entre la hilaridad y la incredulidad. Tardaría un poco en captar la profundidad de El Pacto y el peligro que supone. Por otra parte, estoy seguro de que con su implicación saldríamos perdiendo aún más Alice y yo.

A las dos hace ping mi teléfono. Es un mensaje de texto de Alice, muy normal. «No llegaré hasta medianoche.» «Paso en coche a buscarte –le contesto–. Hacia las once y media aparco delante. Baja cuando hayas acabado.» Después de lo de ayer, tengo ganas de abrazarla y comprobar con mis propios ojos que está bien.

Llego temprano a su despacho. Es una noche fría, con muy poca gente por la calle. He comprado dos bocadillos, una botella de refresco de vainilla para Alice y un par de roscos individuales. Dejo encendida la calefacción e intento leer el nuevo *Entertainment Weekly*, pero no puedo concentrarme, aunque el artículo de portada hable del crecimiento viral de *Sloganeering*. Levanto constantemente la vista hacia las ventanas iluminadas del despacho de abogados, buscando la silueta de Alice, con ganas de que baje.

A las doce se abre la puerta. La acompaña aquel tío de la fiesta, el alto y de pelo rizado, Derek Snow. Bajo un poco la ventanilla y oigo que le pregunta si quiere ir a tomar algo, pero que ella le contesta: «No, gracias, ha venido a buscarme mi marido, que es un encanto». Siento una alegría absurda al verla. Me inclino para abrir la puerta derecha. Ella se mete en el coche y se gira para dejar el maletín y el bolso en el asiento trasero. Luego me da un beso largo, apasionado, y me parece una tontería el pequeño resquicio de inquietud que acababa de abrirse en mi mente. Está claro que él no es su tipo, mientras que yo sí.

Ve la bolsa del salpicadero.

–¡Bocadillos! –exclama.

–Pues sí.

–Eres el mejor marido del mundo.

Doy media vuelta por California Street, mientras Alice devora la cena y explica cómo le ha ido el día. Su equipo ha encontrado pruebas nuevas y de peso. Parece que tiene buena pinta lo del juicio sumario. Solo al meternos por Balboa saco el tema que está claro que hemos estado evitando.

–¿Cómo ves lo de mañana?

–He llamado a Dave –contesta ella–. No ha ido bien. Ha insistido en que una directriz es una directriz. Según él, tu numerito con Vivian no nos ha ayudado. Luego ha repetido lo mismo: que tenemos que reconciliarnos con El Pacto.

–¿Tú qué crees que pasará? –pregunto al cabo de un momento.

Se queda callada.

–Preferiría que a Dave ni siquiera le hubieras comentado lo de tu cita en el juzgado. Sería mejor que nos ciñéramos a lo que dijo JoAnne: tienes que echarme a mí la culpa, repartirla.

–Después de tu episodio con Vivian –me avisa Alice mientras entramos en el garaje–, tengo la corazonada de que a ti también te caerá una buena parte de la culpa.

33

El viernes me despierto con el alba y voy sin decir nada a la cocina para preparar el desayuno. Beicon y gofres, zumo de naranja y café. Quiero que Alice tenga fuerzas y que le vaya bien en el juzgado, pero lo más importante es que quiero demostrarle mi amor. Al margen de lo que nos depare el día, necesito que sepa que me tiene a su lado.

Pongo el desayuno en una bandeja y se la llevo. Está sentada en el sillón azul, en medias y ropa interior, concentrada en el trabajo. Levanta la vista y sonríe.

–Te quiero.

A las seis se va pitando. Yo recojo la casa y me ducho. No soy consciente de lo que voy a hacer hasta que hablo por teléfono con nuestro recepcionista, Huang. Le digo que me encuentro mal, y que no estoy seguro de que pueda pasar hoy por la consulta.

–Me ha sentado algo mal –miento–. ¿Puedes cancelar todas mis citas?

–Sí, claro –contesta él–, pero los Bolton no estarán contentos.

–Es verdad. Lo siento. ¿Quieres que los llame?

–No, ya lo arreglo yo.

Dejo un mensaje, por si no estoy en casa cuando llegue Alice: «He ido al aeropuerto de Half Moon Bay. Es lo mínimo. Te quiero, J.». Luego añado una posdata que en el momento de escribirla ya me parece melodramática, pero que expresa a la perfección lo que siento: «Gracias por haberte casado conmigo».

Yendo en coche por la costa, me hago cargo de mi decisión. El aeropuerto de Half Moon Bay se reduce a una larga pista de aterrizaje perdida entre hectáreas de alcachofas. La niebla es tan densa que a duras penas reconozco unos pocos Cessna tapados, y el pequeño edificio donde está el 3–Zero Café. Dejo el coche en el aparcamiento, prácticamente vacío. Al entrar en el bar, elijo una mesa desde donde se ve la pista. No hay control de seguridad, ni mostradores de facturación, ni cintas de recogida; solo una puerta de cristal que separa la pista del bar, y que se puede abrir. Se acerca una mujer delgada con un uniforme de camarera a la antigua.

–¿Café?

–Un chocolate caliente, si tenéis.

–Sí, claro.

Voy observando el aeropuerto, por si se ve algo raro. En el aparcamiento solo hay tres coches: el mío, un Ford Taurus vacío y una camioneta Chevrolet con una persona al volante. Parece que espere a alguien. Me sorprendo dando golpecitos con los dedos en la mesa. Es una costumbre que tengo desde siempre, cuando estoy nervioso. Siempre me ha dado mucho más miedo lo desconocido que cualquier peligro real. ¿Tendrá alguien planes de quedar aquí con Alice y seguir regañándola? ¿O ponerle otra pulsera? ¿Vendrán para llevársela a algún sitio? Ni Vivian ni Dave han dicho nunca nada de un viaje en avión. Debería haber estado más atento el día en que Vivian quitó la foto de Martin Parr y proyectó su PowerPoint en la pared de nuestra sala de estar.

Baja un avión de las montañas. Veo que hace un giro muy amplio y se prepara para aterrizar entre jirones de niebla. Es un avión pequeño, privado, aunque mayor y más elegante que los Cessna de al lado del hangar. Miro mi reloj: las 8.54. Faltan seis minutos. ¿Será él?

El avión se para por la zona de repostaje. Sale un operario, que habla un segundo con el piloto y empieza a echar combustible. El piloto se acerca al bar. Veo que tirita, y que mira el aparcamiento. Está claro que busca algo, o a alguien. Entra y mira por la sala, sin fijarse especialmente en mí. Consulta su móvil, frunce el ceño y va al lavabo.

No se ve a nadie más, ni llegan más aviones; solo estamos yo, la camarera, el operario, el hombre del Chevrolet y el piloto. Son las nueve en punto. Dejo un billete de cinco dólares sobre la mesa y me levanto. En ese momento sale el piloto del lavabo, vuelve a mirar por todas partes y cruza la puerta para ir hacia el aparcamiento. Es muy alto, de cuarenta y pocos años, pelirrojo y bien parecido, con camisa vaquera y unos chinos.

Salgo.

–Buenos días –digo.

–¿Qué tal?

Tiene un poco de acento, que no acabo de situar.

–¿Por casualidad buscas a Alice?

Se gira y me estudia. Yo le tiendo la mano.

–Jake.

Me mira con escepticismo. Luego me la estrecha.

–Kieran. –Es acento irlandés. Me acuerdo enseguida de lo que nos contó Vivian sobre Orla y la isla irlandesa–. ¿Conoces a Alice? En principio tenía que estar aquí.

Parece un poco irritado.

–Soy su marido.

–Genial. ¿Y ella dónde está?

–No llegaba a tiempo.

A juzgar por su sonrisita, debe de pensar que le tomo el pelo.

–Pero vendrá, ¿no?

–No. Es que es abogada, y la han entretenido en el juzgado. Es un caso muy importante.

–Hombre, esto no lo había visto nunca. –Kieran se ríe–. Tiene narices, tu mujer. –Se saca del bolsillo un palo de chicle, lo desenvuelve y se lo mete entre los dientes–. Cerebro no sé si mucho, pero narices sí, está claro.

–He venido yo en su lugar –digo.

Sacude la cabeza.

–Sois la hostia. Menudo par.

Me debato entre varios sentimientos, tratando de que no se me note, pero seguro de que sí.

–Ella no podía, y he venido yo para no hacerte esperar. Por educación.

–¿Educación? ¿En serio? No sé cómo se lo explicaré a Finnegan...

–¿Te ha pedido Finnegan que vinieras?

La mirada de Kieran se hace más suspicaz. Parece sorprendido de lo tonto que soy. O de lo ingenuo.

–La verdad es que es todo culpa mía –insisto.

Es verdad: a Alice la he metido yo en este lío. Finnegan era un contacto suyo, sí, y la invitó ella sola a nuestra boda, pero casarnos se me ocurrió a mí. Alice habría estado encantada de que siguiéramos viviendo juntos indefinidamente, sin temer por nuestra relación. Ya he dicho antes que la quiero, pero que no es la razón de que me haya casado con ella.

–Bueno –dice Kieran–, te agradezco que te hayas presentado; es admirable, y hasta un poco valiente... pero no van así las cosas.

–Si pudiera, estaría ella aquí.

Mira su reloj y echa un vistazo al correo electrónico en su móvil. Parece perplejo por la situación.

–A ver si me aclaro. ¿En serio que no va a venir?

–No.

–Bueno, pues nada, Jake, encantado de conocerte, y suerte para tu mujer, que la necesitará.

Me da la espalda y se sube al avión. Al ver elevarse por la niebla su pequeño aparato plateado, tengo un mal presentimiento.

34

En el camino de vuelta a la ciudad me llama Huang. Ha intentado cancelar la cita de las once con los Bolton, pero ella se ha cerrado en banda.

–La señora Bolton da miedo –dice.

Los Bolton, Jean y Bob, llevan más de cuarenta años casados. Fueron los primeros clientes que consiguió Evelyn cuando puso en marcha la rama de terapia de pareja. El porqué lo entendí más tarde: los Bolton ya habían dejado un rastro de destrucción por todos los psicólogos de la ciudad.

Temo la hora que paso con ellos una vez por semana. Son dos personas desgraciadas, y lo son aún más por estar juntas. Pasa tan despacio la hora, a un ritmo tan glacial, que sospecho que se ha estropeado el reloj de la pared. Sin el pastor de su iglesia, un mandón que les exige ir a terapia, se habrían divorciado hace décadas. Yo a mis clientes suelo darles seis meses antes de hacer balance de la situación. Si no tengo la sensación de que avanzamos, los remito a otro psicólogo. En términos de negocio quizá no sea modélico, pero de cara a los clientes me parece lo mejor.

En el caso de los Bolton, no debíamos de llevar ni tres semanas y ya les pregunté si se habían planteado divorciarse.

–Joder –contestó enseguida Bob–, cada día de los últimos cuarenta años.

Fue la única vez que vi sonreír a su mujer.

–Bueno –le contesto a Huang–, pues diles que vengan. A la hora de costumbre. A las diez y media habré vuelto a la consulta.

–¿Ya no te encuentras mal?

–Define lo que entiendes por mal.

Los Bolton se presentan a las once en punto. La verdad es que ni siquiera los escucho –bueno, a Jean, porque es la única que habla–, pero tampoco parece que ninguno de los dos se dé cuenta de que hoy estoy en la luna. De hecho, estoy casi seguro de que Bob se pasa gran parte de la hora durmiendo, con los ojos abiertos, como los caballos. Hasta parece que ronque. A las doce en punto les digo que se ha acabado la sesión. Salen de la consulta arrastrando los pies, y Bob se queja de la niebla. La semana pasada hacía muy buen tiempo y se quejó del sol. Después de que se vayan, Huang recorre la consulta rociando ambientador y abriendo las ventanas. Intenta eliminar el olor del espantoso perfume de Jean.

A las 13.47 me llama Alice.

–¡Hemos ganado! –grita como en éxtasis.

–¡Qué bien! Estoy muy orgulloso de ti.

–Me llevo al equipo a comer. ¿Quieres venir?

–Tú disfruta de la victoria con tu equipo, que ya lo celebraremos esta noche. ¿Dónde comeréis?

–Quieren ir al Fog City.

–Espero que no te encuentres a Vivian.

–Si desaparezco, que sepas que tengo aparcado el coche cerca de la esquina de Battery y Embarcadero. Puedes quedártelo.

Su tono frívolo hace que parezca todo muy normal, pero en mi fuero interno sé que nada es normal. No le cuento mi visita al aeropuerto de Half Moon Bay. Quiero que disfrute de su victoria, antes de echarle encima el peso de la noticia.

Después de colgar me quedo sentado delante de mi mesa, abriendo el correo electrónico de mala gana mientras trato de encontrar algún sentido a mi conversación de la mañana con Kieran. ¿Qué habría pasado si hubiera estado Alice? ¿La habría hecho subir Kieran al avión y se habría ido volando? ¿Adónde habrían ido? ¿Cuándo habría vuelto Alice? ¿Se habría resistido o habría subido al avión, aceptando su destino? Me acuerdo de una foto muy inquietante que vi hace años en la revista *Life*. Salía un grupo de hombres en un recinto vallado de Arabia Saudí. Según el pie, estaban todos condenados por robar, y esperaban a que les cortasen una mano. Lo más perturbador de la foto era lo calmados que parecían todos, pasivamente sentados en espera del inevitable horror.

Vuelvo a casa caminando, y voy en coche a la Península. Destino: Draeger's. Cuando entro me saluda una de las cajeras, Eliza, baja y rechoncha. Ya debo de tener consideración de cliente habitual.

–Me encanta cuando hacen los hombres la compra –me dice cada vez que paso por su caja.

A pesar de tantos viajes, aún no he conseguido encontrar ni una vez a JoAnne. Hoy tampoco. Le compro a Alice flores y una botella de Veuve Clicquot para celebrar su victoria. Para mí compro galletas.

Finalmente, desisto de esperar a JoAnne y paso por caja.

–Me encanta cuando hacen los hombres la compra –dice Eliza. Luego pasa el código de las galletas y me mira–. Necesitas unas cuantas proteínas en la cesta, amigo.

–¿Qué? –balbuceo.

–Proteínas. –Sonríe–. Sí, hombre, ternera, o cerdo, o algo que no contenga aceites hidrogenados. –No sé si es una sonrisa sincera o de advertencia. Me digo que es Eliza, la encantadora y simpática Eliza. Y lo que acaba de decir... era «amigo» con a minúscula, no mayúscula–. Te acabará matando todo esto –añade con un guiño.

Salgo rápidamente con la bolsa y hago un barrido visual del aparcamiento en busca de indicios alarmantes. ¿Pero cómo voy a saber qué es alarmante? Hay la típica mezcla de Teslas y Land Rovers, con algún que otro Prius al lado de un BMW serie 3. No seas tan paranoico, me regaño. O sí.

Alice llega a casa pocos minutos antes de las seis. He tirado la nota que le había dejado esta mañana para decirle que me iba a Half Moon Bay. Decido que la noticia puede esperar hasta mañana. Aún le dura el subidón de la victoria, y los efectos de una comida larga y festiva. Su euforia es contagiosa, y por primera vez en varios meses logro alejar de mí la pegajosa sensación de malestar; no es que la borre, pero al menos la aparco en un lado del cerebro, en honor de Alice. Salimos al pequeño balcón del dormitorio. Está a punto de ponerse el sol, y empieza a subir la niebla, pero aún se ve nuestro trocito de mar. Esta vista pequeña pero perfecta del mar fue lo que nos animó a comprarnos una casa que estaba por encima de nuestras posibilidades. El mar no es lo único que hace que sea tan especial la vista. También están las hileras de casas bajas de los cincuenta, los patios pintorescos y las bonitas filas de árboles que bordean Fulton Street, en la frontera entre nuestro barrio y Golden Gate Park.

Después de acabarnos la botella de champán, aún nos quedamos un buen rato en el balcón. Alice interpreta toda la comparecencia en el juzgado, con imitaciones hilarantes de todos los abogados de la parte contraria y del juez, un cascarrabias. Le sale tan bien que casi me parece estar con ella en el juzgado. Ha dedicado muchos esfuerzos a este caso. Siento un orgullo disparatado.

Todo se borra: el turbador encuentro con el piloto, la tóxica sesión con los Bolton y la fallida y paranoica excursión a Draeger's. Me doy cuenta de que estoy haciendo un esfuerzo muy consciente para vivir el momento, *mindfulness*, como está de moda decir ahora. Este momento relajado e íntimo con Alice –celebrar su éxito y disfrutar mutuamente de nuestra compañía– es la esencia misma del matrimonio en su sentido más perfecto. Me gustaría poder embotellarlo y reproducirlo cada día. Me imagino que fijo este momento en mi cerebro y lo almaceno para cuando más lo necesite. Tengo ganas de pedirle a Alice que haga lo mismo, pero sería una contradicción, ¿verdad? Si le pidiera que se abrazara a este momento y se acordara de él, ¿no estaría recordándole que esta felicidad es pasajera, y que en cualquier momento pueden empeorar las cosas?

De repente suena el móvil de Alice, sacándome de mis ensoñaciones. Estoy a punto de decir «no te pongas», pero justo entonces ella le da al botón.

Sonríe. Suspiro de alivio. Es su cliente, Jiri Kajanë, desde su dacha en la costa de Albania. Acaba de recibir la buena noticia de que han ganado. Alice se ríe y tapa el móvil con la mano para decirme que Jiri le ha puesto su nombre a un personaje de la secuela de *Sloganeering*.

–Soy Alice, la mecanógrafa que resuelve el caso de la página que falta en el expediente U'Ren, que es decisivo. Dice Kajanë que tú puedes ser el encargado de la pista de petanca del hotel Dajti. Es un papel pequeño, pero importante.

Me guiña el ojo.

–¿Encontrarán Alice, la mecanógrafa, y Jake, el encargado de la petanca, el amor y la felicidad?

Una pausa larga. Por lo visto la respuesta es complicada. Luego Alice se gira hacia mí.

–El amor verdadero es difícil de encontrar, pero lo intentarán.

35

Me despierto bruscamente en mitad de la noche, con la seguridad de que han estado dando golpes insistentes en la puerta. Recorro la casa mirando por todas las ventanas, pero no veo nada. Tampoco por la Dropcam. De noche nuestro barrio es de una tranquilidad alucinante. La brisa del mar, la niebla densa, amortiguan cualquier ruido. Ilumino el jardín con la linterna. Nada. Al enfocar la valla del fondo, veo el reflejo misterioso de la luz en los ojos rojos de cuatro mapaches.

Por la mañana Alice no está para nadie. De hecho, no se ha movido ni un centímetro desde que se quedó dormida. Preparo café y empiezo a hacer beicon y gofres.

Entra una hora después en la cocina.

–¡Beicon! –Me da un beso. Luego ve que he lavado y doblado toda su colada–. ¿Qué pasa, que llevo semanas durmiendo? ¿Qué día es?

–Cómete el beicon –le digo.

–Supongo que no había motivo para preocuparse –comenta mientras desayunamos–. No fui al aeropuerto y no ha pasado nada.

Es cuando le explico mi encuentro con el piloto. Ayer me lo callé para no estropearle la victoria judicial, pero tiene que saberlo. Temo que llamen Vivian o Dave –o Finnegan, que aún sería peor–, y no quiero que la tomen por sorpresa. Le hablo del acento del piloto, de su impaciencia, y de su incredulidad al no encontrarla. Reproduzco nuestra breve conversación.

Alice frunce el ceño.

–¿Mencionó a Finnegan por su nombre?

Se lo confirmo con un gesto. Ella me pone una mano en la nuca, y me enrosca los dedos en el pelo.

–Qué bonito que fueras por mí.
–Esto es cosa de los dos.
–Oye, ¿te dio la impresión de que venía para decirme algo? ¿Para entregarme un paquete, por ejemplo?
–En las manos no tenía nada.
–¿Se me iba a llevar a algún sitio?
–Sí.
Respira hondo, pero suavemente, mientras se le marca la arruga de preocupación entre las cejas.
–Vale.
–Vamos a dar un paseo –digo.
Quiero hablar, pero después de la pulsera, y de lo de ayer, ni siquiera estoy seguro de que no sea peligroso hacerlo en casa, en nuestra propia casa.
Alice va al dormitorio y vuelve con vaqueros, un jersey y su chaqueta acolchada. Al salir mira bien la calle. Yo también. Giramos a la izquierda, por nuestro camino habitual de bajada a Ocean Beach. Camina deprisa, resuelta. No hablamos ninguno de los dos. Cuando llegamos a la arena, finalmente se relaja un poco. Nos acercamos juntos al agua.
–¿Sabes qué? Que estoy muy contenta de haberme casado contigo, Jake. No lo cambiaría por nada. Seguro que te suena raro, pero he estado pensando en el día en que ganamos lo de Finnegan y me llamaron los socios a la sala de reuniones. Había muchísima gente, y de repente me encontré al lado de él. Al comentarle Frankel que me iba a casar, Finnegan me pasó un brazo por la espalda, muy tiernamente, y dijo: «Me encantan las bodas». Y yo le contesté: «¿Quiere venir a la mía?».
»Ni siquiera era consciente de que fuera a invitarlo hasta que abrí la boca. Tampoco lo dije muy en serio. Todos se rieron. Luego él contestó: «Sería un honor», y se hizo un silencio extraño. Todos matándose por que les hiciera caso, por que se fijara en ellos el Increíble Finnegan, una leyenda que parecía guardar siempre las distancias... Parecía que se hubieran quedado de piedra por la escena, por la generosidad del comentario que me hizo, aunque dudo que se lo tomara nadie en serio, claro. Yo en cualquier caso no. Luego pasó por mi cubículo antes de irse. Yo acababa de recibir las invitaciones. Estaba la caja sobre mi escritorio. Finnegan me preguntó: «¿Dónde

serán las nupcias?». Saqué una del montón y se la di. Me pareció de lo más natural, como seguir con un chiste que ninguno de los dos estaba dispuesto a reconocer que lo era. Al menos entonces lo pensé. No me di cuenta de que para él no era ninguna broma hasta después de que se fuera. Y lo raro es esto, Jake: que parecía que Finnegan lo tuviera previsto, que lo hubiera provocado.

–No puede ser.

–¿Estás seguro?

Ya hemos llegado al agua. Alice se quita los zapatos y los tira a la arena, a sus espaldas. Yo hago lo mismo. La cojo de la mano y nos metemos en el agua. Está helada.

–Mira, Jake, nuestra boda fue un día tan mágico que no me arrepiento de nada. No me arrepiento de haber conocido a Finnegan, y aunque no te lo creas, de El Pacto tampoco me arrepiento.

Me cuesta un poco asimilarlo, pero creo que lo entiendo. Es como cuando me contó Isobel que su existencia dependía de la infelicidad de su padre. A veces es imposible separar una cosa de otra. Se enredan y no tiene remedio. Retrocediendo en el tiempo no se desenredaría ni lo malo, ni lo bueno.

–Has sido tan bueno conmigo, Jake, que lo único que quiero es ser digna.

–Lo eres de sobra.

A pocos metros, un surfista está subiéndose la cremallera del traje de neopreno y abrochándose la tira del tobillo. Tiene al lado a su perro, que jadea. Vemos que le da unas palmaditas en la cabeza y se mete en el agua. El perro lo sigue un poco.

–Vuelve, Marianne –dice él, señalando la orilla.

La perra obedece y vuelve a nado. Marianne. Qué nombre tan raro para una perra.

–Yo de pequeña –dice Alice– era tan independiente y tan tozuda, que mi madre siempre decía que se compadecía de mi futuro marido. Luego, cuando me hice mayor, empezó a poner en duda que llegara a casarme. Una vez me dijo que el hecho de que a ella le gustara estar casada con mi padre no quería decir necesariamente que yo estuviera hecha para el matrimonio. Me dijo que tenía que encontrar mi propio camino y crearme mi felicidad, pero me acuerdo de que lo leí entre líneas y lo interpreté como que decepcionaría a cualquier hombre que se casara conmigo. Hasta bastante después de que nos conociéramos tú y yo (probablemente más de lo que te gustaría oír), en el fondo seguía convencida de que no me casaría nunca.

Me impacta su confesión. El surfista se adentra en el mar, luchando contra la corriente con sus fuertes brazos. La perra ladra en la orilla, mientras su amo va perdiéndose en la niebla.

–Pero la gracia –añade Alice– es que cuando me lo pediste me pareció bien. Quería casarme contigo, aunque tenía miedo de fallarte.

–No me has fallado, Alice. Nunca...

–Déjame acabar –dice, arrastrándome hacia las olas. El agua gélida rompe contra mis tobillos y me empapa los vaqueros–. La primera vez que vino Vivian, cuando nos dio a firmar los papeles, me alegré. Lo que describió sonaba a secta, o a sociedad secreta, o a algo que normalmente me habría dado un miedo atroz y me habría hecho salir corriendo, pero esta vez no tuve ganas de correr. Todo el discurso sobre El Pacto, la caja, los papeles, Orla... Todo me hizo pensar: «Esto es una señal. Tiene que ser así. Es el instrumento que me ayudará a tener éxito en el matrimonio. Es exactamente lo que necesitaba». Cuando nos metimos más a fondo en El Pacto, seguí dando gracias por el regalo. Ni la pulsera ni las tardes con David me inquietaban tanto como te habrían inquietado a ti. Les encontraba una especie de sentido. Las dos semanas en las que llevé la pulsera fueron de una intensidad tan increíble... Ya sé que suena raro, pero la conexión que sentí entre los dos fue de una intimidad que nunca había sentido con nadie. Por eso, si te soy sincera, a pesar de los pesares no puedo decir que prefiriese que no existiera El Pacto. Tengo la sensación de que todo esto es una especie de prueba que tenemos que pasar, Jake; no por El Pacto, ni por Vivian, ni por Finnegan, sino por nosotros mismos.

No queda ni rastro del surfista. Marianne ya no ladra. Ahora gañe de manera lastimera. Me acuerdo de algo que leí sobre los niños muy pequeños que aún no tienen la capacidad de procesar la idea de que una persona o una cosa que no está delante de ellos todavía existe. Cuando la madre de un niño muy pequeño sale de la habitación y el niño llora, es porque no sabe si su madre volverá. En ese momento, para él, toda su experiencia junto a ella, los cientos de veces que se ha ido y ha vuelto, no tienen ningún peso. Lo único que entiende es que se ha marchado. Está literalmente desesperado porque se le hace inconcebible volver a estar en un futuro sin su madre.

Rompe una ola grande que me empapa las pantorrillas, y a Alice los muslos. Nos giramos y huimos riéndonos del oleaje. Me abrazo a Alice, sintiendo su cuerpo esbelto por debajo de la chaqueta acolchada. Noto que se me saltan las lágrimas de gratitud. En los últimos minutos me ha revelado más de nuestra relación, de la importancia que le da, que en todos los años desde que la conozco. Y pienso que ahora mismo, a pesar de la amenaza que se cierne sobre ambos, y de la oscura e ignota sima que se abre a nuestros pies, soy más feliz que nunca.

–Supongo, Jake, que lo que quiero decir es que me alegro de que compartamos el camino.

–Yo también. Te quiero tanto...

Al volver a casa me da un beso al pie de la escalera. Absorto en el momento, cierro los ojos el tiempo justo para no ver que entra un SUV Lexus negro. Al abrir los ojos, y verlo ahí delante, acerco mi boca al oído de Alice.

–Por favor –susurro–, diles que ha sido todo culpa mía.

36

Restando las horas de sueño, el promedio de tiempo que pasan cada día a solas las parejas estadounidenses no llega a los cuatro minutos.

Bride, «novia» en inglés, viene de la misma raíz que una palabra del alemán antiguo que significa «cocinar».

Más de la mitad de los matrimonios se han divorciado al séptimo año.

Cada día se casan en Las Vegas trescientas parejas.

El coste medio de una boda es el mismo que el de un divorcio: veinte mil dólares.

Tener hijos disminuye la felicidad en más de un sesenta por ciento de los matrimonios. Lo raro es que también reduce, y bastante, las probabilidades de divorcio.

Hoy en día, uno de los mejores indicadores para predecir el éxito de un matrimonio es que la mujer tenga la sensación de que el cuidado de la casa está distribuido equitativamente.

Cada año se publican miles de pseudodatos sobre el matrimonio, muchos de los cuales, previsiblemente, no resisten un examen riguroso. Un alto porcentaje de la información errónea se explica por el influjo de la religión, o de organizaciones religiosas, en los estudios. Gran parte de los mitos más aceptados sobre el matrimonio atribuyen efectos perniciosos a la convivencia prematrimonial, a casarse con alguien de otra religión y al sexo antes del matrimonio.

«Hay un cincuenta y siete por ciento más de probabilidades de que fracase un matrimonio si los cónyuges han vivido juntos antes de casarse», leí en la web de una revista femenina de gran tirada, que en una diminuta nota al pie citaba un estudio realizado por la Coalición Americana para la Protección de los Valores Familiares.

Los estudios científicos, no obstante, indican que el mito de la convivencia es claramente falso. Entre las parejas que conozco, las que más sólidas parecen son con diferencia las que habían convivido antes de casarse.

Hay un dato, sin embargo, que parece mantenerse en todos los estudios, con independencia de las fuentes de estos últimos: cuando más felices se declaran la mayoría de las parejas casadas es durante su tercer año de matrimonio. Alice y yo solo llevamos unos meses, y me resulta inconcebible ser más feliz. El lado malo es que tampoco me imagino la idea de ser menos feliz después del tercer año.

37

Bajan del SUV un hombre y una mujer, los dos con traje. Él andará sobre los treinta y cinco o los cuarenta años. Va muy cuidado, tiene pecas y es más bajo que ella. El traje le queda algo tirante en el pecho y los hombros, como si hubiera empezado a hacer pesas poco después de ir al sastre. La mujer se queda al lado de la puerta derecha del Lexus, con las manos en la espalda.

–Buenos días. Me llamo Declan –dice él mientras se acerca al pie de la escalera.

Tiene acento irlandés, como Kieran. Me tiende la mano. Se la estrecho.

–Jake.

–Y esta debe de ser Alice.

–Sí –contesta ella, irguiendo los hombros.

–Esta es mi amiga Diane –dice él. Diane saluda con la cabeza–. ¿Os importa que entremos?

Veo un brillo de desconfianza en la sonrisa de Alice.

–¿Tenemos elección?

Diane saca una gran bolsa negra del asiento trasero del Lexus. Entramos en la sala de estar, seguidos por Declan, mientras Diane espera en el recibidor, con la bolsa en el suelo.

–¿Te apetece beber algo? –pregunto.

–No, gracias –responde Declan–. ¿Podríamos sentarnos un momento?

Alice, que aún lleva puesta su chaqueta acolchada, se sienta en el sillón azul. Yo me pongo a su lado y le paso un brazo por los hombros, sin sentarme.

Declan saca una carpeta de su maletín y deja unos papeles en la mesa de centro, delante de Alice.

–Tengo entendido que recibiste la directriz de presentarte en el aeropuerto de Half Moon Bay. ¿Es correcto?

–Sí.

–Esa mañana tenía que comparecer en el juzgado –añado yo–. Habíamos expresado nuestro deseo de salir de El Pacto, y ante la negativa, Alice explicó que no podría...

–Seguro que tenía sus razones –me interrumpe Declan–, pero no nos compete ni a mí ni a Diane valorarlas, la verdad. –Le acerca un papel–. Tienes que poner tu firma y la fecha aquí abajo. Puedes leerlo, si quieres. Pone que estabas en conocimiento de la directriz de presentarte en la fecha y la hora estipuladas.

–Sé leer –dice secamente Alice. Son pocos párrafos, que procede a leer. Le paro la mano justo cuando va a firmar. Ella me mira–. Tranquilo, Jake, déjame a mí. La verdad es que no pone nada más.

Firma. Declan le acerca otra hoja.

–Si me haces el favor de firmar también este formulario...

–¿Qué es?

–En este formulario consta que estás al corriente de mi identidad, y de la obligación que tenemos Diane y yo de cumplir las condiciones del contrato que firmaste en la fecha indicada en presencia de Vivian Crandall, que dio fe de la firma.

–¿Qué condiciones son? –pregunto.

–Significa que esta mañana tiene que venir tu mujer con nosotros.

–Yo también voy.

–No, solo Alice.

–¿Tengo tiempo de cambiarme? –pregunta ella.

–¡No pensarás ir! –protesto.

Me pone una mano en el brazo.

–No pasa nada, Jake. Quiero llegar hasta el final. Es mi decisión. –Mira a Declan–. Pero esto no lo firmaré.

–Tienes que firmarlo –dice él.

Alice sacude la cabeza.

–Si necesitáis que lo firme para que me vaya con vosotros, tendréis que iros sin mí.

Declan mira a Diane, que lo escucha todo atentamente, pero que de momento no ha abierto la boca.

–Es el protocolo –dice ella.

Alice se encoge de hombros.

–Bueno, pues si tenéis que llamar a alguien, adelante. No pienso firmar cualquier cosa. Os recuerdo que soy abogada.

Pienso en los documentos originales que firmamos, y a pesar de lo que ha dicho Alice esta mañana en la playa, desearía con toda mi alma que hubiera sido tan cauta como ahora.

–Muy bien. –La expresión de Diane es inescrutable–. Tendremos que cumplir una serie de trámites. Lo haremos después de que te cambies.

–Yo te aconsejaría –añade Declan– que te pusieras algo cómodo y suelto.

Alice sube al dormitorio para quitarse la ropa mojada de la playa. Tengo ganas de ir con ella, pero no quiero dejarlos a ellos dos solos en mi sala de estar. A saber lo que podrían esconder.

–¿Cuánto tiempo estará fuera?

Declan se encoge de hombros.

–No te lo podría asegurar.

–¿Adónde os la lleváis? ¿Podré ir a visitarla?

–Me temo que eso no será posible –dice Diane.

–¿Podrá llamarme por teléfono, al menos?

–Por supuesto. –Declan sonríe, como si quisiera demostrar que es la persona más razonable del mundo–. Tendrá derecho a dos llamadas al día.

–En serio –insisto–. ¿Cuánto tiempo estará fuera? ¿Y qué pensáis hacerle?

Declan se arregla las hombreras de la americana, que le va pequeña. Tengo la sensación de que le estoy haciendo preguntas a las que no debería contestar.

–De verdad que no lo sé.

Diane se saca un móvil del bolsillo.

–Salgo un momento.

Sale y cierra la puerta de la casa.

–Entre nosotros –me dice Declan–, si tuviera que hacer yo un cálculo, siendo la primera vez, recién casados, nuevos en el programa... Diría que como máximo setenta y dos horas. Probablemente menos. En cuanto al «qué», es rehabilitación.

–¿Te refieres a algún tipo de cursillo?

–Probablemente algo más personalizado.

Me imagino a otro asesor como Dave, pero más enfático.

–Ahora, que saberlo no lo sé –añade Declan–, ni puedo decirlo. De esto no hemos hablado.

Oigo que Alice abre y cierra cajones a gran velocidad en nuestro dormitorio.

–¿Y si no quiere ir?

–Eso ni te lo plantees, tío –responde Declan en voz baja–. Te explico lo que pasará: tu mujer se vestirá, haremos ella y yo los trámites, la prepararemos para el viaje y luego Alice, Diane y yo subiremos al coche y nos iremos. El cómo depende de tu mujer. Le espera un largo trayecto, y no hay ninguna necesidad de que sea más desagradable de lo necesario. ¿Entiendes?

–No, no entiendo.

Me doy cuenta de que lo he dicho con rabia. Declan frunce el ceño.

–Tengo la impresión de que sois dos personas amables y con sentido práctico. Yo aquí no tengo mucho margen, o sea que déjame que lo aproveche para que todo sea lo más cómodo posible.

Parece que sea una señal, porque justo entonces vuelve a entrar Diane, y sale Alice del cuarto de baño. Lleva un jersey grande, unas mallas y unas deportivas negras. Trae su equipaje de los fines de semana, una simple bolsa de lona con su monograma delante. Veo que sobresalen unos calcetines y unos vaqueros, al lado de su neceser de maquillaje. Me extraña lo resuelta que la veo, nerviosa, pero dentro de un orden.

–¿Puedo llevarme el teléfono y la cartera?

Declan asiente con la cabeza. Diane se acerca con una bolsa hermética, una etiqueta y un rotulador. Le abre la bolsa a Alice, que mete el móvil y la cartera. Diane cierra la bolsa, pega la etiqueta en la parte superior y pone sus iniciales. Después se la da a Declan, que también pone las suyas.

–Joyas no –dice Diane.

Alice se quita el collar que le regalé en Navidad, el del colgante de la perla negra. Lo ha llevado cada día desde que se lo di. Yo no la suelto de la mano. Me resisto a que nos separen. Estoy casi seguro de ser el más nervioso de los dos. Alice se agacha para darme un beso.

–No pasará nada –susurra–. No te preocupes, por favor. –Después clava en Declan una mirada desafiante–. ¿Nos vamos?

Él la mira con un poco de pena.

–Ojalá fuera tan fácil.

Diane pone la bolsa encima de la mesa.

–Solo tengo que hacer un rápido registro para comprobar que no lleves nada encima.

–¿En serio? –pregunto yo.

–¿Me harías el favor de colocarte aquí y poner las manos contra la pared?

La sonrisa que me dirige Alice es burlona, como si fuera una especie de juego y no hubiera motivos de preocupación.

–Ahora mismo –le dice alegremente a Diane.

–¿Es necesario? –inquiero yo.

–Cuestión de protocolo. –Declan rehúye mi mirada–. No queremos que se haga nadie daño estando nosotros de guardia.

Mientras Diane cachea a Alice, Declan se gira hacia mí.

–Si quieres que te diga la verdad, no siempre es tan tranquilo. A veces, cuando alguien incumple una directriz es señal de que no está muy dispuesto a acompañarnos. Por eso se hizo este protocolo. Es comprensible.

Alice está de espaldas a mí, con las manos contra la pared. La situación es de un surrealismo alucinante. Diane mete la mano en la bolsa y saca unos grilletes, que le pone en los tobillos. Alice no se mueve.

–Bueno. –Doy un paso hacia mi mujer–. Esto ya es pasarse.

Declan me empuja hacia atrás.

–Por eso nunca incumple nadie las directrices. Es una disuasión muy eficaz.

–Por favor –le ordena Diane a Alice–, date la vuelta y extiende los brazos.

Alice obedece. Diane saca de la bolsa algo hecho de tela, hebillas y cadenas. Por lo visto Alice se da cuenta de qué es antes que yo, y se queda lívida.

Diane le pasa la camisa de fuerza por los brazos extendidos.

–¡No lo pienso permitir! –digo, lanzándome sobre Declan.

Me pone el antebrazo en la garganta y, con un movimiento de su pierna izquierda, me deja tirado a sus pies, aturdido y sin respiración. Ha pasado todo muy deprisa.

–¡Dejadlo! –exclama Alice con impotencia.

–Vamos a hacerlo de la manera fácil, ¿vale? –me dice Declan.

Intento hablar, pero como no puedo me limito a asentir. Declan me ayuda a levantarme. Hasta entonces no me había dado cuenta de que pesa unos veinte kilos más que yo.

Diane lo mira.

–¿Protector de cabeza?

–¿De cabeza?

El tono de miedo de Alice es desgarrador.

–¿Me prometes no chillar? –le pregunta Declan–. Quiero tener un viaje tranquilo.

–Sí, sí, claro.

Se lo piensa un momento y asiente.

–¿Tenemos que salir por la puerta principal? –pregunta Alice mientras Diane le pasa una correa por las piernas y empieza a fijársela en la espalda–. Es que no quiero que me vean así los vecinos. ¿Podríamos salir por el garaje?

Declan mira a Diane.

–No veo por qué no –dice.

Los llevo a la escalera de atrás por la cocina. Aprieto el pulsador y empieza a levantarse muy despacio la puerta del garaje. Declan desbloquea el SUV y abre la puerta trasera. Me digo constantemente que es una pesadilla. No está pasando de verdad.

Diane le da un empujoncito a Alice para que camine, pasando a mi lado. Ella titubea y se gira hacia mí. Durante un segundo temo que intente escaparse.

–Te quiero –dice. Me da un beso y me mira a los ojos–. Jake, no llames a la policía. Prométemelo.

La abrazo con fuerza y con pánico.

–Vamos –ordena Declan.

En vista de que no me muevo, me coge el antebrazo con sus grandes manos. Al momento siguiente vuelvo a estar de rodillas, con un dolor agudo en el hombro. Diane ayuda a Alice a sentarse con torpeza en el asiento de atrás. Luego le baja el cinturón de seguridad y se lo fija. Me levanto con dificultad. El corazón me late con fuerza. Declan me da una tarjeta donde solo hay un número de teléfono.

–En caso de emergencia, llama a este número. –Me mira a los ojos–. Solo de emergencia, ¿vale? Lleva el móvil siempre encima, porque te llamará. No es tan malo como parece.

Declan y Diane suben al SUV y salen a la calle. Saludo con la mano, sin estar seguro de que me vea Alice por el cristal tintado de la luna trasera.

38

Qué silenciosa y vacía está la casa... No sé cómo matar el rato. Veo la tele, doy vueltas por el pasillo, leo las noticias y me pongo un bol de cereales que estoy demasiado angustiado para comer, todo ello sin quitar el ojo del teléfono, y deseando que suene. Tengo ganas de llamar a la policía. ¿Por qué me ha hecho prometer Alice que no? Intento imaginarme qué pensaba, y me parece entenderlo: un notición sobre un secuestro, las cámaras de la tele, especulaciones sórdidas acerca de nuestra vida íntima... Sería devastador para ella.

Me acuesto tarde. El teléfono no suena. Me pregunto dónde estará Alice y si habrá viajado muy lejos. Cuando se alejaba por la calle el SUV, he observado que tenía la matrícula de otro estado; no he podido ver cuál, pero sí los colores y el diseño. Busco fotos de matrículas de los cincuenta estados por internet y llego a la conclusión de que era un coche de Nevada.

Dan las doce y sigue sin llamar. Me llevó el teléfono al dormitorio y lo dejo al lado de la almohada al acostarme. Compruebo más de una vez que no esté en silencio. Intento dormir, pero no puedo. Al final, saco el portátil, lo enciendo y me pongo a buscar por internet. Escribo «El Pacto», pero lo único que encuentro son referencias a una película y su secuela. Ya lo había buscado antes con resultados parecidos. Más abajo hay una novela popular con el mismo título. Busco «secta matrimonial», pero no encuentro nada. Busco varias combinaciones de palabras con «Nevada», pero tampoco. Al buscar «Vivian Crandall» la encuentro en LinkedIn, pero tiene el perfil en modo privado. Si inicio sesión, se dará cuenta. Hay algunas otras referencias sobre ella en otras webs, señal de una trayectoria correcta, pero que no le ha granjeado demasiada atención. Sobre su pertenencia a El Pacto, ni el menor indicio. Busco a JoAnne y aún es más extraño. En Classmates.com hay una foto del anuario del penúltimo año de carrera, pero nada más. ¿Cómo es posible? ¿Cómo puede ser alguien prácticamente invisible en la red? Busco la dirección de la casa de Hillsborough donde se hizo la última fiesta, y la de Woodside de la próxima. Según Zillow, valen las dos millones. Joder, pues qué descubrimiento.

Después leo sobre Orla, reabriendo varias webs que añadió Alice a Favoritos después de nuestra primera reunión con Vivian. Hay decenas de artículos referentes a su trabajo, y unas cuantas de fotos. Por lo visto era una abogada de mucho renombre. En el *Guardian* hay varios artículos de opinión favorables y desfavorables, de cuando se presentó a un cargo político. De más tarde, nada. Abro Google Maps y hago un zoom en Rathlin, la isla irlandesa de la que habló Vivian. El mapa tiene mucho grano y poca resolución, que es la manera que tiene Google de decirnos que la importancia real de la isla es escasa. Busco casas o pueblos por la costa, cubierta casi íntegramente por niebla y nubes. Según la Wikipedia, los días de lluvia en la isla superan los trescientos.

Abro una y otra vez el correo electrónico para saber si Alice ha intentado ponerse en contacto conmigo, pero no. ¿Cuánto tengo que esperar para recibir noticias suyas? ¿Y qué tendré que hacer entonces? No parece buena idea marcar el número que me ha dado Declan «solo para emergencias». Me acuerdo todo el rato de lo que me ha dicho Alice: «Quiero llegar hasta el final. Es mi decisión».

Le dejo mensajes de texto en el móvil, pero mi aplicación de mensajería me los marca como no leídos. Me imagino su teléfono en la bolsa de plástico, dentro de una cajita, en un gran depósito con cientos de cajitas de móviles que suenan y pitan hasta que se les acaba la batería.

A las seis menos cuarto de la mañana suena el móvil. Me despierto lleno de pánico, pero es alguien que se equivoca.

Me levanto y me ducho. Mientras me estoy vistiendo suena otra vez el móvil. Es un número desconocido. Me tiemblan las manos al coger la llamada.

–¿Alice? –digo.

Sale un mensaje grabado.

–«Está usted recibiendo una llamada telefónica de un recluso de una institución penitenciaria del estado de Nevada. Para aceptar el cargo, diga "acepto" al oír la señal, por favor.»

¿Recluso? Suena la señal.

–Acepto.

Se oye otro pitido, y otro mensaje grabado.

–«La siguiente llamada telefónica podrá ser grabada. Todas las llamadas tienen una duración máxima de tres minutos.»

Otro pitido. Me pasan la llamada.

–¿Jake?

–¿Alice? ¡Por Dios, cuánto me alegro de oír tu voz! ¿Estás bien?

–Todo perfecto.

–¿Dónde estás?

–En Nevada.

–Vale, pero ¿dónde, exactamente?

–En un sitio perdido de la mano de Dios. Primero fuimos por la 80. Luego tomamos una salida en el desierto y seguimos por una carretera sin asfaltar hasta llegar aquí. Intenté fijarme en los indicadores de kilómetros, pero perdí la cuenta. Esto está en el quinto pino. La única señal de civilización es una gasolinera a varios kilómetros. Es todo de hormigón, con alambradas. Dos vallas enormes. Me dijo Declan que era una cárcel que le compró El Pacto al estado.

–Mierda. ¿Pero quién es esta gente?

–En serio, que estoy bien, no te preocupes.

Si tuviera pánico se lo notaría en la voz, estoy seguro. Pero no, no hay pánico. Se la oye cansada y a una distancia inverosímil. Puede que no tenga la confianza extrema en sí misma de siempre, pero tampoco está asustada. A menos que se le dé extremadamente bien disimularlo.

–No te asustes, Jake, pero me han metido en una celda de cárcel. Este sitio es enorme, aunque no es que haya mucha gente, al menos por lo que he visto. En mi módulo hay cuarenta celdas (las conté al entrar), pero creo que no hay nadie más que yo. No se oye nada. La cama es muy pequeña; en cambio el colchón es correcto. Debo de haber dormido diez horas. Esta mañana me han despertado metiendo una bandeja metálica por la puerta. Chorizo y una tortilla. Delicioso. El café también muy bueno, y nata.

Se oye un fuerte pitido, seguido por el mismo mensaje sobre que la llamada puede ser grabada.

–¿Has conocido a algún otro...? –busco la palabra indicada, y cuando me viene a la cabeza, me deja atónito–. ¿Algún otro preso?

–Más o menos. En Reno recogieron a alguien más, bastante hecho polvo. Me alegro de que no nos resistiéramos tanto, porque el protector de cabeza tenía una pinta angustiosa. El otro no paró de sudar en todo el viaje, pero no podía decir nada porque lo habían amordazado.

–¡Buf, qué sádico suena!

–Aunque por otro lado consintió en venir, ¿sabes? No lo sacaron a rastras de su casa, ni nada parecido. Vi que llegaba caminando al coche.

Otra grabación me advierte de que solo nos queda un minuto.

–¿Cuándo podrás salir? –pregunto, desesperado.

–Espero que pronto. Dentro de una hora me reuniré con mi abogado. Le asignan uno de oficio a todo el mundo. Es demencial. Ya te digo que aparte de la comida, que está buenísima, y de que haya tan poca gente, parece una cárcel de verdad. Hasta llevo ropa de preso, toda roja, con la palabra «prisionero» en letras grandes por delante y por detrás. Aunque la tela es muy suave.

Trato de imaginarme a Alice con ropa de cárcel, pero la imagen no acaba de cuajar.

–Jake... ¿Puedes hacerme un favor?

–Lo que quieras.

Me gustaría que nunca se acabara la llamada. Tengo ganas de volver a tener a Alice en mis brazos.

–¿Puedes mandarle un correo al trabajo a Eric? Es que se me había olvidado que le dije que mañana por la noche me quedaría hasta tarde por unos papeles. Invéntate algo, lo que sea. Tengo su dirección en mi iPad.

–Vale. ¿Podrás llamarme más tarde?

–Lo intentaré.

Otro pitido.

–Te quiero.

–Yo... –empieza a decir Alice, pero se corta la llamada.

39

No se me va de la cabeza la imagen de Alice en su diminuta celda, con su cómodo mono rojo de presidiaria. Me he quedado flipado, como es lógico. Y tengo miedo. ¿Qué le está pasando? ¿Cuándo volverá? ¿De verdad que está bien? De todos modos, tengo que reconocer lo siguiente: en algún pequeño y profundo rincón de mi psique hay un destello de alegría. Qué complicado. ¿Está mal que me satisfaga asistir al increíble sacrificio que está haciendo Alice por mí y por nuestro matrimonio?

Pongo el móvil a cargar y busco el iPad de Alice por toda la casa sin encontrarlo. Miro en todas las habitaciones, en sus bolsas, en los cajones de su cómoda... Luego bajo al garaje. El coche de Alice es un Jaguar X–Type viejo. Se lo compró con el adelanto que le pagó una discográfica por su primer y último disco de gran distribución. Aparte de los equipos de música, y de unas cuantas prendas embutidas al fondo del armario de nuestro dormitorio, es lo único que queda de su antigua vida. Una vez me dijo medio en broma que como me portase mal cogería el Jaguar y regresaría a su antigua vida.

El coche está repleto de papeles, carpetas y zapatos, aunque sé que Alice lo considera perfectamente organizado. Jura que tiene un sistema y que siempre encuentra lo que busca. En el asiento trasero lleva unas deportivas de repuesto por si de camino a casa le entran ganas de pararse a dar un paseo por la playa, o por Golden Gate Park, pero también unas botas negras porque ni muerta dejaría que la pillasen yendo por la ciudad con unas Nike. Aparte de eso, también tiene unas bailarinas negras por si vuelve con los pies molidos del trabajo y necesita ponerse algo menos doloroso que los tacones. También hay una bolsa de la compra con unos vaqueros de marca, un jersey de cachemira negro, una camiseta blanca y un sostén y unas bragas de repuesto, «por si acaso». Ah, y un chaleco de esquí para la playa y una gabardina para la ciudad. La verdad es que tiene su lógica, porque viviendo en San Francisco puede uno salir de casa en manga corta y a los diez minutos necesitar una chaqueta, según la niebla que haga, pero Alice lo lleva al extremo. Se me escapa una sonrisa al ver semejante mezcolanza de zapatos y ropa; exasperante, pero muy de Alice.

Encuentro el iPad dentro de la guantera. Sin batería, por supuesto, como todos sus aparatos electrónicos. En su caso es sistemático: no cree en cargar su instrumental tecnológico. Si se los encuentra muertos, lo achaca a un defecto de la batería. Si pudiera recuperar todas las horas que he dedicado estos últimos años a buscar sus teléfonos, ordenadores y cargadores y emparejarlos en el enchufe de la cocina, sería mucho más joven.

Voy al piso de arriba, y cuando resucita el iPad abro el correo electrónico y busco «Eric». De su apellido no me acuerdo. Es un asociado joven, bajo y simpático, que a menudo me extraña que haya sobrevivido tanto tiempo en el despacho de Alice, siendo como es un tanque lleno de tiburones a los que se echan asociados jóvenes a la hora de comer. Eric y Alice tienen una relación laboral bastante estrecha, y se ayudan con sus respectivos casos y encargos. «En un ambiente bélico hay que tener aliados», me dijo Alice la primera noche que quedamos con Eric y su mujer en un restaurante de Mill Valley. Me cayeron los dos bien. Son los únicos del despacho con los que no me importa quedar.

A pesar de todo, no me acuerdo de su apellido. Tengo una tía que empezó a perder la memoria a pasos agigantados cuando aún era bastante joven, y de vez en cuando, si se me olvida algo sencillo, me pregunto si habré llegado al punto en el que todo empezará a degenerar.

La búsqueda solo encuentra correos de dos Eric, Levine y Wilson. Clico el primero –Wilson–, y me doy cuenta enseguida de por qué me suena el nombre. Eric Wilson era el bajista y segunda voz de Ladder, el grupo que lideraba Alice antes de que nos conociéramos. Fue un grupo de vida corta, pero no tan anodina como para pasar del todo desapercibido. Una vez, leyendo una de las muchas revistas inglesas de música que llegan por correo, encontré una referencia a ellos. Entrevistaban a un guitarrista joven de un grupo de dance de

Manchester, que citó el álbum de los Ladder como una de sus primeras influencias. Cuando se lo comenté a Alice, se lo tomó en broma y le quitó importancia, aunque esa misma semana me encontré la revista abierta por la misma página en nuestra mesita de noche.

«¿Qué, Alice, cuándo piensas dejar al fracasado ese y volver conmigo?»

Es un mensaje de la semana antes de nuestra boda. Voy bajando y veo un intercambio de mensajes con buen tono, casi todos sobre música y los viejos tiempos. En la lista hay mensajes más recientes de Eric Wilson, aunque no muchos. Me resisto a la tentación de abrirlos. No me parece correcto. Además, si mal no recuerdo, El Manual contiene bastantes puntos sobre el fisgoneo. Voy a buscar el mío a la sala de estar. Encuentro «correo electrónico» en el glosario y voy a 4.2.15.

> No es permisible fisgar en el correo electrónico, ni espiarlo. Las relaciones sólidas se basan en la confianza, y espiar la reduce. El fisgoneo del correo electrónico, que a menudo es fruto de un momento de debilidad o de inseguridad, es sancionable como delito de Segunda Clase. Su reiteración se castigará al mismo nivel, pero con un incremento de cuatro puntos.

Vuelvo al glosario, y sigo la columna de la i con el dedo en busca de «incremento». En la página correspondiente solo se define «incremento» como «aplicación exponencial de la sanción correspondiente a cualquier infracción. La exponencialidad del incremento puede ser cualitativa, cuantitativa o ambas cosas a la vez».

¿Quién escribe estas chorradas?

Clico en Eric Levine y le mando un mensaje diciendo que a Alice ha comido algo que le ha sentado mal y no podrá ir mañana al trabajo. Luego dejo el iPad, me llevo mi portátil al dormitorio e intento trabajar un poco. Después de unas horas escasamente fructíferas, me quedo dormido. Cuando me despierto se está poniendo el sol y suena el teléfono. ¿Qué ha sido del día? Corro a la cocina y desconecto el móvil del cargador.

–¿Diga?

–¡Hombre, ya pensaba que no ibas a ponerte! –dice Alice.

Me esfuerzo enseguida por evaluar la voz y el tono.

–¿Dónde estás?

–Sentada en el pasillo, a la entrada del despacho de mi abogado. Llevo entrando y saliendo todo el día, con una pausa para comer en una cafetería enorme. Éramos como mínimo cuarenta, pero no nos dejaban hablar entre nosotros. Por la ventana solo se ven kilómetros de desierto y cactus. Desde aquí se ven dos vallas enormes. Y focos. Un aparcamiento para visitas, pero sin coches. Un autobús de la cárcel. Un patio, una carretera de tierra...

–¿Ves a alguien?

–No. Hay un jardín, y hasta una instalación para levantar pesas, fuera, a pleno sol. Da la impresión de que compraron la cárcel y la dejaron exactamente igual que como estaba.

–¿Qué tal el abogado?

–Asiático. Con buenos zapatos. Y sentido del humor. Tengo la impresión de que es como nosotros. Quizá hiciera algo mal, y sea esta su condena. Quizá esté aquí un día, o una semana, o un mes... Se me hace difícil decirlo. Dudo que le dejen hablar de sí mismo. Victor, a secas, sin apellido. Aquí la mayoría de la gente ni siquiera se llama por su nombre, solo como «amigo».

–¿Te han dicho qué es lo siguiente?

–Mañana por la mañana comparezco ante el juez. Victor cree que si quiero podrá negociar un acuerdo. Dice que la primera infracción siempre es fácil. Y encima es amigo del fiscal que lleva la acusación.

–¿Pero de qué te acusan?

–De no centrarme. Un solo delito, el Seis.

Gimo.

–¿Y eso qué quiere decir?

–Pues que según El Pacto no me he centrado tanto como debería en nuestro matrimonio. El pliego de acusaciones enumera tres actos manifiestos, entre ellos llegar tarde a mi cita con Dave, pero lo principal es haberme saltado la directriz de ir a Half Moon Bay.

Me doy cuenta de lo absurdo que es.

–¿No centrarte? ¡Pero qué chorrada!

–Puedes decirlo porque no eres el que lleva un mono rojo de preso.

–¿Cuándo podrás volver a casa?

–No lo sé. Ahora mismo Victor está reunido con el fiscal. Jake –dice rápidamente Alice–, tengo que irme.

Se corta la llamada.

Aún me quedan varios expedientes por leer para mañana, pero como no puedo concentrarme en mi trabajo, limpio la casa y pongo ropa a lavar. También acabo los arreglos que tenía pendientes desde hacía semanas: cambiar bombillas, reparar el tubo del lavavajillas... Limpiar se me da bastante bien –gracias a una infancia con una madre y una hermana obsesas de la limpieza–, pero como manitas no doy mucho la talla. Es Alice la que arregla los pomos rotos de las puertas y la que monta los muebles, aunque últimamente ha tenido demasiado trabajo. Leí no sé dónde que los hombres que se ocupan de tareas tradicionalmente masculinas en la casa tienen más relaciones sexuales con sus mujeres que los que limpian, pero en nuestro caso no me parece que sea verdad. Cuando está la casa limpia, Alice puede relajarse, y relajada está dispuesta a todo. Pienso en eso tan raro que le pusieron antes de llevársela, y me avergüenza decir que tiene cierto efecto erótico. Me recuerda un local de sadomaso al que fuimos al principio de nuestra relación, una nave industrial del barrio de South of Market, con música a tope y poca luz, que en el piso de arriba tenía un pasillo muy largo con habitaciones de temas diferentes, cada una más dura que la anterior.

Por último, cuelgo la obra de arte que me compró Alice como regalo de El Pacto de ese mes. Es una litografía de colores vivos donde sale un gran oso pardo con una silueta de nuestro estado entre las zarpas, y debajo las palabras ¡Te quiero, California!

El iPad, que está en medio de la habitación, pita unas cuantas veces. Más correo electrónico. Pienso en el que recibió Alice de Eric Wilson. Pienso en los que no he abierto, y siento el impulso de leerlos, pero no lo hago. Inquieto, doy un paseo hasta la playa con el móvil en la mano.

En Ocean Beach hace viento y frío. Solo están los vagabundos de siempre y unos cuantos adolescentes que intentan mantener encendida una hoguera. Me acuerdo, por alguna razón, del estupendo relato de Loren Eiseley «El lanzador de estrellas». Va de un profesor de universidad que camina por una playa abandonada, muy larga y muy ancha, y que ve a lo lejos una silueta pequeña y borrosa que repite constantemente el mismo movimiento. Al acercarse se da cuenta de que es un niño, y de que está rodeado en varios kilómetros a la redonda por millones de estrellas de mar agonizantes, traídas por la marea.

Lo que hace el niño es recogerlas y tirarlas otra vez al mar. El profesor se acerca.

–¿Qué haces? –le pregunta.

El niño le explica que está bajando la marea, y que se morirán las estrellas de mar.

–Pero si hay millones –dice el profesor, perplejo–. ¿Qué importa?

El niño se agacha, recoge una estrella y la lanza muy lejos, hacia el mar. Luego sonríe.

–Para esta sí que importa –dice.

Paso al lado de Cliff House y me paro en el bar panorámico de Lands End. Esta noche cierran tarde por un acto benéfico del barrio. Me pido un chocolate caliente y merodeo por la tienda de regalos, atraído por los libros con fotos antiguas de San Francisco. Encuentro uno con una historia de nuestro barrio. La portada es inquietante: una casa de principios del siglo XX perdida entre kilómetros de dunas de arena. La cruza una carretera vacía, con un tranvía esperando al final. Me compro el libro y hago que me lo envuelvan para regalar. Quiero tener algo bonito para cuando vuelva Alice.

Al volver a casa me siento otra vez con el portátil e intento trampear con los informes de las sesiones de esta semana. Oigo sonar tres o cuatro veces más el iPad. Pienso en el mensaje de Eric Wilson e intento recordar su aspecto. Hago una búsqueda de imágenes por Google. Lo primero que sale es una foto de él y mi mujer delante del Filmore, cuya marquesina anuncia a los Waterboys y los Ladder, «apertura de puertas a las 21.00». Debe de ser una foto de hace diez años. Eric Wilson sale guapo, pero hace diez años también habría salido guapo yo. Si no hubiera visto cientos de otras fotos de Alice, puede que en esta no la hubiera reconocido. Cresta azul, lápiz de ojos a raudales, unas Doctor Martens y una camiseta de los Germs. Marca estilo. Wilson también: gafas de sol, barba descuidada y el bajo en la mano. Yo ni siquiera me acuerdo de la última vez que estuve una semana sin afeitarme.

Vuelve a sonar el iPad. Lo abro a sabiendas de que hago mal, pero sin poder evitarlo. La señal de correo electrónico entrante es como el corazón delator de Poe, que me sacude hasta la médula. Introduzco la contraseña, 3399, por la dirección del primer domicilio de Alice: Sunshine Drive, 3399.

Los mensajes entrantes no son de su ex. Claro que no. Son un boletín informativo de derecho, una solicitud de su asociación de exalumnos, un *mailing* de Josh Rouse y una respuesta de Eric Levine desde el trabajo. «Espero que te recuperes pronto –escribe–. No vayas más a comer al Tenderloin.»

En este momento debería de parar de leer, dejar el iPad y seguir trabajando, pero no lo hago. Al bajar por la interminable lista de mensajes encuentro diecisiete de Eric Wilson. Tres de ellos contienen archivos de audio: canciones nuevas que ha escrito, y una versión de un gran tema de Tom Waits, «Alice». Es una canción que me encanta, y a Wilson no le sale nada mal. Me da escalofríos, pero no en el buen sentido.

Echo un vistazo a los demás mensajes. La mayoría son conversaciones colectivas sobre un grupo que en algún momento conocían todos. Eric quiere ver a Alice, pero ella no parece interesada. Es difícil saberlo. Me disgusta haber abierto los mensajes, y sobre todo, haber escuchado la canción. ¿Por qué lo he hecho? De estas cosas nunca sale nada bueno. La inseguridad, la ansiedad, nunca dan buenos frutos. Tengo una idea que me asusta. Me apresuro a mirar por encima del hombro. Por alguna extraña razón, me esperaba ver a Vivian con cara de reproche. Apago el iPad.

Paso mala noche, y por la mañana me despierto más cansado que al acostarme. Llamo a Huang al despacho y le pido que anule todas mis citas del día. Hoy no sería de ayuda para nadie, estoy seguro. Después de ducharme decido hacer galletas. Las favoritas de Alice, con trozos de chocolate. Se me ha ocurrido que tal vez sea lo que necesite cuando vuelva.

Acabo de meter la primera tanda en el horno cuando suena mi teléfono. Un número no identificado.

–¿Alice?

–Hola.

En cuanto oigo su voz vuelvo a sentirme culpable. He hecho mal en mirar su correo. Ella tan lejos, haciendo este extraño sacrificio por nuestro matrimonio, y yo aquí, infringiendo la Sección 4.2.15 de El Manual.

–¿Qué ha pasado esta mañana en el juzgado?

–Me he declarado culpable. Mi abogado ha conseguido reducirlo de un delito de Sexta Clase a una falta de Primera Clase.

Tengo la cabeza como un bombo.

–¿Y cómo se castiga una falta?

Pienso en la parte de El Manual sobre los «incrementos», que lo deja todo abierto a interpretaciones.

–Con una multa de doscientos cincuenta dólares, y ocho semanas más de libertad condicional con Dave.

Me relajo. No es que no sea raro que te multen por no centrarte, pero me doy cuenta de que me esperaba algo peor.

–Bueno, llevadero, ¿no?

–Cuando ya estaba todo decidido, el juez me echó un sermón muy largo sobre lo importante que es el matrimonio, y marcarse metas y cumplirlas. Habló de la sinceridad, de la franqueza y de la confianza. Todo lo que dijo era sensato; la verdad es que no habría podido llevarle la contraria, pero me pareció de tan mal agüero en boca de un juez...

–Lo siento mucho –digo.

Me preocupa lo afectada que parece. Me muero de ganas de estar con ella.

–Al final me dijo que volviera con mi marido.

–Hombre, con esa sentencia puedo estar de acuerdo.

–Me dijo que parecías buena persona y que no quiere volver a verme aquí. Fue como en los juzgados de verdad, cuando amonestan a los que han trapicheado por primera vez con droga o han cometido por primera vez un hurto. La diferencia es que era yo la amonestada. Vaya, que al estar por primera vez en esa situación entendí cómo debían de sentirse algunos de mis clientes en mi época como abogada de oficio.

–¿Y ya está?

–Sí y no. El juez mandó que me pusieran un mecanismo centrador.

–¿Se puede saber qué es eso?

–Todavía no lo sé. –Alice parece asustada. Me duele en el alma–. Oye, Jake, que tengo que colgar, pero me ha prometido Victor que esta tarde me pondrán en libertad. Ha dicho que vengas a recogerme a las nueve de la noche al aeropuerto de Half Moon Bay.

–Menos mal –murmuro–. Tengo tantas ganas de verte...

–Tengo que colgar –me interrumpe ella–. Te quiero, de verdad –añade rápidamente.

40

Voy hacia el sur, cruzando Daly City, y tras bajar hacia las desoladas calles de Pacifica prosigo cuesta arriba y entro en el nuevo túnel, que es precioso. Salir al otro lado, a un paisaje de riscos escarpados, curvas pronunciadas y playas que brillan a la luz de la luna, es como entrar en otro mundo. Pienso lo mismo que siempre al salir del túnel: ¿por qué no vivimos aquí? La paz es innegable, las vistas impresionantes y el suelo más barato que en San Francisco. Los olores de las explotaciones de alcachofas y de calabazas se mezclan suavemente con el aire salobre del Pacífico.

Al cabo de unos minutos entro en el aparcamiento del aeropuerto de Half Moon Bay con la expectativa de pasar un rato en el bar mientras espero a que llegue el vuelo de Alice. Me decepciona encontrarlo todo oscuro. El bar está cerrado, y no hay luz en ningún sitio.

Aparco cerca del borde de la pista, al lado de la valla. Llego con media hora de antelación. No quería que Alice aterrizase en Half Moon Bay y se quedara aquí sola, esperándome a oscuras. Apago las luces, enciendo la radio y me reclino en el asiento. Bajo la ventanilla para que entre la brisa, y para oír el avión de Alice. Aquí no hay torre de control ni luces en la pista. Tengo curiosidad por saber cómo encuentran los pilotos esta estrecha franja de asfalto junto al mar. A mí los aviones pequeños me dan miedo, con esa manera tan brusca, precaria y azarosa de bajar del cielo. Parece que cada semana se muera algún deportista, músico o político famoso, o el director de alguna empresa tecnológica que hubiera decidido llevarse a su familia de vacaciones en su avión privado. La verdad es que me parece una locura poner tu vida en manos de algo tan endeble como la aerodinámica.

La radio está sintonizada en KMOO. Es la hora del programa ese tan bueno, *Anything is Possible*. El presentador, Tom, está rematando una entrevista con el creador de *Sloganeering*, que ha sintetizado el rumbo de la nueva temporada. Quita importancia a que hayan perdido en los tribunales contra el cliente de Alice; lo deja en un simple malentendido, sin hacer ningún comentario sobre lo desagradable del proceso judicial. «El libro es una maravilla –dice–. Estamos trabajando con el escritor, cosa que creo que a la larga mejorará la serie.» Se acaba el programa, empiezan las noticias y yo apago la radio. Me parece oír el mar a lo lejos, a menos que sea el viento por los campos de alcachofas.

Leo un rato una de las revistas de música de Alice. El artículo principal es un texto largo sobre Noel y Liam Gallagher. Dejo la revista y me quedo sentado en la oscuridad. Miro obsesivamente el reloj del salpicadero: 8.43. 8.48. 8.56. Empiezo a pensar que no vendrán. La única luz del aeropuerto es un vago resplandor en una sala del fondo del bar. ¿Me habré confundido? ¿Habrán cambiado de planes y habrán decidido no soltar a Alice? ¿Habrá pasado algo?

Son las 8.58. Quizá ni siquiera haya despegado el avión. Quizá aún no vuelva Alice a casa o haga mal tiempo en las montañas, que aún sería peor.

Justo cuando dan las 9.00 en el reloj, vuelve el mundo a la vida. A ambos lados de la pista se encienden fuertes luces amarillas. Oigo el leve zumbido de un motor. Levanto la vista, pero no veo nada. Luego se dibuja en la distancia la silueta de un pequeño avión que se aproxima por encima de los árboles. Vuela bajo, despacio, y aterriza suavemente. Se para al final de la pista, a cincuenta metros de donde estoy aparcado, como máximo. Se apaga el motor y la noche vuelve a quedar en silencio. Enciendo las luces para que vean que estoy aquí. El avión no se mueve.

¿Dónde está Alice? Vuelvo a dar las luces y bajo del coche. Entonces se abre una puerta en el avión, y de un rectángulo de luz baja la escalerilla. Reconozco el tobillo de Alice, que sale del avión y se apoya en el primer escalón. Se me acelera el pulso. Aparecen sus piernas, su cintura, su pecho y su cara. Luego es toda ella la que está de pie en la pista. Lleva la misma ropa que cuando la metió Declan en el SUV, hace días. Camina con cuidado, más tiesa de lo normal. Pienso que algo raro le pasa. ¿Le duele algo? ¿Qué le han hecho?

Detrás de ella, la escalera se repliega en el avión. En el momento en que Alice cruza la valla, pasando por debajo de la farola, y se acerca al coche, veo la causa de su extraña postura. Lleva algo en el cuello.

Gira el cuerpo y saluda con la mano al piloto, que enciende las luces de despegue y acelera. Cuando nos encontramos, Alice me rodea con los brazos, tiritando. Yo la estrecho con fuerza mientras empieza a elevarse el avión. Mis manos palpan la suave masa de su pelo y algo rígido debajo. El piloto hace parpadear por última vez las luces mientras se aleja hacia el mar, sobrevolando los árboles.

Alice sigue abrazada a mí. Noto que su cuerpo se va desprendiendo del estrés y la tensión, pero está muy erguida, muy rígida. Al apartarme un poco y mirarla, veo lágrimas en sus mejillas, a pesar de que sonríe.

–Bueno –dice, retrocediendo para exhibir el gran collarín que lleva en el cuello–. Aquí está: el Mecanismo Centrador.

Rodea todo el cuello y se amolda a la mandíbula, sujetando con firmeza la barbilla. La superficie es lisa, dura y gris, como la de la pulsera que llevó en la muñeca. El borde superior, el que toca la barbilla y la mandíbula, tiene un fino ribete de espuma negra. El collarín desaparece por debajo de la blusa, prolongándose hasta justo por debajo de los hombros, y hasta la mitad de la nuca. Alice me mira fijamente, con unos ojos llenos de ternura.

–¿Estás bien? –le pregunto.

–Sí. Entre nosotros, desde que me pusieron en el cuello esta monstruosidad solo he pensado en una cosa: en ti. –Da un paso hacia atrás y hace otra exhibición del nuevo *look*. Luego pregunta alegremente–: ¿Cómo estoy?

–Más guapa que nunca –contesto con sinceridad.

–Llévame a casa, por favor.

41

Me despierto temprano, y como huele a café, salgo al pasillo. Espero encontrar a mi mujer donde siempre, tecleando en el portátil como una posesa para ponerse al día del trabajo, pero no está. Me sirvo café y vuelvo hacia el lavabo. Ni rastro de Alice.

Veo una franja de luz dorada que sale de la habitación de invitados. Al abrir la puerta veo a Alice desnuda frente al espejo de cuerpo entero. Tiene la barbilla levantada, sin poder bajarla, y la mirada absorta en su reflejo. Aunque su cuello esté inmovilizado, sus ojos se mueven para enfocar los míos en el espejo. No se puede negar que el collarín fijado al cuello tiene algo de puro y hasta de escultural. Se amolda perfectamente a las curvas y repliegues del cuerpo, hasta interrumpirse con total fluidez unos centímetros por debajo de los hombros y del pecho. En vez de ocultarla, o de limitarla, parece que enmarque su belleza. Al verla a través de esta luz tenue y dorada, me parece que entiendo no solo la función del diseño del collarín, sino la del propio Pacto: tengo a mi esposa frente a mí, presente como nunca la había visto, sin ninguna distracción, determinada hasta extremos increíbles en su enfoque y dirección.

No sé qué decir. Me interpongo entre ella y el espejo y obedezco al impulso de tocar el collarín, recorrer su superficie con las yemas de los dedos y palpar la suave espuma que se amolda a su barbilla. Alice no me quita la vista de encima. En sus ojos ya no hay lágrimas, como anoche, sino otra cosa. ¿Fascinación? Oigo mentalmente la voz de Vivian: «Tienes que reconciliarte con El Pacto».

–En cierto modo te hace más misteriosa –digo.

Se acerca para darme un beso, pero como no puede levantar el cuello, me veo obligado a doblar las rodillas para que se unan nuestras bocas.

Voy al rincón y me siento en el sillón de la ventana. Alice no se aparta del espejo. Tampoco intenta esconder su desnudez. No sé si ella se habrá reconciliado, pero sí parece estar en otro sitio. Ayer, volviendo en coche a casa, estaba muy vital, aunque quizá fuera la alegría del reencuentro. Cuando le pedí que me explicara el viaje con detalle, lo único que contestó fue: «He sobrevivido». Más tarde me dijo que estaba orgullosa de haber perseverado.

–Lo único que me da miedo –dijo–, lo único que me exaspera, es lo desconocido. Es algo que me aterra. Y al meterme en esto no sabía nada de nada. Tengo una extraña sensación de éxito, como si me hubiera metido en algo totalmente imprevisible y hubiera salido por el otro lado.

–Yo también estoy orgulloso de ti –contesté–. Tengo la sensación de que lo has hecho por los dos, y eso para mí es muy importante.

–Sí, es verdad, lo he hecho por los dos.

Después de cenar, de lo único que tuvo ganas ayer fue de mirar un episodio de *Sloganeering*, comer helado e irse al dormitorio. Le puse tres almohadas debajo de la cabeza para que estuviera más cómoda. Pensaba que se dormiría en cuestión de segundos, pero no, se abrazó a mí con todas sus fuerzas. Yo le pregunté qué pensaba.

–Nada –contestó, como siempre que se lo pregunto.

A veces me lo creo, pero otras tengo la certeza de que está dando vueltas a mil cosas a la vez. Fue la sensación que tuve en ese momento: la de mirarla desde fuera.

Al final hicimos el amor. No estoy muy seguro de querer describirlo. Lo que sí diré es que fue algo inesperado, fuera de lo habitual. Alice parecía muy resuelta, poseída incluso. Yo tenía muchas ganas de saber qué le había pasado en el desierto, pero cedí a su pasión y persistencia, a esa insólita reiteración de Alice. Mi Alice, pero diferente.

42

Alice se toma un día libre. La verdad es que me sorprende mucho, aunque sea San Valentín. Supongo que es lógico. Ha cambiado de prioridades. El Pacto surte efecto.

Hay problemas prácticos, huelga decirlo: no encuentra ningún traje en el que quepa el collarín, ni siquiera una blusa. Encima no ha pensado en cómo lo justificará. Manda un correo electrónico a su asistente para decirle que está peor de la barriga, y que aún tardará uno, dos o tres días en volver al trabajo. Yo también llamo, y como es el segundo día que anulo todas mis citas, Huang me pasa a Evelyn.

–¿Todo bien? –pregunta.

–Sí, todo bien –contesto–. Urgencias familiares.

No insiste.

Al principio Alice parece un poco inquieta, como si no supiera qué hacer, pero a las diez se la ve contenta de no tener que trabajar, y de que se abra todo un día ante nosotros.

Damos un paseo hasta la playa. Alice se ha puesto el abrigo holgado, y una bufanda de lana alrededor del collarín. Yo he traído la cámara. Me dispongo a hacerle una foto rápida.

–¡No quiero salir con esto en ninguna foto! –me grita ella.

–Venga, mujer.

–¡Nunca!

–¿Aunque no sea más que una?

Se quita la bufanda y el abrigo, dejando a la vista el collarín, y me saca la lengua, mirándome a los ojos.

De camino a casa ni siquiera se toma la molestia de volver a ponerse la bufanda o el abrigo. Creo que le ha sorprendido que nadie se fije ni se muestre interesado en ella. Pasamos por Safeway. Al acabar de meter la compra en las bolsas, la cajera levanta la cabeza.

–¡Uy! –dice–. ¿Un accidente de coche?

–Sí –contesta Alice.

Nada más. Durante los siguientes treinta días, cada vez que le hacen algún comentario, las únicas palabras que pronuncia son estas cuatro: «Un accidente de coche». Es lo que explica en el trabajo, y a nuestros amigos, y a Ian, Evelyn y Huang cuando viene a buscarme al despacho para que comamos juntos, algo para lo que nunca había tenido tiempo. A veces también añade un ruido de coches que chocan, y hace un gesto dramático con las manos. Nunca le pregunta nadie nada más. Excepto Huang.

–¿Era un Toyota Corolla o una furgoneta Honda? Yo apuesto por el Corolla. Son los peores conductores que hay.

Seré sincero. Cada vez que veo el collarín, o simplemente a mi mujer –sentada, o bien de pie, con el mentón erguido–, percibo hasta qué punto está comprometida. Cada noche la ayudo a lavarse por debajo del collarín, pasándole un trapo con agua caliente y jabón por la piel, entre los nervios de fibra de vidrio. Al mirarla, al cocinar para ella, al hacerle el amor, al mirar la tele con ella de la mano, lo que nunca le digo a mi mujer, lo que jamás confieso, es lo siguiente: que casarnos se me ocurrió a mí; fue mi manera de que no se fuera, pero solo han pasado unos meses y ya ha hecho muchos más sacrificios ella que yo.

43

Se calcula que más del diez por ciento de las parejas casadas se prometieron el día de San Valentín. Yo a mis clientes siempre les pregunto el motivo y la fecha de su compromiso. He leído algo interesante: que las parejas prometidas en San Valentín forman matrimonios más inconsistentes, con mucha menos determinación. La única razón que se me ocurre es que si un matrimonio tiene unos inicios impetuosos, y demasiado idealizados, será menor la resistencia a que se acabe.

Si los compromisos se concentran en el mes de febrero, los divorcios suelen hacerlo en el de enero. Hay estudios que demuestran que los divorcios de enero predominan un poco más en los estados de clima más frío, aunque tampoco en Los Ángeles y Phoenix es que sea un mes fantástico para casarse... Si me pidieran una hipótesis, diría que el efecto vacaciones tiene algo que ver: expectativas no cumplidas, o tal vez la presión de pasar demasiado tiempo juntos ante las miradas indiscretas de parientes críticos. Si hay divorciados en la familia inmediata, la presión que sufre la pareja es aún mayor. De hecho, la presencia del divorcio dentro de una familia es uno de los datos que más sirven para predecir que se produzcan otros. Cuando se divorciaron Al y Tipper Gore, después de cuarenta años casados, y un año después de que se divorciara su hija Kristin, empezó el efecto dominó. Un año después también se había divorciado otra de sus tres hijas, y a finales del siguiente cayó la última. Hay señales de que cuando pone fin a su matrimonio gente cercana a nosotros, de repente el divorcio se convierte en una opción viable.

Si un divorcio lleva a otro, parece lógico que formar parte de un club privado donde el divorcio no solo es visto con malos ojos, sino que se disuade mediante una estricta serie de normas y regulaciones, pueda reducir las posibilidades de que se lleve a cabo. Lo que quiero decir es lo siguiente: a pesar de sus tácticas, tan cuestionables, de su estrambótico manual y su jerga jurídica, a pesar de su hermetismo, quizá El Pacto no fuera del todo desencaminado.

44

El 10 de marzo, Alice llega temprano a casa para arreglarse con vistas a la fiesta de El Pacto en Woodside. El anfitrión, un tal Gene, a quien conocí en la anterior fiesta, me comentó que le encantaba el pinot noir, así que he pasado por una tienda de vinos y he comprado una botella de lujo, de una bodega de la zona del río Russian. La producción es pequeña, las botellas difíciles de encontrar y el precio considerable. Alice y yo hemos decidido que era una inversión adecuada y necesaria.

Desde que volvió no hemos vuelto a hablar de nuestra intención anterior de liberarnos de El Pacto. Fueron tan intensos sus días en el desierto, y desde entonces se percibe tanta solidez en nuestra relación, que de alguna manera todo lo que odiábamos de El Pacto se nos antoja más llevadero. Hasta ha cambiado nuestra perspectiva del recuerdo de cuando se la llevaron Declan y Diane. Era necesario, dijo Declan mientras Diane le esposaba a Alice los tobillos, y aunque yo no sea del mismo parecer, sí me doy cuenta de que la experiencia la ha cambiado. A los dos. Nos ha hecho estar aún «más casados», si cabe. No puedo negar que ahora hay más intimidad en la pareja. Tampoco puedo negar que estamos aún más enamorados. Quizá no nos hayamos reconciliado con El Pacto, pero hemos dejado de ofrecerle resistencia, al menos de momento.

Cuando llego a casa, Alice ya se ha vestido y está lista para salir. Después de casi treinta días con el collarín, casi treinta días de una Alice con jerseys de cuello de cisne, pañuelos, blusas con lazos y gabardinas sueltas, me impacta verla con un vestidito gris sin tirantes, unos zapatos brillantes de tacón y unas medias. El collarín casi parece formar parte del vestido. Se ha ahuecado el pelo para que haga conjunto. El peinado y las uñas largas, pintadas de azul oscuro, son Alice de hacia 2008. El vestido es de la Alice de ahora mismo. El collarín es otra cosa.

–¿Qué tal? –pregunta.

Da una vuelta, cohibida.

–Espectacular.

–¿En serio?

–En serio.

Lo que no entiendo es qué mensaje quiere transmitir. ¿De desprecio a la gente de El Pacto? ¿Es su manera de decirles que no pueden avergonzarla ni encarcelarla? ¿O lo contrario? ¿Quiere demostrarles que ha aceptado el castigo y la ha fortalecido? Aunque quizá me esté pasando de analítico. Quizá se explique por el simple alivio de ir a un sitio donde no tendrá que esconderse ni le harán preguntas.

Me pongo mi americana de Ted Baker, la que no me puse en la primera fiesta. Prescindo de corbata y opto por unos vaqueros oscuros y los zapatos más rompedores. Mientras me los pongo, se me pasa por la cabeza que Alice y yo empezamos a sentirnos más cómodos con nuestro papel dentro de El Pacto. Como todos los animales, los seres humanos tienen una capacidad de adaptación increíble. Lo exige la supervivencia.

Llegamos a la salida de Woodside Road con tiempo de sobra por el poco tráfico. Al entrar en la ciudad, le pregunto a Alice si le apetece tomarse una copa en la barra del Village Pub. Ella se lo piensa un poco y sacude la cabeza. No quiere llegar tarde.

–Aunque no me iría mal tomar algo –dice, así que paro en Roberts Market y compro un pack de seis botellas de cerveza Peroni.

Sigo hasta Huddart Park, aparco al pie de un olmo enorme y abro una cerveza para cada uno. A mí tampoco me irá mal. Al final dejé de ir a Draeger's para ver si estaba JoAnne. Me preocupa que esté esta noche en la fiesta. También me preocupa que no esté. Alice hace chocar su botella con la mía.

–¡Salud!

Le cuesta inclinar la cabeza para beber a morro, pero lo consigue. Solo se le caen algunas gotas por el cuello, y por la parte alta del collarín.

Algo nerviosos tal vez sí estemos. Reconozco la mirada de Alice al acabarse la botella: se está armando de valor. Echo un vistazo al retrovisor. No me extrañaría que apareciera en cualquier momento la policía.

–¿Tenemos tiempo para otra?

–Puede.

Saco otras dos botellas de la bolsa. Alice me quita una de las manos y se la pule en un momento.

–Se me sube enseguida –dice–. No me dejes tomar ni una copa más en toda la noche, que no puedo permitirme decir nada de lo que me arrepienta.

A veces le cuesta controlarse en las fiestas. El nerviosismo que le queda de cuando iba a secundaria hace que le sea difícil entablar conversación, y cuando se pone a hablar no siempre sabe parar. En la fiesta de inauguración de mi nuevo despacho confundió al responsable del *catering* con la pareja de Ian. Claro que en ese tipo de fiestas a lo máximo que se expone uno por tomarse una cerveza de más, o decir algo mal dicho, es a pasar bochorno, o a lo sumo a tener que disculparse y pasar un mal rato, mientras que esta noche una sola frase inoportuna puede acabar con Alice a bordo de un SUV lanzado por el desierto.

–¿Preparada?

–No –contesta, respirando hondo.

Nos metemos por Bear Gulch Road y frenamos a la altura del portero electrónico de una verja grande e imponente. 665544, como ponía en la tarjeta. Se oye el ruido de la verja al abrirse.

–Aún no es demasiado tarde –digo–. Podemos dar media vuelta y salir pitando. Para Grecia, por ejemplo.

–No –responde Alice–. De Grecia te pueden extraditar. Tendría que ser Venezuela o Corea del Norte.

Vamos subiendo por la carretera de montaña, entre fincas y pastos. En cada curva, si te fijas, puedes ver una mansión escondida en el bosque. Woodside es como Hillsborough, pero con caballos. La carretera es interminable. Alice no abre la boca, ni siquiera cuando identifico la dirección y enfilo el largo camino de acceso. La casa no llega al nivel de la mansión de Hillsborough, pero es impresionante. Gene, nuestro anfitrión, es arquitecto, y se nota. Un camino bordeado de lámparas de globo lleva al edificio principal, una casa alta y ancha, escultórica. En esto pensaban los que inventaron la expresión «porno inmobiliario».

Encuentro un hueco al final, y apago el motor. Alice se queda un momento con los ojos cerrados.

–Puede que necesite otra cerveza.

–No –le digo. Pone mala cara–. Más tarde me lo agradecerás.

–Cabrón.

Bajamos del coche, y nos quedamos un buen rato plantados en el mismo sitio, impresionados por la belleza de la casa y por el laberíntico camino que sube hasta ella. Pasa todo un minuto sin que nos movamos del borde del camino, tomados de la mano y sin hablar. Es muy posible que nos estemos equivocando de camino. Por desgracia no entra en lo posible dar media vuelta.

45

Pensándolo bien, supongo que fue rápido: cuando Alice y yo nos decidimos a comprar la casa, solo hacía poco más de un año que nos conocíamos. No hace falta decir que en San Francisco es de una dificultad demencial comprarse algo. No llevábamos ni veinte minutos en la casa cuando ofrecimos un millón y pico, con el veinte por ciento al contado, y sin posibilidad de vuelta atrás. Fue hace dos años, cuando aún eran «asequibles» las casas.

A los pocos meses de mudarnos me llamó la atención un cable eléctrico que subía por el interior de una de las paredes del garaje. Me extrañó tanto que retiré todo el contrachapado, panel a panel. Al principio solo me esperaba encontrar el interior del muro, la instalación eléctrica o lo que fuera, pero detrás del contrachapado había una habitación muy pequeña, con una silla en medio, y un escritorio empotrado. Sobre el escritorio había un paquete de fotos. Parecían hechas durante unas vacaciones familiares en Seattle, en los años ochenta. ¿Cómo podíamos habernos instalado en la casa sin saber nada de la habitación secreta?

A veces pienso en Alice de la misma manera. Siempre busco el pequeño misterio escondido. Lo habitual es que Alice sea exactamente como pienso que es, pero de vez en cuando, si estoy muy atento, encuentro la habitación escondida.

Hace poco hizo un comentario sobre un viaje de su padre que me sorprendió, porque de su familia nunca habla. Estaba encendida la televisión. Pasaban un episodio viejo de *Globe Trekker*, en el que los presentadores recorrían los Países Bajos.

–Ámsterdam es una ciudad muy chula –dijo Alice–, pero cuando voy no la disfruto, porque siempre estoy pensando.

–¿En qué?

Me contó que poco después de la muerte de su madre su hermano entró en el ejército. Del hermano no sé mucho, aparte de que en su adolescencia tuvo depresión y se hizo drogadicto, demonios que lo persiguieron hasta que se suicidó con poco más de veinte años. Alice me explicó que nadie se esperaba su incorporación a filas, y que con su historial documentado de depresión parecía absurdo que le abriera las puertas el ejército. Su padre fue a la oficina de reclutamiento e intentó disuadir al responsable explicándole todas las razones por las que era muy mala idea, pero el responsable tenía que cumplir sus cuotas, y quedó claro que una vez obtenida la firma no renunciaría a la estadística.

El hermano de Alice completó la instrucción inicial, dejando pasmada a toda la familia. Estaban orgullosos, pero les preocupó que lo mandasen a Alemania.

–Yo le dije a mi padre que quizá le fuera bien –explicó Alice–. Podía ser una manera de que lo metiesen en vereda. Entonces mi padre me miró como si fuera tonta, y dijo: «Las cosas no se curan por arte de magia». Pasadas diez semanas, cuando llamaron a la familia para comunicarles que el hermano de Alice había desertado, la verdad es que nadie se sorprendió.

–Habiendo pasado tan poco tiempo desde la muerte de mi madre –dijo Alice–, la desaparición de Brian fue como si a mi padre y a mí se nos cayera encima una tonelada de ladrillos. Al día siguiente, al despertarme, también se había ido mi padre. Me dejó un poco de dinero, la cocina llena, las llaves del coche y una nota donde ponía que se había ido a buscar a Brian. En esa época el mundo me parecía enorme, y me pareció una locura que mi padre se pusiera a dar vueltas con la esperanza de encontrar a Brian.

Esa noche la llamó su padre. Siguió llamándola durante tres semanas, cada noche, y cuando le preguntaba Alice dónde estaba, solo contestaba que buscando a Brian. Una noche no llamó.

–Lloré –me explicó Alice–. Como no había llorado nunca ni he vuelto a llorar. Había perdido a mi madre y mi hermano, y ahora creía que también a mi padre. Ten en cuenta que solo tenía diecisiete años. Me encontraba tan sola...

Al día siguiente, Alice no fue al colegio. Se quedó muy triste en casa, en el sofá, mirando la tele y sin saber qué hacer ni a quién llamar. A mediodía se hizo unos macarrones con queso. Mientras se los comía en la cocina, en los fogones mismos, oyó frenar un taxi y fue corriendo a la ventana.

–Fue de locos –me contó–. De repente veo que sale por un lado mi padre y por el otro mi hermano. Luego entran y nos sentamos todos a comer los macarrones.

Dijo que siempre había dado por supuesto que Brian regresó al ejército, y que su padre hizo que lo licenciasen, pero que al cabo de unos años se enteró de la increíble verdad: esas tres semanas las había pasado su padre paseando por Ámsterdam, a cientos de kilómetros de donde había sido visto Brian por última vez. Entraba en bares, albergues y estaciones de tren, y se pasaba las noches en su busca. El padre y el hermano de Alice siempre habían tenido una relación muy estrecha. Según ella, casi parecía que el padre le leyera al hijo el pensamiento. A pesar de que Brian nunca había estado en Amsterdam, por alguna razón su padre estaba seguro de que era donde estaba, y supo exactamente dónde buscar.

Cuando Alice me lo contó, tuve la misma sensación que con la habitación misteriosa de nuestro garaje. Me llegó muy hondo, y me hizo ver a Alice desde una nueva perspectiva. Brian era un obsesivo, una persona empecinada, pero en el peor sentido, que perdía el mundo de vista al ir en busca de algo que solo veía él. El padre de Alice era igual de obsesivo al negarse a aceptar la desaparición de su hijo y emprender una búsqueda improbable, sin dudar ni un momento. Estaba claro que la base genética de la enfermedad de Brian salía de algún sitio. Era todo el espectro de la conducta obsesiva, en sus mejores y peores facetas, condensada en una sola familia. Desde ese punto de vista, la necesidad obsesiva de Alice de triunfar en todo lo que haga, de seguir un plan hasta el final, sin importarle adónde la lleve, no carece de lógica.

46

Cojo a Alice del brazo y subimos por el camino iluminado, que después de un recorrido sinuoso por un bosquecillo de árboles fragantes lleva hasta la entrada de la majestuosa residencia: cristal, madera, vigas de acero, cemento pulido, diálogo entre espacios interiores y exteriores, una piscina y una vista inesperada de todo Silicon Valley.

–Qué casa más bonita –dice ella inexpresivamente.

Por la puerta, grande y maciza, sale Gene.

–Amigos.

Le doy la botella.

–No hacía falta. –Se fija en la etiqueta–. ¡En serio, que no hacía falta! Pero bueno, me alegro de que lo hayáis traído. –Luego se gira hacia mi mujer–. Alice, amiga, estás deslumbrante.

Tiene edad suficiente para permitirse un comentario así, y por lo visto conoce bastante bien El Pacto para que no le sorprenda el Collarín Centrador.

–Gracias, Gene. Me encanta tu casa.

Aparece Vivian al otro lado del patio.

–¡Pero si es mi pareja favorita!

Abraza efusivamente a Alice, haciendo tan pocos comentarios como Gene sobre el collar. Luego se gira y me da un beso en cada mejilla, como si no hubiéramos hablado en el Java Beach y yo no le hubiera dicho que queríamos salir de El Pacto.

–Amigo –me susurra al oído–, cuánto me alegro de verte.

Puede ser que me equivoque, pero tengo la sospecha de que es su manera de decirme que nuestras diferencias son agua pasada y de que ya están expiados mis pecados.

Gene nos lleva por la casa, parándose un momento en el bar, donde esperan dos copas de champán. Detrás de la barra hay una docena de botellas de cristal alineadas. Acerca su copa a las nuestras y hace un brindis.

–Por los amigos.

–Por los amigos –repite Alice.

Gene se da cuenta de que estoy mirando el cuadro que hay sobre la chimenea de cemento. En la universidad, mi compañero de habitación tenía una reproducción encima de su mesa, comprada cuando aspiraba a «parecer más adulto».

Vuelvo a quedar fascinado por las tres franjas, por los colores brillantes que se complementan y contrastan entre sí, evocando un sentimiento muy concreto de unión y de separación al mismo tiempo. En cierto modo es como si volviera a la residencia, pero con la diferencia de que ahora sí parezco más adulto.

Alice mira hacia arriba.

–¡Coño, no me digas que es un Rothko!

Se une a nosotros la mujer de Gene, Olivia, que lleva un delantal encima del vestido, aunque su porte es de tal elegancia que dudo que se le haya manchado alguna vez la ropa. Transmite una tranquilidad casi sobrenatural, como Vivian.

Olivia me pasa un brazo por la cintura, acercándome al cuadro.

–Rothko aconsejaba ver el cuadro a una distancia de cuarenta y cinco centímetros. Estaba convencido de que sus obras necesitaban compañía.

Deja el brazo en mi cintura bastante tiempo para que empiece a incomodarme y a no saber qué hacer con los míos, así que los cruzo y me quedo lo más quieto posible.

–Este cuadro es una lata –comenta Olivia.

–¿Por qué?

–Me lo regaló Gene por nuestro décimo aniversario, pero el contable nos pidió que lo tasáramos, y ahora para lo único que sirve es para preocuparme. –Me estira de la mano–. Ven, vamos fuera con los otros, que os esperan todos.

En las fiestas normales la gente tiende a llegar con un retraso de buen tono, pero aquí no. Son las seis y diez y por lo visto ya han llegado, aparcado y empezado a beber champán y a paladear los entrantes todos los invitados. A diferencia de la primera fiesta, la comida no es de lujo. Por lo visto el arte de hacer canapés como churros no lo tiene todo el mundo. Me alivia la visión de unas simples bandejas de queso y fruta, junto con *crudités* básicas y unas cuantas gambas envueltas en beicon. Tal vez Alice y yo, cuando nos toque, seamos capaces de un despliegue igual.

Todo el mundo nos saluda con sonrisas y abrazos, tratándonos de «amigo». Me da repelús, pero de una manera entrañable, si es que puede existir tal cosa. Parece que lo recuerdan todo de nosotros. Intento hacer memoria de la última vez que alguien en el despacho de Alice recordó algo sobre mí. Esta gente se fija en las cosas; demasiado, quizá, pero no deja de ser halagador, en cierto modo. Se acercan hombres a quienes reconozco a duras penas, y reanudan la conversación exactamente donde la dejamos hace tres meses.

Mientras me pregunta un tal Harlan por mi gabinete, y su mujer le hace a Alice un interrogatorio sobre derecho, reconozco a JoAnne al lado de la piscina, hablando con una pareja. Intento que se fije en mí, pero no lo consigo. Justo entonces aparece Neil a mi lado.

–¿A que está guapa JoAnne esta noche? –dice en voz baja, tanto que solo lo oigo yo.

–Sí que lo está, sí –contesto, pero su manera de apretarme el hombro (con demasiada fuerza, no exenta de hostilidad) me hace pensar que no era la respuesta correcta.

Se gira hacia Alice y se queda mirando el collarín.

–Debo decir que estás impresionante, amiga.

Ella se lo toca.

–El mérito del accesorio no es mío.

Justo cuando muerdo un *brownie* y busco algo que decirle a Neil aparece nuestra anfitriona de la última vez.

–Yo de ti lo dejaría para más tarde –dice Kate.

Interrumpo el mordisco, extrañado.

–¡Hola, amigo! –añade ella–. ¡Qué alegría volver a verte!

–Hola, amiga –repito.

Alice me lanza una mirada de sorpresa. Kate se acerca y me da un beso en los labios. Noto el sabor a tierra de su pintalabios y el olor a vainilla de su perfume. El beso no tiene nada de sensual, pero sí me dice que somos amigos mucho más íntimos de lo que pensaba. Por lo visto es algo común a todos los miembros.

–¿Estáis los dos preparados para que os pesen? –Alice y yo nos quedamos mirándola sin entender nada. Kate se ríe–. Se nota que no os habéis leído todos los anexos y los apéndices.

–No recuerdo ningún anexo.

–La Comisión Orientativa publica cada año actualizaciones y nuevas reglas –explica–. En vuestro manual tenían que estar. Son hojas sueltas al final del libro.

Alice se queda muy seria.

–Estoy segura de que no había hojas sueltas.

–¿De verdad? –pregunta Neil, sorprendido–. Pues tendré que hablar con Vivian.

Me alegro en secreto. Por lo visto Vivian la ha cagado. Tengo curiosidad por saber cómo la castigarán.

–Bueno –dice Kate–, siempre puede haber algún descuido, aunque no sean habituales. Quizá se explique porque las nuevas reglas salieron justo después de vuestro ingreso. En el caso de nuestro grupo, el pesaje anual se hace en la reunión del primer trimestre. La prueba de condición física la hacemos el tercer trimestre. Yo creo que es mejor separarlas.

Kate se gira hacia Alice, y a diferencia de los demás no hace como si no viera el Collarín Centrador.

–Ah, espero que te haya resultado esclarecedor –dice mientras pasa un dedo por la superficie lisa y gris–. Entre nosotras dos, amiga –añade confidencialmente–, yo también llevé uno hace años. Se nota que lo han perfeccionado. He oído que ahora usan una impresora en 3D, para que se ajusten siempre a la perfección. Es caro, claro, pero supongo que ya sabes que el equipo de inversión ha tenido un año espectacular.

–¿El equipo de inversión? –pregunta Alice.

–¡Por supuesto! –dice Kate–. No cabe duda de que han sido un gran cambio para todos, los tres miembros de la London School of Economics y nuestros amigos de Sand Hill Road. Ahora hay fondos prácticamente para todo lo que considere necesario El Pacto. Mi collarín pesaba mucho, y hasta tenía algunos bordes más bien bastos. Y de espuma nada. –Se le van los dedos a la cicatriz de su mejilla. Luego sacude la cabeza como si saliera de un trance–. ¿Bueno, qué, vamos al dormitorio y nos lo quitamos de encima? Solo faltáis vosotros.

Nos toma del brazo y nos lleva hacia la casa. Alice gira torpemente el cuerpo para lanzarme una mirada. No parece asustada, en absoluto; solo divertida.

Kate nos lleva a un dormitorio palaciego, con ventanas desde el suelo hasta el techo. En la pared hay un lienzo muy grande con la firma de Matt Groening. Es un dibujo de Gene al estilo de *Los Simpson*. El personaje va vestido exactamente igual que Gene esta noche. También tiene una copa de champán en la mano. Debajo hay algo escrito de cualquier manera: «Gene, la casa es una maravilla. Gracias».

–El cuarto de baño es por aquí –dice Kate, señalando el camino–. Quitaos toda la ropa que os parezca. No seáis pudorosos, que yo me he quedado como Dios me trajo al mundo. Aquí cuenta hasta el último gramo. El requisito es quedarse siempre a menos del cinco por ciento de diferencia respecto a lo que se pesaba el día de la boda.

–¿Y si el día de mi boda estaba gordo? ¿No me dejarían adelgazar más del cinco por ciento de mi peso corporal?

No estaba gordo, pero la pregunta está justificada.

–Uy, eso nunca pasa –responde Kate con una sonrisa–. Ya sabéis que todos nuestros miembros pasan por un proceso de selección muy exhaustivo antes de ser invitados a nuestra congregación. De todos modos, la primera infracción se castiga como una falta de Sexta Clase. A partir de ahí ya se pone la cosa un poco más peliaguda. La verdad es que tenéis que hacer los deberes.

–Totalmente de acuerdo –digo con jovialidad, tratanto de seguirle la corriente.

–¿Quién será mi primera víctima? –pregunta Kate.

–Yo misma. –Alice va hacia el cuarto de baño–. Necesito quitarme hasta el último gramo. El collarín me pone en desventaja.

–Por eso no te preocupes –dice Kate–, que es un kilo cuatrocientos; sale en tu expediente. El peso del collarín se resta.

Mientras esperamos a que vuelva Alice, Kate manipula una báscula de diseño en el suelo, y luego abre un portátil encima de la cómoda. Veo que entra en una web donde sale una P azul que parpadea, y una casilla de inicio de sesión. Teclea deprisa. Al poco rato aparece en la pantalla una hoja de datos. A la izquierda de la hoja hay una columna de fotografías, entre ellas una de Alice y yo. Al lado de las fotos hay una serie de números. Me acerco a la cómoda para verlo mejor, pero Kate cierra el ordenador de golpe.

Cuando se abre la puerta del lavabo, aparece Alice solo con el collarín, el sujetador y las bragas. Sube a la báscula. Kate lee el número y lo introduce en el ordenador.

–Te toca –me dice.

Entro en el lavabo detrás de Alice.

–Esto es raro de la hostia –susurro una vez que se cierra la puerta.

–Si llego a saberlo no me habría tomado las cervezas. Me he estado esforzando por mear todo lo que podía.

–Buena idea –contesto, poniéndome delante del inodoro con tapa japonesa calefactada–. ¿Qué hago, me desnudo del todo? ¿Y cómo narices saben cuánto pesábamos el día de la boda?

Alice vuelve a ponerse la ropa, mientras yo me quito los zapatos, los pantalones y el cinturón. Me dejo puestos los calzoncillos, la camisa y los calcetines.

–Cariño –dice Alice–, si crees que vas a estar al límite, quizá sea mejor que te quites el resto.

Pienso un momento y me quito la camisa y los calcetines.

–Los *boxer* me los dejo –insisto.

Alice abre la puerta, riéndose. Kate aparta la vista del ordenador y le hace un guiño, como si compartieran un chiste privado.

Subo a la báscula y meto la barriga; no es que vaya a cambiar nada, pero bueno... Kate lee el número en voz alta y lo introduce en el ordenador. Al vestirme en el cuarto de baño, las oigo hablar a ellas dos en el dormitorio. Alice pregunta cómo nos ha salido.

–Bueno, eso no es trabajo mío; yo solo meto los números.

–¿Y cómo te hiciste responsable de pesar?

–Como con cualquier otra directriz. Un día recibí un paquete por mensajero. Contenía instrucciones, unos códigos de acceso, la báscula de cristal y este ordenador portátil. No es mal trabajo, dentro de lo que son los de El Pacto.

–¿Todo el mundo tiene algún trabajo? Sobre eso no me habían dicho nada.

–Sí. Pronto a Jake y a ti os asignarán tareas en función de vuestras capacidades y vuestros conocimientos, según cómo lo determine la Comisión de Trabajo.

Alice arquea las cejas, sorprendida.

–¿Y mi trabajo de verdad?

–Estoy segura de que comprobarás que tus deberes en El Pacto son eso, un trabajo de verdad. Te aseguro que la Comisión de Trabajo nunca encarga nada por encima de las capacidades de ningún miembro.

Salgo del lavabo.

–¿Y si se niega alguien? –pregunto.

La expresión con que me mira es de cierto reproche.

–Amigo –es lo único que dice.

Volvemos a la fiesta. La cena consiste en una ensalada y un pequeño filete de atún sobre un lecho de arroz; insulso, pero de provecho. Intentaré convencer a Alice de que al volver a casa nos paremos a tomar una hamburguesa. Después de que todo el mundo haya ayudado a quitar la mesa, salen Gene y Olivia de la cocina llevando un pastel de cumpleaños de tres capas con decenas de velas encendidas. Todos los miembros que cumplen años este mes se ponen de pie mientras les cantamos el «Cumpleaños Feliz».

JoAnne se acerca al pastel. Por lo visto cumplió hace poco los treinta y nueve. No he hablado con ella en toda la noche. Por alguna razón, cada vez que la busco está en la otra punta de la fiesta. Durante la cena me ha tocado sentarme entre Beth, una científica, y Steve, su marido, presentador de noticias. JoAnne estaba al otro lado de la mesa, y en el otro extremo. Ahora, al pasar de largo, ni siquiera me mira. De repente me doy cuenta de que es la única que no me ha saludado con un abrazo demasiado efusivo y las palabras «hola, amigo».

Lleva un vestido azul clasicón, y se la ve delgada y pálida. Observo marcas en sus pantorrillas, que podrían ser cardenales.

Más tarde, mientras conversamos Alice y yo en el patio con una pareja, Chuck y Eve, veo entrar a JoAnne en la casa. Su marido, Neil, está con Dave, el psicólogo de Alice, en la otra punta del jardín, donde han montado una pantalla gigante para retransmitir el partido de esta noche de los Warriors. Están apoyados en un muro bajo y ancho de hormigón, como de un metro veinte de altura, que parece más escultórico que funcional. Me escaqueo de la conversación y sigo a JoAnne a la casa. No creo que me haya visto. Sin embargo, me la encuentro esperando a la vuelta de la esquina de antes del lavabo.

–Esto no puede ser, Jake.

–¿El qué?

–No puedes seguir yendo a Draeger's.

–¿Qué?

Me quedo desconcertado y avergonzado. ¿Me ha visto y no ha dicho nada?

–Es que tengo tantas preguntas...

–Oye, mira, hice mal en decirte esas cosas. Me equivoqué. Olvídalo y ya está. Haz como si no hubiera pasado.

–No puedo. ¿Te parece si hablamos?

–No.

–Por favor.

–Aquí no. Ni ahora.

–¿Pues cuándo?

Vacila.

–En la zona de restauración de Hillsdale, enfrente del Panda Express, el viernes que viene a las once de la mañana. Comprueba que no te sigan. En serio, Jake, no la cagues.

Se aleja sin girarse. Fuera Neil aún está mirando el partido de béisbol. Dave se ha ido, dejándolo solo, con las piernas colgando de la pared de hormigón. Me suena de algo, pero no sé de qué. Alice sigue conversando con Chuck y Eve. Chuck está explicando que Gene les diseñó una segunda residencia. Tiene un poco de acento, tal vez australiano.

–Fue hace tiempo, antes de vivir juntos. Como nos lo había ofrecido, juntamos como pudimos el dinero que hacía falta para comprar un terreno. Mi amigo Wiggins me comentó que había uno al lado de su finca, en Hopland. Como estaba barato, no dejamos que se nos escapara. Es todo de cristal y de cemento, con vistas desde toda la casa. Es un mago, Gene.

–Tenéis que verla –dice Eve–. ¿Queréis venir un fin de semana?

Mientras busco la excusa adecuada para rechazar la invitación, oigo la voz de Alice.

–¡Vale! Seguro que nos divertimos.

Chuck ya busca la fecha, sin darme tiempo para protestar.

–Estamos en familia –dice–, o sea, que para uno de vosotros dos entrará en la cuenta de los viajes del año.

–¡Me lo pido! –suelta Alice.

–Traed bañador, que tenemos piscina –añade Eve.

Justo antes de las doce se vacía la fiesta. De repente pasamos de ser treinta personas, con sus charlas y copas, a estar solo Alice, Gene, Olivia, otra pareja y yo en el patio casi despoblado. Se nota que Alice no tiene ganas de marcharse, lo cual me sorprende mucho. Siempre ha sido más sociable que yo, y la verdad es que últimamente solo hemos hecho las salidas nocturnas en pareja obligatorias, pero yo había pensado que en lo referente a El Pacto estábamos de acuerdo. Mi razonamiento era muy sencillo: si, como era el caso, no parecía haber escapatoria posible, lo mejor era reducir al mínimo el tiempo que pasáramos con los miembros. Cuanto menos los veamos y cuanto menos nos vean ellos a nosotros, menor será el riesgo de meternos en líos. Más tiempo juntos equivale a más riesgo. ¿Se le ha olvidado a Alice?

Nos despedimos de todos, y Gene nos acompaña hasta la puerta. Ninguno de los dos dice nada durante el largo camino hasta donde tenemos aparcado el coche. Abro la puerta y espero a que Alice se siente en el asiento del copiloto, con las maniobras que le exige el collarín. Una vez dentro del coche me relajo. Que yo sepa hemos sobrevivido a nuestro primer trimestre dentro de El Pacto.

–Ha sido divertido –dice ella sin el menor rastro de sarcasmo.

Mientras saco el coche me fijo en que al final del camino de entrada están Gene y Neil, vigilándonos.

47

El martes llama Vivian a Alice, y quedan a comer en Sam's, un restaurante italiano de toda la vida en el Financial District. Me paso el día nervioso, preguntándome de qué hablarán, y qué nuevos y extraños castigos o directrices transmitirá Vivian de la cúpula. A menos que lo hiciéramos bien en la fiesta, y hoy Vivian traiga buenas noticias. ¿Las da alguna vez El Pacto? ¿Y si es el final del collarín?

Vuelvo del trabajo a las cinco y cuarto y me siento a leer al lado de la ventana para ver si llega Alice. A las seis y cuarto entra su coche. Se abre la puerta del garaje y oigo sus pasos en la escalera lateral. Cuando abre la puerta de la casa, la estoy esperando en la cocina. Lo primero que me llama la atención es su postura: más relajada y natural, más de Alice. Ya no lleva la bufanda de esta mañana. Tiene la blusa abierta por el cuello. Da una vuelta, mirándome, y sonríe burlona.

–Ya no lo llevas –digo al tomarla entre mis brazos–. ¿Cómo sienta ser libre?

–Genial. Pero raro. Supongo que ya no estaba usando los músculos del cuello, y ahora lo pago. Creo que tengo que estirarme.

Entramos en el dormitorio. Alice se acuesta encima de la sábana. Le arreglo la almohada para que esté cómoda y me siento a su lado en la cama.

–Cuéntamelo todo.

–Cuando he llegado ya estaba Vivian –dice Alice–. Estaba sentada en uno de los reservados. He entrado y el camarero ha echado la cortina para que tuviéramos intimidad. Hemos ido directamente al grano. Ni siquiera ha mencionado la fiesta. Me ha dicho que había recibido la directriz de quitar el collarín, aunque como la hora fijada era la una, he tenido que dejármelo puesto durante la comida. –Se incorpora para ponerse bien la almohada–. Le he pedido a Vivian si me lo podía quedar.

–¿Y eso por qué?

Alice se encoge de hombros, y se vuelve a tumbar.

–Es difícil de explicar. Supongo que lo quería como recuerdo. Lo único que ha dicho Vivian es que iba contra el protocolo.

Por la mañana, después de irse Alice al trabajo, mientras me preparo un café en la cocina, llaman a la puerta. Es un mensajero en bici, un chico de unos veinte años que lleva un sobre grande con la reveladora P en la esquina superior izquierda. Como viene resoplando, le ofrezco un vaso de agua y le invito a pasar. Él me sigue a la cocina, que llena de energía nerviosa, contestando a preguntas que no le he hecho.

–Me llamo Jerry –dice–. Vine a San Francisco hace tres años, de Elko, Nevada, para trabajar en una *start–up*, pero cerró a las pocas semanas de llegar yo, y encontré este curro.

Le doy un vaso de agua, que se bebe de un largo trago.

–Vivís en la quinta leche, tío. Tengo que encontrar otro trabajo. Si no me pagaran tan bien estas entregas de los miércoles ya habría cambiado hace tiempo.

–¿Entregas otros sobres como este?

–Sí. Me pagan un fijo solo para los miércoles. A veces entrego dos o tres, y otras ninguno.

–¿Adónde vas a buscarlos?

–A un despacho muy pequeño del Pier 23. Siempre está el mismo tío, que me ha dicho que soy el único mensajero que tienen, el único del que se fían. En el proceso de selección te las hacían pasar putas. Antecedentes, huellas dactilares... Todo. Aunque tampoco es que me presentara, exactamente. Me llamaron diciendo que les había dado mi nombre mi antiguo jefe, aunque entonces él ya estaba en Costa Rica, gastándose el dinero que le habían pagado por la empresa. Total, que en cuanto pasé la prueba me mandaron a hacer el primer reparto, y desde entonces cada miércoles, prácticamente.

–¿Siempre en San Francisco?

–No, qué va, cubro todo East Bay, la Península hasta San José y Marin. En la ciudad voy en bici, pero fuera tengo que conducir. No sé dónde están, pero dinero tienen, porque cobro más con el reparto de los miércoles que todo el resto de la semana. Uy... Me parece que eso no te lo podía contar. Pero bueno, lo de aquí ya está, ¿no?

–Sí, ya está.

Deja el vaso en el mármol y mira su pulsera, un seguidor de actividad.

–Tengo que irme. Aún me queda uno en San Mateo. –Mientras se pone el casco me pregunta algo con una naturalidad sospechosa–: ¿Y usted, sabe quiénes son?

Si es una prueba –¿no lo es todo en El Pacto?–, solo hay una respuesta correcta.

–Ni idea.

Cruza la puerta y se sube a la bici sin haberme dado tiempo de hacerle más preguntas. Como en el sobre está escrito el nombre de Alice, le mando un mensaje de texto: «Acabas de recibir un paquete de El Pacto».

Responde con una sola palabra: «Mierda».

Me ducho y me visto para ir a trabajar. Me quedo mirando el sobre sin abrir, con la gran P en tinta dorada y el nombre de Alice en caligrafía elegante. Lo recojo y lo acerco a la luz, pero no veo nada. Vuelvo a dejarlo encima de la mesa y me voy caminando al trabajo, resuelto a no pensar más en el sobre, que es en lo único que pienso todo el día, claro.

Por la noche, al volver a casa, me encuentro a Alice sentada delante de la mesa, mirando el sobre.

–Habrá que abrirlo, supongo –dice.

–Supongo.

Rompe el sello y saca el documento con cuidado. Solo tiene una página, dividida en cuatro partes. Las lee en voz alta. El encabezamiento «Reglas» corresponde a un párrafo sobre el pesaje anual. En la nota al pie pone que dicho párrafo está «tomado del apéndice de correcciones más reciente». Debe de referirse al que se le olvidó de incluir a Vivian en nuestros manuales.

La segunda parte se titula «Infracción: has superado el aumento de peso permitido en 1,5 kg».

–Fueron las cervezas –se lamenta Alice–. Las que me tomé justo antes de pesarme. Encima me faltaban pocos días para tener la regla. A las mujeres deberían permitirles un poco más de fluctuación que a los hombres. Lo lógico sería que Orla lo hubiera tenido en cuenta.

En la tercera parte, «Circunstancias atenuantes», pone: «Ha llegado a nuestro conocimiento que tu Responsable podría haber omitido este apéndice de tu manual. El tema se analizará por separado.»

Alice levanta la vista y sonríe.

–Parece que Vivian va a probar su propia medicina.

–¿Qué más pone?

Sigue leyendo.

–«Si bien es necesario aplicar la Regla, teniendo en cuenta que el Responsable no aportó la documentación correcta y que se trata de tu primera infracción relativa al peso, se te ofrecerá un Programa de Diversión.»

Se queda callada, leyendo el resto de la página.

Deja el papel casi llorando.

–¿Qué narices se les ha ocurrido esta vez? –pregunto, preocupado.

Está muy pálida.

–No, si no es el castigo, es... Oh, Jake. Tengo la sensación de que todo esto es un examen y de que he suspendido.

–Cariño... –Le cojo la mano–. Estas reglas no son de verdad. Lo entiendes, ¿no?

–Ya, ya lo sé –contesta, apartando la mano–, pero tendrás que reconocer que si las cumpliera todas sería mejor esposa.

Sacudo la cabeza.

–No es verdad. Eres perfecta tal como eres.

Cojo el documento y leo la cuarta parte, «Castigo».

Se te ha asignado un régimen de ejercicio diario. Deberás presentarte cada mañana a las cinco en la esquina de Taraval y Great Highway, fines de semana incluidos. Te estará esperando tu entrenador.

48

Me despierto de golpe de un sueño profundo. Estaba teniendo una pesadilla, aunque no me acuerdo de ningún detalle. Alice duerme. Me quedo mirándola un momento. Está muy despeinada. Con su camiseta de los Sex Pistols y su pantalón de pijama de franela, está como cuando nos conocimos.

Me vuelven a la cabeza los detalles del sueño: la desesperación con que movía las piernas, los kilómetros de mar a mi alrededor... Un sueño acuático. Hace años que los tengo de manera esporádica, y al despertarme siempre hago lo mismo: salir al pasillo e ir al lavabo, como ahora. Me asomo a la cocina para ver qué hora es: las 4.43 de la madrugada. Mierda.

–¡Alice! –grito–. ¡Que son las cuatro y cuarenta y tres!

Oigo que baja de la cama, presa del pánico: dos golpes, uno por cada pie en el suelo.

–¡Joder! ¿Qué ha pasado con la alarma?

–Te acerco en coche. Ponte la ropa de deporte. ¡Deprisa!

Voy buscando como loco las llaves y la cartera. Me enfundo unos pantalones, corro al garaje, pongo el coche en marcha y salgo del garaje. Alice sale corriendo de la casa con los zapatos y la sudadera en las manos. Sube al coche de un salto. Me meto por la Treinta y ocho, y luego tuerzo a la derecha por Great Highway. Freno al lado del arcén justo en el cruce con Taraval. Hay un hombre de unos treinta y cinco años, forma física impecable y ropa estilosa de deporte, de colores europeos: verde militar y naranja claro. Alice baja de un salto. Abro la ventanilla para desearle suerte, pero ni siquiera se gira.

–Las cuatro y cincuenta y nueve –dice el hombre, mirando su reloj–. Muy puntual. Empezaba a pensar que no llegarías a tiempo.

–Qué va –dice Alice–. Aquí estoy.

A los pocos segundos de que se presenten ya está haciendo estiramientos de piernas. Doy media vuelta y vuelvo a casa. Como estoy demasiado agitado para seguir durmiendo, me siento con el portátil.

A las 6.17 entre Alice por la puerta, sudorosa y exhausta. Le propongo un batido.

–No tengo tiempo –insiste ella–. Tengo que ir a trabajar.

–¿Cómo ha ido?

–Perdona, pero es que llego tarde. Te lo explico esta noche.

Por la noche, sin embargo, estamos los dos molidos. Cenamos comida a domicilio delante de la tele, mirando *Sloganeering*. Quito el volumen cuando sale un anuncio de un medicamento donde una florista de lo más olvidable saluda sonriendo a su marido, igualmente olvidable.

–¿Qué tal tu entrenador? –pregunto.

–Se llama Ron, y vive en Castro. Un tío simpático, muy entusiasta. Sentadillas con salto a tutiplén.

Baja los brazos para hacerse un masaje en las pantorrillas. Se acaban los anuncios, y Alice me avisa con el codo de que suba otra vez el volumen.

Por la mañana suena la alarma a las cuatro y media. Me giro en la cama para despertar a Alice, pero ya está levantada. La veo sentada en el sofá, con la ropa de deporte. Me sonríe, pero tiene los ojos hinchados, y su expresión me hace sospechar que ha llorado. Le preparo un café rápido.

–¿Quieres que te lleve?

–Sí.

Vamos hasta el coche sin hablar. Durante los seis minutos de trayecto hasta la playa, Alice se queda dormida. La despierto al llegar. Veo que Ron se acerca corriendo por Taraval. Es posible que haya corrido desde Castro.

A la mañana siguiente vuelve a sonar mi alarma a las cuatro y media. Justo cuando me incorporo, oigo que Alice sale del garaje.

El día siguiente, cuando me despierta la alarma, Alice ya se ha ido.

49

Mis nuevos clientes, una pareja de Cole Valley, cruzan la puerta sonriendo y comparten el pequeño espacio del sofá. Ninguno de los dos parece contemplar la posibilidad de sentarse en el sillón, grande y mullido. Con eso ya sé que el matrimonio sobrevivirá. Aun así hablaremos. Lo más probable es que tengamos tres encuentros más hasta que lleguen ambos a la misma conclusión.

La última vez les pedí que pensaran en algún buen recuerdo compartido. La respuesta de ella ha sido traer fotos de su boda.

–Tienes que ver los vestidos de las damas de honor –dice Janice–. Me sorprende que aún me dirijan la palabra.

Me río al ver fotos de Janice con un simple vestido blanco, flanqueada a ambos lados por chicas enfundadas en tafetán verde, mucho tafetán.

–¿Sabes que tradicionalmente los vestidos de las damas de honor eran blancos? –le pregunto.

–¿Y cómo se podían diferenciar de la novia? –se extraña Ethan.

–De ninguna manera. De ahí viene el concepto de dama de honor. En época tribal, las damas de honor se ponían vestidos de novia blancos y servían de señuelo. Si a una tribu vecina se le ocurría asaltar la boda, con suerte los invasores se confundían y raptaban sin querer a una dama de honor, en vez de a la novia.

La sesión es fácil. Está claro que se gustan, pero que han empezado a distanciarse. Hablamos de algunas estrategias que podrían poner en práctica para pasar más tiempo juntos e infundir más vida a sus conversaciones. No es física nuclear, solo los parches habituales, que de hecho funcionan bastante bien. Casi se me escapa la risa al pillarme proponiendo el objetivo de una escapada trimestral.

De vez en cuando viene una pareja para hacer terapia y no me queda del todo claro por qué viene. Es el caso de Janice y Ethan. Me siento un poco culpable por aceptar su dinero, porque no me necesitan para nada. Aun así, me estimula su empeño en arreglar las cosas. Envidio sin querer los flujos y reflujos naturales de su matrimonio, que existe en paz lejos de El Pacto.

Después de que se hayan ido Janice y Ethan, meto mi móvil en un sobre, lo cierro y me acerco al mostrador de Huang.

–¿Y si te fueras a comer tranquilamente? –le propongo.

–¿Cuánto tiempo?

–Podrías ir a ese sitio que te gusta tanto de Dogpatch. Invito yo. –Le doy dos billetes de veinte, y dejo el sobre encima de su mesa–. ¿Te importa guardarme esto, de paso? Métetelo en el bolsillo y olvídate de que lo llevas encima.

Huang mira fijamente el sobre.

–¿Te importaría decirme qué hay dentro?

–Sería largo de contar.

–No explotará, ni nada de eso, ¿no?

–Tranquilo.

Palpa el sobre y frunce el ceño.

–Yo diría que has metido tu móvil.

–Me harías un gran favor. No lo pierdas. Luego, cuando vuelvas de comer, lo dejas en mi mesa. Ah, y si no te importa, no se lo comentes a Ian ni a Evelyn.

–¿Que no les comente el qué?

–Gracias. Te debo una.

Voy caminando a casa, subo a mi coche, voy al centro y aparco al lado de Fourth Street. Me acerco a pie a la estación de tren y compro un billete de ida y vuelta a Hillsdale, en San Mateo.

A Alice no le he dicho nada de mi cita con JoAnne. Pensaba comentárselo esta mañana, pero al final he salido de casa antes de que volviera del entrenamiento. De todos modos, no quiero preocuparla. Cada mañana va a entrenar con Ron, y una tarde por semana la recibe Dave, para la libertad condicional. Encima su trabajo es cada vez más absorbente. Con lo agobiada que va, solo le falta lo de JoAnne. Bueno, vale, para ser sincero tengo que reconocer que no me apetece contárselo. Sé que me haría un montón de preguntas sobre JoAnne, y no es que me muera de ganas de responder. No le gustaría la idea de que quede para comer con otra mujer, completamente ajena a mi trabajo. Por supuesto que mentir por omisión contraviene las reglas de El Pacto, pero durante el recorrido a pie del coche a la estación me convenzo de que es un falseamiento al servicio de una causa noble. Si se descubriera mi mentira, toda la culpa sería mía, y estaría salvando a Alice de cometer una nueva falta, que El Pacto, según dicen ellos mismos, se toma muy en serio: los celos.

Se podría mirar desde esta perspectiva: estoy intercambiando el futuro delito de Alice por el que cometo yo ahora. El día en Draeger's, JoAnne me conminó a desviar de Alice la atención de El Pacto.

Recorro el tren de punta a punta, pero no veo nada fuera de lo habitual. Hoy en día los trenes van a reventar a todas horas, debido a los trabajadores de las tecnológicas que van y vienen entre San Francisco y Silicon Valley. Suele ser gente joven, delgada y engreída, blancos y asiáticos recién llegados que como colectivo han puesto los alquileres por las nubes, y que no han demostrado que valoren mucho lo que tiene San Francisco de especial. Por lo visto no les interesan las estupendas librerías, las tiendas emblemáticas de discos y los majestuosos teatros antiguos. Tal vez sea injusto meterlos a todos en el mismo saco, pero la impresión que dan es la de que solo les importa una cosa: el dinero. Tienen un aire de inexperiencia y sosería como si nunca hubieran viajado ni leído por placer ni se hubieran acostado nunca con ninguna chica después de conocerla en una lavandería automática. Ahora mismo, para colmo, acaparan todos los asientos reservados para minusválidos, con sus portátiles abiertos sobre las rodillas.

Bajo en la parada de Hillsdale con otras veinte personas, casi todos de la zona, porque los de las tecnológicas aquí no paran (al menos de momento). Espero a que se vacíe la estación. Hay una mujer con traje negro entallado que no se acaba de ir y que desentona. Justo cuando voy a concluir que me espía, llega un Mercedes conducido por un chico joven. Por la manera que tiene ella de bajarse la falda, debe de llevar liguero por debajo del traje. Se acerca al coche, sube y se van. Cruzo El Camino y subo hacia el centro comercial con la sensación de hacer un poco el tonto, como un chaval jugando a espías. Me digo que es innecesario, pero luego me acuerdo de la pulsera, del collarín y del atroz viaje de Alice al desierto, y me doy cuenta una vez más de que es muy necesario.

Entro en el Trader Joe's para matar el rato, atento a cualquier persona sospechosa. Al final solo salgo con una botella de agua y tres tabletas de chocolate. Ahora, cada vez que como algo dulce pienso automáticamente en la próxima vez que nos pesen. ¿Serán los treinta gramos de grasa que podrían situarme por encima del tope? ¿Serán las calorías que podrían llevarme al desierto? Es un motivo para odiar El Pacto.

Entro en Barnes & Noble y le compro a Alice el nuevo número de *Q*. En la portada salen Paul Heaton y Briana Corrigan. Se pondrá contenta. Cruzo la calle y entro en el centro comercial. Como aún me queda media hora que esperar, doy un paseo por las tiendas. Hace un tiempo que siento el inexplicable anhelo de tener una camisa de cuadros de franela cómoda –probablemente Freud lo atribuyese a la nostalgia de la juventud–, así que efectúo un recorrido rápido por las típicas marcas de los centros comerciales, hasta que encuentro algo rebajado en Lucky Jeans. Ahora que llevo una bolsa, me parezco a cualquier otra persona del centro comercial, aunque en mayor.

Llego a la zona de restauración cuando faltan siete minutos para la hora acordada, y me quedo al fondo, mirando a la gente que va y viene.

Veo entrar a JoAnne por la puerta lateral que da al aparcamiento. Me ponen nervioso sus miradas furtivas, como de ciervo en campo abierto. ¿Seguro que quiero continuar? Me aparto y la observo. Se sienta enfrente del Panda Express, al lado de la ventana. Ojalá hubiera elegido un sitio más discreto. Saca un móvil de su bolso y empieza a tocar la pantalla. Yo habría preferido que no lo trajera. Vuelvo a oír mentalmente lo que me dijo en la fiesta: «No la cagues». Hasta ahora no se me había ocurrido que pudiera ser ella quien la cagase.

Sigo observándola, atento a su entorno para ver si la ha seguido alguien. Hace una llamada de solo unos segundos. A diferencia de mí, no parece que se fije en el resto de la gente. Saca algo de su bolso –una barrita de cereales–, la desenvuelve y se la come a pequeños mordiscos, bajando la cabeza. De vez en cuando la levanta de golpe, pero en ningún momento mira hacia donde estoy yo. Paranoica lo parece, pero concienzuda no tanto. Tiene una actitud sobrexcitada, con un punto de crispación, muy distinta a como era cuando nos conocimos en la universidad. Entonces llamaba la atención por su tranquilidad.

Hasta en las situaciones más difíciles exhibía una dulzura insólita. No es que fuera guapa, ni atractiva, pero destacaba por su aplomo plácido, por su falta absoluta de inseguridad.

La mujer del fondo de la zona de restauración es irreconocible. A mis clientes jamás se lo diría, pero en mi fuero interno he llegado a la conclusión de que la mayoría de la gente no cambia. Podrán acentuar algunos rasgos de su personalidad en detrimento de otros, y no cabe duda de que una buena educación puede encauzar en un sentido positivo las inclinaciones naturales de los niños (no en balde he dedicado gran parte de mi vida profesional a buscar instrumentos útiles que ayuden a la gente a dirigir sus personalidades de manera positiva), pero en líneas generales creo que todos tenemos que jugar con las cartas que nos reparten al principio. Siempre que veo a alguien que ha experimentado un cambio radical de personalidad, tengo curiosidad por conocer la raíz de ese cambio. ¿Cuál es el pulsador, el desencadenante, la acción que se antepone a la manera de ser de una persona? ¿Qué hace que alguien parezca tan distinto para quienes lo conocen?

Ya he dicho antes que con el paso del tiempo el estrés, la ansiedad y las dificultades psicológicas siempre se reflejan en la cara. En JoAnne he visto indicios conflictivos: la vena abultada que nace de su ceja izquierda y se pierde en el pelo, las comisuras de los labios torcidas hacia abajo, las patas de gallo... Algo me dice que necesita ayuda, pero no seré yo quien se la dé. Algo me dice que me vaya, pero no puedo.

Porque el caso es que aún quiero oír lo que pueda decirme. Quiero saber más sobre El Pacto. Me niego a renunciar a la esperanza de que haya alguna salida para Alice y para mí. Quizá la ansiedad de JoAnne, los cambios en su cara, su cuerpo y su voz, sean una respuesta perfectamente lógica a El Pacto. De ser así, no quiero ver que Alice pasa por lo mismo.

Voy a Hot Dog on a Stick, pido dos perritos calientes y dos limonadas verdes, me acerco a la mesa de JoAnne y le pongo la bandeja delante.

Levanta la vista del móvil. Le palpita la vena de la frente.

–Jake –dice.

Solo «Jake», no «amigo». Habla con una suavidad cansada. La miro a los ojos y veo algo más allá de la fatiga, una calidez que me relaja.

–¿Un Hot Dog on a Stick?

–No hacía falta –dice.

Aun así coge la salchicha y le pega un buen mordisco. Luego clava la caña en el agujero de la tapa de plástico, y se toma un buen trago.

–Ya empezaba a pensar que no te presentarías –dice.

–¿He dejado alguna vez de presentarme?

–Si supieras lo que te conviene, no habrías venido. De todos modos me alegro.

Pone las manos en la mesa, señalando hacia mí. Tengo la tentación de mirar por debajo de la mesa y ver sus pies. El verdadero interés de una persona lo indica la dirección en la que apunta con los pies, no con las manos. JoAnne tiene las uñas largas, pintadas de rosa brillante. Me acuerdo de que en la universidad las llevaba cortas y sin pintar.

–¿En qué nos hemos metido, Jake?

–Esperaba que me lo explicases tú.

–Cuando te vi en Villa Carina tuve ganas de decirte al oído: «Corre y no vuelvas», pero ya sabía que era demasiado tarde. Al mismo tiempo, y perdona que te lo diga, me alegré de verte, por egoísmo. Me he encontrado tan sola...

–Has dicho que he hecho mal en venir. ¿Por qué?

Toquetea el móvil. Tengo la sensación de que está decidiendo qué me cuenta. Casi la veo corregir las frases mentalmente.

–El Pacto no se fía de mí, Jake. Sería malo que nos vieran juntos. Malo para mí y malo para ti.

–¿En qué sentido?

–Me han dicho que Alice estuvo en Fernley.

–¿Te refieres al sitio del desierto?

–Yo he estado. –Se estremece–. La primera vez no fue tan horrible; desorientador, y embarazoso, pero llevadero.

–¿Y después?

–Después empeora.

Sus evasivas son frustrantes.

–¿Cuánto?

Se yergue un poco. Veo más correcciones mentales.

–Haz todo lo que puedas para evitar que vuelva Alice.

–Pero bueno, JoAnne, ¿cómo te has dejado arrastrar por esto?

A la vez que le hago la pregunta, me imagino a otra persona –Huang, o Ian, o Evelyn– preguntándome lo mismo con toda la inocencia del mundo.

–¿Quieres saber la verdad? –El tono es incisivo, con una rabia que parece enfocada hacia la propia JoAnne–. Empezó con un accidente de coche muy tonto. Tenía prisa por volver al trabajo. Se había puesto a llover, y estaba la carretera resbaladiza. Se cruzó un Porsche en mi carril, y al darme un golpe en el parachoques me hizo derrapar. Me desperté en el hospital. Acababa de tener un sueño muy intenso; no en plan de colorines, a lo viaje de ácido, sino en un sentido más de ideas. ¿Sabes cuando pasa algo y de repente ves toda tu vida desde otra perspectiva? ¿Y parecen clarísimas las soluciones, o al menos hacia dónde tienes que ir? Pues bueno, de repente me di cuenta de que mis últimos años habían sido de chiste. Tanto estudiar, la tesis que no había podido terminar, la tontería del piso... Parecía todo una equivocación, una gran pérdida de tiempo.

–¿Te hiciste daño en el accidente?

–Conmoción cerebral, puntos, una costilla rota, fractura de pelvis... Por el volante, no sé cómo. Tuve mucha suerte. ¿Sabes que en el cuerpo humano solo hay dos huesos que al romperse pueden provocar la muerte? Uno es la pelvis.

–¿Ah, sí? ¿Y el otro?

–El fémur. Total, que justo cuando intentaba recordar el sueño llegó un médico y se presentó como el doctor Charles. Luego empezó a hacerme muchas preguntas de tipo muy personal; de esas que sirven para evaluar la conmoción, y si el paciente está en *shock,* ¿sabes? Yo en ese momento, con la medicación, aún lo veía todo en una especie de niebla. Empezó a rellenar formularios, y a preguntarme por mi historial médico: que si fumaba, que si bebía, que si tenía alguna alergia, que cuánto ejercicio hacía, que si era activa sexualmente... Luego me quitó la bata una enfermera, con mucho cuidado, y se quedó al lado de la cama, cogiéndome la mano, mientras Neil me examinaba todo el cuerpo en busca de cardenales, raspaduras o cortes por el accidente. Mientras me tocaba con sus manos, grandes y calientes, tuve una sensación increíble, como si también estuviera analizando todas las cicatrices grandes y pequeñas de mi vida. No dejó prácticamente nada por tocar. Yo estaba muy entubada, con vías y no sé qué más. Tenía la sensación de que no podía moverme ni escaparme, pero de alguna manera me gustaba. Me sentía segura. No te aburro con el resto, Jake. Solo te diré que nos casamos, en Carmel–by–the–Sea, con mucha gente y un cuarteto de cuerda. Di un giro de ciento ochenta grados. Cambió toda mi vida.

–Suena maravilloso.

–No. No tanto, Jake. Resulta que mi sueño superintenso solo fue una falsa epifanía. Ahora me doy cuenta de que ya estaba bien encaminada. Mis decisiones y mis sacrificios habían sido los correctos. Me estaba sacando el doctorado en psiquiatría. Tardaba más de lo pensado, y tenía deudas por el piso, pero debería haber seguido. El que tuvo la idea de que era «demasiado inteligente» para ser psiquiatra fue Neil.

Sonrío.

–Gracias de parte del humilde psicólogo.

–Neil no se entera de nada. Fue el que me convenció de que me sacara un máster en Administración de Empresas y entrara a trabajar en Schwab, pero no me di cuenta hasta pasado un tiempo de que era porque tenía muchos prejuicios contra la psiquiatría. Resumiendo, que a los pocos meses de conocernos dejé el programa de doctorado y entré en la escuela de negocios.

–Qué desperdicio. Con lo bien que se te daba...

–Habría estado bien tenerte cerca en ese momento, para que me lo dijeras –contesta.

Miro disimuladamente por debajo de la mesa. Tiene los pies orientados hacia mí.

–Te acuerdas de que quería tener hijos, ¿no?

–Siempre decías que querías familia numerosa.

–Pues no va a poder ser.

–Lo siento –digo, sin saber muy bien por dónde va.

–Yo también. La cuestión, Jake, es que he estado embarazada. Puedo tener hijos, y probablemente aún pudiera tenerlos si no estuviera atrapada con Neil; pero él nunca ha querido hablar del tema, y luego, cuando nos descuidamos y me quedé embarazada, dijo que no encajaría bien en nuestra vida dentro de El Pacto.

Es la primera vez que me doy cuenta de que en ninguna de las dos fiestas de El Pacto ha hablado nadie de hijos.

–¿Me estás diciendo que no hay ningún miembro con hijos?

–Alguno, pero la mayoría no los tiene.

–¿Va contra las reglas o algo así?

–No exactamente, pero Orla ha dicho que los niños pueden ser un obstáculo para el matrimonio.

–¿Pero los niños no serían una garantía de futuros miembros para El Pacto?

–No funciona así. Que hayas pasado tu infancia dentro de El Pacto no significa que propongan automáticamente tu candidatura; además, la cosa no va de niños, sino de matrimonio. A tu marido tienes que quererlo, mientras que en el tema de los hijos, en principio, hay libertad de elección.

–¿Has intentado salir alguna vez? –le pregunto a bocajarro.

Responde con una risa amarga.

–¿Tú qué crees? Después del aborto me envalentoné y fui a ver a un abogado especialista en divorcios. Neil me denunció a El Pacto. Me convocaron y me enseñaron una larga lista de cosas que había hecho mal. Me amenazaron con que si me divorciaba perdería mi casa, mi trabajo y mi reputación. Dijeron que sería fácil hacerme desaparecer. Lo que es de locos es que Neil ni siquiera quería apuntarse a El Pacto. No es de los se apuntan a nada. Cuando recibimos el paquete de un antiguo compañero suyo de piso, yo ya me estaba arrepintiendo de haberme casado. El Pacto parecía un salvavidas. Resumiendo, que le convencí de que le diéramos una oportunidad. Se la dimos, y por la razón que fuera empezó a salirme todo mal. En cambio Neil era la estrella, el que le caía bien a todo el mundo. Ni siquiera fue una sorpresa que recibiera una llamada de Orla, y que le propusieran presidir el Consejo Regional de América del Norte.

–¿Consejo Regional?

Baña en kétchup su salchicha a medio comer. Me llama la atención que a pesar de lo elegantes que lleva las uñas tenga en carne viva las cutículas de los pulgares.

–Hay tres consejos regionales, de siete personas cada uno. Los tres responden ante un pequeño grupo en Irlanda. Se reúnen cada tres meses.

–¿Dónde?

–Según. En Irlanda al menos una vez al año. A veces en Hong Kong, y muy de vez en cuando en Fernley.

–¿Y de qué hablan?

–De todo –contesta, muy seria. Se inclina hacia mí–. De todos. ¿Entiendes lo que digo?

Pienso en la pulsera y en el collarín. Pienso en que Vivian y Dave siempre parecen saber mucho más de lo que les decimos.

–Hacen nuevas normas –dice JoAnne–. Redactan los apéndices anuales, revisan las decisiones de los jueces y dirimen las apelaciones. Llevan las finanzas y las inversiones. Analizan los expedientes de los miembros problemáticos.

–¿Pero por qué?

–Según Neil, la función de los consejos es garantizar que tengan éxito todos los matrimonios. Pase lo que pase.

–¿Y si fracasa alguno?

–Es que es eso, que no fracasan.

–Alguno seguro que sí –insisto.

Sacude la cabeza, cansada.

–¿Te acuerdas de que te dijeron que en El Pacto nunca se ha divorciado nadie? –susurra con la cara muy cerca de la mía. Le huele a kétchup el aliento–. Pues es verdad, Jake. Pero lo que no te dicen es que no todos los matrimonios de El Pacto duran.

–No entiendo.

–Lo de Fernley es tremendo, fatal, pero con la actitud correcta soy capaz de aguantarlo. Hasta me gustan las reglas. Me gustan las salidas y los regalos obligatorios.

–¿Pero?

Parece abrumada por una tristeza insufrible, una nube de desesperanza.

–No tengo datos, y aunque los tuviera no debería decir nada, pero una vez, mientras se celebraba en San Francisco una reunión de consejo, cenamos con Orla. Neil, ella y yo solos. Yo no la conocía. Neil insistió en elegir mi ropa. Me hizo prometerle que no haría preguntas personales. Y eso que El Pacto me había hecho a mí muchas, con el paso de los años: en los formularios que había rellenado, de los orientadores que había tenido que ir a ver, en las entrevistas grabadas en Fernley... «Comprobaciones de Integridad», las llamaban.

–¿Te grababan?

Asiente con la cabeza.

–Cuando le dije a Neil que me preocupaba que Orla pudiera haber oído las grabaciones de mis Comprobaciones de Integridad, él no me lo negó. Me pidió que me portara lo mejor posible y que le dejara la iniciativa a Orla en la conversación.

–¿Y cómo es Orla?

–Carismática, pero con un distanciamiento raro. Pasaba de un momento a otro de estar muy interesada en mí a mirarme como si no me viera. Me daba escalofríos.

Cuanto más habla JoAnne, más tengo la impresión de que pierde el hilo. Lo que encontré sobre Orla en internet no parecía ajustarse a la descripción de JoAnne. En las fotos parecía simpática, inteligente e inofensiva, como una bisabuela o como la profesora de lengua del instituto que te deja un recuerdo entrañable.

–Has dicho que no todos los matrimonios de El Pacto duran. ¿A qué te referías?

–En El Pacto no hay divorcios, pero al mismo tiempo hay más viudas y viudos de lo previsible.

–¿Qué?

Se me ha quedado la garganta seca.

–Lo que pasa es que... –JoAnne mira a su alrededor, nerviosa. Ha empezado a sudarle la frente. De pronto se retracta–. Supongo que no es nada –se escaquea, toqueteando el móvil–. Puede que piense demasiado, como dice Neil. Quizá saliera de Fernley trastocada. A veces me falta claridad mental.

–La JoAnne que recuerdo siempre la tenía.

–Te agradezco que lo digas, pero bueno, tú siempre has puesto a las mujeres en un pedestal.

–¿Ah, sí? –pregunto, pasajeramente distraído por su extraña acusación.

–Novias, amigas, compañeras de trabajo... No es que quiera ser maleducada, pero seguro que piensas que tu mujer ha inventado la rueda.

Hay algo en su tono que no me gusta. Además, no creo que sea verdad lo que dice. Admiro a Alice, sí, porque tiene mucho que admirar. También la quiero, porque es fácil quererla. Y me parece guapa porque... pues porque lo es.

–JoAnne –digo, tratando de rebobinar–, cuéntame lo de las viudas.

–Seguramente haya muchos motivos. –Se le atropellan las palabras–. Los miembros de El Pacto viajan más y son más activos que la mayoría de la gente. –Pasea la mirada por la sala–. Probablemente tengamos todos vidas más arriesgadas. Claro, es que si no, no habríamos entrado en El Pacto, ¿verdad? El Pacto atrae a un cierto tipo de personas, ¿no?

Pienso en cuando obligaron a Alice a ponerse una camisa de fuerza y se la llevaron dos desconocidos a Fernley en un SUV negro. Pienso en el piloto del endeble Cessna.

–Podría haber cientos de causas –dice JoAnne, como si intentara convencerse a sí misma.

–¿Causas de qué? ¿Qué riesgos?

–Accidentes raros. Ahogamientos. Intoxicaciones. Puede que sea coincidencia, pero la cantidad de miembros de El Pacto que se mueren jóvenes parece mayor de lo normal. Y en cuanto pierde alguien a su cónyuge, casi siempre nace una nueva relación, fomentada por El Pacto, que lleva con bastante rapidez al matrimonio.

–¿Como quién?

Me muero de ganas de saber si detrás de lo que dice hay hechos y nombres reales.

–¿Sabes Dave y su mujer, Kerri?

–Sí, claro. Alice ha estado quedando con Dave una vez por semana.

–Ya lo sé.

–¿Cómo? –pregunto, pero hace un gesto con la mano en alto como si fuera un detalle irrelevante.

–Tanto Dave como Kerri estuvieron casados antes –contesta.

–¿Me estás diciendo que se murieron sus cónyuges?

–Sí, hace años, más o menos cuando entramos Neil y yo en El Pacto.

–Pues parecen muy jóvenes.

–Porque lo son. De hecho se conocieron a través de El Pacto. Quizá sea una simple coincidencia que enviudaran con tres meses de diferencia. El marido de Kerri, Tony, tuvo un accidente de barco en el lago Tahoe. –Se estremece–. La mujer de Dave, Mary, se cayó de una escalera mientras limpiaba las ventanas del primer piso de su casa, y se dio un golpe en la cabeza con los adoquines del camino de entrada.

–Qué horror –digo–. Pero bueno, son cosas que pasan.

–Mary no se murió enseguida. Se quedó en coma. A los dos meses, Dave decidió desconectarla.

La vena de la frente de JoAnne palpita sin cesar.

–¿Tienes pruebas?

–Mira, tanto la mujer de Dave como el marido de Kerri habían hecho varias visitas a Fernley. Me dijo Neil que los dos «pensaban mal». Según los rumores, sus delitos iban desde la ocultación hasta el adulterio, pasando por la tergiversación de la doctrina de El Pacto. Yo estuve en la boda de Dave y Kerri. Se casaron muy poco después de que murieran sus cónyuges. Entonces me alegré por ellos. Con lo que les había pasado... Me pareció que se merecían algo bueno en sus vidas. Neil y yo éramos nuevos, y yo aún era bastante entusiasta. No le di más vueltas a la coincidencia. De lo que sí me acuerdo es de que en esa boda hubo algo raro.

–¿El qué?

–Bueno... Después de unas pérdidas tan grandes, lo previsible era que hubiera un toque de tristeza en la celebración, por muy feliz que fuese, ¿no? Y que en el brindis, o en las conversaciones, se nombrara a los difuntos. Que alguien hablara con cariño de la mujer y del marido muertos. A fin de cuentas los conocían todos los invitados. Pues no, era como si de Mary y Tony ya no se acordara nadie. O que los hubieran borrado, mejor dicho.

–Vale, pero estás acusando a El Pacto de algo que va más allá de las amenazas y de la difamación. Me estás hablando de asesinatos.

JoAnne aparta la vista.

–Justo antes de verte en la fiesta de Villa Carina pasó algo más –dice en voz baja–. Un par de meses antes de que llegarais tú y Alice, se unió a El Pacto una pareja, Eli y Elaine, unos *hipsters* de Marin. Nueve días antes de la fiesta en Villa Carina apareció su coche cerca de Stinson Beach. Yo intenté hablar del tema con Neil, pero no quiso. Busqué en todos los periódicos y no encontré nada. Se esfumaron. Jake, cuando se unieron a El Pacto Eli y Elaine, Neil hizo unos comentarios. Era raro, pero no caían bien. No sé por qué. Parecían agradables. Puede que Elaine fuera un poco demasiado cariñosa con los maridos, pero sin llegar a nada serio. Llevaban ropa un poco diferente y practicaban la meditación trascendental, pero bueno, eso qué más da... El caso es que cuando desaparecieron empecé a pensar en la mujer y el marido de Dave y de Kerri, y en todas las bodas que ha habido estos años dentro de la organización. Hasta he oído casos en los que El Pacto considera que un «no miembro» es una amenaza, y toma medidas contra la persona en cuestión para impedir que siga perjudicando al matrimonio.

JoAnne se apoya en el respaldo y se toma unos sorbos de su limonada verde. Me está mirando a los ojos, pero no tengo la menor idea de qué piensa. En la mesa de al lado hay una madre con dos hijos que comen Panda Express. Los niños se ríen por las galletas de la suerte. Miro el móvil de JoAnne. Ha estado todo el tiempo encima de la mesa, entre ella y yo.

Deja su vaso en la mesa, se toca las puntas de las uñas con la del pulgar, una por una, por debajo, y luego lo repite. Es un gesto sutil, pero un poco maniático.

–Desaparecen sin dejar ni rastro, Jake.

Siempre que recibo a nuevos pacientes, lo primero que hago es tratar de imaginármelos en su estado normal. Todos vivimos dentro de un rango de emociones. Todos tenemos subidas y bajadas. En el caso de los adolescentes, las oscilaciones pueden ser tremendas. Siempre quiero saber dónde está situada la «normalidad» de una persona, porque así puedo reconocer rápidamente si está especialmente por encima de ella, o lo que es más importante, especialmente por debajo. En el caso de JoAnne, aún no he encontrado su «normalidad». Está claro que sufre una gran ansiedad. Quiero saber interpretar su miedo. Quiero entender el contexto de las historias que me está contando. ¿Son fruto de un cerebro desequilibrado? ¿Puedo fiarme de su percepción? Me preocupo al mirar su teléfono. ¿Y si se entera Neil de que nos hemos visto?

JoAnne se está pasando lentamente las uñas por la palma de la mano.

–Antes las llevabas cortas.

Acerco la mano y toco una de sus uñas largas y cuidadas.

–Ahora las llevo así porque es como las quiere Neil.

Me las pone delante, como parodiando un gesto glamuroso. Me fijo en que tiene más largos los dedos anulares que los índices. Aunque parezca mentira, existe una correlación entre la longitud de los dedos y las probabilidades de ser infiel. Según un estudio bastante convincente, cuando el anular es más largo que el índice es más probable que la persona en cuestión sea infiel. La explicación está relacionada con los niveles de testosterona. Después de leer el artículo me sorprendí mirando las manos de Alice, y sentí un alivio exagerado al descubrir que sus dedos anulares son más cortos que los índices.

–¿Debería temer por nuestra integridad? –pregunto.

JoAnne piensa un momento.

–Sí. No saben qué hacer con vosotros. Los poneis nerviosos. Alice es diferente. O les cae muy bien, o les cae muy mal. Probablemente no os beneficie ni lo uno ni lo otro.

–¿Entonces qué hago?

–Tened cuidado, Jake. Amoldaos. Sed menos interesantes. Menos discutidores. No les deis motivos para pensar en vosotros, y menos para hablar de vosotros. No escribáis nada que podáis decir, no digáis nada que podáis susurrar, y no susurréis nada que se pueda transmitir con un gesto de la cabeza. No acabéis en Fernley. No acabéis en Fernley por nada del mundo. –JoAnne recoge su bolso–. Tengo que irme.

–Espera –le digo–, que tengo más preguntas...

–Ya nos hemos quedado demasiado tiempo, Jake. No ha sido inteligente. Mejor que no nos vayamos juntos. Quédate unos minutos, y luego vete por otra salida.

Señalo su móvil, que sigue en la mesa, entre los dos.

–Me pone nervioso.

JoAnne lo mira.

–Ya, pero apagarlo o dejarlo en casa podría ser más problemático.

–¿Podemos volver a vernos?

–No parece buena idea.

–Peor parece no vernos. ¿El último viernes del mes?

–Lo intentaré.

–La próxima vez deja el móvil en casa.

Coge el teléfono y me da la espalda sin despedirse. Miro cómo cruza toda la zona de restauración. Lleva tacones. No parece el tipo de calzado de la JoAnne que conocía yo. Se me pasa por la cabeza que quizá también sean idea de Neil. El matrimonio es transigir. Lo pone en la segunda sección de El Manual.

Me quedo sentado diez minutos más, repasando mentalmente la conversación. No sé qué pensar. He acudido a mi cita con JoAnne con la secreta esperanza de que pasara una de las siguientes dos cosas: o que nos conmiserásemos por las extrañas normas y castigos de El Pacto, o que descubriese que JoAnne caía en la zona paranoica del espectro. Es posible que sea una paranoica. Quizá lo sea yo también. Pero la paranoia hay que analizarla en su contexto. El miedo a un grupo solo es paranoia si no es cierto que el grupo te la tiene jurada.

Rehago mi camino por el centro comercial. Tengo que comprarle a Alice su regalo del mes. Elijo una bufanda en Macy's. Me gusta Alice con bufanda, aunque antes de que nos conociéramos nunca las llevara. Decido que con su color de piel quedarán muy bien los azules intensos. En el tren de vuelta a la ciudad, saco la bufanda de la bolsa y paso la mano por la seda. De repente me da vergüenza. La primera vez que le di una bufanda a Alice, dijo que le encantaba, pero solo se la ponía si se lo pedía yo. Con la segunda pasó lo mismo. Con la tercera igual. ¿Y si no soy mejor que Neil? ¿Y si visto a mi mujer según mis propios gustos e inclinaciones? Vuelvo a guardar el regalo en la bolsa, y la dejo en el tren. ¿En qué ha transigido ya Alice por este matrimonio? ¿Qué injusticias le exijo y cuáles me exige ella a mí?

50

La semana siguiente, Alice y yo celebramos mi cuarenta cumpleaños con una cena discreta en mi restaurante del barrio favorito, The Richmond. Alice me regala un reloj muy bonito, que debe de haberle costado todo un mes de sueldo, con la inscripción: PARA JAKE, CON TODO MI AMOR, ALICE. La semana siguiente salgo tarde del trabajo. He estado redactando informes de sesiones y corrigiendo un artículo que me convenció de que escribiéramos a medias un antiguo compañero de trabajo. De camino a casa me paro a comprar un par de burritos para la cena. Mientras subo por los escalones de la casa, oigo una vibración de música en nuestro garaje.

Cuando nos vinimos a vivir a esta casa, hacía poco que Alice se había licenciado, y la idea de ganarse la vida de abogada había perdido algo de lustre. Le deprimía un poco estar sudando tinta para un juez de la zona. A menudo temía haberse equivocado. Echaba de menos la música, la libertad, la creatividad, y sospechaba yo que también su vida de antes. Creo que si no se hubiera comprometido con hacer carrera en el derecho por esos préstamos tan abusivos, lo habría dejado.

Durante uno de sus baches, un domingo en que estuvo todo el día estudiando, bajé al garaje y le monté una zona de música especial. Me pareció importante darle una válvula de escape, una pequeña puerta a su vida anterior. Aislé un rincón grande del fondo, forré las paredes con colchones y amontoné varias alfombras peludas en el suelo. Luego junté todos los instrumentos, soportes, amplis y micros que estaban escondidos en cajas, algunas de ellas en el pequeño cuarto secreto. Al anochecer, Alice aprovechó un descanso para bajar a ver por qué hacía tanto ruido, y cuando vio aquel pequeño estudio tan acogedor, se puso nada menos que a llorar de alegría. Me dio un abrazo, y luego tocó para mí.

Desde entonces la he oído varias veces. Normalmente respeto su intimidad. Dejo que toque y espero a que suba. Me gusta que tenga donde desahogarse, y que siempre acabe por volver conmigo.

Esa noche, al entrar en casa, me fijo en que la música que sale del garaje es diferente. Al principio supuse que había puesto algo en el equipo; luego caí en la cuenta de que era música en vivo, pero que no tocaba ella sola. Me cambié y, mientras esperaba a que se acabara la música, y a que subiera Alice con los invitados, pongo en los platos los burritos –lástima no haber comprado más–, pero no viene nadie. Al final abro la puerta de la cocina para oír mejor. Parece que sean tres o cuatro. Me acerco unos pasos al garaje, no tantos como para que me vean, pero sí para oír mejor la música.

Los siguientes temas son del primer disco de Ladder. Reconozco la voz masculina que hace armonías con la de Alice. Voy a ser sincero: es posible que en los últimos meses haya hecho alguna otra búsqueda por internet sobre Eric Wilson. También es posible que me haya fijado en que esta semana toca con su nuevo grupo en el Great American Music Hall.

Pocos temas después, el ruido deja paso a unas guitarras acústicas, un órgano y el «Box of Rain» de los Grateful Dead. Me siento en la escalera a escuchar el *crescendo* de las guitarras. Abriéndose paso por la cacofonía, la voz de Alice siempre sabe encontrar la melodía y el ritmo. Me estremezco. La manera que tiene la sonora voz de barítono de Eric de entrelazarse con la de Alice es seductora e inquietante.

A mí la música me encanta, pero desafino mucho. Oyéndolos me siento al margen, como un extranjero que espía la conversación de unos autóctonos. De todos modos, quiero oír la canción hasta el final. No quiero apartar a Alice a la fuerza de algo con lo que es tan obvio que disfruta. Su voz y la de Eric encajan de maravilla. La de ella va dando vueltas alrededor de la de él, hasta que en el momento exacto confluyen y logran la armonía perfecta. No sé muy bien por qué, pero mientras estoy sentado ahí, en la escalera, a oscuras, oyendo fraguarse la revelación final, se me saltan las lágrimas.

He pensado mucho más sobre el matrimonio en los últimos meses que en el resto de mi vida. ¿Qué es el contrato matrimonial? La idea más extendida es que el matrimonio consiste en que dos personas construyan una vida juntos, pero yo me hago una pregunta: ¿hace falta que renuncien ambos a la vida que se construyeron antes? ¿Tenemos que desechar nuestro anterior yo? ¿Tenemos que renunciar a lo que nos parecía importante como sacrificio a los dioses del matrimonio?

En mi caso, la transición a estar casado con Alice apenas tuvo sobresaltos. La casa, la boda, nuestra vida en común, fluían de manera natural desde mi vida de antes. Sabía que mi formación, mi trabajo y la consulta que me estaba formando proporcionarían una base fértil para nuestra nueva vida. Me imagino que para Alice fue distinto. En el espacio de unos pocos años pasó de ser una artista independiente, una mujer soltera que disfrutaba de su libertad, a ser una abogada agobiada por las responsabilidades y constreñida por un conjunto de limitaciones que acababa de heredar. Aunque yo la animara a menudo a no dejar de ser quien había sido, en honor a la verdad no estoy seguro de haber insistido todo lo posible. Es verdad que la apoyé en cosas pequeñas, como hacerle el estudio del garaje, pero en las grandes, como animarla a hacer colaboraciones de estudio cuando se lo proponía algún músico, no es que dijera alguna vez que no, pero es posible que no le transmitiera las señales adecuadas. «¿Ese fin de semana no íbamos al río Russian?», o «¿Esa noche no cenábamos con Ian?», decía.

Decido bajar. Lo hago con sigilo, para no distraerlos. Al llegar al final de la escalera me doy cuenta de que no hay más luz en el enorme espacio del garaje que la del rincón en el que están tocando. Alice está de espaldas a mí y de cara a los demás. El batería y el teclista parecen absortos en la música. A quien tengo de cara, en cambio, es a Eric, que me ve pero no me saluda. Masculla algo dirigido a los otros. Los cuatro se embarcan inmediatamente en «Police Station», una canción de los Red Hot Chili Peppers sobre una relación intermitente entre el narrador y la mujer de la que está enamorado. La línea de bajo de Eric hace temblar las ventanas.

Alice se inclina hacia él, compartiendo micrófono. Están tan cerca que podrían darse un beso. Alice aún lleva el traje azul marino y los pantis, aunque no los zapatos. Pega brincos que hacen saltar su pelo mojado de sudor. Me doy cuenta de que Eric ha elegido la canción tanto para ella como para mí.

Se acaba la letra, pero no la música. Eric ya no me mira a mí, sino a Alice. Al moverme un poco sin hacerme notar, para cambiar de perspectiva, veo que ella también lo mira a él. Está atenta a sus manos para seguir las notas. El batería tiene los ojos cerrados. El teclista mueve un poco la cabeza para saludarme. Cada vez que está a punto de acabarse la canción, Eric vuelve a introducir el estribillo. Me doy perfecta cuenta de lo que hace, intentar provocarme, pero no quiero ser de los que no saben reaccionar en una situación así. No quiero ser el marido celoso. Alice me ha dicho que una de las cosas que más le gustan de mí es mi seguridad. Para mí es importante ser como Alice piensa que soy.

Finalmente se acaba la canción. Alice levanta la vista y se sorprende al verme. Deja la guitarra, me llama con un gesto y me da un beso. Noto su sudor en mi piel.

–Chicos, os presento a Jake –anuncia alegremente–. Jake, te presento a Eric, Ryan y Dario.

Ryan y Dario me saludan con la cabeza y empiezan a recoger rápidamente sus cosas.

–Conque es este –dice Eric, mirándola a ella, no a mí.

Me hace daño en la mano al estrechármela. Yo se la aprieto con la misma fuerza. Bueno, vale, tal vez un poco más. Él la aparta y se gira para darle un abrazo a Alice.

–Esta noche te apuntas al concierto.

Tiene más de orden que de pregunta. Comprendo cómo debía de ser su relación cuando Alice era mucho más joven. Veo que las decisiones las tomaba él.

Pero mi Alice ya no es la de entonces.

–No, esta noche no. Tengo una cita interesante con este señor de aquí –dice, abrazándose a mí.

–Ahí me has dado –dice Eric.

–Noticia bomba –dice afablemente Ryan–: Alice está casada.

51

El día siguiente es el último de Alice con Ron: ver salir el sol, hacer sentadillas y flexiones y correr por las dunas de arena de Ocean Beach. Se levanta y sale de casa antes de que me haya dado cuenta de que ha abandonado el calor de nuestra cama. Lo sorprendente es que le ha pillado el gusto a las sesiones con Ron. Le divierte oír sus anécdotas de antiguos novios. Le gusta seguir el culebrón de su caótica vida, que parece compuesta a partes iguales de deporte a tope y fiesta a tope; pero lo que más le gusta es que por lo visto no forma parte de El Pacto. Lo contrató Vivian para entrenar a Alice, y es Vivian quien le paga por semanas, en efectivo y en mano.

Alice ha perdido más de tres kilos, y le han salido nuevos músculos. Tiene la barriga dura, los brazos definidos y las piernas esbeltas. Ya no le queda bien la ropa. Las faldas que se ajustaban a sus curvas ahora le van sueltas. Una tarde me pide que la ayude a cargar todos sus trajes en el coche. Quiere llevarlos a la costurera para que se los estreche. Yo la encuentro innecesariamente huesuda. Su cara ha perdido suavidad y ha recuperado líneas más duras que yo no sabía ni que existieran. Es algo que le reprocho a El Pacto. De todos modos, se la ve contenta.

Parece que también ha superado su rencor hacia Dave, hasta el punto de que por lo visto ahora le cae bien. Le quedan dos sesiones para acabar la libertad condicional y estar del todo rehabilitada. Me acuerdo de una de las disparatadas historias de JoAnne, la de las parejas que no se divorciaron, pero que acabaron casándose con alguien mejor. ¿Y si Alice se está volviendo mejor persona, mientras yo me quedo tal como era? ¿Y si forma todo parte de un plan para transformarla a ella y prescindir de mí? Desecho la idea de que en las altas instancias alguien ya haya decidido convertir en viuda a Alice.

52

El mes ha pasado deprisa. En la fecha acordada estoy de nuevo en la parada de Fourth Street, esperando el tren que me llevará por la península hasta el centro comercial de Hillsdale. He investigado –horas y horas–, pero no encuentro ninguna referencia a Eli y Elaine, la pareja desaparecida de la que habló JoAnne la última vez que la vi. Un matrimonio desaparece sin dejar ni rastro, solo un coche vacío, pero no hay nada en ningún blog, ni artículos de prensa, ni teorías de la conspiración, ni una página de Facebook dedicada a su búsqueda. ¿Cómo es posible? Claro que a menudo me sorprende que algunas noticias tengan mucho eco y otras se diluyan. De todos modos, empiezo a preguntarme si no son imaginaciones de JoAnne.

A Alice no le he dicho nada sobre nuestro primer encuentro. Tampoco le he explicado que hayamos vuelto a quedar. Es por miedo a que quiera acompañarme, porque podría salir perjudicada si a JoAnne se le escapara algo con Neil.

Reconozco que se me hace raro –casi ilícito– ir a verla otra vez, pero es que quiero más detalles sobre Eli y Elaine, y ver si me hace alguna otra revelación acerca de Neil o de El Pacto. La última vez estuve seguro de que no me lo contaba todo. Me dio la sensación de que quería calibrarme mejor y retomar nuestra vieja amistad antes de pasar a los detalles importantes.

Esta vez no le dejo el móvil a Huang. Voy con Uber a una cafetería que está cerca del campo de béisbol. Mientras espero a que me traigan el chocolate caliente, quito la batería del teléfono. Luego voy a la parada de Caltrain y cojo el primer tren al sur, en dirección a Hillsdale. Compro unas patatas fritas y unas chocolatinas en el Trader Joe's para el despacho. Así puedo pasearme por el centro comercial con una bolsa. Recorro el Trader Joe's y Barnes & Noble muy atento a lo que me rodea. No parece que me sigan. Me paseo por algunas tiendas más, para estar del todo seguro.

Diez minutos antes de la hora me instalo en el rincón del fondo de la zona de restauración, a unos cien metros de donde nos sentamos la última vez JoAnne y yo, y vigilo la puerta por si entra. Me pido dos salchichas y otra limonada verde.

Espero. Diez minutos, diecinueve, treinta y tres. Miro el reloj sin parar, atento a todos los accesos, mientras voy poniéndome nervioso. En un momento dado bajo la vista y me doy cuenta de que me he comido las dos salchichas, y eso que no me acuerdo ni de haberlas tenido en la boca. Tampoco queda limonada.

JoAnne no aparece. Mierda. ¿Qué podrá significar?

A la una menos cuarto me levanto, despejo la mesa y vuelvo por donde he venido, entrando en el centro comercial por la escalera mecánica. ¿Y ahora qué hago? Para un plantón no había hecho planes. Por alguna razón estaba convencido de que JoAnne tenía tantas ganas de hablar conmigo como yo con ella.

Doy un rodeo por Nordstrom y Uniqlo y salgo del centro por la parte trasera. Estoy desconcertado. Inquieto. Preocupado por JoAnne y por mí mismo; vale, puede que también decepcionado. Puede que la cita fuera más allá de mi deseo de saber más sobre El Pacto. Me siento culpable al darme cuenta de que hay una parte de mí que lo único que quería de verdad era ver a JoAnne. Alice no es la única que era distinta en otra vida. Yo también, aunque no hasta el mismo punto, ni tan cerca en el tiempo. Al conocer a Alice ya era mi versión adulta al cien por cien, pero antes existió mi yo de la universidad –no muy seguro de sí mismo, la verdad, pero sí con ciegas esperanzas, y un ingenuo idealismo–, y en esos años estaba JoAnne. Esa versión de mí la conoció JoAnne.

Intento que no cunda la paranoia. Decido volver y darle una última oportunidad a la zona de restauración. Me quedo en lo alto de la escalera mecánica de bajada. Desde aquí se ven casi todas las mesas. Nada. Justo cuando voy a poner en el pie en el primer escalón, me fijo en un hombre corpulento, con un jersey negro de cuello alto, que está de pie delante del sitio de tempura. No lo acompaña nadie. Tampoco come nada. A los pocos minutos saca su móvil y llama. Es la primera vez que lo veo, pero hay algo que no cuadra. No es Declan, el que vino para llevarse a Alice a Fernley, pero sí una copia muy correcta. Me bato en retirada por el centro comercial y me escapo por Gap y una puerta lateral.

Al lado de la acera hay un Cadillac Escalade negro en punto muerto, con una mujer al volante, aunque al estar tintados los cristales no le veo la cara. ¿Es JoAnne? A cinco plazas del SUC veo un Bentley vacío. Azul, precioso, igual que el de Neil. Con el auge de Silicon Valley, la última oleada de OPVs y las inversiones de Facebook y Google, ahora mismo en la península hay mucho dinero, y por eso tampoco es que sorprenda tanto un Bentley, pero ¿qué podría querer comprar alguien con un coche de doscientos mil dólares en el centro comercial?

Hay millones de razones por las que puede haber faltado JoAnne a la cita de hoy. Las repaso todas mentalmente durante mi largo viaje de regreso al despacho.

53

–¿Cómo te fue la reunión de ayer? –le pregunto a Alice.

Estamos a finales de marzo. Ya me apetece que empiece un nuevo mes. La primavera siempre me da un baño de optimismo. Me digo que este año no tiene por qué ser la excepción.

–Bien –contesta ella, mientras se quita los zapatos de tacón en la entrada–. Dave me llevó a comer temprano a un mexicano que hay cerca de su despacho. Aunque a veces sea un gilipollas, creo que tiene buenas intenciones.

–Qué indulgente eres, después de cómo se portó...

Entra en la cocina y sale con un refresco de naranja.

–Pues mira, se lo comenté. –Saco dos vasos. Alice los llena–. Me dijo que de tanto trabajar estuvo a punto de perder a su primera esposa, y que no quería que me pasara a mí lo mismo.

–O sea –digo, sin poder disimular el sarcasmo–, que lo hizo por mí.

–Sí. Ahora somos felices, ¿no?

–Pues claro. –Saco queso de la nevera y derrito mantequilla en una sartén. Luego pongo el queso entre rebanadas de pan de masa madre–. Total, que con Dave casi has acabado.

–De hecho, me ha contratado para una demanda que le va a poner a un constructor. Es pequeña, pero a los socios no les sentará mal.

–¿Seguro que es buena idea? ¿Cómo sabes que no te contrata solo para poder seguir metiendo las narices en nuestra vida?

La mantequilla empieza a chisporrotear. Pongo el sándwich en la sartén.

–No es eso –contesta, sin apartar la vista del vaso.

A pesar de todo, yo de Dave no me fío.

–Te he traído algo –dice Alice.

Va a la entrada y vuelve con un paquete de regalo. Antes de abrirlo ya veo que es un libro.

–No hacía falta. Si me acabas de hacer un regalo de cumpleaños.

Alice me estudia con la mirada.

–Aún no te has acabado El Manual, ¿eh?

Giro el sándwich con una espátula.

–Es que es muy largo.

–«Los regalos vinculados a ocasiones especiales, incluidos los cumpleaños, Navidad y otras festividades como San Valentín, no computarán para el regalo mensual obligatorio», recita.

Rompo el envoltorio, dándome cuenta de que tengo un problema. No tengo nada para Alice. Mierda. Debería haberme quedado la bufanda. Dentro de la caja descubro un ejemplar de *Willard and His Bowling Trophies*, de Richard Brautigan. Hace años que colecciono primeras ediciones de esta novela, la mejor de Brautigan, y como cuestan cada vez más de encontrar, siempre decimos en broma que pronto no me faltará ni una. Alice ha localizado varias por internet, pero se enorgullece especialmente de las que exigen investigación de a pie. Siempre que sale de San Francisco y sus alrededores, se patea las librerías de segunda mano por si encuentra otra primera edición.

Es un buen espécimen. Hasta está firmado en la primera página, con una dedicatoria a una tal Delilah. Brautigan era muy popular entre las *hippies*.

–Perfecto –digo.

Voy a la sala de estar y pongo el libro en la estantería, entre las otras primeras ediciones. Al volver a la cocina veo que Alice está emplatando los sándwiches con frambuesas y unas cucharadas de *crème fraîche*. Lleva los platos al comedor y me indica que me siente.

–Creía que estábamos a treinta –digo yo.

–Treinta y uno. –Mira su reloj–. Son las siete y veintinueve. Si te das prisa, aún podrás conseguir algo. Prueba en Park Life, por ejemplo.

–Buena idea.

Le doy unos bocados a mi sándwich y dejo las frambuesas. No es Alice quien me preocupa, por supuesto, sino El Pacto. ¿Pero cómo se van a enterar si no se lo dice ella?

Tardo dieciséis minutos en llegar a Park Life, pero claro, no hay donde aparcar. Doy dos vueltas a la manzana, y al final encajo el

Jeep en un hueco donde está prohibido aparcar. Llego a la puerta y me la encuentro cerrada. Mierda. Corro tres manzanas para ir a la librería. Muy creativo no es, porque Alice ya me ha regalado un libro, pero la verdad es que le encanta leer. La librería también está cerrada. Por esta zona solo hay bares, colmados chinos y restaurantes. La he cagado.

Al llegar a casa me deshago en disculpas.

–La verdad es que te compré algo, pero me lo dejé en el tren.

Me mira atentamente.

–¿Cuándo has ido tú en tren?

–No, a una reunión en Palo Alto.

–¿Qué reunión?

–Una de trabajo. Mejor no te lo cuento, para no aburrirte. Pues eso, que perdona por lo del regalo.

–No pasa nada –dice Alice, aunque se nota que se ha llevado una decepción. Además, parece que aún le da vueltas a lo que le he dicho del tren–. Lo que espero es que no se enteren.

–Mañana te doy algo –le prometo.

El día siguiente vuelvo a Park Life en cuanto abren, y tengo la previsión de comprar tres regalos: una pulsera con un colgante de oro en forma de California, un libro de gran formato sobre fotografía callejera y una camiseta donde pone «He dejado mi corazón en Oslo». Hago que me los envuelvan bien los tres. Al llegar a casa escondo dos en mi armario. Seguro que hay alguna norma que prohíbe almacenar regalos. Por la noche, cuando llega Alice del trabajo, le doy el más caro de los tres, la pulsera.

–¡Buen trabajo! –dice ella.

Sé que es imposible que El Pacto se entere de mi retraso en los regalos, pero eso no me impide preocuparme.

54

El fin de semana siguiente hemos quedado en ir a ver a Chuck y Eve a su segunda residencia de Hopland. Le suplico a Alice que se invente alguna excusa, pero no quiere. Ha reivindicado esta escapada de fin de semana para el requisito trimestral, y no está dispuesta a sacrificarla.

–¿No podríamos decirles que me ha salido un imprevisto en el trabajo?

Estar con miembros de El Pacto me resulta de lo más estresante. Tengo miedo de hacer algo que me dé problemas, y aún me da más miedo por Alice.

–Tienes que reconciliarte con El Pacto –me dice. Desde que se lo oímos a Dave y Vivian, siempre lo repetimos. Es un chiste privado, una pequeña dosis de humor negro para recordarnos en qué delirante situación nos hemos visto. Lo curioso es que esta vez no parece que lo diga del todo en broma–. Además, necesito que me dé un poco el sol, y pone que en Hopland hay veintisiete grados.

Una hora más tarde estamos en el coche, cruzando el Golden Gate. Una hamburguesa doble en el In–N–Out de Mill Valley me pone de mejor humor. Pasado San Rafael, mientras se empieza a hacer de noche, le pregunto a Alice por su sesión de hoy con Dave, que ha sido la última. Me alivia que haya terminado.

–Yo creo que tampoco va tan mal tener a alguien que te escuche –contesta ella–. Así me salgo un poco de mi propia cabeza. Antes siempre me extrañaba que tus pacientes pagaran tanto por ir a verte, pero ahora lo entiendo.

–¿De qué habéis hablado?

Echa el asiento hacia atrás y apoya los pies descalzos en el salpicadero.

–Hoy hemos hablado mucho de ti. Dave me ha preguntado por tu gabinete, por cómo te va, si tienes clientes nuevos... Cosas así. Aunque me ha hecho una pregunta un poco rara. Quería saber si te has planteado abrir una consulta más abajo en la península. Dice que en San Mateo hay buen mercado para lo tuyo. Me ha pedido que te diga que le eches un vistazo a la zona de alrededor del centro comercial de Hillsdale.

–¿Qué? –suelto, alarmado.

–Me ha parecido que le daba importancia, no sé muy bien por qué.

Yo sí lo sé, naturalmente, pero si le explico a Alice que El Pacto me ha estado espiando en el centro comercial de Hillsdale, tendré que contarle para qué fui. Mierda.

El fin de semana acaba siendo más divertido de lo que me esperaba, aunque la referencia de Dave a Hillsdale me impide estar del todo relajado. Había previsto que se hablaría mucho de El Pacto, con un entusiasmo en plan Amway, pero no, al contrario. Hay una tercera pareja que no sabíamos que iba a venir. Mick y Sara son de Carolina del Norte, tienen más o menos nuestra edad, y Chuck nos los presenta en broma como nuestros dobles sureños. Tienen sentido del humor, miran los mismos programas de televisión y Mick odia las aceitunas y los pimientos, como yo. Sarah se ha traído cuatro pares de zapatos, como Alice. De todos modos, en honor a la verdad, en el aspecto estético es posible que el marido sea un poco más guapo que yo, y la mujer un poco menos atractiva que Alice. Sarah está en el departamento de ventas de una empresa de energía solar. Mick es músico, teclista de un grupo que podría sonaros. Me sorprendo observando a Alice y haciéndome una pregunta: ¿sería más feliz casada con alguien como Mick?

En todo caso, hace un tiempo inmejorable, Alice está relajada y Chuck y Eve son anfitriones generosos y atentos. La segunda mañana aún no se ha hablado ni una sola vez de El Pacto. Chuck ha salido a correr, Mick y Sarah están visitando una bodega, y Alice está en nuestro dormitorio, con el portátil, trabajando en un escrito. Me encuentro a solas con Eve en el patio.

–Por cierto –digo como quien no quiere la cosa–, ¿te acuerdas de uno de El Pacto que se llamaba Eli?

–No –contesta ella con dureza, y se levanta para entrar en la casa.

Me quedo sentado en el patio, contemplando una colina de viñedos que se marchitan por culpa de la sequía, mientras pienso en un cuento soviético que leí en la universidad. Iba de un camarero que vivía en un lado de un dúplex. En el otro vivía un viejo cascarrabias. A lo largo del relato se presenta sin parar la policía en el piso del camarero, para preguntarle si ha estado espiando a su vecino. Él dice que no. Entonces ellos se van, pero vuelven el día siguiente para acusarle de lo mismo. Así pasan varias semanas de acoso constante de la policía por presunto espionaje al vecino. Lo raro es que hasta la llegada de las fuerzas del orden el camarero nunca había pensado mucho en su vecino.

Tras ser acusado diez o quince veces de espiar, empieza a hacerse una pregunta: ¿qué puede hacer el viejo para ser tan paranoico? ¿Qué esconde? Le entra tal curiosidad que sube a la azotea y mira el piso de su vecino. Entonces se viene el techo abajo, llega la policía y todo va de mal en peor.

55

A los dos días de nuestro regreso de Hopland tengo la sesión de grupo para adolescentes de padres divorciados. Conrad e Isobel llegan unos minutos antes, y el resto unos minutos tarde. En espera de que empiece la sesión pongo galletas, queso y refrescos en una mesa plegable. Conrad e Isobel, que van al mismo colegio, privado y caro, se sientan en las sillas plegables para hablar de sus trabajos de final de curso. Conrad, que conduce un Land Rover nuevo y vive en una mansión de Pacific Heights, ha elegido como tema la necesidad del socialismo en Estados Unidos sin el menor rastro de ironía. Isobel ha optado por el de las sectas.

–¿Cómo sabes que algo es una secta? –pregunta Conrad.

Isobel hojea una gran carpeta de color naranja hasta pararse en una página cubierta por su menuda letra.

–Es la pregunta clave. Aún estoy buscando la respuesta, pero tengo la impresión de que una secta tiene que cumplir todos estos requisitos. –Lee en voz alta–: «A) La prohibición de compartir los secretos del grupo con alguien de fuera. B) Algún tipo de castigo por salirse del grupo. C) Una serie de objetivos o de convicciones que se desmarcan de las ideas mayoritarias. D) Un líder único y carismático. E) La insistencia en que los miembros donen al grupo su trabajo, sus bienes y su dinero sin compensación».

»Los más interesantes me parecen el B y el D –dice.

–¿La Iglesia católica es una secta? –pregunto–. Hay un líder carismático, el Papa, y si no sigues las reglas puedes ser excomulgado.

Isobel frunce el ceño, pensativa.

–No, yo diría que es legal. Si algo dura bastante, o se hace superpopular, tengo mis dudas de que se pueda clasificar como secta.

Además, las sectas están desesperadas por que se quede la gente en la congregación, mientras que la Iglesia católica parece más dispuesta a perder miembros que a tenerlos, pero que discrepen abiertamente de sus enseñanzas. Por otra parte, las ideas de la Iglesia, por lo general, son nobles (la caridad y las buenas acciones), y no se desmarcan de las de la mayoría.

Conrad se levanta para picar algo.

–¿Y los mormones?

–No, creo que tampoco. Tienen algunos rituales raros, pero se podría decir lo mismo de todas las principales religiones del mundo.

Al volver al círculo con su plato de cartón y dos Coca-Colas, Conrad se sienta una silla más cerca de Isobel que antes.

–Lo de legal es relativo, ¿no? –dice mientras le da una de las latas a Isobel, que acerca la mano al plato de él y coge una galleta.

Veo que Conrad se alegra. No sería el peor candidato para Isobel. A pesar de la *consumitis* leve que sufre –y que tampoco es culpa suya, la verdad sea dicha–, es buen chico.

–¿Cómo era crecer en San Francisco en la época del Templo del Pueblo? –me pregunta.

Se nota que pretende impresionar a Isobel.

–¿Qué edad te crees que tengo? –le pregunto por curiosidad.

Se encoge de hombros.

–¿Cincuenta?

–No llego –contesto sonriendo–. Cuando Jim Jones se llevó a sus seguidores a Guyana, yo era solo un bebé, aunque de pequeño a veces oía que mis padres hablaban de un pariente muerto en Jonestown.

Pienso en las fotos que vi hace pocos meses, cuando el aniversario de la masacre. Me quedé sorprendido al ver que todo el campamento había sido invadido por la selva, y que casi no quedaba ni rastro de la presencia de Jones y de sus seguidores.

–La buena noticia es que hoy en día las sectas no tienen ni de lejos la misma popularidad que antes –dice Isobel–. Mi tesis es que internet y el aumento de la información pública han reducido drásticamente su atractivo. Las que existen hacen grandes esfuerzos para impedir el acceso de sus miembros a la información.

A medida que llega el resto de los chicos –Emily, Marcus, Mandy y Theo–, reflexiono sobre la conversación. Según la definición de

Isobel, El Pacto no sería una secta. Aunque Orla sea una figura poderosa, el objetivo del grupo no se desmarca de las ideas de la mayoría. Por otra parte, no me consta que El Pacto pida ayuda económica. Teniendo en cuenta las fiestas elegantes, los entrenadores personales y el acceso a escapadas relajantes de fin de semana, se podría decir más bien lo contrario. Sí cumple, claro está, dos condiciones claves: no se puede hablar de él con nadie de fuera, y una vez dentro no hay manera de salir.

En el fondo, sin embargo, la razón de ser de El Pacto y mi principal meta en la vida parecen idénticos: un matrimonio afortunado y feliz con la mujer a la que quiero. En mi fuero interno sé que El Pacto es malo –muy malo–, pero no se puede discutir que su objetivo es darme lo que más deseo.

Conrad saca un libro de su mochila y me enseña la portada.

–Nuestro profesor de lite, que es de derechas, quiere que leamos *El manantial*, pero yo me niego.

–Deberías darle una oportunidad –le propongo.

Isobel mira el libro con cara de asco.

–¿Por qué íbamos a leerlo, si es de un propagandismo fascista que da miedo?

–Miedo da, pero no por lo que te crees. Lo que da miedo es que quizá descubras que estás de acuerdo con algunas cosas.

–Si tú lo dices... –responde Conrad, pero a juzgar por su manera de mirarla a ella, con los ojos en blanco, es evidente que sobre esto están de acuerdo.

¿Desde cuándo soy la encarnación del autoritarismo?

56

Cada vez que oigo una bici por la calle me tenso sin querer, pensando en todo lo que he hecho mal. Normalmente aguanto la respiración hasta oír que las ruedas, la cadena y el cambio de marchas pasan de largo a toda pastilla hacia Cabrillo, pero hoy –miércoles– la bici para en nuestra casa. Oigo el clic delator de unas zapatillas de ciclista en los escalones de entrada.

Es el mismo mensajero de la última vez.

–Jo, tío –dice–, me estáis poniendo las piernas a tono.

–Lo siento. ¿Te apetece beber algo?

–Con mucho gusto.

Ya está dentro de casa. Deja el sobre en el mueble de la entrada, boca abajo, lo cual me impide leer el nombre.

Le pongo un vaso de leche con cacao en la cocina. Luego saco una bolsa de galletas, y él se sienta a la mesa. Yo también me siento, por educación, aunque lo único que quiero es ir a ver el nombre del sobre.

Se embarca en una larga historia sobre que su novia, que es de Nevada, acaba de instalarse aquí con él. No tengo valor para decirle que lo más probable es que no salga bien. Hay muchos signos reveladores. A medida que habla, voy poniendo crucecitas inconscientemente en las casillas. La chica se ha instalado en su casa porque los alquileres están por las nubes. Él reconoce que es precipitado y que aún no estaba listo para dar el paso, pero que ella le dio un ultimátum: o se venía a vivir a San Francisco o no seguían juntos. La combinación entre la convivencia prematura, el hecho de que él se sienta forzado y el de que ella sea el tipo de persona que no tiene reparos en dar ultimátums no puede llevar a nada bueno, ya lo veo.

En cuanto sale por la puerta, cojo el sobre, lo giro y me entra dolor de estómago. Es para mí. Luego me avergüenzo, porque debería estar contento de ser yo el destinatario. Me acuerdo de lo que me dijo JoAnne: reparte las culpas, y no dejes que se centren demasiado en Alice. Lo único que se me ocurre es que saben que se me olvidó el regalo de Alice. «Aunque podría ser peor, por descontado», pienso con un escalofrío. Podría tener algo que ver con mi escapada al centro comercial de Hillsdale.

Marco el número de Alice. Me sorprende que se ponga a la segunda, pero luego me acuerdo de El Manual: «Ponte siempre que llame tu cónyuge». Hoy le están tomando declaración a un alto cargo de una empresa tecnológica que el año pasado agredió a una becaria. Se ve que estaban las dos en una sala llena de gente y que la ejecutiva le empezó a gritar a la becaria por no ser bastante rápida con el PowerPoint. La apartó de malas maneras, y la pobre chica se cayó y se dio un golpe en la cabeza con la mesa. Quedó todo lleno de sangre.

Oigo ruido de fondo.

–Nos acaban de dar cinco minutos de descanso del follón –dice Alice–. Sé breve.

–Ha pasado el mensajero, el de la bici.

Una larga pausa.

–Joder. Odio los miércoles.

–Es para mí.

–Qué raro.

¿Me lo imagino o no parece todo lo sorprendida que debería estar?

–Aún no lo he leído. Quería esperar a hablar contigo por teléfono.

Rasgo el sobre. Dentro hay una sola hoja de papel. Oigo la voz de fondo del asociado de Alice, que le está diciendo algo.

–Léelo.

El tono de Alice es de impaciencia.

–«Querido Jake –leo en voz alta–, de vez en cuando un Amigo es invitado a realizar un viaje y participar en investigaciones de tipo general o más específico. Estas investigaciones son una manera de que el consejo obtenga y evalúe información relativa a un tema con relevancia para uno o varios miembros de la organización. Si bien la asistencia es opcional –no se trata de una directriz, sino de una invitación–, se te aconseja encarecidamente que acudas y prestes ayuda sobre este asunto a la Comisión de Reeducación. Las metas de cada miembro individual de El Pacto son las de todos los miembros.»

–Es una citación –dice Alice con voz tensa.

Leo la letra pequeña del final de la página.

–Quieren que vaya al aeropuerto de Half Moon Bay esta noche a las nueve.

–¿Piensas ir?

–¿Tengo otra opción?

Vuelvo a oír ruido de fondo. Quedo a la espera de que Alice me disuada, diciéndome que es muy mala idea, pero no.

–La verdad es que no –contesta.

Tiro la carta a la mesa y vuelvo caminando a mi despacho. Ojalá no hubiera venido a comer a casa.

Por la tarde, una sesión con mi grupo de rehabilitación para preadolescentes me ahorra pensar en el tema, al menos durante unos minutos. Nadie es más difícil de evaluar que un preadolescente; de ahí que deba concentrarme mucho en cada comentario y cada indicación no verbal. Las motivaciones de los adultos acostumbran a ser más fáciles de discernir. En el caso de los niños puede ser difícil identificar motivos que por lo general tampoco reconocen ellos mismos de manera consciente.

Acabo exhausto, así que salgo a dar un paseo por el barrio. Me compro el último bollo de limón y trocitos de chocolate de Nibs. Al volver a la consulta ya tengo la certeza de que esta noche iré al aeropuerto. Con El Pacto, la mejor política siempre es llamar lo menos posible la atención. Mi amor por Alice está fuera de dudas, pero si El Pacto analizara con lupa mis actos o no actos en tanto que marido, estoy seguro de que podrían pintarme como una oleada criminal en forma humana. Cuando le digo a Evelyn que mañana no vendré, frunce el ceño. Me sienta fatal volver a cancelar mis citas, pero ¿qué alternativa tengo?

Una vez en casa preparo una bolsa con el neceser y una muda, algo bonito, pero no demasiado de vestir. A las 7.03, cuando llega Alice, me encuentra sentado en el sillón azul con la bolsa a mis pies.

–Te vas –dice.

–La lógica me pide no estar a su disposición, pero por otro lado no quiero hacer frente a las consecuencias de no presentarme.

Alice se pone delante de mí, mordiéndose una uña. Yo querría que manifestase de alguna manera que está orgullosa de mí, o como mínimo agradecida, por el sacrificio que estoy a punto de hacer, pero lo que parece es irritada. No con El Pacto, sino conmigo.

–Algo debes de haber hecho –dice.

–El regalo llegó tarde –contesto. Luego hago explotar una bomba en medio de la situación–. ¿Tú cómo crees que se enteraron?

–Jake, por Dios... ¿Qué te crees, que me chivé? Está claro que es otra cosa.

Me lanza una mirada acusadora, como si esperase de mí la confesión de un gran delito, pero me limito a sonreír.

–Yo estoy limpio.

Ni siquiera se ha quitado el abrigo o los zapatos. Nada de abrazos, ni de besos.

–Te llevo.

–¿Quieres cambiarte antes?

–No –contesta, echando un vistazo a su reloj–. Mejor que nos vayamos.

Tengo la extraña sensación de que lo único que quiere es quitárseme de encima.

Al haber poco tráfico en la Highway 1, tenemos tiempo de pararnos a tomar un burrito en Moss Beach.

–Dime que has tenido un mal día en el despacho, por favor –digo mientras dejo guacamole y dos cervezas en la mesa, entre los dos–. No podría soportar que toda esta frialdad fuera por mí.

Llena de guacamole una patata chip y la mastica lentamente antes de contestar.

–Ha sido una declaración infernal. La bruja de la ejecutiva me ha llamado quisquillosa. Qué odio le tengo... Enséñame la carta.

La saco de mi bolsa. Mientras Alice la lee, voy al mostrador en busca de nuestros burritos. Cuando vuelvo, me la encuentro rascando los restos de guacamole con la última patata frita de bolsa. Es un simple detalle, pero muy impropio de ella. Sabe que me encanta el guacamole.

Dobla la carta en tres y la desliza por la mesa.

–Tampoco puede ser tan grave. No han mandado a ningún tío cachas en un SUV para que te registre y se te lleve al desierto.

–Caramba, Alice, casi parece que te hayas llevado una desilusión.

–Ya dices tú que no has hecho nada, ¿no?

–Exacto.

–Claro, porque si hubieras hecho algo lo sabría. –Bebe un trago largo de cerveza. Luego me mira a los ojos y sonríe. Lo siguiente lo dice con el tono paródico a lo James Earl Jones que hemos estado usando los dos para citar El Manual–. «Las normas de El Pacto se resumen en una norma esencial: nada de secretos y contárselo todo al cónyuge.» Tú me lo has contado todo, ¿verdad? –pregunta.

–Pues claro.

–Entonces no te pasará nada, Jake. Venga, vámonos.

En el aeropuerto de Half Moon Bay están todas las luces apagadas. Alice y yo nos quedamos a oscuras en el coche, hablando mientras esperamos. La voz de ella ha perdido su dureza y su tono acusatorio. Es como si hubiera recuperado a mi Alice, y lo agradezco. Empiezo a preguntarme si habré malinterpretado todo lo que me ha dicho en las últimas horas. A las 20.56 se enciende una luz en el edificio de oficinas. Luego parpadea la pista, iluminando el cielo nocturno. Bajó un poco la ventanilla y oigo el ruido de un avión que hace un giro por encima del agua y se dirige a la pista. Al otro lado del aparcamiento se ilumina un coche. Es un Mazda cinco puertas.

–¿No es el coche de Chuck y Eve? –pregunta Alice.

–Mierda. ¿Quién crees que es más probable que tenga problemas?

–Chuck, seguro.

El avión aterriza y recorre la pista hasta llegar casi a la verja. Vemos salir del coche a Chuck y Eve. Se abrazan, cohibidos, y luego Eve se pone al volante. Salimos nosotros dos de nuestro coche. Le doy un beso a Alice, que se aferra un rato a mí antes de soltarme.

Chuck y yo llegamos a la verja al mismo tiempo. Yo llevo mi bolsa. Él no lleva nada.

–Amigo –dice, haciéndome señas de que cruce la verja.

–Amigo –contesto.

Se me atraganta la palabra. Mientras nos acercamos baja una escalerilla del avión.

–Buenas –dice el piloto, con acento australiano.

Subo y me siento justo detrás de la cabina. Chuck se pone en la fila de atrás. El avión es cómodo: una hilera de butacas de piel a cada lado, una barra de bebidas al fondo y revistas y prensa en los bolsillos de los asientos.

–Quizá haya turbulencias –nos avisa el piloto al retirar la escalera y cerrar la escotilla–. ¿Queréis una Coca-Cola? ¿Agua?

Respondemos los dos que no, Chuck con la mano, sin hablar. Luego se pone a leer el *New York Times*, así que lo interpreto como que me da permiso para cerrar los ojos y echar una cabezadita. Me alegro de haberme tomado una cerveza. De lo contrario no podría dormir. Al cabo de una hora me despierto y oigo el zumbido del tren de aterrizaje. El avión toca tierra en una pista llena de baches.

–¿Has descansado? –me pregunta Chuck.

Parece de mejor humor que antes.

–¿Estamos donde pienso?

–Fernley, único en el mundo. Has hecho bien en dormir, porque vas a necesitar todas tus fuerzas.

Mierda.

57

Maniobramos por la pista y frenamos cerca de una valla electrificada. Después de unos minutos se abre la puerta del avión y se despliega la escalera.

–Ya empieza –dice Chuck.

Se acercan por la pista un hombre y una mujer, los dos con camisa y pantalones azul marino. Él le hace señas a Chuck de que se aparte. Le pide que se ponga en la línea amarilla, con las manos en alto. Luego le pasa un detector de metales por el cuerpo, y lo somete a un registro sorprendentemente escrupuloso. Chuck se presta a todo, impasible. Se nota que no es la primera vez que viene a Fernley. Después de cachearlo, el hombre saca unas esposas y unos grilletes, unidos ambos a un ancho cinturón de piel que le pasa a Chuck por la cintura. Me armo de valor en previsión de que me harán lo mismo, pero no.

–¡Listo! –grita el vigilante.

Oigo un fuerte zumbido. Se abre la verja. Chuck la cruza como si ya se lo supiera de memoria, seguido a unos seis pasos por el hombre. La mujer y yo nos quedamos mirando sin movernos. Intuyo que hay algún tipo de protocolo, pero lo desconozco por completo.

Chuck camina por la larga línea amarilla que va desde la pista de aterrizaje hasta un gran edificio de hormigón. Las garitas, la doble valla, las alambradas y los focos indican que fue, y sigue siendo, una cárcel. Me estremezco. Al siguiente zumbido desaparece Chuck dentro del edificio, seguido por su acompañante.

La mujer se gira hacia mí y sonríe.

–Bienvenido a Fernley –dice con simpatía, pero por alguna razón no hace que me sienta a gusto.

Señala hacia nuestra derecha, donde espera un carrito de golf. Meto mi bolsa en la parte trasera. Recorremos la pista en silencio absoluto, rodeamos todo el complejo de la cárcel y seguimos por un largo camino asfaltado. Ya me dijo Alice que era grande, pero me quedo estupefacto con las dimensiones del recinto. Frenamos delante de un edificio muy adornado, con más pinta de mansión que de cárcel. En el otro lado del complejo todo son vallas electrificadas y patios de cemento, pero en este hay una hilera de árboles verdes, un trozo brillante de césped, una pista de tenis y una piscina. La mujer salta al suelo desde el carrito de golf y recoge mi bolsa.

Por dentro la mansión parece un complejo turístico. Detrás de un reluciente mostrador de caoba hay un hombre joven y pulcro, con uniforme: chaqueta cruzada azul marino y unos galones de aspecto absurdo.

–¿Jake?

–Me declaro culpable.

Me arrepiento enseguida de haberlo dicho.

–Te he puesto en la suite Kilkenny. –Desliza por el mostrador una hoja mecanografiada–. Aquí tienes el programa de mañana, con un plano de las instalaciones y todos los servicios. La cobertura de telefonía móvil es muy limitada, así que si necesitas hacer una llamada dímelo, que te prepararé la sala de reuniones. –Dibuja un plano en un papel, y señala el camino a mi habitación.– No dudes en bajar y pedir cualquier cosa que necesites, que aquí abajo siempre hay alguien.

–¿Y la llave? –pregunto.

–No la necesitarás. En las suites de lujo no hay cerraduras.

Tengo ganas de preguntarle qué narices he hecho para merecer una suite de lujo, pero me doy cuenta de que no es el tipo de preguntas que quede bien hacer. No hay palabras para decir lo raro que es todo esto. Estaría menos alarmado si se me hubieran llevado esposado, como a Chuck.

En el ascensor hay una lámpara de araña. Levanto la vista en busca de la cámara. Está en una esquina del techo. Mi habitación es la 317, al final de un largo pasillo con moqueta roja. Es espaciosa, con cama de 2x2, televisión de plasma y vistas a las pistas de tenis y la piscina. Al no haber contaminación lumínica, veo miles de millones de estrellas muy brillantes. Me siento culpable al caer en la cuenta de que mi experiencia está en las antípodas de la de Alice.

Me acuesto en la cama y enciendo la tele. Después de repasar algunas veces los canales, me doy cuenta de que todo el complejo está conectado a un satélite europeo. Eurosport, los cuatro canales de la BBC, un documental sobre la hambruna de la patata, un especial sobre las costas bálticas, reposiciones de Monty Python y una macrocompetición de eslalon sueca.

Consulto el programa, y veo que mañana tendré que estar a las diez en el vestíbulo. A partir de ahí solo pone «reunión» de diez a doce, luego la comida, y luego otras dos horas de reuniones. Estaría más cómodo si hubieran añadido una línea donde pusiera «vuelo de regreso: 15.00».

Me paso dos horas viendo fútbol de la UEFA, y al final me duermo. Me levanto a las seis, por pánico a llegar tarde. Cinco minutos después de salir de la ducha oigo que llaman a la puerta, y al abrirla me encuentro una bandeja con una tostada, un tazón de chocolate caliente con mucha nata montada y el *International New York Times*.

Tengo ganas de explorar todo el complejo, pero estoy demasiado nervioso, así que me quedo en la habitación. Me gustaría saber qué está haciendo Alice a estas horas. Me pregunto si me echa de menos.

A las 9.44 bajo a la recepción en ascensor, con pantalones y camisa de vestir. El recepcionista se acerca a toda prisa con otro tazón de chocolate caliente, y me invita a sentarme. Me hundo en un sillón de piel mullido, y espero. A las diez en punto entra un hombre.

–Gordon –dice con la mano tendida.

Es de complexión media, con el pelo negro y canas en las sienes. Lleva un traje muy bonito.

Me levanto para saludarlo.

–Me alegro de que por fin nos conozcamos. He leído mucho sobre ti.

–Todo bueno, espero.

Sonrío a la fuerza. Él me guiña el ojo.

–Todos tenemos cosas buenas y malas. ¿Has podido dar un paseo por el recinto?

–No –contesto, arrepentido de haber pasado tantas horas en la habitación.

–Lástima, porque es muy especial.

Ni el carácter ni la edad de Gordon son fáciles de evaluar. Tiene aspecto de hombre sano de cincuenta y cinco, pero podría ser mucho más joven. Su acento es irlandés, pero el moreno de su piel me indica que hace bastante tiempo que no pisa Irlanda.

Recorremos un laberinto de pasillos y cuatro escaleras de subida. Al final de la última hay un pasillo con ventanas a ambos lados. Medirá unos cuatrocientos metros y es como un puente entre dos mundos. En un lado solo se ve la parte de disfrute del complejo: árboles, césped, piscina, campo de prácticas de golf y algo que parece un *spa.* La zona está delimitada en tres de sus lados por un alto muro cubierto por un elaborado mural de playas bucólicas, mar y cielo. Es tan alto, el muro, que ni desde mi observatorio puedo ver más allá del complejo. Al otro lado el panorama es todo lo contrario: un gran complejo carcelario, con vallas electrificadas, garitas de vigilancia, patios interiores de cemento y gente con mono gris que camina despacio por un camino de tierra. Más allá hay kilómetros de desierto. La cárcel es fea y da miedo, pero por alguna razón da aún más miedo, e intimida más, el desierto. Es el tipo de cárcel de la que probablemente no te fugarías aunque desaparecieran de golpe los vigilantes y los muros.

Gordon introduce un largo código en un teclado, y se abre la puerta. La moqueta mullida y las vistas interesantes dejan paso a paredes de hormigón pintadas de un verde institucional. Marca un código en otro teclado y me hace señas de que entre. De repente sale de la oscuridad un individuo más joven, uniformado de gris. Me estremezco al sentir su aliento en la nuca. Seguimos adentrándonos en el edificio de hormigón. Voy varios pasos por detrás de Gordon, y el hombre joven varios pasos por detrás de mí. Cada treinta metros, aproximadamente, llegamos a otra puerta. Gordon introduce un código en cada una para que se abra. Cada nueva puerta se cierra a nuestras espaldas con un fuerte «clang» electrónico. Parece que hayamos emprendido un viaje al centro de este frío edificio. Cada vez que se oye el cierre de una puerta, reprimo una sensación creciente de desesperanza.

Llegamos finalmente a una escalera. Cuento treinta y tres empinados escalones de bajada. Al llegar al final, torcemos primero a la izquierda y luego a la derecha. Trato de memorizar los giros, pero no dejan de sucederse las puertas y pasillos. ¿Gordon usa el mismo código para todas las puertas, o es que se sabe decenas de memoria? A estas alturas, aunque los supiera yo, me sería imposible salir del edificio. Estoy atrapado.

Se me pasa por la cabeza que podría morirme aquí dentro sin que se enterase nadie. Me digo que si El Pacto quisiera matarme ya me habrían pegado un tiro en la cabeza nada más bajar del avión; a menos, claro está, que Gordon disfrute con el juego de llevar el ratón al interior del laberinto, hasta que me muera de miedo y de cansancio.

Oigo algo delante, y miro a la derecha, hacia el enésimo pasillo, preguntándome que pasaría si echara a correr. En alguna parte tiene que haber una salida.

–¿Te apetece que te enseñe esta parte del complejo? –pregunta Gordon, como si me leyera el pensamiento.

–Me encantaría –contesto.

Por lo visto es la respuesta correcta.

–Estupendo. Lo haremos en cuanto nos quitemos de encima unas cuantas preguntas.

¿Qué preguntas? ¿Y cómo voy a saber las respuestas correctas? Me imagino que en función de lo que conteste me soltarán o me llevarán por más pasillos oscuros, donde conoceré a más gorilas con traje.

Una última puerta. Un último código. Me quedo con Gordon y el del uniforme en una habitación pequeña, de unos tres por tres metros. Es de un blanco deslumbrante. En medio hay una mesa y dos sillas. La silla tiene aros de metal, y encima una carpeta de lo más normal. Una de las sillas está fijada al suelo. Hay toda una pared de cristal negro laminado. ¿Un espejo unidireccional?

–Siéntate –dice Gordon, señalando la silla fija.

Lo hago, intentando no fijarme en los aros metálicos que hay justo delante. ¿Cómo es posible que al llegar me dejara engañar por la suite de lujo y el servicio de cinco estrellas?

Gordon se sienta enfrente de mí. El otro hombre se queda de pie al lado de la puerta cerrada.

–Jake –dice Gordon–, te agradezco mucho que te hayas tomado el tiempo de ayudarnos en esta investigación.

Me sobresalto al oír mi nombre, porque parece que los miembros solo se llamen entre sí de una manera: «Amigo». ¿En qué convierte eso a Gordon?

–¿Por qué estoy aquí? –pregunto, intentando mantener la calma.

Gordon apoya los codos en la mesa y entrelaza los dedos delante de la cara, con los índices unidos por las yemas, típica postura de desdén que indica superioridad intelectual.

–Lo que hacemos con las investigaciones, básicamente, es analizar más a fondo cuestiones que nos han planteado, y que pueden surgir de muchas maneras. Investigamos hasta que sea posible determinar algo con cierta claridad.

Bla bla bla. Otra cosa en la que me he fijado de El Pacto es que nunca vienen y te dicen lo que piensan con un lenguaje claro y sencillo. Todo queda sepultado bajo un preámbulo de explicaciones, antecedentes y cláusulas de exoneración. Me imagino un diccionario en una sala de ambiente irrespirable, lleno de expresiones que hay que aprenderse de memoria, y de declaraciones pretenciosas de Orla y sus compinches. A lo largo de la historia, los fascismos y las sectas han hablado un lenguaje propio, palabras cuya finalidad era oscurecer y esconder la verdad, pero también hacer que se sintieran especiales sus miembros, separándolos del resto de la población.

Gordon abre la carpeta que tiene delante y hojea los papeles.

–Total, que quería saber si tendrías un momento para hablarme de JoAnne Charles.

Se me cae el alma a los pies.

–¿JoAnne Charles? –repito, afectando sorpresa y distanciamiento–. Casi no la conozco.

–Bueno, vamos a empezar por lo que sabes, ¿de acuerdo? ¿Cómo os conocisteis?

–JoAnne Webb, o JoAnne Charles, trabajó conmigo en la universidad.

Gordon hace un leve gesto de aquiescencia.

–Sigue.

–En segundo curso fuimos supervisores de planta. Nos veíamos dos o tres veces por semana en las reuniones de supervisores, y en sesiones de formación, y nos hicimos amigos. Quedábamos de vez en cuando para hablar de lo duro que era el trabajo, o para comparar observaciones, o a veces solo para cotillear.

Gordon vuelve a asentir. Pasan unos segundos. Está claro que no se conforma. Esta táctica me la conozco: con tal de evitar silencios incómodos, las personas que no están en posición de poder hablan y hablan. Pues yo no pienso hacerlo.

–Tengo todo el día –me espolea–. Horas. Días. Todo el tiempo que haga falta.

–No sé qué quieres que te diga. Te repito que JoAnne y yo casi no nos conocíamos.

Sonríe. Al de la puerta le hace ruido el uniforme al cambiar de postura.

–Podrías contarme algo más de cuando trabajabais juntos. No veo que pueda perjudicar a nadie.

Me lo pienso. ¿Qué harán si sigo callado? No me cabe la menor duda de que Gordon estaría dispuesto a dejarme en esta sala indefinidamente.

–En tercero –digo– nos conocimos mejor, porque éramos dos de los únicos cuatro supervisores que repitieron. Coincidíamos a menudo a la hora de comer, o en algún que otro acto social.

–¿Comíais juntos?

–A veces.

–¿Dirías que erais amigos?

–Supongo, pero en general describiría nuestra relación como de compañeros de trabajo. Claro que al vivir cerca acabamos conociéndonos bastante.

–¿A su familia llegaste a conocerla?

Hago memoria.

–Puede ser, aunque hace mucho tiempo.

Parece que el de la puerta se empieza a impacientar, lo cual me pone a mí nervioso.

–¿Es posible que conocieras a su familia...? –Gordon se queda callado, hojeando el expediente–. ¿En tercer curso, cuando hiciste un viaje a Palos Verdes como invitado para la cena de Acción de Gracias en el domicilio de sus padres?

¿Pero cómo se ha enterado?

–Sí, es posible.

–¿Volviste a ir alguna vez a su casa?

–Puede ser. Ya te digo que hace mucho tiempo.

–¿Es posible que fueras a casa de su familia cinco veces más?

–Hombre, tampoco es que escribiera un diario.

Ignora mi tono de irritación.

–¿Hubo algo entre JoAnne y tú?

Bajo la vista hacia la mesa y los aros de metal. ¿Por qué no me han esposado? ¿Sirven de amenaza? ¿Cuál es la respuesta que hace que el del uniforme venga y me meta las muñecas en los aros?

–¿Algo íntimo? –aclara Gordon.

Sacudo la cabeza.

–No –digo con énfasis.

–¿Pero la conocías bastante?

–Sí, supongo. Hace muchos años.

–Antes has dicho que casi no la conocías.

Echo un vistazo al espejo unidireccional. ¿Quién hay al otro lado? ¿Y por qué les importa tanto mi relación con JoAnne?

–En veinte años se cambia mucho. De hecho, es verdad que ahora casi no la conozco. Después de licenciarnos fuimos a estados diferentes, para doctorarnos.

–¿Y no volviste a verla hasta que coincidisteis en Villa Carina?

–Exacto.

–¿Pero es posible que intercambiaseis unos cuantos mensajes por correo electrónico o por correo normal?

–Por correo electrónico me he escrito con muchos conocidos de la universidad. No he llevado la cuenta.

–¿Al verla en Villa Carina la reconociste enseguida?

–Sí, claro.

–¿Te alegraste de verla?

–Pues claro, ¿por qué no? JoAnne es... bueno, era muy buena persona. Estuvo bien ver a una vieja amiga en una situación extraña y poco familiar.

–¿Después de eso cuándo la viste?

Trato de no vacilar, pero me imagino mentalmente que al otro lado del espejo alguien estudia hasta mi menor movimiento. Puede que hasta tengan aparatos electrónicos ocultos que midan mi frecuencia cardíaca y mi temperatura, y calibren mi lenguaje no verbal.

–En la fiesta trimestral de Woodside.

–¿Qué impresión te dio?

–Estaba con su marido, Neil –explico con calma–. Se los veía muy felices juntos.

–¿Te acuerdas de qué llevaba?

–Un vestido azul.

Me arrepiento enseguida de haberlo dicho. Sé lo que debe de estar pensando: ¿por qué se fijó tanto?

–¿Y después?

–Fue la última vez que la vi.

Esta última frase la pronuncio con toda la rotundidad e indiferencia de que soy capaz. Para bien o para mal me he involucrado en mi mentira, y ahora no tengo más remedio que llegar hasta el final.

Gordon sonríe, mueve los papeles y mira al del uniforme.

–La última vez –dice con una risita.

–Sí.

Nos quedamos sentados en silencio, con mi mentira flotando entre los dos.

–¿Está aquí JoAnne? –pregunto finalmente.

Quizá sea una tontería, pero tengo que tomar la iniciativa en las preguntas.

Gordon pone cara de sorpresa.

–Pues la verdad es que sí. ¿Te gustaría verla?

Mierda. Ahora que he sacado el tema, quedaría sospechoso que no quisiera, ¿no?

–Teniendo en cuenta que aquí no conozco a nadie más, pues supongo que sí.

–Quizá podamos hacer una visita corta –me dice Gordon–, y subirte luego en el primer avión de vuelta a Half Moon Bay.

–Me parece bien –contesto, procurando no parecer demasiado entusiasmado.

¿Quiere decir que he pasado el examen? ¿Ya no hará falta que asista a la sesión de dos horas que anunciaba el programa para después de comer?

El del uniforme hace una señal con la cabeza hacia el espejo unidireccional. Se abre la puerta. Esta vez se pone en cabeza el hombre joven. Yo voy en medio, seguido por Gordon. Recorremos un par de pasillos, y al cruzar una puerta nos encontramos en el patio de ejercicios, rodeados por muros de cárcel. Me lleno los pulmones de aire seco y caliente. El sol, tan de repente, me hace parpadear. Hay un campo de baloncesto y una pista de atletismo, pero poca cosa más. Al fondo del patio hay un hombre mayor, rubio, con un mono rojo sangre, sentado en un banco. Al vernos se levanta. El del uniforme va hacia él.

Mientras cruzamos el patio, Gordon expone brevemente la historia de la cárcel.

–Este complejo fue construido en 1983 para el estado de Nevada –recita–. Durante trece años albergó un promedio de novecientos ochenta presos de seguridad media y alta. A principios de la década de los 2000, el estado de Nevada decidió externalizar gran parte de sus servicios penitenciarios, y el resultado fue que Fernley cerró. Estaba demasiado apartada, y salía demasiado cara. Por si fuera poco, hubo una serie de tentativas de fuga malogradas, con presos que no sobrevivieron.

Hemos llegado a la puerta de otro edificio. Al volver la vista atrás, veo al del uniforme al lado del del mono, ambos de pie. Más que al lado, detrás de él. Parece que lo esté esposando.

Cruzamos otra puerta. Al otro lado hay un mostrador con una mujer detrás de una ventanilla de cristal laminado. En la pared hay decenas de monitores de circuito cerrado. La mujer aparta la vista de uno y le hace una señal con la cabeza a Gordon. Luego pasa por debajo de la ventanilla un identificador naranja chillón con una cuerda. Gordon lo coge y le da las gracias.

–Ponte esto –me dice mientras me pasa la cuerda por la cabeza.

La mujer acciona un interruptor, haciendo que se abra una puerta de acero. Todo indica que estamos en lo más profundo de la cárcel, con un pasillo a la derecha, otro a la izquierda y otro delante. Todos tienen tres pisos. Cuento rápidamente veinte celdas por nivel. Está todo bastante silencioso, pero con algún que otro ruido que me indica que no todas las celdas están vacías.

–¿Quieres probar una celda? –me pregunta Gordon mientras recorremos el módulo.

–Muy gracioso.

–No lo digo en broma.

En una celda hay un hombre sentado en su catre, leyendo El Manual. Es una imagen aleccionadora. Tiene algo de incongruente lo espartano de la celda y el mono rojo sangre en contraste con lo cuidado del pelo y de las manos del preso.

Llegamos a una cafetería. En las mesas no hay nadie, pero oigo un ruido de ollas y sartenes. Se nota que las mesas y los bancos, largos y metálicos, fijados todos al suelo con tornillos, son de la cárcel original. Los olores parecen fuera de lugar. Capto una ráfaga de verdura fresca, especias y pollo a la parrilla.

–Es muy buena la comida de aquí –dice Gordon, leyéndome otra vez el pensamiento–. Lo cocinan todo los reclusos. Esta semana tenemos la suerte de contar entre nosotros con el dueño de un restaurante con estrella Michelin de Montreal. Ayer hizo una *mousse* de chocolate que estaba increíble. Si te quedas no te arrepentirás.

Tengo la clara sensación de que me está tomando el pelo. «Si me quedo.» Como si dependiera de mí.

De repente se interrumpe el ruido de cacharros, y solo se oyen nuestros pasos en el cemento pulido.

–¿Has dicho que está aquí JoAnne? –pregunto, nervioso.

–Sí –contesta Gordon–. Paciencia.

Cruzamos otra puerta y entramos en una sala de forma octogonal. Ocho puertas rodean un espacio central, cada una con una rendija en el centro. Tengo la horrible idea de que hemos llegado a algún tipo de módulo de aislamiento. Presto atención por si oigo señales de vida en las celdas. Se oye una tos. Luego silencio.

Lo que tengo de psicólogo no solo siente horror, sino indignación. ¿Cómo pueden recurrir al aislamiento?

–¿Aquí quién hay? –pregunto, y no me extrañaría oír que me llama JoAnne con voz asustada.

Gordon me agarra por el brazo.

–Relájate –dice, pero su manera de apretar no tiene nada de relajante–. ¿Te ha obligado alguien a estar aquí?

–No.

–Justamente. En este edificio son todos los presos como tú. Y como tu encantadora esposa, Alice.

Me da escalofríos oír el nombre de Alice en su boca.

–Aquí no está nadie en contra de su voluntad, Jake. Todos nuestros reclusos son conscientes de sus delitos, y agradecen la oportunidad de realinearse en un entorno favorable. –Se acerca a la celda y se agacha para hablar por la ranura–. ¿Estás aquí libremente?

Al principio no se oye nada. Luego contesta una voz masculina.

–Sí.

–¿Se te retiene en contra de tu voluntad?

–No.

Es una voz débil y cansada.

–¿En qué consiste tu reclusión?

Esta vez la respuesta es más rápida, sin titubeos.

–Realineamiento por delitos reiterados de Infidelidad Emocional.

No reconozco su acento. Podría ser japonés.

–¿Y cómo es tu evolución?

–Constante. Estoy agradecido por tener la oportunidad de realinear mis actos con los parámetros de mi matrimonio y de las leyes de El Pacto.

–Fantástico –dice Gordon hacia la celda–. ¿Necesitas algo?

–Tengo todo lo que necesito.

Mierda. ¿Pero esto está pasando de verdad? Gordon se gira otra vez hacia mí.

–Ya sé lo que piensas, Jake. Veo tu cara de preocupación, y te aseguro que aunque estas celdas fueron construidas para aislar a los presos, nosotros preferimos considerarlas como celdas monásticas donde los miembros que se han desviado mucho pueden recuperar el contacto consigo mismos y con sus votos, a su propio ritmo.

–¿Cuánto tiempo lleva aquí?

Sonríe.

–¿Se le pregunta a un monje cuánto tiempo lleva en su celda? ¿Está obligada una monja a responder de la devoción que siente hacia su Dios? –Vuelve a ponerme una mano en el brazo, pero esta vez con suavidad–. Vamos, que casi hemos llegado.

Cruzamos otra puerta más. Gordon señala a la derecha, donde parece que hay una sala de espera.

–Esta parte es la zona de espera antes del juicio. Tengo entendido que aquí estuvo con nosotros un tiempo tu mujer. Se mostró extremadamente dispuesta a colaborar. La verdad es que fue una visitante ideal de nuestras instalaciones. Por aquí se va a diferentes salas de trabajo y de reuniones previas a los juicios. Es donde están los abogados. Pero no será adonde vayamos hoy.

Gira a la izquierda, hacia una doble puerta. Hasta ahora todas tenían paneles numéricos, pero esta se cierra con cadena y candado.

–Esta es nuestra ala especial para preventivos de larga duración. Es donde encontraremos a nuestra amiga JoAnne. La verdad es que es tan interesante como inesperado todo esto de JoAnne. La mayoría de nuestros visitantes se dan cuenta de que la sinceridad ayuda a que avancen más deprisa las cosas. Es mejor para todos.

Gordon hace girar la rueda del candado hasta que se abre de golpe. Luego quita la cadena, que hace mucho ruido. Una vez que estamos los dos dentro se cierra la puerta bruscamente a nuestra espalda. El sensor de movimiento hace «clic», y se enciende un foco que ilumina el centro de la sala, en la que se eleva una plataforma cuadrada. Se sube por dos escalones de cemento. Está rodeada por gruesos paneles de cristal, uno de ellos dotado de una cerradura y un tirador. Gordon sube al primer escalón, introduce una llave en la cerradura y abre la puerta de cristal.

–Puedes entrar si quieres, Jake.

En un rincón, contra el cristal, bajo la cruda luz del foco, hay alguien encogido en posición fetal. No quiero entrar. Lo que quiero es dar media vuelta, enfrentarme a Gordon, si hace falta, y huir de este horrible edificio, pero me doy cuenta enseguida de que no es posible. Se ha cerrado la puerta a nuestro paso con un ruido que aún resuena en los muros de cemento.

Subo los escalones y entro en la sala de paredes de cristal. Mi estómago da un vuelco al oír que se cierra la puerta. Dentro de esta caja de cristal no hay silla, ni cama, ni manta; solo un retrete metálico en una esquina, y suelo frío y duro en todas partes. Al otro lado del cristal todo está negro. Sé que está Gordon, pero no lo veo.

–¿JoAnne? –susurro.

Se estira un poco y me mira. Primero parpadea. Luego se protege los ojos y grita. Debe de llevar uno o dos días en la oscuridad, seguramente más. Está desnuda de los pies a la cabeza. El pelo castaño le cae apelmazado por los hombros. Mueve lentamente las manos, mirándome aturdida, como si la hubiera sacado de un sueño muy profundo.

–¿Jake?

–Soy yo.

Se incorpora con la espalda contra la pared, y sube las rodillas hasta el pecho para intentar tapar su desnudez.

–Me han quitado las lentillas –dice–. Te veo borroso.

Miro por todas partes en busca de micrófonos. No veo ninguno, pero ¿qué significa? Percibo la presencia de Gordon justo al otro lado de la caja. Todo ojos. Todo oídos.

Me siento delante de JoAnne, con la espalda apoyada en el cristal, esperando infundirle cierta sensación de protección respecto a la mirada indiscreta de Gordon.

–Me han hecho preguntas sobre ti.

Quiero contarle mi versión antes de que ella pueda decir algo que nos dé problemas. Es posible que ya les haya hablado de nuestro encuentro en Hillsdale, claro... Tiemblo al pensar que ya lo sepan todo.

–Les he explicado la verdad –digo alto y claro–. Que no te había visto desde la fiesta de Gene en Woodside. –Ni siquiera estoy seguro de que me entienda, porque aún parece aturdida–. Les he dicho lo contentos que estabais Neil y tú.

–Me da vergüenza –dice ella, parpadeando. ¿La habrán drogado?–. Hacía veinte años que no me veías desnuda.

Me dejo llevar por el recuerdo de una noche tierna y llena de torpeza en su habitación de la residencia. Qué desmañada estuvo.

Me estremezco. ¿Por qué ha tenido que mencionarlo? Desmiente todo lo que he dicho yo.

–Debes de estar pensando en otra persona.

Intuyo que Gordon sopesa hasta la última palabra, y escudriña hasta el último gesto. En ese momento caigo en la cuenta, con horrible claridad, de que todo mi viaje –el engañoso lujo de la suite, el recorrido desorientador por el laberinto carcelario, el interrogatorio, el vislumbrar las celdas de aislamiento– estaba pensado para conducirme a este momento.

–No debería darme vergüenza estar desnuda –continúa ella como si no me hubiera oído–. Es lo que quieren, pero no hay ningún motivo.

Abre los brazos y estira las piernas, apuntándome directamente con los pies. Tiene los pechos pequeños y el cuerpo pálido. De repente separa un poco las piernas, y se me va la vista sin querer. Me sonrojo y vuelvo a fijarla en su cara. Ella me lanza una sonrisa rápida y extraña.

Justo entonces oigo una vibración, y empieza a moverse la pared en la que estoy apoyado. Al principio lo atribuyo a mi imaginación, pero luego veo que la de detrás de JoAnne se mueve con total seguridad. Me corro un poco hacia delante. JoAnne también.

–Cada hora –dice ella– se reduce un par de centímetros la sala.

–¿Qué?

–Que la sala se encoge. Así de descontentos están conmigo. Antes de que se hayan dado cuenta de que he dicho siempre la verdad, seré una crep plana y desnuda.

Me da escalofríos la frialdad con la que habla. ¿Cómo puede estar tan indiferente? ¿De verdad que son capaces de algo tan monstruoso? No, no puede ser. Pienso en los experimentos psicológicos sobre los que leía en la universidad, los que comentábamos JoAnne y yo en las sesiones nocturnas de estudio, unos experimentos tan crueles que años después los sujetos seguían teniendo pesadillas y fracturada la personalidad. Entonces parecía todo tan abstracto...

–¿En qué creen que mientes, JoAnne?

–Creen que le soy infiel a Neil contigo. Y con otros. Neil encontró un calendario en mi teléfono y lo malinterpretó. Pensó que había quedado en el centro comercial de Hillsdale para serle infiel.

–¡Qué tontería! –digo con demasiada fuerza.

–¿Verdad? –contesta ella–. Qué romántico. El centro comercial de Hillsdale. Lo irónico es que le preocupa que te esté follando, y la manera que tiene de castigarme es hacer que me metan desnuda contigo en una caja. Es paranoico y tonto al mismo tiempo.

No tengo tiempo de contestar porque se abre la puerta. Gordon está justo al otro lado del cristal, en el escalón más alto, con cara de enfado.

–¿Estarás bien? –le pregunto a JoAnne.

Qué pregunta más absurda. Pues claro que no estará bien. Vuelve a llevarse las rodillas al pecho.

–Por mí no te preocupes –contesta inexpresivamente–. ¿No te lo han dicho? Aquí viene todo el mundo por su propia voluntad. Nos morimos de ganas de que nos reeduquen. En el fondo me hacen un favor.

Fulmina a Gordon con una mirada desafiante.

–Se ha acabado el tiempo –dice él.

Salgo de la caja, bajo por los escalones y lo sigo a la puerta. Me giro. Ahora JoAnne está de pie hacia mí, con las palmas apoyadas en el cristal.

Agarro a Gordon por el brazo.

–No podemos dejarla aquí.

No tengo tiempo de decir nada más, porque justo entonces noto un golpe por detrás de las rodillas, que al doblarse me hacen caer. Mi cabeza choca con el suelo de cemento, y se pone todo negro.

58

Me despierto en un Cessna, en plenas turbulencias. Me duele la cabeza, y hay manchas de sangre en mi camisa. No tengo ni idea de cuánto tiempo ha pasado. Me miro las manos, pensando que me las veré esposadas, pero no, solo llevo un cinturón normal de los de avión. ¿Quién me lo ha puesto? Ni siquiera me acuerdo de haber embarcado.

Veo el cogote del piloto por la puerta abierta dc la cabina. Estamos solos. Hay nieve en las montañas. El viento zarandea el avión. El piloto parece muy absorto en los controles, con los hombros tensos.

Levanto una mano y me toco la cabeza. Se ha secado la sangre, dejándolo todo pegajoso. Mi estómago protesta. No he comido nada desde la tostada. ¿Cuánto hace de eso? En el asiento de al lado encuentro agua y un bocadillo envuelto en papel. Abro la botella y bebo.

Desenvuelvo el bocadillo –jamón y queso– y le doy un mordisco. Mierda. Me duele demasiado la mandíbula para masticar. Deben de haberme dado un golpe en la cara cuando ya estaba en el suelo.

–¿Estamos volviendo? –le pregunto al piloto.

–Depende de lo que entiendas por volver. Vamos a Half Moon Bay.

–¿No le han contado nada de mí?

–Nombre de pila, destino y poca cosa más. Yo solo soy un taxista, Jake.

–Pero eres miembro, ¿no?

–Sí, claro –contesta con un tono indescifrable–. Fidelidad al Cónyuge, Lealtad a El Pacto. Hasta que la muerte nos separe.

Se gira el tiempo justo para disuadirme con los ojos de que haga más preguntas.

Pasamos por una turbulencia tan fuerte que se me escapa el bocadillo. Suena un pitido urgente. El piloto dice una palabrota, aprieta botones como un desesperado y les grita algo a los controladores. Estamos bajando muy deprisa. Me aferro a los apoyabrazos mientras pienso en Alice, rememoro nuestra última conversación y me arrepiento de haberme callado tantas cosas.

De repente el avión se estabiliza y ganamos altitud. Parece que se ha arreglado todo. Recojo los trozos de bocadillo del suelo, los envuelvo otra vez en el papel y dejo la masa pringosa en el asiento contiguo.

–Perdón por la turbulencia –dice el piloto.

–No es culpa tuya. Buena maniobra.

Sobrevolamos Sacramento a pleno sol. Entonces sí que se relaja, y hablamos de los Golden State Warriors y de lo sorprendente que está siendo su temporada.

–¿Qué día es hoy? –pregunto.

–Martes.

Siento alivio al reconocer la costa por la ventanilla, y gratitud al ver el pequeño aeropuerto de Half Moon Bay. El aterrizaje es suave.

–No te acostumbres, ¿eh? –se gira a decirme el piloto, una vez en tierra.

–No lo tenía pensado.

Recojo mi bolsa y salgo. Él cierra la puerta y, con el motor en marcha, gira y vuelve a despegar.

Entro en el bar del aeropuerto, pido un chocolate caliente y le mando un mensaje de texto a Alice. Al ser las dos de un día laborable, seguro que anda liada en mil reuniones. La verdad es que necesito verla.

Me llega la respuesta. «¿Dónde estás?»

«He vuelto a HMB.»

«Salgo en 5 min.»

Entre el despacho de Alice y Half Moon Bay hay más de treinta kilómetros. Después de leer otro mensaje donde Alice anuncia atascos en el centro, pido una tostada y beicon. El bar está vacío. La camarera, una chica pizpireta con el uniforme perfectamente planchado, no se aleja mucho de mi mesa.

–Que tenga usted buen día, amigo –me dice cuando le pago la cuenta.

Salgo y me siento a esperar en un banco. Hace frío, con rachas de niebla. Para cuando llega el Jaguar viejo de Alice, estoy helado. Me levanto y compruebo que no me deje nada, mientras se acerca ella al banco. Lleva un traje formal, pero se ha quitado los zapatos de tacón para conducir con deportivas. Tiene el pelo negro húmedo, a causa de la niebla; los labios rojo oscuro, me pregunto si por mí. Eso espero.

Se pone de puntillas para darme un beso. Hasta entonces no me había dado cuenta de que la echara tanto de menos. Se aparta y me mira de los pies a la cabeza.

–Al menos sigues de una pieza. –Levanta la mano y me toca suavemente la mandíbula–. ¿Qué ha pasado?

–No lo sé muy bien.

La tomo entre mis brazos.

–¿Bueno, qué, para qué te han hecho ir?

Tengo ganas de contarle muchas cosas, pero me da miedo. Cuanto más sepa, más peligro correrá. Por otro lado, hay que reconocer que si averigua la verdad pillará un buen cabreo.

Qué no daría por volver al principio, antes de la boda, y de Finnegan, y de que El Pacto pusiera patas arriba nuestra vida.

–¿Tienes tiempo?

–Sí, claro. ¿Puedes conducir? Con esta niebla no veo nada.

Me tira las llaves. Meto mi bolsa de viaje en el maletero, me pongo al volante y me inclino para desbloquear la puerta del copiloto. Salgo a la carretera. En Pillar Point Harbor giro hacia el mar. Aparco enfrente de Barbara's Fishtrap y miro a todas partes para cerciorarme de que no nos hayan seguido.

–¿Estás bien? –pregunta Alice.

–La verdad es que no.

Está casi vacío, así que nos sentamos en la esquina, en una mesa con vistas brumosas al agua. Alice pide *fish and chips* y una Coca-Cola Light. Yo un sándwich de beicon, lechuga y tomate y una cerveza. Cuando nos sirven las bebidas, me tomo la mitad de la mía de un solo trago.

–Cuéntame exactamente qué ha pasado –dice Alice–, sin dejarte nada.

Claro, es que ese es el problema, ¿no? Todo lo que me he dejado.

Aún no he encontrado la manera de explicárselo. Sigo corrigiendo y revisando mentalmente mi versión. No estoy muy seguro de cómo he llegado a este punto. Ojalá se lo hubiera contado todo desde el primer momento. De una en una, aisladas, todas mis pequeñas decisiones eran lógicas, por descontado, pero en perspectiva no acaban de cuadrar las partes dentro del conjunto.

Le explico cómo nos separamos Chuck y yo al llegar a Fernley.

–A él lo esposaron y se lo llevaron a otro pabellón.

–¿Ahora dónde está?

–No lo sé.

Le describo lo lujoso de mi alojamiento.

–¿O sea, que en el fondo no te habías metido en ningún lío?

Parece sorprendida. Viene la camarera con la comanda. Alice se empieza a comer sus *fish and chips*. Yo lo mío, más que nada, lo muevo por el plato, a pesar de que aún tengo hambre.

–Es complicado.

–¿Pero sí o no?

–Querían preguntarme por JoAnne.

La actitud relajada de Alice cambia de golpe. Veo los primeros síntomas de nerviosismo. Le cambia la mirada, y se le profundiza la arruga delatora entre las cejas. Ya he dicho antes que todos los problemas de Alice pertenecen a esa zona compleja y oscura donde se juntan la incredulidad, los celos y las sospechas. En los primeros tiempos, después de conocernos, a menudo pasaba tan deprisa que me tomaba por sorpresa. No era buena combinación. Yo me enfadaba, o me ponía a la defensiva, y solo servía para aumentar sus sospechas. Me decía a mí mismo que lo superaríamos cuando estuviéramos prometidos, cuando Alice estuviera segura de quererme, y de mi compromiso; y es verdad que desde la pedida de mano, y con toda seguridad desde la boda, sus episodios de celos han sido menos frecuentes. Y cuando los hay, yo soy más intuitivo: suelo verlos venir, y reacciono de una manera que desescala la situación. En cambio hoy no estoy seguro de cómo actuar.

–¿JoAnne, la de la residencia? –pregunta mientras deja el tenedor junto al plato.

–Sí.

–Ah. –Adivino que hace un millón de cálculos en su cabeza. La Alice celosa es todo lo contrario de la otra, la habitual, la excéntrica e independiente; y aunque a estas alturas yo ya conozca sus dos caras, siempre me choca la transformación–. ¿La mosquita muerta que te acorraló en Drager's?

Asiento con la cabeza.

–¿Y por qué te preguntan a ti por ella?

Parece desconcertada. Ya he dicho antes que JoAnne no es el tipo de persona que destaque. No es de esas en las que se fijaría necesariamente una esposa, ni por las que se preocuparía.

–Hablamos otra vez en la segunda fiesta. Se la notaba inquieta por algo. Tenía miedo de que nos viera hablar Neil, o alguien más, así que le propuse que habláramos más tarde, en otro sitio. Mi intención era encontrar una manera de que nos saliéramos tú y yo de El Pacto. Al final aceptó quedar conmigo en el centro comercial de Hillsdale.

–¿Por qué no me lo habías dicho?

–Es que estaba paranoica. Me pidió que no me acompañaras. Tenía miedo de que si se enteraba Neil de que estábamos hablando de El Pacto nos cayera algo muy gordo. Ya había estado en Fernley, y no quería volver. Además, me acordé de que en la fiesta tenía cardenales en las piernas... Se la veía muy angustiada, aterrorizada. ¿Qué sentido tenía arrastrarte a algo así?

Alice se aparta de la mesa y cruza los brazos.

–Después de que nos presentaras, te pregunté si te habías acostado con ella y me dijiste que no. ¿Era verdad?

Debería haber preparado una respuesta a esa pregunta; pero bueno, la verdad es que es imposible hacer que parezca que no le he escondido nada.

–No te digo que no saliéramos un poco en la universidad, pero como no encajábamos, al cabo de unos meses volvimos a ser solo amigos.

–¿De unos meses? O sea, que me mentiste. Adrede.

–Es que me sorprendió mucho verla esa noche, en la primera fiesta. Estaba todo tan fuera de contexto...

–El sexo rara vez está fuera de contexto.

Alice se ha enfadado. Le caen lágrimas por la cara. Y reconozco que me enfado al verlas.

–¡Alice, que hace diecisiete años! No tenía importancia.

Al levantar la vista me doy cuenta de que nos está observando la camarera. Hacemos mal en hablar aquí. Bajo la voz.

–¿Qué hacías tú hace diecisiete años? ¿Con quién te acostabas, a ver?

Me arrepiento justo después de decirlo.

–Para empezar, sabes perfectamente dónde estaba y qué hacía, porque te lo he contado. No se trata de lo que pasó hace diecisiete años. Eso a mí me importa un carajo. Se trata de lo que ha pasado en las últimas semanas. Se trata de que me mientas tú ahora, en el presente. –Alice se queda callada. Veo que se le ha ocurrido algo–. Por eso Dave hablaba tanto de ti y del centro comercial de Hillsdale. –Sacude la cabeza–. Cuando te lo conté no dijiste ni mu. Me mantuviste adrede en la ignorancia.

En los ojos de Alice brilla algo que nunca había visto: decepción.

–Oye, que lo siento, pero es que estaba desesperado por averiguar si había una manera de salir, y sabía que si te lo decía querrías venir, y el riesgo sería aún mayor. Acababas de volver de Fernley. Intentaba protegerte.

Me oigo a mí mismo y me doy cuenta de lo poco convincente que suena.

–¿No te parece que debería haberlo decidido yo? ¿No se supone que estamos en el mismo barco?

–Mira, en el centro comercial JoAnne me dijo una serie de cosas que me asustaron. Dijo que antes de nosotros había una pareja en El Pacto, Eli y Elaine, y que desaparecieron pocas semanas antes de nuestra llegada. Apareció su coche en Stinson Beach, y desde entonces no los ha visto nadie. JoAnne está convencida de que los asesinaron. De que los mató El Pacto.

En la expresión de Alice se refleja la duda.

–Reconozco que usan tácticas muy radicales, pero tanto como asesinar... Un poco descabellado, ¿no te parece? La verdad.

–Escúchame hasta el final. Dijo que lo único que nunca menciona nadie es que en El Pacto hay un índice alarmantemente alto de matrimonios que acaban con muertes prematuras.

Ahora sacude la cabeza.

–¿Y Dave? –le pregunto–. Cuando se unieron a El Pacto, tanto él como Kerri estaban casados con otras personas.

–Coincidencia. No se puede montar toda una teoría de la conspiración a partir de una sola coincidencia.

–Espera, que ahora viene lo importante. Dice JoAnne que tenemos que buscar una manera de salirnos de su radar. Cree que estás en peligro. Cree que les caes bien, pero que les parece que hay que meterte en vereda y controlarte. Me dijo que conmigo no saben qué hacer.

–¿Y después de eso has vuelto a verla?

Alice ha separado los brazos, y me mira sin pestañear. Me imagino que será lo que hace en las declaraciones más difíciles, y me incomoda.

–Aceptó quedar conmigo en el mismo sitio, tres semanas después, pero no se presentó. Al irme, me di cuenta de que me seguían.

–¿Y desde entonces no has vuelto a verla?

–No. Bueno, sí. Estaba en Fernley. Pero no como yo. Ni siquiera como tú. Estaba en una jaula, Alice; una jaula de cristal que se encogía, literalmente, estando ella dentro.

Le cambia la cara. Se ríe en voz alta.

–¡No lo estarás diciendo en serio!

Es lo que tiene de raro Alice, que es capaz de pasar en un momento de los celos y la rabia a una conversación totalmente normal. Su risa es difícil de interpretar.

–No es ninguna broma, Alice. Tenía graves problemas.

Le cuento lo de los pasillos infinitos y las puertas cerradas con llave. Le cuento la entrevista con Gordon.

–Sobre lo único que me preguntaban todo el rato era sobre JoAnne.

–¿Y por qué iban a preguntarte por ella, Jake? Te juro por Dios que si has vuelto a tirártela hemos acabado. Ni tú, ni El Pacto ni nadie podrán obligarme a que me quede...

–¡Que no me la he tirado!

Sin embargo, se lo veo en los ojos: no me cree del todo.

Miro la mesa de al lado. Hay una pareja más o menos de nuestra edad, con un cubo de gambas fritas entre los dos. Comen despacio, se nota que escuchándonos. Alice también se da cuenta y acerca la silla a la mesa.

Le cuento lo del único ocupante del módulo de aislamiento. Le cuento lo del pelo apelmazado de JoAnne, lo de que estaba desnuda y que saltaba a la vista que tenía miedo. No me dejo nada. Bueno, vale, puede que no le comente lo de que separó las piernas, pero el resto sí, todo. La expresión de Alice refleja confusión, y luego horror. Me doy cuenta de que hemos dejado atrás los celos y volvemos a remar en la misma dirección: somos Alice y yo contra algo más grande.

Sigue callada, estupefacta, cuando de repente suena su móvil. La vibración en la mesa nos sobresalta a ambos. Temo inmediatamente que sea El Pacto; tal vez Dave, o incluso Vivian.

–Del despacho –dice al ponerse. Escucha un minuto o más–. Vale –se limita a responder, y cuelga–. Tengo que ir a trabajar.

–¿Ahora?

–Ahora.

Nada más. Antes me habría explicado por qué. Me habría hecho confidencias sobre el caso y se habría quejado del politiqueo del despacho, pero ahora no me explica nada. Me doy cuenta de que en estos momentos no me tiene mucha simpatía.

Cuando llegamos al coche, me pide las llaves. Conduce deprisa, con frenazos y giros bruscos. Durante todo el camino de vuelta a casa, por el túnel, Pacifica y Daly City, veo que sigue intentando asimilar lo que le he contado. Me deja delante de casa, abre la puerta del garaje para que entre y se marcha al trabajo.

Me ducho y me cambio. Al abrir mi bolsa me doy cuenta de que mi ropa huele a Fernley. Es una mezcla de aire del desierto, líquido limpiador y cocina de cinco estrellas. Enciendo la tele, pero estoy demasiado tenso para mirar algo, y demasiado estresado por la crispación con Alice. Nunca habíamos estado así. Roces los habíamos tenido, claro, pero como este, no.

Me pongo la chaqueta y salgo para el despacho. Huang frunce el ceño al verme.

–Malas noticias, Jake. Hoy hemos perdido a dos parejas. Han llamado los Stanton y los Walling para cancelar sus citas.

–¿Las de esta semana?

–No, las de siempre. Han pedido los dos el divorcio.

En el caso de los Walling no me sorprende, pero en el de los Stanton tenía muchas esperanzas. Jim y Elizabeth, catorce años de matrimonio, los dos simpatiquísimos y compatibles. Recorro el pasillo taciturno, sintiendo el peso del fracaso. ¿Cómo puedo salvar un matrimonio si no soy capaz ni de salvar el mío?

59

El estudio que más me interesa es el de la eficacia de la terapia de pareja. ¿A qué corresponde, a unas probabilidades mayores o menores de divorcio? En mi consulta he visto de todo, aunque tengo la impresión de que las parejas que perseveran entre ocho y diez semanas de sesiones, como mínimo, tienden a irse con un vínculo más fuerte que el del primer día.

Hay un estudio interesante de hace varios años sobre ciento treinta y cuatro parejas con graves problemas conyugales. Tras un año de terapia se observaba una mejora significativa en dos de cada tres. Al cabo de cinco años se había divorciado una de cada cuatro, mientras que una de cada tres afirmaba ser feliz. Las demás seguían juntas, pero no eran necesariamente felices. Al parecer, el factor decisivo era que ambos cónyuges tuvieran ganas de verdad de mejorar su vida conyugal.

60

Por la noche le pregunto a Alice por la cena en un mensaje de texto. La verdad es que en Barbara's Fishtrap no he comido casi nada y que me muero de hambre. Contesta al cabo de veinte minutos: «No me esperes, que llegaré tarde».

Normalmente significa que estará en casa hacia las doce, así que me recluyo en mi despacho para ordenar papeles. A las ocho acaba Ian con su último paciente. Me quedo solo en el silencio del despacho.

Salgo hacia las once. La casa está oscura, y hace frío. Enciendo el calefactor y espero a que se oiga el aire por las viejas tuberías, pero no pasa nada. No tengo fuerzas para encender la chimenea ni para poner algo en el horno para calentar la casa. Lo de Alice es como llevar una nube negra encima. El divorcio de los Stanton lo empeora aún más. Sobre El Pacto no quiero ni pensar. Hay problemas en el horizonte, de eso no cabe duda, pero ahora mismo no tengo fuerzas para idear ningún plan. Por no poder, no puedo ni pensar en el siguiente paso.

Me tiro en el sofá, exhausto. Oigo tres tonos de aviso en el dormitorio del fondo: correo electrónico del iPad de Alice. Lo raro es que no reacciono preocupado por Eric, el bajista. No sé ni por qué abrí sus correos antiguos. Me parece todo tan tonto, tan inseguro...

De todos modos, tengo que reconocer que me irrita. Alice me está tratando mal porque me vi con una antigua novia, pero al mismo tiempo lo más seguro es que lo que anuncia su iPad sean varios mensajes de su exnovio. La mentalidad celosa casi nunca interpreta los propios actos desde la misma perspectiva que los ajenos, claro está.

Pienso en los Stanton, y en las nueve veces que han venido a mi consulta. La psicoterapia no se parece en nada a ninguna otra relación humana. Los cálculos son totalmente distintos. En nueve horas de conversación seria, directa y sin titubeos se llega a conocer a fondo a una persona. Yo casi nunca hago caso a lo que aprendí de que hay que distanciarse y ser un mero observador. Con los que me hacen albergar verdadera esperanza dedico muchas horas a pensar en cómo puedo ayudarlos a llegar adonde necesitan ir.

Hago memoria: ¿qué dije en las sesiones, y qué podría haber dicho de otra forma? Por desgracia me acuerdo de todo, y por lo tanto soy capaz de criticar mis frases, corregirlas y revisarlas. Ahora que para los Stanton es demasiado tarde, sé qué debería haber dicho, y qué preguntas debería haber hecho.

Me dediqué a la psicología sin darme cuenta de en qué me estaba metiendo. Quería ayudar a la gente. Solo veía la parte buena del trabajo. Vendrían a verme personas en un momento vital problemático, y yo las ayudaría a desplazarse gradualmente hacia una situación de mayor felicidad. Parecía sencillo. De lo que no me di cuenta fue de que en psicoterapia las victorias son lentas. Se distribuyen por sesiones –que suelen durar muchos meses, por no decir años–, y adoptan disfraces muy diversos. En cambio las derrotas ocurren de manera repentina, sin ambigüedades, y a menudo sin previo aviso.

El divorcio de los Walling no lo considero una derrota. Cuando los conocí ya estaban en ese punto, pero no lo reconocían. Así de sencillo. Lo más importante de todo era que en su caso el divorcio era la mejor opción. El Pacto discreparía, pero si de algo estoy seguro es de que hay personas que no están hechas para casarse. En cambio los Stanton... Eso sí es una derrota, de las de verdad.

Me doy cuenta, medio dormido, de que se abre la puerta del garaje. Miro la hora en mi móvil: las 0.47. Me levanto y me lavo los dientes para poder recibir a Alice con un beso, si es que quiere, pero se queda un buen rato en el coche, escuchando música, algo a tope de volumen, con un ritmo de bajo. Lo oigo y lo percibo a través del suelo. Al final sube sin hacer ruido por la escalera trasera y se mete en la cocina. No sé si aún está enfadada o solo cansada. Me mira, pero no parece que me vea, francamente.

–Necesito dormir –dice mientras va hacia nuestro dormitorio.

Ya está. Pongo en marcha el lavavajillas, compruebo que esté bien cerrada la puerta y apago las luces.

Alice se ha quedado dormida. Me deslizo en la cama a su lado. Está de espaldas, hacia la ventana. Quiero abrazarla, pero no muevo los brazos. Aun así, siento brotar el calor de su cuerpo, y me llena de añoranza. Después de todo lo ocurrido en Fernley quiero estar en mi casa, y acostarme en mi cama junto a mi mujer, pero es que lo de Fernley ha cambiado las cosas entre ambos. Bueno, no, si soy sincero no es solo lo ocurrido en Fernley, sino todo lo que ha desembocado en Fernley.

Me quedo mirando su espalda, deseando con todas mis fuerzas que se despierte, pero no lo hace.

En fin, voy a decirlo sin rodeos: me siento un fracasado. Qué asco de sensación. Es la primera vez en mucho tiempo que se agrava un problema sin que se me aparezcan claras desde el principio las soluciones. Me pilla por sorpresa mi incapacidad de abrirme paso razonando por las dificultades. La predictibilidad es el premio de consolación que recibes al hacerte mayor. Cuanto mayor te haces, y más experiencia acumulas, más fácil es saber al instante, en las más diversas situaciones, qué nos deparará el futuro. En mi adolescencia todo era nuevo, intenso, misterioso. Me llevaba sorpresas constantes. Luego llegué a la edad en que se hacen más infrecuentes las sorpresas. Y aunque es posible que la vida sea menos emocionante cuando se puede prever lo próximo que ocurrirá, en el fondo me gusta más así.

Ahora toda esa certidumbre se ha esfumado.

61

Al ser miércoles no como en casa. Finjo que tengo demasiado trabajo con los preparativos del tú a tú con Dylan, el alumno de primero de instituto con depresión. La verdad, por supuesto, es que no quiero estar en casa cuando venga el mensajero. Me niego al mal trago de hablar con él mientras miro el temido sobre de reojo. No quiero firmar el resguardo, ni que recaiga en mí la decisión de por dónde irán las cosas; y lo que menos quiero es hacer frente a los problemas que vendrán. Sé que es una señal de inmadurez, pero es que hoy no puedo.

La sesión con Dylan va mal, y me preocupa. ¿Qué pasa, que ahora mismo no hay respuestas claras que darle o es culpa mía? A pesar de todo, intento romper la inercia negativa saliendo del despacho a una hora normal, y de camino a casa compro verdura fresca y pollo. Puede que otros psicólogos se rían de todo eso del poder del pensamiento positivo que se puso de moda en los setenta, pero yo no descartaría tan fácilmente su eficacia. Los optimistas son más felices que los pesimistas o los cínicos. Parecerá una tontería, pero es verdad, aunque en algunos casos pueda ser pura fachada.

Al llegar a casa descubro con alivio que no hay nada del mensajero. Me zambullo en la reconfortante rutina de preparar la cena, atento al coche de Alice, pero también al teléfono. Oigo el tono de correo entrante del iPad en el dormitorio. A las siete y treinta y cinco, con el pollo recién salido del horno, el pan recién cortado y en la mesa, y el vino descorchado, recibo un mensaje de Alice.

«Saldré tarde. Cena sin mí.»

La espero despierto, pero no llega. Me voy a la cama pasada la una. Cuando se acuesta Alice en silencio, son más de las dos. Qué caliente y agradable es su cuerpo, con una camiseta fina y unas bragas... Me acerco y le paso un brazo por encima. Ella se tensa. Me despierto a las seis y ya no está.

Lo diré sin rodeos: tengo un miedo atroz de estar perdiendo a mi mujer.

Al llegar al despacho me armo de valor para un día largo. Por la mañana tres parejas, y por la tarde el grupo de adolescentes de los jueves. Los adolescentes son combativos. Perciben enseguida la debilidad, como la fauna de la sabana, y rara vez tienen reparos en organizar un ataque rápido.

Me sorprende lo bien que va la sesión de las nueve con los Reed, Eugene y Judy. A las once llegan los Fiorina. Brian y Nora son mis clientes más jóvenes, de treinta y uno y veintinueve. La idea de ir a terapia de pareja suele tenerla la mujer, pero en este caso no. Solo llevan casados diecinueve meses y ya han empezado a aparecer fisuras en el matrimonio. Mi número se lo dio a Brian un antiguo cliente que juega con él al tenis. Al principio Nora era reacia, pero accedió como favor a su marido. Me contaron su historia en la primera sesión: se conocieron por internet, y tardaron poco tiempo en casarse. Nora, que es de Singapur, tenía problemas con inmigración, y sin la boda habría tenido que volver a su país. Trabajan los dos en el sector tecnológico, aunque cuando nos conocimos Nora aún buscaba trabajo, después de quedarse sin visado H–1B. La dificultad de encontrar un empleo ha hecho estragos en su confianza, lo cual, a su vez, parece haber desgastado su vida conyugal.

Esta mañana Nora viene con ganas de pelea. Adivino que han discutido en el coche, al llegar a la consulta o de camino. Brian parece derrengado.

–No sé muy bien por qué hacemos todo esto –empieza a decir Nora al dejarse caer en el sillón grande.

Brian se sienta en el sofá con los brazos cruzados, apoyado en una esquina. Salta a la vista que no está para respuestas. Nora está tiesa como un palo, con el pelo demasiado recogido.

–¿A ver, por qué venís? –pregunto yo con calma.

Nora parece contrariada.

–Supongo que porque lo tenía en la agenda.

–¿Y por nada más?

–Por nada más.

Brian pone los ojos en blanco.

Pasa un minuto de silencio. Un minuto se puede hacer muy largo, pero a veces es lo que necesita una sesión. Es como correr por la playa: hay veces, durante una sesión de terapia, en que un minuto de silencio sirve como válvula de escape. Poco a poco, por goteo, sale la tensión, y la angustia va subiendo hasta que se evapora.

–¿Le dais valor al matrimonio? –pregunto–. ¿Queréis estar casados?

Nora mira de reojo a su marido, que sale de su inmovilidad. Veo en la expresión de Brian que le ha sorprendido mi pregunta, no necesariamente para bien.

–Yo tengo la sensación –contesta Nora sin quitarme la vista de encima, midiendo sus palabras– de que podría ser más fácil estar sola. No tener responsabilidades, hacer lo que quisiera, comer lo que quisiera, ir adonde quisiera, sin preguntas, sin tener que contestar... Muy sencillo.

–Sí, sencillo lo sería –convengo. Dejo pasar otro momento de silencio–. ¿Pero lo sencillo siempre es lo mejor?

–Por supuesto –responde Nora sin pensárselo.

Luego me mira con mala cara, como si fuera una partida de damas y una de sus piezas acabara de verse coronada.

–Hay una canción que me gusta mucho –digo yo–, de Mariachi El Bronx. La estaba escuchando esta mañana. El estribillo dice que todo el mundo quiere estar solo hasta que lo está.

La busco rápidamente en mi iPod y la pongo. Es una melodía suave, que cambia el ambiente de la sala. Nora parece estar pensando en la letra.

–Lo sencillo es fácil, en eso te doy la razón –continúo–. No hay problemas ni complicaciones. ¿Pero sabes qué pasa? Que los seres humanos son complejos. Nos gusta lo sencillo y lo fácil, sí; no nos gustan los problemas. Es relajante tener una vida sencilla, sin relaciones complicadas. A mí también me atrae. A veces lo único que me apetece es estar solo en casa, en el sofá, comiéndome unos cereales mientras veo la tele.

Brian se ha inclinado hacia delante. Llevamos viéndonos cinco semanas, y es probable que hoy haya hablado yo más que en todas las sesiones anteriores.

–¿Pero sabes qué pasa? –le digo a Nora–. Que a veces necesito lo complicado, lo complejo. Es interesante. Me plantea un reto. Por lo fácil casi nunca se llega a la excelencia, y yo a veces quiero algo excelente.

Diría que Nora se ha empezado a ablandar. Ya no tiene los hombros tan tensos. Su expresión ha pasado del enfado a la neutralidad.

–¿A ti Brian te cae bien? –le pregunto.

–Sí.

–¿Te trata bien?

–Claro que sí.

–¿Te atrae?

Sonríe por primera vez.

–Sí.

–¿Tengo algo que pueda no gustar? –dice Brian, dándose unas palmaditas en el barrigón.

Se ríen los dos. Es cuando sé que todo se arreglará.

62

Pasa otro día entero sin llamadas, correos electrónicos ni mensajes de texto de Alice. Hemos llegado a esa etapa tan temida del matrimonio que no suele llegar hasta después de varios años. No vivimos como enamorados, sino como compañeros de piso. Compartimos cama, sí, pero nunca nos despertamos a la vez.

Ya de noche, cojo el móvil y mando un mensaje: «¿Cenamos?».

«Llegaré tarde.»

«Algo tienes que comer.»

«Tengo Wheat Thins.»

«¿Te llevo algo?»

Una larga pausa, sin respuesta.

«Estaré a las nueve a la salida del despacho», escribo.

Otra pausa aún más larga.

«Ok.»

Meto bocadillos, patatas fritas, bebidas y *brownies* en una bolsa aislante. Llego temprano, así que aparco en la zona de carga y descarga contigua al edificio donde está el despacho de Alice y escucho a oscuras la radio. Es la hora del programa de la KMOO en el que ponen un disco completo. Esta noche toca *Blood on the Tracks*. Cómo no. Aunque sea uno de los mejores álbumes de la historia, preferiría que hubieran elegido algo más alegre. El matrimonio es difícil. Dylan lo entendió.

Justo cuando suenan por la radio los primeros compases de «Simple Twist of Fate», Alice abre la puerta y se sienta a mi lado.

–¿*Blood on the Tracks*? –Se ríe–. Qué oportuno.

Le doy un bocadillo y una bolsa de SunChips. Le dejo elegir entre Peroni y Coca-Cola Light, y opta por lo segundo. Se lanza sobre la comida como un animalillo salvaje. Comemos sin hablar, escuchando la música.

–Yo habría preferido *Planet Waves* –comento.

–No me extraña.

Canta unos versos de «Wedding Song». Qué pura y agradable es su voz... Incluso cuando está enfadada. Pero luego pasa de la brillante y alegre «Wedding Song» a acompañar a Dylan, que va por «Idiot Wind».

Me mira. Qué mirada tan elocuente.

Se acaba el bocadillo, arruga el envoltorio y lo mete en la bolsa.

–Hace tres días que tengo trabajando a Vadim a todas horas.

–No me sorprende, porque está enamorado de ti.

–Ya, ya lo sé. Lo que digo es que ha estado trabajando para mí, en un proyecto de investigación personal.

–Mierda, Alice. ¡No le habrás dicho lo que pasa con El Pacto!

Casi noto que me sube la tensión. Dylan está cantando que la gravedad nos retiene.

–Claro que no. Solo le he preguntado por Eli y Elaine, y el caso, Jake, es que ha buscado en todas las bases de datos importantes, en el registro civil, en LexisNexis, en Pacer, en Google, en las noticias... en todas partes; ha llamado a amigos, a los mejores *hackers,* y ¿sabes qué ha encontrado? Nada. No hay ninguna pareja desaparecida que respondiera por Eli y Elaine. En los últimos cinco años no se ha casado nadie que se llamara así, ni en San Francisco ni en toda California. Tampoco hay parejas con esos nombres que hayan vivido en San Francisco durante esos años. En Stinson Beach no ha desaparecido nadie. Eli y Elaine no existen.

–No tiene sentido.

Me cuesta asimilar lo que me está diciendo. ¿Por qué iba a habérselo inventado JoAnne?

–Y aún hay más. La primera mujer de Dave se murió de cáncer, sufriendo mucho. En Stanford, con él a su lado. Triste, pero no misterioso. Me habías dicho que su actual mujer, Kerri, enviudó en circunstancias misteriosas, pero su primer marido, Alex, se murió por una enfermedad del hígado. En el hospital Mills-Peninsula de Burlingame. Igual de triste, pero sin nada de misterioso. Me parece que esta exnovia tuya tan blancucha miente más que habla.

Reflexiono sobre lo que me ha dicho. Dylan sigue cantando. No me ayuda que el coche se llene de palabras incisivas sobre amores malogrados.

–¿Pero por qué narices iba a haber dicho una mentira?

–Quizá solo quisiera estar cerca de ti. Quizá fuera una especie de test morboso. Quizá trabaje para El Pacto. O quizá... ¿Te lo has planteado alguna vez, Jake? Quizá esté mal de la chaveta.

Hago memoria de todos mis encuentros con JoAnne, en busca de algún indicio de que se lo estuviera inventando.

–Quizá sea cosa de Neil –me digo–. Puede que le haya contado mentiras para tenerla a raya o algo así.

Alice se apoya en la puerta. Parece que quiera alejarse de mí lo más posible.

–Nada, Jake, que no te resignas, ¿eh? Estás convencido de que JoAnne es una víctima indefensa que necesita que la ayudes.

–Siempre puede haberse equivocado Vadim.

–Vadim sabe lo que se hace. Ha trabajado tres días seguidos, y si dice que Eli y Elaine no existen, es que no existen.

Se me ocurre una posibilidad aterradora.

–Alice, ¿y si Vadim está al corriente de todo?

–¿Lo dices en serio?

–Bueno, vale, tienes razón. Mierda. Es que no lo entiendo.

–Quizá El Pacto no esté matando a nadie. Pero lo más importante es que quizá de lo que tengas tanto miedo no sea de El Pacto.

–¿Se puede saber qué quiere decir eso?

–Quiere decir exactamente lo que he dicho, Jake. –Hay una electricidad, una tensión en sus palabras. Sigue muy enfadada–. ¿Podría ser que de lo que tuvieras miedo fuera de estar casado conmigo?

–Alice, que casarnos se me ocurrió a mí.

–¿Ah, sí?

Me quedo atónito un segundo, y justo después me pregunto cómo sonaría la historia de nuestra boda si la contara ella.

–La pregunta puede que la hicieras tú, Jake, pero la que ha llevado casi todo el peso he sido yo. Cada vez que luchas con El Pacto, mi impresión es que intentas salir de este matrimonio. Todo lo que has hecho, todas tus conversaciones clandestinas con JoAnne... No das la impresión de estar muy convencido. Es como si quisieras volver a tu vida de antes, y volver a ser libre. Y ahora me cuentas el delirio ese de que estaba desnuda en una jaula que se iba reduciendo.

–¿Me estás acusando de inventármelo?

–No. Aunque parezca una locura, me creo que te la encontrases dentro de una jaula de cristal. Creo que El Pacto es capaz de todo tipo de monstruosidades a pequeña escala. De lo que no estoy tan segura es de que no se presten a ello los participantes. Te recuerdo que he estado en Fernley. Y reconozco que lo pasé mal. Fatal. Ahora bien, aguanté porque quería ser mejor esposa, y creía sinceramente que podían ayudarme a serlo.

–¡Pero si amenazaron con dejarte sin trabajo! –exclamo–. ¡Y a mí igual!

–No sé si la amenaza iba o no en serio, pero en todo caso no matan a parejas en la playa. No van a aplastar entre paredes de cristal a la mujer del director regional. Yo creo que lo que estás cometiendo es un Delito de Interpretación.

–¿Pero bueno, qué me estás diciendo?

De repente entro en caída libre. Tengo la sensación de no conocer a mi mujer. Las palabras que acaba de usar, la expresión «Delito de Interpretación»... ¿No la ha sacado de El Manual?

–El psicólogo eres tú. ¿Qué pensarías si te lo contara alguien? Me lo presentaste como algo horrendo, pero cuando te imagino con ella dentro de la jaula, pienso que te gustó. No lo puedo evitar. Que te excitó.

–No –protesto, sin sonar muy convincente.

–También pienso que era lo que quería ella. Creo que te indujo a ir, dentro de una especie de juego tonto y morboso, y que mordiste el anzuelo.

Tengo ganas de vomitar.

–Alice, que lo estaba pasando mal. No era ningún juego.

–Te está manipulando y ni siquiera te das cuenta. A menos que prefieras no verlo.

–No entiendes nada, Alice. ¿Qué te pasa?

En el parque de bomberos de la misma calle se dispara la alarma con tal fuerza que nos tapamos los oídos. Al cabo de unos segundos aparece el camión a toda velocidad, con todas las sirenas encendidas. Pasa tan cerca que nos sacude una ráfaga de aire. Luego desaparece.

–Cuando me pediste que me casara contigo, ¿qué te esperabas? –El tono de Alice es de una calma escalofriante–. ¿Te creías que iba a ser todo felicidad, flores y arcoiris? ¿Que iba a ser todo *Planet Waves*, sin nada de *Blood on the Tracks*? ¿Fue lo que pensaste?

–Claro que no.

–He estado en Fernley. He llevado el puto collarín. Le aguanté el sermón al juez y acepté la condena. ¿Sabes por qué? –No sé si lo más desolador del tono de Alice es su rabia o su tristeza–. ¿Sabes por qué, Jake? ¿Sabes por qué he pasado tantas tardes con Dave? ¿Sabes por qué me puse la pulsera del copón? ¿Sabes qué pensaba cuando se me llevaron al desierto? ¿Sabes qué pensaba cuando me encadenaron los tobillos, o cuando me quitaron toda la ropa, o cuando me rociaron con antipiojos, o cuando me desnudó el mal bicho de la vigilante y dijo que tenía que registrarme?

–¿Te registró desnuda? No me lo habías dicho...

Se acaba la cara A de *Blood on the Tracks*. Pese a no verlo ni oírlo, sé que Alice se ha puesto a llorar.

–Lo hice por ti, Jake –dice finalmente–. Quiero que funcione este matrimonio. No le temo al compromiso. Ni a nada que haya que hacer para estar juntos. Lo hice por los dos, joder.

Se oye la voz del locutor. Habla del disco, de la conflictiva relación entre Dylan y su mujer, de los inicios mágicos, «Sad–Eyed Lady of the Lowlands», de los altibajos, de la pasión, y por último, de los rumores sobre la ruptura. Eran las tres de la madrugada. Dylan estaba con su grupo en el estudio. No había pasado por casa en varios días. De repente su mujer entró sin ser vista en la cabina, que estaba a oscuras, y se quedó al fondo sin que se diera cuenta nadie, ni siquiera el productor. Lo único que hacía era mirar. Al final la vio Dylan y empezó a tocar una canción que había escrito el mismo día para ella. Se puso a rasguear la guitarra, clavando la vista al otro lado de la sala, en los ojos de su esposa, mientras entonaba el texto, un espléndido batiburrillo de entrega absoluta, amargura, veneno y todo lo de en medio. Al acabarse la canción, ella se fue por la puerta lateral y ya no volvió. Punto final.

–¿Qué quieres que haga? –le pregunto a Alice.

Ella se enjuga las lágrimas. Se me hace raro verla llorar. Creo que le da vergüenza.

–Quiero que hagas exactamente lo que quieras hacer.

–Ya –contesto–, pero ¿qué te haría más feliz?

–Quiero que te vuelques en este matrimonio, Jake. En mí. Y si eso implica que te reconcilies con El Pacto, pues lo implica. Si vas en serio, conmigo y con el matrimonio, adelante; acepta lo bueno y lo malo. Quiero saber que me quieres, Jake, que estás conmigo. Quiero saber que estás dispuesto a lo que haga falta.

No se oye nada, aparte de a Dylan rasgueando la guitarra. Alice me pone una mano en el muslo.

–¿Es demasiado pedir? Rollo adulto a tope. ¿Estás preparado?

Suelta una risita triste.

Yo le cojo la mano. Sus dedos, casi siempre calientes, están fríos, lo que me hace pensar en qué tacto tendrán cuando sea vieja. Y sé que quiero estar con ella cuando llegue ese momento. Quiero saber cómo será su voz a los ochenta años. Quiero saber cómo será su cara cuando se conviertan en arrugas sus hoyuelos, o a qué olerá cuando esté enferma, o qué mirada pondrá al no acordarse del nombre de un conocido de toda la vida. Lo quiero todo. No porque necesite poseerla, como pensaba antes, sino porque la quiero. La quiero tanto...

Enciendo el móvil y busco a Vivian entre mis contactos. Se pone a la primera.

–Amigo –dice.

–Hola, amiga. Perdona que te moleste a estas horas.

–No te preocupes, que para Alice y tú estoy siempre disponible.

–Tengo que confesarte una cosa.

–Ya lo sé. Me alegro de que llames.

La verdad es que al principio me pasan desapercibidas sus palabras.

–Bueno, una no, un par.

–Ya lo sé –repite–. Tómate un día libre. Ordena tus ideas. Pasa tiempo con tu mujer. ¿Podrás estar en casa el sábado por la mañana?

–¿El sábado? –pregunto, mirando a Alice, que no me quita la vista de encima, satisfecha. Asiente–. ¿Y si quedáramos directamente en el aeropuerto de Half Moon Bay?

–No hace falta –dice Vivian–. Preferirán quedar en tu casa. Buenas noches, amigo.

Tengo la sensación –¿real o imaginaria?– de que alguien nos vigila. Levanto la vista hacia el edificio, y veo la luz encendida en el despacho de Alice. En la ventana hay alguien con las manos en los bolsillos. Nos está mirando. Vadim.

63

Tiendo la mano hacia Alice. Ya se ha ido. Cómo no. La cocina es el caos de siempre: café, envases vacíos de yogur... Hoy, sin embargo, me encuentro más fuerte. Nervioso, pero con una calma extraña. Anoche hicimos el amor. Aún huelo a Alice en mi piel.

Mientras me ducho y me visto para mi cita de las ocho con los Cho, pienso en JoAnne. Después de lo de anoche y de todo lo que dijo Alice, el mero hecho de pensar en ella parece una traición, pero ¿cómo evitarlo? Reproduzco mentalmente nuestras conversaciones. Su miedo parecía palpable. No recuerdo ni una sola nota en falso. Comprendo, en retrospectiva, que antes de eso ya me dio algunas señales no verbales. En la fiesta de Woodside me evitaba. ¿Quería impedir que le hiciera preguntas? ¿O protegerme de Neil y de El Pacto?

¿No será que intentaba protegerme de mí mismo?

Me acuerdo de ella dentro de la jaula. El pelo apelmazado. Las piernas desnudas, separándose. Pienso en la acusación de Alice, la de que me excité. Y al mismo tiempo que me inunda un sentimiento de culpa, tengo una erección. Anoche, mientras hacíamos el amor, solo pensaba en Alice. Por lo general solo pensaba en Alice. Pero en un momento dado, mientras lo hacíamos, se me pasó por la cabeza, brevemente, una imagen: JoAnne desnuda y vulnerable dentro de la jaula, bajo el foco. Su piel desnuda contra el cristal. Sus brazos levantándose para tapar sus pechos imperfectos, y cayendo después en los costados, como si me retara a mirar. Anoche abrí los ojos y miré fijamente el rostro de Alice, intentando desechar la imagen de JoAnne, a pesar de que me rodeaban los brazos de mi esposa.

–Te conozco –dijo ella con una voz dura y ronca que no sonaba a la Alice de nuestra boda, la Alice de nuestra casa, la Alice de nuestra vida; sonaba a la Alice del grupo, la de años antes de que nos conociéramos, la voz que había oído yo en las canciones más crudas y rabiosas, las que debía de cantar con los ojos pintados y las medias de red rotas, las que se componían a partes iguales de furia y de deseo–. Te la quieres follar –dijo Alice.

Y en ese momento se corrió.

Pues sí, así son las cosas. Mi complicada y querida Alice.

64

El viernes por la noche, cuando vuelvo del trabajo, la chimenea está encendida, y Alice casi tiene lista una cena complicada.

–He pensado que teníamos que hacer algo especial para tu última cena. –Se ríe: una risa sincera, encantadora, auténtica. Hacía meses que no estaba de tan buen humor. Me ofrece un Bailey's con hielo–. Te he hecho tu cóctel favorito. Siéntate.

Vuelve a ser la Alice de siempre. No dice nada sobre anoche ni sobre su extraño comentario mientras hacíamos el amor. Empiezo a pensar que me lo he imaginado, que es verdad que el subconsciente está jugando conmigo al más cruel e insólito nivel posible.

A pesar del banquete, sin embargo, y de la atención especial, me quedo tenso, preocupado por lo que pueda suceder mañana. Alice trata de tranquilizarme.

–Irá todo bien. Es tu primera infracción. Bueno, vale –reconoce–, del todo bien quizá no vaya. El auto al que te enfrentas es bastante amplio: omisión de hechos con el cónyuge, falsedad con la estructura de El Pacto y reuniones no autorizadas con un miembro de El Pacto que no es el cónyuge.

–No te olvides del delito de interpretación.

No hablamos más de El Pacto. Después de cenar salimos al balcón de atrás para disfrutar de la brisa marina. Luego otra vez dentro, a la comodidad de nuestra cama. El sexo es largo y placentero. Por alguna razón se me hace distinto, como más cariñoso. Aunque ya llevemos bastante tiempo casados, y nos hayamos divertido lo nuestro en el dormitorio, esta vez hay algo que se antoja excepcional, por no decir trascendental.

No sabría describir cómo lo sé, pero lo sé: a su manera, y sin ambigüedades, finalmente Alice ha consumado nuestro matrimonio.

65

El sábado por la mañana bajo al Nibs de la esquina para pedir una bolsa de bollitos: para mí de limón y trozos de chocolate, para Alice de naranja y jengibre, y para las visitas, dos al azar. Mal no irá, me imagino. También pido un chocolate caliente grande y compro el periódico. He dejado a Alice dormida, así que tomo asiento e intento dominar los nervios. Abro el periódico y me pongo a leer. Pasa un minuto; luego diez, quince, veinte... Me da aprensión volver a casa y enfrentarme a lo que pasará. ¿Y si cierro el periódico, cruzo la puerta con mi chocolate y me voy hacia el este, lejos de nuestra casa, de El Pacto y de nuestro futuro?

Al final me voy a casa. Doblo la esquina con la expectativa de ver en la entrada el SUV Lexus negro, pero no, no está. Hago una cafetera para Alice. Como no la despierta el olor, me desnudo y me meto en la cama. Su cuerpo se amolda lentamente al mío, sin palabras. Sus labios me tocan la nuca. Qué gusto da sentir su aliento cálido en mi piel. Llego a la conclusión de que mi decisión ha sido la correcta. Me quedo dormido en sus brazos.

Más tarde, la casa huele a beicon. Entro en la cocina, solo con los *boxer*, y me encuentro a Alice ante los fogones, en bragas y con su vieja camiseta de los Sex Pistols, pasando beicon desde la vieja sartén de hierro colado de su abuela hasta un plato con servilletas de papel.

–Tienes que tomar algo de proteína. Te podría hacer falta.

Percibo en su tono un extraño alborozo, casi imperceptible. Ella probablemente lo negaría, pero parece que disfrute un poco con mis desventuras.

–Te he traído un bollito –le digo.

Señala un plato cubierto de migas.

–Ya me lo he comido, pero aún tengo hambre.

Comemos los dos con gran voracidad. Alice me toca los pies por debajo de la mesa.

–Será mejor que nos pongamos pantalones y nos lavemos los dientes –dice, pero justo cuando estoy sacando mi ropa del armario me arrastra hacia la cama.

No sé qué mosca le ha picado. Lo único que se me ocurre es que le excita que esté dispuesto a someterme a los rigores de El Pacto. Finalmente, duchados y vestidos ambos, con la cocina limpia y mis pertenencias organizadas, recalamos en el sofá: en una punta Alice, con su guitarra; en la otra yo, nervioso.

Después de trastear un poco empieza a tocar «Folsom Prison Blues», de Johnny Cash. Cierro los ojos y apoyo la cabeza en el sofá. Oigo en algún sitio de la casa el tono del correo electrónico de Alice.

Al cabo de unos segundos suena su teléfono, que está en la mesa de centro. Alice no contesta. Me pone nervioso la violencia de lo que está cantando.

Suena otra vez su móvil.

–¿No te pones?

–Puede esperar. –Hace la transición hacia uno de los grandes temas de los Mendoza Line–. *Anyway* –canta con una sonrisa irónica–, *I was never interested in your heart and soul. I just wanted to see you, and make love on parole.*

Suena otra vez el teléfono.

–¿Del despacho? –pregunto.

Ella dice que no con la cabeza. Toca un minuto más, un instrumental muy bonito. Otra vez el teléfono.

Gime y deja la guitarra.

–¿Diga?

La persona que llama habla deprisa, en voz muy alta.

–¿Estás seguro? ¿Me lo puedes enviar? Es que hoy no he abierto el correo. ¿Estás en tu mesa? Ahora te llamo.

Alice cuelga, pero no dice nada; solo se levanta de un salto, va corriendo al dormitorio y vuelve con su portátil.

–¿Qué, apagando fuegos?

No contesta. Pulsa varias teclas con la vista pegada a la pantalla.

–Mierda –dice–. Vaya puta mierda.

Justo cuando gira el portátil hacia mí, oigo un coche en el camino de entrada. Luego la vibración de la puerta del garaje al abrirse. ¿De dónde han sacado el mando? Miro por la ventana. Está entrando de morro en el garaje el gran SUV negro, aunque solo pueden meterlo a medias, porque está dentro el coche de Alice.

–Léelo –susurra ella con urgencia.

Se oye una puerta de coche.

Cojo el portátil. Es un artículo de un periódico alternativo de Portland. «Sigue desaparecida la pareja del norte de California. Batida de 107 voluntarios por las playas del Pacífico Sur.»

Pasos en la escalera. Golpes en la puerta.

Leo el artículo por encima.

Hace 100 días apareció en el aparcamiento de Stanton Beach el Saab 9–2x de Eliot y Aileen Levine. Los amigos de la pareja los describen como dos personas felices y enamoradas, grandes amantes del senderismo y la bicicleta, y apasionados por el mar.

Los golpes en la puerta se hacen más insistentes: ¡Pon, pon, pon!

–¡Un momento! –grita Alice, pero sin moverse.

Me mira con cara de terror.

La pareja ya había hecho excursiones de varios días en kayak por el mar, pero esta vez no le habían comentado a ningún pariente ni amigo que pensaran viajar a la costa de Oregón desde el norte de California, donde vivían.

Pum, pum, pum. Una voz en el porche.

–Jake, tienes que abrir la puerta.

–¡Ya voy! –dice Alice.

De hecho la información de las tarjetas de crédito indica que la pareja pasó la noche anterior en un hotel cerca de Hopland, California, y que días antes de su desaparición reservó billetes de avión para viajar a México.

Cierro el ordenador y pulso el botón de apagado. JoAnne tenía mal los datos. Se llamaban Eliot y Aileen, no Eli y Elaine. La playa era la de Stanton, no la de Stinson. Por eso Vadim no lo había encontrado hasta ahora.

–Mierda. ¿Y ahora qué hacemos?

Oigo que sacuden el pomo de la puerta. Alice viene y se me abraza.

–Jake, por Dios, qué miedo tengo... Tenías razón. ¿Cómo he podido ser tan ingenua?

Oímos pasos en la escalera lateral.

–¡Tenemos que hacer algo! –insiste mientras me toma de la mano y me obliga a levantarme del sofá.

Otra sacudida en el pomo. A partir de ahí ya no tiene importancia, porque se abre la puerta.

–Tú actúa con normalidad –me susurra Alice en el oído.

Le aprieto fugazmente la mano.

Es la pareja que se la llevó a Fernley. Justo cuando Declan cruza la puerta, entra Diane por la cocina.

–La verdad es que no pensaba que volvería a estar en esta casa –dice Declan.

Alice y yo seguimos juntos, cogidos de la mano.

–¿Tanta falta hacía forzar la cerradura? –pregunto, procurando transmitir entereza.

–No la he forzado –responde Declan–. Solo la he movido un poco. No estaría de más que os gastarais un poco de dinero en un pomo nuevo.

Diane se pone delante de nosotros, mientras Declan recorre la casa asomándose a las habitaciones para comprobar que no haya nadie más. Cuando vuelve, veo que se ha llevado mi móvil del dormitorio. Alice tiende el brazo hacia la mesa de centro, donde está el suyo, pero Declan se le adelanta y deja los dos teléfonos en la repisa de la chimenea, fuera de nuestro alcance.

–¿Qué haces?

Doy un paso hace Declan, sintiendo que se tensa el cuerpo de Alice.

–Tranquilo, que ya los recuperaréis.

Alice me suelta la mano.

–Voy a buscar café –dice con una serenidad pasmosa.

–No, gracias –contesta Declan–. ¿Qué os parece si nos sentamos todos?

Alice y yo elegimos el sofá. Declan se sienta en el sillón. Diane se queda de pie al lado de la puerta principal. Alice busca mi mano.

–Escucha... –empiezo a decir, sin la menor idea de cómo continuar.

Comprendo, con una sensación de vértigo, que ahora mismo no me quedan cartas que jugar. Declan cambia de postura en el sillón, haciendo que se le abra un poco la chaqueta. Veo que lleva una pistola dentro, en una funda. Siento náuseas.

Alice me hace daño al apretarme la mano. Sé que intenta decirme algo, pero no tengo ni idea de qué puede ser.

–Por mí podemos irnos –digo.

En este momento tengo un único objetivo: que Declan y Diane salgan de nuestra casa y se alejen de Alice. Haré lo que me pidan.

–¿Te acuerdas de cómo funciona? –pregunta él.

–Sí, claro –contesto, procurando aparentar despreocupación, como si no tuviera miedo, a pesar de que lo tengo, y mucho.

–Manos contra la pared, pies hacia atrás y piernas separadas.

Alice no suelta mi mano. Me giro hacia ella.

–Cariño –digo mientras me desprendo de la suya y le acaricio la mejilla con los dedos–. No me va a pasar nada.

A continuación hago lo que me ha pedido Declan.

Mientras me quedo con las manos contra la pared, él me da una patada para que separe más las piernas. Recuerdo el día en Fernley en que alguien me hizo caer, y comprendo con una claridad mareante que era Declan. Justo cuando empiezo a caerme, me sujeta y me estampa de nuevo contra la pared.

–¡No! –exclama Alice.

–Resistirse solo sirve para empeorarlo –dice Diane.

Las manos de Declan suben y bajan sin contemplaciones por mi cuerpo. Mi impulso es luchar, pero él tiene una pistola, y seguro que Diane también. Hay que sacarlos de aquí y poner a Alice fuera de peligro.

–¿Por qué no le han mandado ninguna directriz? – pregunta Alice con desesperación–. Se habría presentado en el aeropuerto. La fuerza sobra. Ya ha dicho que haría lo que le pidierais.

Las manos de Declan siguen hurgando por mi cuerpo. Tengo la sensación de que disfruta demasiado, de su control y de mi vulnerabilidad.

–Buena pregunta –responde–. Yo también me la he hecho. ¿Has cabreado a alguien, Jake?

Se aparta. Yo me giro hacia él.

–No lo sé.

–Alguien no está nada contento contigo –dice–. En este caso, nuestras órdenes no dejan mucho margen.

Le hace una señal con la cabeza a Diane.

–Levanta las manos –ordena ella.

–Os suplico que...

–Alice –digo bruscamente–, que no pasa nada.

Por supuesto que pasa. Todo.

Alice se queda donde está, llorando silenciosamente. Diane saca una camisa de fuerza de su bolsa de lona negra. Mientras me la pasa por mis brazos extendidos, tengo una sensación de falta absoluta de esperanza. Diane empieza a cerrar hebillas y abrochar botones. Me llega una ráfaga de aliento de café pasado, y nos veo fugazmente reflejados en el espejo del pasillo. En este momento me odio a mí mismo. Mi debilidad, mi indecisión... Todos mis actos nos han llevado hasta aquí. Seguro que en algún momento podría haber tomado otra decisión y haber cambiado de rumbo. Debería haber dicho que no cuando recibimos la caja de Finnegan. Entonces aún había alternativa: devolver el regalo y santas pascuas. O cuando vino Vivian a casa, el primer día, y nos puso delante los contratos: podríamos habernos negado a firmar. No debería haber quedado con JoAnne en secreto. No debería haber hecho tantas preguntas.

Si hubiera tomado otras decisiones en alguna de esas disyuntivas, Alice no estaría aquí muerta de miedo, llorando.

Diane me pasa la última correa entre las piernas y me la fija a la espalda con una hebilla. Ahora la tengo detrás. A Declan también. No los veo, pero oigo un ruido de cadenas, y noto que Diane me las pasa por unas anillas de la cintura, antes de agacharse para fijar las cadenas a dos aros que me pone en los tobillos.

No puedo mover los brazos, y las piernas con gran dificultad. Alice solloza.

–Os agradezco a los dos que hayáis colaborado tanto –dice Declan–. Diane y yo hemos tenido suerte de que nos hayan hecho este encargo.

Pienso que hasta podría ser que Declan no perteneciera a El Pacto. ¿Y si en su caso es un simple trabajo?

Diane rebusca en la bolsa de lona.

–¿Queréis deciros algo antes de que nos vayamos? –pregunta Declan.

Alice no vacila. Corre hacia mí y me da un beso largo y suave. Reconozco el sabor salado de sus lágrimas.

–Te quiero tanto... –murmura–. Ten cuidado.

–Yo a ti sí que te quiero.

Espero que mis palabras transmitan todo lo que siento. Ansío abrazarla y sentirla entre mis brazos. Ojalá pudiera retroceder quince minutos, a cuando estábamos a solas y ella cantaba. Ojalá hubiéramos abierto el correo al oír que entraba un mensaje. Ojalá se hubiera puesto Alice al teléfono en la primera llamada. Quizá entonces pudiéramos habernos escapado. Quizá pudiéramos estar ahora en la 280, yendo a toda velocidad hacia el sur, lejos de aquí.

Qué imperdonable estupidez. Qué inocencia y qué ingenuidad la nuestra.

De repente veo miedo en los ojos de Alice, y comprendo que hay más, todo malo.

–Esto no puede ser necesario –protesta.

Le tiembla la voz. Oírla hace que dé mucho más miedo.

–Me temo que sí –contesta Declan–. Lo siento. –Parece hasta sincero–. Está escrito en la orden. No sé muy bien por qué, pero está escrito. Necesito que abras mucho la boca.

–No –susurra Alice.

Pienso en la pistola y obedezco.

–Más, por favor.

Noto que Declan me pasa algo por la cabeza. Me meten en la boca una mordaza de bola, con correas que la fijan con fuerza en ambos lados. Al morder noto un sabor metálico y de goma seca.

La mirada de Alice se ha vuelto inexpresiva. Declan manipula todo tipo de correas y de hebillas. Luego veo bajar algo por delante de mis ojos, y me doy cuenta de que llevo tapaojos, como los caballos cuando los preparan para correr en el hipódromo. Por delante lo veo todo, pero a los lados nada. Me concentro por completo en Alice. Intento hablarle con los ojos. Luego me pasan algo más por la cabeza: una tela negra. No veo nada.

Con cada paso, con cada ir ahondando en la locura del proceso, me impacta lo que pierdo. Hace pocos días tenía ganas de poder volver a ser como antes: Alice y yo juntos y felices. Hace cinco minutos tenía ganas de abrazarla. Hace sesenta segundos, de hablar con ella. Y ahora me muero de ganas de volver a verla, simplemente. Siento la presión de su mano en mi pecho, a través de la gruesa camisa de fuerza, pero nada más. Me estoy ahogando en la oscuridad. Durante un momento solo se oye la respiración de Alice, su llanto, y su voz diciendo con urgencia: «Te quiero tanto...». Intento centrarme en su voz. La retengo en mi mente, temiendo que también esto me lo quiten, este último vínculo con la cordura, con Alice.

De pronto ha desaparecido la presión en el pecho –la mano de Alice, esa presencia que me confortaba–, y me llevan a través de la cocina. Percibo olor a beicon y noto cómo cambia el suelo de madera a baldosas. Estamos bajando por la escalera de atrás.

–¡Jake! –implora Alice.

Diane se para a contestar.

–Quédate aquí, Alice. Es el castigo de Jake, no el tuyo.

–¿Cuándo volverá? –se lamenta Alice.

En su voz ya no hay control ni calma, solo desesperación.

–Ahora tu trabajo, Alice –dice Diane–, es seguir como si fuera todo normal. Ve a trabajar; y si quieres volver a ver a tu marido, sobre todo no hables de esto con nadie.

–No, por favor... –le ruega Alice.

Quisiera decirle tantas cosas... Pero mi lengua está inmovilizada, y mis dientes clavados en metal y goma. Tengo la boca seca, y me pican los ojos. Lo único que emito es un galimatías gutural. Cinco sílabas en mi garganta: «te quiero, Alice», es lo que deseo decir.

Declan me empuja al interior del SUV. Pierdo todo vestigio de esperanza.

Al irnos no la veo, pero la intuyo. Me imagino a Alice de pie y llorando, deseando con todas sus fuerzas que regrese con ella.

¿Qué hemos hecho? ¿Volveré a ver a mi mujer?

66

Noto que giramos a la derecha y nos metemos por Balboa. El ruido de coches en punto muerto que nos rodea es señal de que en el siguiente cruce hay un semáforo, así que solo puede ser Arguello. Quiero convencerme de que solo es una pesadilla, pero las cadenas se me clavan en los tobillos, y el sabor a goma es nauseabundo. Tengo que hacer el esfuerzo de averiguar el itinerario y memorizarlo.

Tardamos bastante en parar. Sé por el ruido que estamos en pleno tráfico de Bay Bridge. Luego siento el puente debajo de las ruedas. Percibo un cambio en la luz, delante de la cara. De repente me quitan la tela negra sin avisar. Veo la nuca de Declan al volante, y el perfil de Diane. Entre el asiento de atrás y el de delante se eleva una mampara. A juzgar por lo oscuro que se está dentro del coche, tienen que estar los cristales tintados.

Empezamos a movernos. Ahora vamos más deprisa. Se oye el eco del túnel de la isla de Yerba Buena. Percibo un movimiento silencioso a mi lado. Muevo la cabeza con dificultad, y doy un respingo al descubrir en la penumbra que a mi lado va sentada una mujer menuda. Le calculo algo más de cincuenta años. Lleva un cinturón por encima de una camisa de fuerza, como yo, aunque sin nada en la cabeza. ¿Desde cuándo me mira fijamente? Su expresión es compasiva; sobre todo los ojos, aunque su sonrisa, rígida, parece tratar de transmitir que entiende lo que siento. Intento sonreír yo también, pero no puedo mover los labios. Me duele la boca, de tan seca como está. Quizá fuera de buena educación apartar la vista, pero no lo hago. Parece una mujer rica (por las inyecciones de estética bien hechas y los pendientes de brillantes), pero su lustroso pelo tiene algunas partes despeinadas, señal de algún tipo de pelea.

Inclino torpemente la cabeza hacia atrás, limitado por la camisa de fuerza, y pienso en Alice.

Luego pienso en los chicos. No es que tenga la abrumadora sensación de que mis pacientes no puedan vivir sin mí, pero por mucho que se hable de la resiliencia adolescente, a esa edad también son frágiles. ¿Qué efecto tendría en ellos que de repente desapareciera su psicólogo? La diferencia más elemental entre mis clientes adolescentes y las parejas casadas es esta: los adultos llegan convencidos de que lo que diga no cambiará nada, mientras que los adolescentes creen que en cualquier momento puedo pronunciar alguna frase mágica que disipe al instante la niebla.

Un ejemplo sería Marcus, de mi grupo de los martes. Va a primer curso en un instituto especializado de Marin. Es un liante, una persona combativa que siempre intenta desestabilizarlo todo. En nuestra última reunión me preguntó: «¿Cuál es la finalidad de la vida? No el sentido, la finalidad». Me puso en un apuro. Lanzado el reto, me sentí obligado a responder. Si mi respuesta no daba en el blanco, quedaría en evidencia como un farsante. Si me negaba a contestar, parecería un impostor sin ninguna utilidad para el grupo.

–Difícil pregunta –contesté–. Si respondo, ¿nos dirás tú cuál crees que es la finalidad de la vida?

Empezó a agitar la pierna derecha. No se lo esperaba.

–Sí –contestó a regañadientes.

La experiencia, el tiempo y la educación me han enseñado a interpretar a las personas y las situaciones. En general, tengo una percepción bastante correcta de qué dirá o cómo reaccionará la gente; incluso de por qué hace lo que hace, y por qué tal o cual situación lleva a tal o cual desenlace. Aun así, cuando menos me lo espero descubro una laguna en mis conocimientos. Lo que no sé, y hasta es posible que no me haya planteado nunca, es lo siguiente: ¿Qué quiere decir? ¿Qué significa?

Paseé la mirada por el círculo de adolescentes y afiné la puntería.

–Esfuérzate por ser enteramente bueno, pero sé consciente de que no lo eres –dije–. Procura disfrutar de cada día, pero sé consciente de que no lo harás. Procura perdonar a los demás, y también a ti mismo. Olvídate de lo malo y recuerda lo bueno. Come galletas, pero no demasiadas. Plantéate el reto de hacer y ver más cosas. Haz planes, celebra que salgan bien, y en caso contrario, persevera. Ríete cuando vayan bien las cosas, y cuando vayan mal también. Ama con abandono, sin egoísmos. La vida es simple, y complicada, y corta. Tu única moneda de verdad es el tiempo. Úsala sabiamente.

Al acabar, se me quedaron mirando estupefactos, Marcus y todos los demás. Nadie dijo nada. No sabían qué contestar. ¿Significaba que yo tenía razón o que no? Probablemente las dos cosas.

Aquí en la oscuridad del SUV, con la desconocida, pienso en las palabras que les dediqué a los chicos. Estoy en una situación aterradora, cuyo desenlace no puedo predecir. He amado con abandono, pero ¿lo he hecho de verdad sin egoísmos? ¿Cuánto me queda de esa moneda tan valiosa, el tiempo? ¿Lo he usado sabiamente?

67

Pasan las horas. Hago un esfuerzo enorme para no dormirme. Debemos de estar en algún punto del desierto. Me noto la boca con sabor a polvo. Tengo la lengua hinchada bajo la mordaza, los labios agrietados, doloridos, y la garganta reseca. Me cuesta respirar. Me muero de ganas de tragar, pero no me responden los músculos de la garganta.

Sé por los baches que ya no estamos en la carretera principal. Se me ha caído saliva por la camisa de fuerza y la pierna. Me da vergüenza. Giro la cabeza a la derecha, aunque me duela. La mujer de al lado está dormida. Tiene cardenales y cortes en la mejilla. Por lo visto, la persona a quien le caigo mal tampoco le tiene demasiada simpatía.

De repente baja la separación entre los asientos de delante y los de atrás. Cierro los ojos para que no me deslumbre el sol que golpea el parabrisas. La mujer se mueve un poco. Giro la cabeza con la esperanza de poder comunicarle algo con los ojos, de entablar alguna relación, pero ella mira al frente.

Veo dibujarse el complejo en la distancia, brotando del calor desértico.

Llegamos a una verja de hierro imponente, donde esperamos a que un vigilante uniformado nos revise los papeles. Le oigo anunciar nuestra llegada por teléfono dentro de la garita. Se abre la verja. La cruzamos. Mientras oigo que se cierra a nuestro paso, calculo si es demasiado alta para escalarla. ¿Cuánto tardaría, si pudiera? ¿Qué harían si lo intentase?

Luego pienso en la pasarela acristalada que crucé durante mi primera estancia en Fernley: el resort a un lado, y al otro el desierto en toda su inmensidad. Escaparse de aquí sería como fugarse a nado de Alcatraz: ¿cómo se sobrevive una vez fuera? El desierto está lejos de todo, y es demasiado implacable. Sin agua, me moriría en cuestión de horas. ¿Qué es mejor, morirse en una cárcel en manos de tus carceleros o en el desierto, solo?

Cruzamos otra verja, y acabamos aparcando exactamente donde bajé del avión la última vez, con la diferencia de que ahora soy yo el que se pone en la línea amarilla, con aspecto cansado y aprensivo. Tengo a mi lado a la mujer.

Se oye el zumbido de una verja que se abre.

–¡Venga, en marcha! –berrea un hombre bajo, con uniforme negro–. ¡Por la línea!

Arrastramos los pies por el pasillo, estrecho y con tela metálica a los lados, haciendo el esfuerzo de no apartarnos de la línea amarilla que nos marca el camino. No puedo dar pasos largos, porque se me clavan las cadenas en los tobillos. La mujer va deprisa. No debe de tener grilletes en los pies. Me cuesta no quedarme rezagado.

Al final de la línea amarilla llegamos a la entrada del edificio. Se abre la puerta y entramos. A ella se la llevan hacia la izquierda dos mujeres uniformadas. A mí me rodean dos hombres que me llevan en la otra dirección. Vamos a una habitación vacía donde me liberan la cintura y los tobillos. Me encuentro enseguida más ligero. Cuando me quitan la camisa de fuerza, no me siento los brazos. Tal vez lo siguiente sea la mordaza. Eso espero. Me muero de ganas de pasarme la lengua por los labios y tomar un trago de agua.

–Quítate la ropa –dice uno de los hombres.

Al poco rato estoy totalmente desnudo, salvo el artilugio de la cabeza. Tengo los labios insensibles. Noto un hilo de saliva en la barbilla.

Se me quedan mirando los dos, ligeramente fascinados.

Me duele tanto la boca que ni siquiera me afecta la humillación. Solo quiero que me quiten esto. Me señalo la boca, suplico con las manos, y les hago señas de que necesito beber.

Al final el más bajo se quita unas llaves del cinturón y manipula una cerradura en mi nuca. Al soltarse la mordaza, me quedo sin aliento, con lágrimas de alivio en las mejillas. Intento cerrar la boca, pero no puedo.

El alto señala algo.

–Por ahí se va a las duchas. No tengas prisa. Cuando acabes, te pones el mono rojo. La salida es por el fondo.

Cruzo una puerta. A la izquierda hay cinco lavabos, a la derecha cinco duchas, y en el centro un banco. Puertas no hay, ni cortinas. Voy a la ducha del medio. Hay algo en mí que cree que no saldrá agua, que es solo una cruel broma psicológica.

Giro el botón, y milagrosamente brota el agua, un agua gélida cuyo contacto con la piel me hace tiritar. Levanto la cabeza y bebo a trago limpio, sin parar. De pronto el agua pasa de estar helada a hervir. Me aparto de golpe. Luego meo por el desagüe, y contemplo el remolino amarillo oscuro que se forma en el agua y desaparece, rodeado de vapor.

Bombeo el dispensador de jabón de plástico, que escupe en la palma de mi mano un fluido rosa nacarado. Me limpio la suciedad del viaje. Ahora el agua está tibia. Me lavo la cara, el pelo... Todo. Me quedo con los ojos cerrados debajo del chorro. Tengo ganas de acostarme y dormir toda una eternidad. No quiero salir de la ducha ni ponerme el mono. No quiero cruzar la puerta. Cada puerta que cruce será una puerta más que tendré por delante a la hora de huir de este infierno, si es que puedo hacerlo alguna vez.

Al final apago el agua y salgo de la ducha. En la pared hay unos ganchos, con un mono y unos calzoncillos blancos. Debajo de la ropa hay unas zapatillas. Me pongo los calzoncillos y el mono. Me sorprende lo agradable que es la tela, tal como la había descrito Alice. El mono es exactamente de mi talla. En cambio las zapatillas me van pequeñas. Aun así, me las pongo y salgo por la puerta.

Estoy en una habitación estrecha. Tengo enfrente a mi compañera de viaje, al lado de una silla, con un mono rojo sangre idéntico al mío. En la parte delantera pone preso en mayúsculas. Al lado de la silla hay una mesa alta. Su elegante tablero de mármol no encaja en el entorno. En medio de la mesa hay una caja de madera. Me estremezco al pensar en qué habrá dentro.

La mujer levanta una mano y se toca el pelo, cohibida. Aún tiene la piel húmeda, de la ducha, pero el pelo está seco.

–No hay salida –dice.

Tiene razón, no hay más puertas. Me giro hacia la que he cruzado, pero ya está cerrada. Me acuerdo de JoAnne en la jaula menguante de cristal, y empiezo a tener pánico. Muevo el pomo, que no se abre. Estamos atrapados.

Camino despacio, en círculos, examinando la sala.

–Siéntate, por favor –se aventura a decir ella–. Siéntate –repite al ver que no me muevo.

Tiene los ojos rojos. Se nota que ha estado llorando. Me acerco a la silla y me siento.

–Lo siento –dice.

–¿El qué?

Después de un momento de silencio empieza a sollozar.

–¿Te encuentras bien?

Lo digo a sabiendas de que es una pregunta absurda, pero quiero que sepa que entiendo lo que siente.

–Sí –contesta.

Salta a la vista que se está esforzando por recuperar su compostura y dignidad. Abre la caja y hurga en ella. Me mareo al oír un roce de metal contra metal.

–¿Qué hay dentro? –pregunto, temiendo la respuesta.

–Nos han dado a elegir –dice–. Uno de los dos tiene que salir de esta sala con la cabeza rapada. Me han dicho que podía decidirlo yo. Me han dicho que si quedaba un solo pelo nos raparían la cabeza a los dos, y algo peor.

–¿Y ya te has decidido?

–Sí. Lo siento.

La cabeza rapada. No pasa nada, lo puedo soportar. La pregunta más inquietante es por qué nos someten a esto. Si le han dado a elegir a ella, es probable que también lo hagan conmigo. ¿Cuál será mi elección?

68

Mientras zumba la máquina de afeitar en torno a mi cabeza, pienso en Eliot y Aileen. Eli y Elaine, los llamó JoAnne. Quizá se equivocara de nombres el periódico de Portland. O JoAnne. Tanto da. ¿Puede ser que lo oyera yo mal? A menudo nuestro oído capta lo que espera, más que lo que se dice.

Recuerdo a otra pareja que desapareció en kayak por el mar. Fue al norte de Malibú, hace un par de años. Los dieron por desaparecidos varias semanas, hasta que encontraron su kayak biplaza con un mordisco en el casco. Aún había fragmentos de diente de tiburón incrustados en la fibra de vidrio.

¿Y si leyó la noticia alguien de El Pacto, y le pareció una historia plausible para una pareja como Eliot y Eileen? ¿Y si el cáncer de la mujer de Dave también era solo eso, una hipótesis plausible?

Pienso en las ciento siete personas que recorrieron las costas de Oregón en busca de algún indicio sobre la desaparición de Eliot y Aileen. Es la cantidad que ponía en periódico, ciento siete. Me los imagino caminando en fila india por una playa larga, con la cabeza inclinada, buscando pistas enterradas en la arena. Si desapareciera yo, ¿habría ciento siete personas dispuestas a buscarme? Me gustaría pensar que sí, pero es poco probable.

El artículo era de hace tres meses. Ojalá hubiera tenido tiempo de buscar una actualización. ¿Desistieron los amigos? ¿O aún están buscando? Si desapareciera yo, ¿cuánto tiempo estarían buscándome?

69

Me he quedado sin pelo, pero la mujer sigue pasándome las manos por el cuero cabelludo por si se le ha escapado algo. De vez en cuando se para, coge la máquina de afeitar, me restriega un poco de loción y afeita un folículo, real o imaginario. Parece obsesionada, con un miedo cerval a unas consecuencias desconocidas. Lleva el típico peinado de buen gusto de las mujeres de su edad con buen pasar: una media melena cara, rubia pero sin excesos, y con reflejos que llaman la atención hacia sus atractivos pómulos. Intuyo que le dedica mucho tiempo cada mañana. Entiendo su elección, pero la minuciosidad con que me rapa la cabeza parece casi cruel.

–Te queda perfecto –dice, apartándose.

Los culpables siempre encuentran la manera de racionalizar su conducta y hacer que parezca que te han hecho un favor.

Oímos una voz femenina por el intercomunicador del techo.

–Muy bien. Ahora te toca a ti elegir, Jake.

Lo veía venir. Aun así, se me tensa el cuerpo.

–Tenemos dos celdas de detención –dice la voz–. Una es oscura y fría, y la otra luminosa y cálida. ¿Cuál prefieres?

Miro a la mujer. Adivino que está casada con un hombre que siempre le deja elegir: chocolate o vainilla, ventana o pasillo, pollo o pescado. Por suerte no soy su marido.

–La luminosa y cálida –digo justo cuando abre la boca para decirme cuál prefiere ella.

–Bien elegido, Jake.

Se abre la puerta, y un camino iluminado nos conduce a un pasillo y una zona común con ocho celdas. Vuelve a activarse el intercomunicador.

–Jake, por favor, entra en la celda treinta y seis. Tú en la treinta y cinco, Bárbara.

Conque se llama así. Bárbara y yo nos miramos, pero ninguno de los dos se mueve.

–Adelante –dice la voz.

Bárbara se acerca unos pasos a su celda y se queda en la entrada. Dentro está oscuro. Tiende la mano y se aferra a la mía como si pudiera salvarla de algún modo.

–Pasa –dice la voz.

Me suelta la mano, vacilando, y entra muy despacio. En el momento en que se cierra la puerta, suelta un grito de miedo. Yo me acerco decidido a la otra celda, aparentando un valor que no siento. La luz de los fluorescentes es muy cruda, y la temperatura debe de acercarse a los treinta y ocho grados. Se cierra la puerta de golpe a mis espaldas.

Hay una cama estrecha de metal adosada a la pared. Sábana, pero no almohada. De la pared también cuelga un retrete. Solo hay un estante, con un ejemplar gastado de El Manual, y nada más. Me echo en la cama, ignorando el libro. Hay tanta luz que tengo que ponerme boca abajo, hundiendo la cara en la sábana.

Pasan horas. Sudo y doy vueltas en la cama sin dormirme. Oigo gritar dos veces a Bárbara en la celda de al lado. Luego no oigo nada más. Vuelvo a examinar la mía, sin que se me haya acostumbrado aún la vista a la luz cruda. Tengo mucha sed, pero no me han traído agua. Me digo que en el peor de los casos podré beber la del retrete. Probablemente alcanzaría para cinco o seis días. ¿Y luego? Procuro no pensar con tanta antelación.

70

No puedo asegurarlo, pero diría que pasa un día entero antes de que se abra la puerta. Noto que el aire caliente de mi celda sale a la zona común. Mi mono está empapado de sudor. Bajo del catre y salgo de la celda. El aire fresco me marea.

La puerta de la otra celda también está abierta. Sale Bárbara tapándose la cara con las manos, para protegerse los ojos de la luz. Me siento culpable por haberle elegido la celda oscura. Le pongo una mano en el hombro. Ella gime. Aunque no nos hayan dado instrucciones, veo que delante hay una señal de salida. Llevo a Bárbara por el pasillo y la salida. Tengo la sensación de ser una rata en un laberinto conocido; una rata que sigue el camino obligatorio, y cuyo libre albedrío es una simple ficción.

Bárbara ha abierto los ojos, aunque se nota que le duele. Camina muy cerca de mí, aferrada a mi mano.

–¿Adónde vamos? –susurra.

–¿Es tu primera vez?

–Sí.

–Todas las puertas llevan a otras puertas. Supongo que será cuestión de seguir. Cuando quieran que nos paremos, nos enteraremos. Si te sirve de algo, cuenta mentalmente. Así al menos sabremos cuánto hemos caminado.

–Un segundo –dice ella–, dos segundos, tres segundos...

Camino despacio, pero sin titubeos. Tal como esperaba, al llegar al final de cada pasillo se abre una puerta que se cierra a nuestro paso. ¿Estará todo controlado con sensores? ¿O de esta sincronización tan impecable se encarga alguien mirando las cámaras?

Bárbara va por el segundo mil catorce cuando llegamos a dos puertas de cristal. En cada una hay un letrero de plástico donde pone abogado de oficio. Se oye otra vez la voz del techo.

–Bárbara, te toca elegir. ¿A qué abogado prefieres, a David Renton o a Elizabeth Watson?

A duras penas conozco a mi compañera de cárcel, pero estoy seguro de a quién elegirá.

–A David Renton.

Se abren las dos puertas, y detrás de cada una aparece una mesa con una persona junto a ella. Bárbara va a la izquierda, hacia el hombre; yo a la derecha, hacia la mujer.

Con su traje azul marino, Elizabeth Watson –alta, delgada y pálida– parece un maniquí. Al principio no se mueve. Intuyo que me está evaluando. Tengo la ropa y las zapatillas empapadas de sudor. Supongo que no es una imagen demasiado atractiva. El aire acondicionado está muy fuerte. Con mi ropa mojada, empiezo a tiritar. Mi abogada me hace señas de que me siente en la silla que hay enfrente de la mesa. Luego se sienta ella, y abre un poco la ventana para que entre aire caliente del desierto.

–Aquí hace un frío que pela –murmura–. De pequeña vivía en Tallahassee, y mi madre siempre tenía la casa a dieciocho grados. No soporto el aire acondicionado.

Me deja estupefacto su franqueza. Hasta ahora nunca había conocido a nadie en Fernley que revelara algo de sí mismo.

Hace girar la silla, y abre su gran bolso de piel. Me doy cuenta de que no es su despacho de verdad. No hay fotos, ni ningún tipo de pertenencias. De cerca veo que lleva el traje arrugado, con un pliegue en el lado derecho que podría ser de una maleta, y una mancha en la manga izquierda. El bolso está lleno a rebosar. Acabará de llegar, convocada de urgencia.

Pone tres refrescos encima de la mesa: Coca-Cola Light, agua de Islandia con aroma de frambuesa y té helado.

–Elige –dice con una sonrisa empática.

Me la imagino saliendo a toda prisa de un despacho de abogados de categoría, y llevándose al vuelo las botellas. Probablemente Elizabeth Watson sea miembro de El Pacto, a diferencia de Declan y Diane. Quizá haya cometido algún desliz, o un par, y ahora de vez en cuando venga a defender a sus «Amigos».

Escojo el agua. Ella el té helado.

–Bueno –dice, apoyándose en el respaldo–. Es el primer delito, ¿no?

–Sí.

–La primera vez es la peor.

Abre un expediente encima de la mesa. Mientras me bebo toda el agua, Elizabeth empieza a leer los documentos.

–Aún no han formulado cargos, cosa que no es habitual. Quieren hablar primero contigo.

–¿Tengo elección?

Elizabeth mira por la ventana. Al otro lado ondula el desierto bajo el sol.

–No, la verdad es que no. Aún nos quedan unos minutos. ¿Tienes hambre?

–De lobo.

Hurga en su bolso, saca medio bocadillo envuelto en papel de cera azul y me lo acerca por la mesa.

–Perdona, pero es lo único que tengo. Aunque está bueno. Es de pavo y queso *brie*.

–Gracias.

Me lo como en cuatro bocados.

–¿Quieres llamar a tu mujer?

–¿En serio?

Parece demasiado bueno para ser verdad.

–Sí, puedes usar mi móvil. –Me lo pone delante–. Al llegar a Fernley siempre registramos nuestros móviles –añade en voz baja.

Hace el gesto de entrecomillar «registramos», para avisarme de que quizá no sea una llamada muy íntima. Parece que la tengo realmente de mi lado; claro que también podría ser otro juego morboso, una prueba más. Quizá haga el papel de poli bueno.

–Gracias –digo titubeando, y cojo el teléfono.

Me muero de ganas de hablar con Alice, pero ¿qué le diré? Se pone a la primera, con la voz sofocada por el miedo.

–¿Diga?

–Soy yo, cariño.

–Dios mío... ¡Jake! ¿Te encuentras bien?

–Me han cortado el pelo, pero por lo demás muy bien.

–¿Cómo que te han cortado el pelo? ¿Cuándo vuelves a casa?

–Estoy calvo. Y por desgracia no sé cuándo volveré.

De lo de la calvicie no parece que se dé ni cuenta.

–¿Dónde estás?

–Con mi abogada. Aún no me han acusado de nada. Primero quieren interrogarme. –Miro a Elizabeth, que parece absorta en mi expediente–. ¿Qué tal Vadim? –pregunto en voz baja.

–Trabajando mucho –dice Alice–. Ha encontrado más documentación.

Elizabeth me mira y se da unos golpecitos en el reloj.

–Tengo que colgar –digo yo.

–Aún no –contesta Alice. Oigo que está llorando–. Digas lo que digas, no te autoinculpes.

–Vale –le prometo–. ¿Alice? Te quiero.

Oigo moverse el pomo de la puerta del despacho. Cuelgo rápidamente y empujo el móvil por la mesa hacia Elizabeth. Se abre la puerta. Es Gordon, el que me interrogó en mi primera visita a Fernley, con traje negro y un maletín. Lo acompaña otra persona, más corpulento y duro que el de la otra vez, con un tatuaje de una serpiente que recorre su fornido cuello.

–Tenemos que irnos –dice Gordon.

Elizabeth se levanta para rodear la mesa y ponerse entre Gordon y yo. Cada vez me cae mejor.

–¿Cuánto durará la entrevista? –pregunta.

–Depende –contesta Gordon.

–Me gustaría estar.

–No puede ser.

–¡Pero hombre, que soy su abogada! ¡Ya me dirás para qué tiene abogado, si ni siquiera puede estar presente en la entrevista!

–Mira –se impacienta Gordon–, tú deja que haga mi trabajo, y cuando acabe te lo devuelvo, ¿vale?

–¿Cuánto será? ¿Una hora? ¿Dos?

–Eso ya depende de nuestro amigo.

Gordon me agarra por el codo y me empuja hacia la puerta. Elizabeth empieza a seguirnos, pero Gordon mira hacia atrás y chasquea un dedo.

–Encárgate, Maurie.

El de la serpiente se pone en la puerta para cerrarle el paso a Elizabeth. Recorremos otra vez varios pasillos largos. Al final Gordon introduce un código en un teclado, y entramos en una habitación sin ventanas, con una mesa y tres sillas. Siento la respiración de Maurie a mis espaldas.

–Siéntate –dice Gordon.

Obedezco. Él se sienta al otro lado y deja el maletín entre los dos.

En la mesa hay un aro metálico.

–Las manos –dice Maurie.

Las pongo encima de la mesa. Maurie pasa unas esposas por el aro y luego me las pone en las muñecas, apretando mucho. Gordon saca una carpeta roja de su maletín y la abre. Está llena de papeles. ¿Son todos sobre mí?

–¿Quieres hablar de algo antes de que empecemos? –pregunta.

Antes de que Alice me enseñara el artículo de prensa, mi plan era sincerarme completamente, contarles toda la verdad y aceptar lo que viniera, pero ahora no estoy tan seguro.

Hago mal en preguntarlo, pero lo pregunto. Tengo que saberlo.

–¿Está bien JoAnne?

–Me sorprende mucho que me lo preguntes. –Gordon frunce el ceño–. ¿Por qué te preocupa tanto JoAnne? ¿Es que no has aprendido nada? –Mira a Maurie–. Se ve que no ha aprendido nada.

Maurie sonríe, burlón.

–Lo pregunto –digo– porque la última vez que la vi la teníais desnuda y encerrada en una habitación que se iba haciendo cada vez más pequeña.

–Ah, sí, es verdad –contesta afablemente Gordon. Consulta el expediente y se inclina hasta poner su cara a pocos centímetros de la mía–. Bueno, tengo entendido que quieres hacer una confesión.

No contesto.

–Puede que esto te refresque la memoria.

Desliza una foto por la mesa. Maurie, aburrido, se apoya en la puerta. Es una foto en blanco y negro, y con mucho grano, pero lo que veo es innegable.

–Te voy a preguntar algo que ya te pregunté la última vez que nos vimos –dice Gordon–. ¿Recuerdas haber quedado con JoAnne en la zona de restauración del centro comercial de Hillsdale?

Miro la foto. Parece de una cámara de seguridad. Asiento.

–Vale –dice Gordon–. Por ahí vamos bien. ¿Podrías describir tu relacion con JoAnne?

–Nos conocimos en la universidad. Fuimos compañeros de trabajo, y durante muy poco tiempo novios. Después de licenciarme no volví a verla hasta que fui con Alice, mi mujer, a nuestra primera cena trimestral de El Pacto en Hillsborough, California.

–¿Y luego?

–La vi en nuestra segunda cena de El Pacto, en Woodside, California. Una semana después, a petición mía, quedamos para comer en la zona de restauración del centro comercial de Hillsdale, en San Mateo. Nos comimos unas salchichas en Hot Dog on a Stick y nos tomamos una limonada. Estuvimos hablando.

–¿De qué?

–De El Pacto.

–¿Y qué te dijo JoAnne de El Pacto?

–Yo no tenía del todo claro que nos conviniera, a mi mujer y a mí. JoAnne me tranquilizó. Dijo que a ella le había ido muy bien para su vida conyugal.

He ensayado la frase en mi cabeza unas cien veces, pero me sale forzada.

–¿Qué más?

–Quedamos para vernos otra vez, pero no se presentó.

–¿Y luego?

–Ya sabes que luego la vi aquí.

Intento disimular mi impaciencia, recordándome que todo el poder está en manos de Gordon.

–¿Le hablaste a tu mujer de estos encuentros?

–No.

–¿Por qué no?

–No lo sé.

–¿Porque pensabas acostarte con JoAnne?

–No.

Lo digo con énfasis.

–¿Solo quedabas con ella para hablar sobre los viejos tiempos? ¿Para saborear la alta cocina de Hot Dog on a Stick? ¿Por el increíble ambiente que hay en la zona de restauración del centro comercial de Hillsdale? ¿No intentaste seducirla?

–¡No!

Gordon aparta la silla y se levanta, apoyando las manos en la mesa. Maurie empieza a parecer un poco más interesado en la conversación.

–¿No insinuaste que estaría bien reavivar vuestra relación?

–Pues claro que no.

–¿Le propusiste una cita en el hotel Hyatt?

–¿Pero qué coño dices? ¡No!

Se pone a mi lado y me apoya una mano en el hombro, como si volviéramos a ser amigos.

–Ahora mismo, Jake, me estás planteando una dificultad. Quieres contar una historia. Estás decidido a no apartarte de ella. Eso lo entiendo. Instinto de supervivencia, y tal y cual. Pero nuestras fuentes han confirmado que te acostaste con JoAnne Charles en el hotel Hyatt de Burlingame, California, el 1 de marzo.

–¿Qué fuentes? ¡Esto es una locura!

Gordon suspira.

–Con lo bien que íbamos, Jake... Tenía muchas esperanzas. Creía que para la hora de comer ya estaríamos fuera.

Vuelve a sentarse.

–Yo no me he acostado con JoAnne Charles.

Al decirlo me doy cuenta de que suena mal.

–¿Cómo que no? ¡Pero si ya lo has confesado!

–¡Hace diecisiete años! Últimamente no. Ni siquiera se me ha pasado por la cabeza.

Es mentira, por supuesto. Es obvio que se me ha pasado. Joder. JoAnne desnuda, abriendo las piernas con una sonrisa desafiante... ¿Cómo no se me iba a ocurrir? ¿Pero es delito? Nunca lo habría traducido en actos. Nunca.

–Nunca se sabe lo que piensa la gente –dice Gordon.

El comentario es de una oportunidad inquietante, pero yo ya sé que es una simple táctica. El Pacto quiere convencerme de que me lee el pensamiento, pero es imposible. ¿O no?

–Jake –dice Gordon con un tono susurrante, casi aterciopelado–, te voy a hacer una pregunta de muchísima importancia. Quiero que te lo pienses bien, y que no respondas enseguida. ¿Estarías dispuesto a testificar en contra de JoAnne para que pase todo esto?

Sé la respuesta, pero dejo pasar el tiempo justo para que parezca que me lo pienso.

–No –me limito a decir finalmente.

Jake parpadea como si le hubiera dado una bofetada.

–Muy bien, Jake. Teniendo en cuenta nuestra información, y la fuente de la que procede, no lo entiendo, pero es tu decisión y la respeto. Si en algún momento cambias de idea, diles que quieres hablar conmigo.

¿Qué narices ha querido decir con lo de la fuente? Está insinuando que quien dijo que nos habíamos acostado en el Hyatt fue la propia JoAnne. ¿Pero qué motivo podría tener para decirlo? Solo puede haber hecho una afirmación así bajo una presión tremenda. Pienso en la jaula menguante. La tortura permite obtener respuestas, pero rara vez la verdad.

–No cambiaré de idea. A JoAnne solo la vi una vez en la zona de restauración de un centro comercial. El resto de lo que dices es mentira.

Gordon me mira con desdén. Luego se levanta y sale de la habitación, seguido por Maurie.

Me quedo sentado, con las manos encadenadas a la mesa. Oigo un silbido de aire en los conductos de ventilación del techo. Hace cada vez más frío. Estoy tan cansado, tengo tal hambre y tal frío, que no puedo ni pensar. Ojalá pudiera hablar con Alice. Apoyo la cabeza en la mesa, y justo entonces se apaga la luz. Levanto la cabeza y se vuelve a encender. Lo intento varias veces más. Cada vez lo mismo. ¿Hay un sensor en algún sitio, o es que alguien me vacila? Al final apoyo la cabeza y duermo.

Me despierto completamente a oscuras. ¿Cuánto tiempo ha pasado? ¿Una hora? ¿Cinco? Levanto la cabeza de la mesa y se enciende la luz. Hace frío. Las esposas se me han empezado a clavar en la piel. En la mesa metálica hay unas cuantas gotas de sangre seca. Noto un sabor a moho. Es posible que haya dormido mucho tiempo. ¿Me habrán drogado?

Pasa más tiempo. El aburrimiento es un tipo de tortura especial. Pienso en Alice. ¿Qué estará haciendo en San Francisco? ¿Trabajar en el despacho? ¿Estar en casa? ¿Sola?

Se abre la puerta.

–Hola, Maurie –digo.

No contesta. Me quita las esposas. Levanto las manos de la mesa. Pesan, como si no fueran mías. Muevo los dedos, me froto las manos y las sacudo. Maurie me agarra por los brazos, me los pone bruscamente en la espalda y vuelve a esposarme.

Me saca al pasillo y me conduce a un ascensor.

–¿Adónde me llevas?

No contesta. De repente parece nervioso, todavía más que yo. Me acuerdo del estudio de Düsseldorf: en situaciones de miedo o de pánico, los seres humanos segregan una sustancia química a través del sudor que activa una serie de receptores del cerebro. Yo estoy oliendo el nerviosismo que se desprende de la piel de Maurie.

Se cierra la puerta del ascensor.

–¿Estás casado, Maurie? ¿Tienes hijos?

Me mira a los ojos a regañadientes, y sacude un poco la cabeza.

–¿Ni mujer ni hijos?

Otra leve sacudida. Me doy cuenta de que no está contestando a mi pregunta. Lo que hace es avisarme.

El ascensor nos lleva cinco plantas más abajo: ding, ding, ding, ding, ding. Se me revuelve el estómago vacío. Mi determinación empieza a flaquear. Estoy a más de diez metros por debajo del nivel del desierto, y a doscientos kilómetros de cualquier parte. Si hubiera un terremoto, y se viniera todo esto abajo, me quedaría enterrado y olvidado para siempre.

Salimos del ascensor. También Maurie parece algo menos decidido, porque no se molesta en sujetarme por los brazos. Camina, y yo lo sigo. Introduce un código en un teclado. Entramos en una habitación donde hay otro vigilante, una mujer de unos cuarenta y cinco años, rubia de bote, a la vieja usanza. No parece miembro de El Pacto. Debe de ser difícil encontrar personal en el desierto. Tal vez sea una antigua empleada de la cárcel, de antes de que la cerrasen.

La puerta se cierra de golpe. Maurie me quita las esposas, y nos quedamos los tres sin movernos. Maurie mira a la mujer.

–Adelante –dice.

–No, tú –contesta ella.

Tengo la impresión de que es la primera vez que lo hacen, sea lo que sea, y que ninguno de los dos tiene ganas de tomar la iniciativa.

–Necesito que te quites toda la ropa –me dice ella finalmente.

–¿Otra vez?

–Sí.

–¿Todo?

Asiente con la cabeza.

Me quito lentamente los calzoncillos, mientras reflexiono. Antes, en el ascensor, Maurie me ha hecho un gesto de advertencia, y estoy convencido de que no era un gesto hostil, sino cómplice más bien. Los veo a los dos muy agitados. ¿Podría convencerlos de que me dejaran irme, ahora que solo estamos los tres, sin Gordon? ¿Cuánto cobran? ¿Podría ofrecerles dinero?

–¿Sois de Nevada? –pregunto.

Finjo tener dificultades con el primer botón del mono, a fin de ganar tiempo. La mujer mira a Maurie.

–No, yo he nacido en Utah –contesta.

Maurie la reprende con la mirada.

–Date prisa –dice.

Me desabrocho el mono y dejo que se caiga al suelo. Ella aparta la vista.

–¿De dónde eres tú? –pregunta, visiblemente incómoda por mi falta de ropa.

–De California. –Solo llevo los *boxer* que me han dado en la cárcel–. ¿Estarías dispuesta a ayudarme? –susurro.

–Ya vale –dice Maurie entre dientes.

Sé que me estoy pasando de la raya. Intuyo que Maurie podría montar en cólera en cualquier momento, pero se me están acabando las opciones.

–Tengo dinero –digo–. Mucho –miento.

Oigo el pitido del panel numérico al otro lado de la puerta. La rubia mira a Maurie. Joder, pero si está tan nervioso como ella. Se abre la puerta y entra una mujer alta y corpulenta. Tiene aspecto de celadora de la vieja escuela, de las de verdad, como si estuviera encantada de aplastarme el cráneo con el puño.

–Vigilantes –dice con una suavidad inesperada, mientras lee algo en su portapapeles–, tenemos que relevaros. –Me mira–. En pelota picada. Ahora mismo.

Me quito los calzoncillos y me tapo la entrepierna con las manos. Qué sensación más horrible estar desnudo entre gente vestida.

La vigilante levanta la vista del portapapeles, sin que le sorprenda ni interese mi desnudez.

–Lleváoslo al dos mil doscientos –les dice a Maurie y la rubia–. Deprisa. Ponedlo en el aparato, que está todo el mundo esperando.

Mierda. No puede ser nada bueno.

La rubia, que se nota que le tiene un miedo atroz, me da un empujón. Salimos al pasillo y entramos en otra sala. En el centro hay una mesa, hecha íntegramente de plexiglás, y al lado una mujer atractiva. También tiene un portapapeles en las manos, pero lleva una blusa blanca bien planchada, pantalones blancos de lino y unas sandalias bonitas de cuero. No el típico uniforme, vaya. Tiene el pelo de un rubio rojizo, hasta los hombros. Debe de ser alguien especial. Tal vez uno de los Amigos.

Me mira de los pies a la cabeza.

–Ponte encima de la mesa –dice.

–¿Me estás tomando el pelo?

–No. –Su mirada es fría–. Maurie puede enseñarte una alternativa, pero te aseguro que es mucho peor.

Miro a Maurie por encima del hombro. Mierda. Hasta él parece asustado.

–Oye –digo–, que no sé qué tipo de artefacto medieval...

La mano de la mujer se mueve tan deprisa que no tengo tiempo de esquivarla. Me estampa el portapapeles en la cara. Mi vista se pone borrosa.

–Sobre la mesa, por favor –dice sin alterarse–. Tienes que entender que somos muchos, y tú uno solo. O haces lo que te pedimos, o te resistes, pero en los dos casos pasará lo mismo. Tu nivel de resistencia equivaldrá al de dolor. Por lo demás, el desenlace será idéntico. La ecuación es muy sencilla: resistencia igual a dolor.

Me estremezco y subo a la mesa, sintiéndome profundamente vulnerable. En una punta hay un reposacuellos de espuma, con una correa de cuero al lado. No es la única correa de la mesa. En la otra punta hay bloques de madera. La mujer rubia mira el techo. Maurie mira a la mujer de blanco, como si esperara órdenes.

Es frío el tacto del plexiglás sobre mi piel desnuda. Me duele la cabeza, y noto que se me cae un hilo de sangre por la cara. Las mismas ganas que tenía ayer de no llevar la camisa de fuerza las tengo ahora de poder cubrir con algo mi desnudez y mi humillación.

La mujer rubia me coloca la cabeza en la base de espuma, me pasa la correa por el cuello y desaparece de mi vista. Noto que me fijan los brazos. Es Maurie. Sus manos son fuertes, pero de una sorprendente suavidad. Luego noto correas en los tobillos. Debe de ser la rubia. Después de atarme, me da una palmadita en el pie. Qué gesto tan maternal. Hago el esfuerzo de no llorar. ¿A qué viene esta actitud en los dos? ¿Qué saben? ¿Es la amabilidad de antes de que te maten?

Me quedó con la vista clavada en el techo, inmóvil y petrificado. Solo veo unos fluorescentes feos. La habitación está en silencio. Me siento como las ranas a punto de ser diseccionadas en el instituto, en clase de biología.

Se oyen pasos. Parece que han entrado dos personas más. Ahora tengo encima a la mujer de blanco.

–Cerradlo –dice.

Se desliza sobre mí una gran lámina de plexiglás. Mi corazón late tan fuerte que lo oigo. Me pregunto si ellos también. Intento moverme y resistirme, pero no sirve de nada. La lámina de plexiglás parece pesar mucho.

–¡No! –grito, presa del pánico.

–Tranquilo –dice la mujer de blanco–. No duele, necesariamente. Acuérdate de la ecuación.

Cierro los ojos y me tenso en espera de que la dejen caer y me aplaste. Pronto podría haber acabado todo. Una muerte horrible. ¿Es eso? ¿Una ejecución? ¿Piensan ahogarme, o algo peor? A menos que sea más de lo mismo: la táctica del miedo, crueldad mental, amenazas en balde.

El plexiglás se queda a quince centímetros de mí.

–Por favor –suplico, asqueado por mi tono de debilidad.

¿Qué dirían las noticias? «Desaparece un hombre en kayak.» O quizá no saliera en las noticias. Quizá fuera una dolencia de lo más rutinaria. «Muere un hombre de un fallo hepático. Un aneurisma.» Lo que podrían decir no tiene límite. No hay nadie que pueda poner en duda su versión. Salvo Alice. Dios mío. Dejad a Alice en paz, por favor.

Pero no, no la dejarán en paz. La casarán con otro. ¿A quién le buscarán? ¿A alguien cuya esposa haya sufrido un destino similar?

Neil, pienso. ¿Y si es todo una compleja estrategia ideada por Neil para poder desembarazarse de JoAnne y casarse con Alice? Me sube la bilis a la garganta. En ese momento baja el cristal.

71

Espero la presión del cristal, pero no llega a producirse. Oigo un taladro y caigo en la cuenta de que están fijando la lámina justo encima de mí, en las cuatro esquinas. Mi respiración frenética lo empaña todo. Pronto ya no veo nada.

Deja de oírse el taladro. Todo está en silencio.

–Uno, dos, tres y cuatro –cuenta una de las mujeres.

Siento que me levantan. De repente estoy de pie, suspendido en el interior del plexiglás, con los brazos contra el cuerpo, las piernas un poco separadas, los pies apoyados en los bloques de madera y la cara orientada hacia delante. Estoy frente a una pared blanca. Percibo la presencia de los otros detrás de mí, pero no los veo. Me siento como un organismo cautivo entre dos láminas, en espera de que lo pongan bajo el microscopio.

Tiembla el suelo. Me doy cuenta de que la estructura de plexiglás tiene ruedas. Cierro mucho los ojos y hago un esfuerzo para respirar. Al abrirlos veo que me están llevando por un pasillo estrecho. Nos cruzamos con varias personas que lanzan miradas a mi cuerpo desnudo. Algunos nos adelantan, y a otros los dejamos atrás. Me suben a un montacargas de pesadas puertas que se cierran. Subimos. No estoy seguro de que aún esté con nosotros la mujer de blanco. O la rubia. Tengo la impresión de que mis manipuladores están detrás de mí.

–¿Maurie? –digo–. ¿Adónde vamos? ¿Qué pasa?

–Maurie se ha ido –contesta una voz de hombre.

Pienso en la cara de Alice justo antes de que me pusieran el tapaojos. Pienso en su mano en mi pecho cuando llevaba la camisa de fuerza, y en el sobresalto que supuso dejar de notar su presión tranquilizadora. Pienso que en las últimas horas mi vida ha dado un giro de ciento ochenta grados. Me lo han quitado todo paulatinamente.

Quiero llorar, pero no tengo lágrimas. Quiero gritar, pero ahora sé que mis gritos no cambiarán nada.

Aguanto la respiración el tiempo justo para que se desempañe el plexiglás delante de mis ojos. Cuando se abren las puertas del ascensor, veo que estamos en una sala enorme. La recuerdo de mi primera visita a Fernley: la cafetería.

Oigo pasos que se alejan. Me quedo solo, mirando por el plexiglás empañado.

Escucho, pero no oigo nada. Intento moverme, pero no puedo. Después de unos minutos dejo de sentirme las piernas. Luego son los brazos. Luego cierro los ojos. Solo soy mis pensamientos incorpóreos. He perdido las ganas de luchar.

Por fin se me ocurre que era su plan: despojarme de cualquier chulería y cualquier esperanza.

Pasa el tiempo. ¿Cuánto? Pienso en Alice, en Ocean Beach, en nuestra boda. En la imagen de ella en el garaje, cantando con Eric.

Intento quitármelo de la cabeza, pero no puedo. Qué tontería tener celos en un momento así. La verdad es que cuando ya no esté, si es que dejo de estar, Alice no quedará libre de estar con Eric, aunque quisiera. Seguirá a merced de El Pacto y de sus decisiones arbitrarias. Probablemente durante lo que le quede de vida.

Ansío voces, o hasta un simple sonido. Un retazo de música. Qué no daría ahora mismo por ver a Gordon. O a Declan. O incluso a Vivian. A cualquier ser humano. Cualquiera. ¿Es la definición exacta de la soledad? Seguramente.

En un momento dado oigo que se abre el ascensor y me invade el alivio. Se oyen voces –dos, o tal vez tres–, y empieza a vibrar el suelo. Se acerca rodando algo pesado. Espero a que entre en mi campo visual, pero no lo hace. Luego las voces se van por el pasillo. Vuelve a oírse el ascensor. Más voces. Otra vez se acerca algo rodando por el pasillo.

Un dispositivo vertical de plexiglás, igual que el que me contiene.

Dentro hay un cuerpo femenino. Morena, de complexión media; desnuda, como yo. El cristal de delante de su cara está empañado, y no me deja ver sus facciones. La sitúan en diagonal respecto a mí.

Se alejan pasos de los dos, y voces. El ascensor. Más voces. Otra estructura de plexiglás. No la veo, pero la oigo.

Ahora somos tres. Como tengo la sensación de que estamos solos y de que se han ido todos los operarios, me armo de valor y hablo.

–¿Estáis los dos bien? –pregunto en voz baja.

Oigo sollozar a la mujer.

Luego se oye a mi derecha una voz de hombre.

–¿Qué crees que nos harán?

–¡Es culpa tuya! –exclama ella–. ¡Ya te dije que nos pillarían!

–Shh –la avisa él.

Caigo en la cuenta de que se lo decía a él. Se conocen.

–¿El qué es culpa tuya? –susurro.

Sale una voz del altavoz.

–Por favor, que se abstengan los presos de hablar de sus delitos.

Pasa entre nosotros un hombre mayor con uniforme blanco de cocinero.

–Vaya, en buena os habéis metido los tres –dice, mirándome directamente a mí, y se va.

Un minuto después suena la campana del ascensor. En el momento en que se desliza a mi lado otra jaula de plexiglás, veo a una mujer desnuda, de espaldas, con el pelo apelmazado y grasiento, y pienso que solo puede ser una persona. Los vigilantes dan la vuelta al plexiglás. Al momento siguiente la tengo de cara, a menos de dos metros. Está pálida y delgada. Parece que no haya visto el sol en varias semanas. A la altura de los ojos está empañado el cristal, que tarda un poco en aclararse. Entonces me ve, y no, no es JoAnne. ¿Qué le han hecho a JoAnne?

Oigo una gran cantidad de pasos que retumban. Justo después ingresa en el bar una larga fila de presos con monos rojos y empleados con uniformes grises. De repente comprendo el sentido de todo este horrible ejercicio. Nos han situado a los cuatro de tal modo que para ponerse en la cola de la comida tienen que pasar todos entre nosotros. Intento que me mire a los ojos la mujer de delante, pero tiene los ojos cerrados y le corren lágrimas por las mejillas.

Se detiene la fila. Oigo ruido de bandejas y cubiertos, mientras dan órdenes a grito pelado los trabajadores. La fila se alarga con la llegada de más presos. ¿Cuántos? ¿Cómo pueden haberse indispuesto tantos amigos con El Pacto?

Al poco rato, la fila se para delante de nosotros. La mayoría baja la vista al suelo para no mirarnos a los ojos, aunque también hay algunos que parecen fascinados, horrorizados. ¿Los novatos, tal vez? Hasta hay un veinteañero de pelo negro y dentadura perfecta que sonríe. Parece disfrutar de una cruel diversión. Lo que se advierte, en otros casos, es mero aburrimiento, matar el rato y comer una vez más en Fernley, como si estuvieran de vuelta de todo.

Al principio evito las miradas, por vergüenza y por humillación, pero luego se me ocurre que si es el final quiero obligarlos a que me miren. A que me vean. A que sepan que mañana podría pasarles lo mismo. Si puedo acabar yo aquí, es que puede pasarle a cualquier amigo.

Hay prácticamente la misma cantidad de hombres que de mujeres. Los monos rojos no impiden que se note una pulcritud prácticamente generalizada, de gente bien situada. No son los típicos reclusos. Me pregunto por qué delitos estarán aquí. Va llegando más gente, haciendo que la cola forme una U, y luego una S. Se apretujan tanto que algunos tienen que pegarse a mi cárcel de plexiglás, y la lámina transparente es lo único que los separa de mi cuerpo desnudo. Se intensifica el ruido. Me invaden la rabia y la decepción. Quiero que hagan algo, lo que sea. Quiero que se rebelen contra El Pacto.

¿Cómo podemos haber dejado que nos pase algo así?

Me sonríe una mujer de pelo caoba con elegantes canas grises en las sienes, y tras comprobar que no la ve nadie, da un beso rápido en el plexiglás a la altura de mi boca. Dice algo, pero con tanto ruido no se puede oír. «¿Qué?», articulo. Ella mueve los labios despacio para formar la respuesta: «No te rindas».

Al menos creo que es lo que me ha dicho: «No te rindas».

72

Otra vez la celda, otra vez el mono rojo, otra vez el colchón fino. Intento dormir, pero hay demasiada luz y hace demasiado calor. Aquí dentro no se puede hacer nada que no sea leer El Manual, y me niego a tocarlo.

Divago. Por alguna razón pienso en uno de mis pacientes, Marcus, el que me preguntó por la finalidad de la vida. Está escribiendo un artículo sobre Larsen B, una placa de hielo del tamaño del estado de Rhode Island que estaba al borde de la Antártida, y que en 2004, después de casi doce mil años de fuerza y estabilidad, se resquebrajó y se hundió en el mar. Doce mil años, y solo tardó tres semanas en desintegrarse. Los científicos no tienen clara la razón, aunque sospechan que se debió a una confluencia descomunal de hechos: cambios en las corrientes, mayor fuerza del sol, falta de ozono y el ciclo habitual de veinticuatro horas del verano. Con eso no pudo Larsen B. La corriente de agua cálida provocó una serie de pequeñas fisuras. Después el sol derritió la capa superior. Las gotitas fueron bajando lentamente por las fisuras, que a continuación se expandieron, hasta que quedó debilitada toda la estructura. Finalmente, en cuestión de minutos se hizo inminente una catástrofe que veinte años antes habría parecido inconcebible.

Después pienso en unos clientes nuevos, los Rosendin, Darlene y Rich. Llevan veintitrés años de matrimonio, en líneas generales feliz. Una casa bonita, unos buenos trabajos, dos hijos, ambos en la universidad... Todo estupendo hasta que, hace unos seis meses, Darlene cometió un par de tonterías. Dentro del contexto general no es que fueran infracciones muy graves, pero durante las semanas siguientes se puso en marcha un efecto dominó de rabia y desconfianza, y ahora su vida conyugal se ha desmoronado. Reconozco que su caso me hizo ver el matrimonio con cierto pesimismo. Lo tienes todo controlado, día a día, segundo a segundo, y de repente uno de los dos se desconcentra un solo instante, se le escapa el hilo y ya está, ya se ha deshecho todo.

73

–¿Preparado para hablar?

Me levanto, entumecido, y salgo de la celda, siguiendo a Gordon y Maurie. Recorremos un pasillo y entramos en la sala de entrevistas. Esta vez no me sujetan a la mesa. Tal vez se den cuenta de que estoy demasiado exhausto para resistirme.

Gordon se ha sentado y me mira fijamente desde el otro lado de la mesa. Maurie se queda apostado en la puerta, sin mirarme a los ojos.

–¿Qué –pregunta Gordon–, podemos encontrar algún punto en común? ¿Has tenido tiempo de pensar?

No contesto. No estoy seguro de poder decir nada. Cuando me transportaron hasta el bar tuve la sensación de haber abierto la puerta de una madriguera que desembocaba en el infierno. Estaba dispuesto a un acto de contrición –por JoAnne, por mí, por Alice–, pero las palabras leídas en los labios de la desconocida me dieron fuerzas para no cejar. «No te rindas.»

–En el fondo no se trata de ti –me dice Gordon–. La tal JoAnne se las trae. ¿Te interesaría saber que no es su primer Delito de Infidelidad? Neil me ha pedido que llegue hasta el final.

Es la primera vez en Fernley que alguien se refiere por su nombre a una autoridad. No puede ser buena señal. ¿Quiere decir que piensa eliminar al testigo?

–Mira, Jake, yo ya sé que estás en una situación difícil. Te parece que no puedes ayudarme a resolver el problema sin quedar como culpable. –Gordon se levanta y se acerca a la pequeña nevera de la esquina–. ¿Quieres beber algo?

–Sí. Por favor.

Me pone delante una botella de plástico. Otra vez agua islandesa, de arándano y menta.

–Se nota que tienes mucha fuerza de voluntad, Jake. Mira, le he estado dando vueltas y tenemos dos alternativas: o venzo tu resistencia (que para mí sería mucho trabajo y a ti no te haría mucha gracia), o buscamos entre los dos una salida que permita que me ayudes a resolver el problema pero salgas relativamente indemne.

–Después de lo que me habéis hecho pasar, no me fío de vuestra definición de indemne.

–Te aseguro que no ha sido nada.

–¿Esto es normal?

–¿El qué?

–Yo creía que en principio El Pacto iba de fomentar matrimonios felices, sanos y duraderos. ¿Cómo encajan los interrogatorios y la tortura en un matrimonio sano?

Gordon suspira.

–A ver si me explico. Me han pedido que resuelva el problema de JoAnne. Normalmente, en la mayoría de los casos pido cuentas a la adúltera, ella confiesa, se presenta ante el juez y le dan su medicina. Luego la pareja sigue con su vida. Es muy sencillo. Parece mentira la capacidad de recuperación que tienen los matrimonios. Es increíble. Yo ya he visto unos cuantos que después de un golpe horrible, aplastante, se recuperan. La mayoría salen fortalecidos de la prueba. ¿Sabes por qué?

Me niego a contestar.

–Cuando el cónyuge infractor acepta las consecuencias de sus actos, Jake, se restablece el equilibrio de la relación. Todo vuelve a su sitio. Aceptarlas elimina el ruido, resuelve el problema y pone a cero el contador de la relación. La clave es el equilibrio, que es el combustible de los buenos matrimonios.

Suena a discurso ensayado, aunque no deja de ser creíble; de hecho, recuerdo haber dicho algo bastante parecido a mis pacientes.

–La mayoría de las parejas son incapaces de recuperar el equilibrio por sí solas. Para eso estoy yo.

–Bueno, ¿y qué necesitas, exactamente? –pregunto.

–Como JoAnne se ha negado a confesarlo todo, es uno de los rarísimos casos en los que me he visto obligado a intervenir.

–¿Te has planteado alguna vez la posibilidad de que no haya nada que confesar?

Gordon suspira otra vez.

–El primer día en que estuvo vigilada por mi equipo, JoAnne le dijo una mentira a Neil. Se escapó de casa y quedó contigo en la zona de restauración. He trabajado varios años para los servicios de inteligencia de otro país. Mis investigados eran profesionales que sabían borrar sus huellas. Eso sí que era difícil. Esto no.

–¿Te has planteado la posibilidad de que JoAnne no engañe a Neil? ¿De que quedáramos solo como amigos?

–He comprobado que en este tipo de situaciones el cónyuge objeto de sospechas siempre es infiel. En este caso pasará lo mismo. Solo es cuestión de cómo llegaremos al inevitable desenlace.

–Pues yo ahí no os puedo llevar, porque no pasó nada.

En nuestra época de Big Data y abundancia informativa siempre es posible encontrar pruebas que abonen cualquier punto de vista, sea cierto o erróneo. Estoy pensando en los prolegómenos de la guerra de Irak, el óxido de uranio en África, las atrocidades de Kurdistán... En el maremoto de pruebas, tanto verdaderas como falsas, que lleva a los países a la decisión de entrar en guerra.

Gordon me sonríe con tristeza.

–Mi propuesta es la siguiente. Tú declaras que JoAnne hizo o dijo algo que indicaba interés por mantener una relación sexual contigo. No hace falta que digas nada más ni que te autoinculpes. Podemos dejarlo en eso. Puedes confesar algún delito de poca gravedad, sin nada que ver con JoAnne, aceptar la sentencia y seguir como antes. Es muy fácil. ¿No lo harás aunque sea por Alice? –Pone mala cara al ver que no respondo–. Mira, Jake, estoy haciendo todo lo que puedo por ayudarte. Me la estoy jugando, pero no parece que me lo agradezcas. Probablemente no sepas que los requisitos de implementación de El Pacto se tratan en un manual específico. Es para los cuerpos de seguridad, como yo, no para los miembros. Me indica las pautas para el cumplimiento de mis obligaciones. Lo que pasa es que esta situación es especial, porque afecta a la mujer de un alto cargo, y en aras de la conveniencia Neil ha dispuesto que podamos recurrir a un abanico de técnicas más amplio. Cada vez que aplicamos una nueva técnica, necesitamos una orden del juez. Yo esa autorización ya la he obtenido. No puedo entrar en detalles sobre las técnicas concretas que se han autorizado, pero te puedo decir que no te gustaría nada que te las aplicasen. –Se está poniendo rojo–. Si lo haces por algún tipo de altruismo desencaminado, te aseguro que a JoAnne tampoco le gustaría.

–Me estás diciendo que la única manera que tengo de salvarnos, a JoAnne y a mí, es mentir, pero si miento y te doy lo que quieres, ¿cómo sabré que el castigo de JoAnne no será aún peor?

–Supongo que tendrás que fiarte.

Miro a Maurie con la esperanza de que me dé alguna indicación, pero está concentrado en el suelo.

–Una de las normas estrictas, Jake, es que no pueden retenerte aquí más de seis días sin haber formulado alguna acusación. A partir del momento en que se formula, disponemos de una semana para preparar la vista. Tú puedes pedir más tiempo, pero yo no. ¿Entiendes por qué te lo explico?

–No.

–Pues porque significa que en los próximos tres o cuatro días tendremos que llegar a algún acuerdo. Tendré que intensificar el proceso de manera rápida, cosa que no me gusta, y estoy seguro de que a ti tampoco te gustaría. En mi anterior trabajo podía tomarme mi tiempo y retener a alguien varias semanas seguidas. Podía conocer a la persona, dispensar los castigos lentamente y asegurarme de que cuando llegáramos a algún acuerdo fuera firme y sincero.

–Mira, yo hace muchos años que no tengo relaciones con JoAnne. Por muchas veces que me lo preguntes, la realidad seguirá siendo la misma. No soy ningún adúltero.

Nos miramos los dos con mala cara. Está claro que hemos llegado a un callejón sin salida. Yo al menos no la veo.

–¿Puedo llamar a mi mujer?

–Sí, quizá sea buena idea.

Saca un teléfono de su bolsillo trasero. Le doy el número de móvil de Alice, y él lo marca. Luego activa el altavoz.

No sé dónde estará Alice. Me doy cuenta de que no tengo ni idea de la fecha ni de la hora en que estamos.

–¿Diga?

Después de todo lo que ha pasado estas últimas horas, la voz de Alice casi me supera.

–¿Jake? ¿Eres tú?

–Alice.

Oigo un ruido de oficina de fondo. Luego una puerta que se cierra, y después silencio.

–¿Te han hecho daño, Jake? ¿Dónde estás? ¿Puedo ir a buscarte?

–Sigo en Fernley. Ahora mismo no estoy con mi abogado, y tampoco estoy solo. Me están interrogando.

Oigo que el susto la deja sin respiración.

–¿Qué ha dicho el juez?

–Aún no he visto a ningún juez. Solo me hacen preguntas. Quieren que diga cosas. Cosas que no son verdad.

Un largo silencio. Más puertas, un ascensor y ruidos de la calle.

–Pues diles lo que quieren que les digas –dice Alice finalmente.

–Es que lo que quieren que les diga es mentira, Alice.

–Jake, por favor, diles lo que quieren que les digas, por mí y por nuestro matrimonio.

Gordon desconecta el altavoz. Maurie sale de la habitación dando un portazo.

–¿Ya estás preparado para la conversación?

–Tengo que pensar.

–No es la respuesta correcta. –Se levanta tan deprisa que se le cae la silla–. Se ha acabado el tiempo.

Sale al pasillo hecho una furia. Se apaga la luz. Me quedo a oscuras, desorientado y lleno de dudas, con la sensación de que la voz de Alice aún reverbera en las paredes.

La luz tarda minutos en volver a encenderse. Entra un hombre con bigote y uniforme negro, que parece un cruce entre un fontanero y un contable.

–Se ve que en esto eres nuestro primer conejillo de Indias. –Lleva una bolsa de tela negra en la mano–. Me disculpo de antemano. Te diría que me avisaras si te duele, pero estoy bastante seguro de que te dolerá.

El fontanero me pone dos aros de metal en las muñecas. Luego se agacha, me sube las perneras y me pone otros dos aros en los tobillos. Veo con alivio que se levanta para irse, pero siento su presencia a mis espaldas. Me mete una bola de goma en la boca, y la fija con una correa.

–Encantado de conocerte, Jake –dice antes de salir de la habitación.

Cuando reaparece Gordon con un portátil, tengo la boca seca y me duele la mandíbula.

–Está puesto en el nivel cuatro –me informa–. Me sabe mal haber tenido que llegar tan lejos. –Teclea un poco y levanta la vista–. Supongo que ya habrás adivinado que lo de las muñecas y los tobillos son electrodos.

No lo había adivinado.

–Lo he programado para una hora. Cada cuatro minutos recibirás una descarga en una extremidad. Es un programa aleatorio, o sea, que no sabrás cuál hasta que la recibas, ¿vale?

No, no vale. Se me cae por la barbilla la saliva, acumulada alrededor de la bola de goma.

–Perdona por lo de la cabeza. Es para proteger los dientes y las encías. Está programado para que empiece dentro de cuatro minutos. Ahora ya no puedo pararlo, aunque quisieras hablar.

Sacudo la cabeza e intento decir algo a través de la mordaza, pero la lengua no me responde.

–Hasta dentro de una hora –dice Gordon–. Tendremos la oportunidad de hablar antes de llegar al nivel cinco.

«Por favor», es lo que estoy pensando y lo que intento decir, pero me sale una palabra amorfa, ininteligible.

Se apaga la luz. Durante unos minutos no pasa nada. Quizá fueran simples amenazas. Quizá Gordon no sepa usar el puñetero programa. De repente sube una descarga eléctrica por mi tobillo derecho. El dolor hace vibrar la pierna y se propaga por el resto del cuerpo. Apesta a pelo quemado. Duele tanto que grito, o lo intento. Me cae baba por la cara. Noto sabor a goma. Mi respiración se vuelve más pesada. No sé si el zumbido que oigo en mi cabeza es por la conmoción o por el miedo a la próxima descarga.

La siguiente, en el otro tobillo, me pilla sudando en abundancia. Más pelo quemado y más gritos. Nunca me había dolido nada tanto. Ni siquiera me había imaginado tanto dolor. Tengo el mono empapado de sudor y orina. Casi he cortado la bola con los dientes. Faltan trece.

Después de la sexta descarga me desmayo. Recupero la conciencia horrorizado al sentir que otra me recorre el cuerpo. La habitación se ha llenado de un hedor a carne quemada, orina y mierda. Tengo la cabeza apoyada en la mesa. Lo único que contiene mi cerebro es el conocimiento abrasador de este dolor.

Al final vuelve Gordon. Me da vergüenza estar tan aliviado de verlo.

Después de Gordon entra Maurie, y esta vez coinciden nuestras miradas. Veo algo en la suya. ¿Qué es, horror o compasión? ¿O asco?

Gordon acerca una silla y se sienta tan tranquilo. Hace una mueca al olfatear.

–Jake, que no te dé vergüenza haber perdido el control de tus funciones corporales. Te aseguro que es una reacción natural. ¿Pasamos al nivel cinco?

Comprendo que no es la primera vez que lo hace. Me imagino que siempre acaba igual.

Sacudo con todas mis fuerzas la cabeza, pero ni siquiera estoy seguro de que se mueva.

–Nnnnnnn –mascullo, atragantándome con una mezcla repulsiva de saliva y goma.

–¿Qué?

–¡No!

Sonríe con sincera alegría.

–Muy bien. Buena elección.

Maurie abre un poco la puerta y le dice algo a alguien en voz baja. Al cabo de unos segundos vuelve el fontanero, que me retira la mordaza. Empieza a quitarme los aros de las muñecas, pero Gordon le frena.

–Eso vamos a dejarlo de momento.

El fontanero no contesta. Se limita a recoger ruidosamente sus cosas y marcharse.

Gordon saca su iPhone y lo deposita casi con ternura entre él y yo. Luego saca una toalla blanca y limpia, con la que me seca el sudor de la cara.

–¿Mejor? –pregunta.

Me paso la lengua por los labios. Saben a metal, goma y sangre.

–Probablemente quieras ir a lavarte –dice Gordon.

A duras penas soy capaz de asentir. Aún me tiembla todo el cuerpo. Se me ha vaciado la vejiga. Me mortifica y deprime estar sentado sobre mis propios excrementos.

–Pronto –dice Gordon con tono tranquilizador–. Te lo prometo.

Sé que para él es una especie de juego retorcido, pero la nota amable de su voz despierta algo en mi interior. Tengo unas ganas tremendas de creer que es verdad.

Pone una libreta al lado del móvil.

–Contesta solo sí o no –dice, pulsando el botón de grabación en el teléfono. Lee en voz alta lo que pone en la libreta–: ¿Habías mantenido previamente relaciones sexuales con JoAnne Charles?

–Sí.

–¿La viste hace aproximadamente dos meses en una fiesta de El Pacto?

–Sí.

–¿Volviste a verla una semana más tarde?

–Sí.

–¿Conspirasteis para veros en secreto en el centro comercial de Hillsdale?

–Sí.

–¿Estuviste con ella en el centro comercial de Hillsdale?

–Sí.

–¿La invitaste a comer?

–Sí.

–¿Se te insinuó?

–Sí –mascullo.

–¿Qué?

–Sí –digo más claramente.

–¿Te acostaste con ella?

–¿Recientemente?

–Contesta y punto.

–Sí, me he acostado con JoAnne Charles.

–Repítelo, por favor.

Gordon me acerca un poco más el teléfono.

–Sí, me he acostado con JoAnne Charles.

–¿Te acostaste con JoAnne Charles en un hotel de Burlingame, California, el 17 de marzo?

Le miro a los ojos, intentando pronunciar las palabras que desea oír. Nivel cinco. ¿Qué significa? Pienso a gran velocidad. ¿Será otro truco? Si confieso, ¿usarán mi confesión como argumento para mandarme al mismo sitio que a Eliot y Aileen? O, lo que es peor, ¿le harán oír la confesión a Alice? ¿Pondrán contra mí a mi adorada esposa? ¿Qué es más peligroso? ¿Una falsa confesión o la verdad?

De lo único que estoy seguro es de esto: no puedo perder a Alice.

–No –digo finalmente.

Los ojos de Gordon brillan de rabia. Se gira hacia el ordenador y pulsa rápidamente algunas teclas. Después me da la toalla con la que me ha limpiado la cara.

–Quizá te vaya bien morderlo.

–No, por favor –le suplico.

Me mira y sonríe, enseñando los dientes.

–Treinta segundos –dice–. ¿Te acostaste con JoAnne Charles en el Burlingame Hyatt?

Estoy sudando. Tengo la cabeza en blanco. Siento crepitar la electricidad por mi cuerpo antes de haber podido contestar. Me caigo, gimiendo, de la silla, y choco con el suelo. Las esposas se me clavan en las muñecas.

–Treinta segundos –dice Gordon.

Me quedo tirado en el suelo, sin saber ni si estoy vivo.

–Quince.

Se me quema el cerebro.

–Diez.

Miro fijamente algo en el suelo. Un zapato. El zapato de Gordon.

Me debato en el suelo, mientras la corriente sube por mi pierna izquierda y por el pecho. Percibo el olor de mi piel al quemarse. Levanto la vista hacia Maurie, con una mirada de súplica, pero sin poder articular ni una sola palabra. Él hace una mueca y aparta la vista.

Ahora estoy debajo de la mesa, con los brazos cubiertos de sangre que chorrea por los cortes de las muñecas. Me fijo por primera vez en que el espejo de detrás de mí es unidireccional. ¿Quién está mirando?

Se apaga la corriente. Alguien me quita los aros de las manos. Me quedo inmóvil y aturdido en un charco de mis propios fluidos. Quiero morirme. Me choca pensarlo. Preferiría morirme que volver a sufrir lo mismo.

–Ayudadme –susurro.

74

¿Cuánto tiempo llevo aquí tirado? ¿Una hora? ¿Un día? Se abre la puerta.

–Ya basta –dice Neil.

–No, ahora no –contesta Gordon–. Con lo poco que falta...

–Ven conmigo –dice Neil.

Creo que se refiere a mí. Intento moverme, pero no puedo. Al final son ellos dos los que salen.

–Ayuda –repito.

–Tendrás que ayudarte tú mismo –dice Maurie.

Sale y cierra suavemente la puerta. Me doy cuenta con una certeza desoladora de que no moverá un solo dedo por mí. Aquí no va a moverlo nadie. Se limitan a cumplir sus órdenes, sin intervenir.

No oigo nada en mucho tiempo.

Al final se abre otra vez la puerta. Elizabeth Watson parece preocupada.

–¡Dios mío! –exclama al verme de repente en el suelo–. ¿Qué te han hecho?

Hace una mueca y me ayuda a levantarme. Me avergüenza lo mal que huele la sala y lo sucia que tengo la ropa. Elizabeth saca una botella de agua de su bolso y me la da. Tengo una sed demencial, pero a duras penas logro colocar las manos alrededor de la botella. Intento desenroscar el tapón. Elizabeth me quita suavemente la botella, la abre y me la aguanta en los labios. Cuando me la he bebido toda y me chorrea por la barbilla, me da un mono limpio con unos calzoncillos blancos bien doblados encima.

–Lo siento mucho, Jake. Ahora podrás lavarte. Ven conmigo.

Salgo al pasillo a trompicones. Seguro que estoy dejando un rastro de suciedad. Elizabeth se para en una puerta donde pone duchas. Entro y me pongo bajo el agua caliente. Me quedo mucho tiempo, hasta que se enfría el chorro. Entonces me visto con la ropa limpia.

Elizabeth está esperando fuera del lavabo. Saca una bolsa de M&M de mantequilla de cacahuete y me echa unos cuantos en la palma de la mano. Tengo mucha hambre, pero al morder me duele toda la cara. Ella no dice nada hasta que estamos en su despacho, con la puerta cerrada.

–Relájate –dice, señalando la silla.

Me dejo caer en ella y cierro los ojos. Oigo que Elizabeth baja las persianas, echa el pestillo y pone música. «Everybody Wants to Rule the World», de Tears for Fears. No volveré a oír nunca esta canción como antes.

Sube el volumen y se acerca con su silla. Comprendo que la música es para ahogar su voz y contrarrestar posibles micrófonos.

–Me ha costado encontrarte. –Habla en voz baja–. No querían decirme adónde se te habían llevado. He empezado a buscar y a hacer llamadas, hasta que no he tenido más remedio que presentar un requerimiento judicial. Como seguían dando largas, he sabido que lo que te estaban haciendo tenía que ser grave.

La miro como diciendo: «Ni te lo imaginas».

–El juez ha desclasificado el escrito donde solicitaban técnicas reforzadas, y he leído para qué les daban permiso. –Me aprieta la mano–. No sabes cuánto lo siento.

–¿Puedo irme a casa, por favor?

Mi voz parece de otra persona.

–Siento decirte que a ese punto aún no hemos llegado. Han dado una imagen muy negativa de ti, aunque su solicitud contiene una serie de irregularidades que quizá podamos aprovechar.

Aún no la tengo del todo calada. Va vestida sin gracia y es de una delgadez inverosímil. A juzgar por su aplomo, lleva mucho tiempo siendo abogada en el mundo real.

–¿Trabajas aquí?

Me duele la mandíbula. Y todo el cuerpo. Ella pone cara rara.

–No.

–¿Eres miembro de El Pacto?

–Sí, desde hace ocho años. Vivo con mi pareja en San Diego. –Se acerca hasta que su boca está a pocos centímetros de mi oreja–. De eso en principio no podemos hablar. Estoy aquí por una Infracción de Confianza, por no tenerle la debida confianza a mi pareja.

–¿Y te han condenado a esto, a representarme en esta payasada de tribunal?

–Sí. Primer delito. Me declaré culpable y acepté doce días. Normalmente trabajo en juzgados para un bufete de Century City. Estás en muy buenas manos. Soy cara, muy cara. –Sonríe–. Pero para ti, gratis.

Elizabeth Watson huele a champú de avellana. Es un aroma reconfortante. Desearía de todo corazón apoyar mi cabeza en su regazo y dormir.

–Mi mujer también es abogada –digo.

Me imagino a Alice en casa, con su pijama de franela. Está leyendo, con un café en la mesa, y me espera, mirando la puerta. No me arrepiento de haberme casado con ella. Incluso ahora, incluso hoy, con todo el cuerpo lleno de temblores, y con este dolor de cabeza. En la salud y la enfermedad. Más bien lo segundo, está claro. No me arrepiento.

Vuelvo a cerrar los ojos. Alice. Sueño con Alice.

Sueño con nuestra luna de miel. Sueño con la boda. Sueño con el viaje para vender la casa de su padre, y con la alianza que llevaba en mi bolsillo. Cuando lo recibí me pareció una simple piedra con pretensiones en un aro de metal, un objeto sencillo, supongo que bonito, pero exageradamente caro. Durante el viaje, sin embargo, y en los días que siguieron, fue como si se impregnase de una especie de magia. Pensé en su poder y en el sortilegio que podía activarse solo con ponerlo en el dedo de Alice.

Vi el anillo como el talismán que haría que Alice fuese mía. Parecía tan fácil... Ahora veo mis planes como lo que eran, ingenuos, y un poco retorcidos.

Cuando abro los ojos, veo que Elizabeth ha vuelto a su mesa y está escribiendo en su libreta. Al notar que la miro me sonríe.

–En principio estos doce días tenían que ser fáciles. Los primeros diez lo han sido. Se declaraban todos culpables y no había complicaciones. Les he conseguido el mejor trato posible, y por lo general me lo han agradecido mucho. –Da unos golpecitos con el bolígrafo en la libreta–. En cambio ahora...

–Lo siento. ¿Puedo llamar a mi mujer?

Escribe algo en su libreta y me la enseña. «¡Mala idea!» Luego arruga el papel y se toca las orejas. Nos está escuchando alguien.

Sigue sonando música. Ahora es Spandau Ballet.

Se sienta otra vez a mi lado, inclinándose para hablar en voz baja.

–Este juez es gilipollas. Viene del Segundo Distrito. No me imagino qué coño puede haber hecho para acabar aquí. He leído sus dictámenes, y le gustan las soluciones de compromiso. Le gusta la gente que intenta arreglar las cosas. Tenemos que alegar algo sí o sí.

–Con tal de salir de aquí, lo que sea.

–Jake, ¿tú en tu matrimonio qué has hecho mal?

Pienso un momento.

–¿Por dónde quieres que empiece?

75

La semana antes de conocer a Alice alquilé una casa en una urbanización de la costa, Sea Ranch, a tres horas al norte de San Francisco. Fue un regalo que me hice a mí mismo por haber acabado mis últimas prácticas, un año agotador en el hospital. Había elegido por internet una casa muy pequeña en las colinas, un simple *loft* sin dormitorios, con cocina americana.

De camino paré en la librería de Pentaluma y la pastelería de Sebastopol, hice la compra en Guerneville y seguí bordeando el Pacífico por los acantilados, más deprisa de lo que aconsejaban las curvas. En principio tenía que recoger las llaves y firmar los papeles en una inmobiliaria de Gualala, al lado de un bar de moteros, pero al llegar no había nadie. Me quedé leyendo revistas de tema inmobiliario hasta que llegó una mujer joven, de tez blanca. Era un martes de invierno, y no parecía que hubieran alquilado nada en varios meses.

Empezó a buscar mis llaves mientras fuera se ponía a llover. A los veinte minutos, después de disculparse varias veces, confesó que había un error. La casa de mi reserva la habían fumigado el día antes. Me dio las llaves de una que se llamaba Two Rock, y me detalló el camino.

–Tengo la corazonada de que podría gustarle –dijo cuando estaba yo saliendo.

Después de casi diez kilómetros por una carretera iluminada solo por la luna llena y por una diáfana constelación de estrellas, me metí por un camino oscuro, bordeado de eucaliptos. Al final del camino se entraba en un complejo de edificios. Era una mansión justo a orillas del mar, con una casa de invitados a cada lado. Al otro lado de la verja había una pista de petanca, y a la vuelta de la casa un *jacuzzi* de lujo y una sauna con olor a cedro.

Debería haber sido una manera gloriosa de celebrar mi éxito: setecientas hectáreas a mi entera disposición. Pero hacía frío, no había nadie, y por primera vez en mi vida me sentí completamente solo.

El salón, que daba al mar, tenía toda una pared cubierta de ventanas. En medio había un telescopio, y en la estantería una pila de libros sobre las rutas migratorias de las ballenas. Me pasé la mañana siguiente pegado al objetivo en espera de ver la señal reveladora, un espiráculo que se moviera lentamente por la costa, pero no la vi.

La hueca resonancia de la casa de alquiler, los ecos del televisor (un aparato enorme) en los pasillos vacíos, y las olas que rompían sin descanso en las rocas siguieron retumbando en mi cerebro durante todo el principio de mi relación con Alice. El recuerdo de la casa vacía de Sea Ranch acentuaba mi deseo de tenerla a mi lado. Deseo de encontrármela al volver del trabajo. Deseo de que estuviera en casa para compartir los fines de semana. Deseo de tenerla en mi cama. Deseo de tenerla conmigo, como nunca lo había sentido con nadie.

76

Elizabeth me zarandea por los hombros.

–Son las seis menos dos, Jake.

–¿De la mañana o de la tarde?

–De la tarde. Mañana a las nueve de la mañana nos ha citado el juez. –Detrás de ella, la mesa está llena de papeles–. Ahora te llevarán a tu celda, y te traerán otra vez dos horas antes de la vista.

Llaman a la puerta. Elizabeth se queda mirando cómo me pasan cadenas por las trabillas del cinturón dos hombres uniformados de gris, y luego las conectan a correas en mis brazos y mis piernas.

–No te preocupes, Jake –dice al verme avergonzado–, que hemos pasado todos por lo mismo.

La luz de mi celda original parece aún más fuerte que antes. Me fijo en que han subido la calefacción. Dentro sigue sin haber nada más que la fina sábana y el ejemplar gastado de El Manual. El calor es digno de una sauna. En una hora tengo chorreando el mono nuevo. En un momento dado aparece una bandeja en la ranura de mi puerta: un cuenco de macarrones con queso y dos botellas de agua islandesa. Los macarrones son a la trufa. Todavía me duele la mandíbula, pero el diminuto tamaño de la ración permite deducir que el cocinero trabaja en un restaurante de gran lujo. Están deliciosos.

Por la mañana tengo la impresión de esperar horas hasta que se abre la puerta y me lleva un vigilante al despacho de Elizabeth. Me tiene preparados otro mono limpio –amarillo, esta vez– y una botella de agua. Mientras me cambio en un rincón, ella no para de leer en la pantalla de su portátil y escribir.

Me siento en la silla y espero. Al cabo de un rato levanta la vista.

–Es posible que por fin tengamos un acuerdo, Jake. ¿Tienes hambre?

–Estoy famélico.

Hace una llamada. Unos minutos después aparece una mujer uniformada con una bandeja de tostadas, zumo, yogur, beicon y huevos revueltos. Huelga decir que no es el mismo cocinero de la noche. Como sin prisas, saboreando.

Abajo, la sala parece de un juzgado de verdad: la tribuna del jurado, un espacio para una taquígrafa, un fiscal en un lado, y en el otro Elizabeth y yo, más unos cuantos observadores que conversan en los bancos.

–Todo el mundo en pie –anuncia una ujier–. Se abre la sesión.

Sale el juez por una puerta lateral. Tiene el pelo plateado, gafas de culo de vaso y la toga negra tradicional. Parece un actor haciendo de juez en una serie de la tele. Ocupa su lugar enfrente de la sala, sin hablar. Su secretario le entrega una carpeta.

Esperamos en silencio a que lea la documentación. Me estiro el cuello de mi mono amarillo. Tiene el mismo corte que los otros, pero la tela es diferente, más rasposa. Me pregunto si está diseñada especialmente para que estén incómodos los acusados en el momento del juicio. Durante la espera, el fiscal, de aspecto severo y traje de hombre de negocios, mira constantemente su móvil.

Finalmente el juez me mira y se toma su tiempo en estudiarme.

–Hola, amigo.

Lo saludo con un gesto de la cabeza.

–Buenos días, señores –les dice a los letrados–. Tengo entendido que se ha producido un acuerdo con el reconocimiento de dos delitos.

–Sí, señoría –dice el fiscal.

El juez levanta la carpeta y la deja caer con dramatismo encima de su mesa.

–Este expediente es de un grosor alarmante –observa.

Qué voluminoso es mi expediente. ¿Qué contendrá? Alice y yo solo llevamos seis meses casados. ¿Tan mal marido he sido? ¿De verdad? ¿Tan larga es mi lista de delitos?

–Sí, señoría –reconoce el fiscal–. Ha habido que zanjar una serie de asuntos.

–Teniendo en cuenta la gravedad del expediente –dice el juez–, me sorprende un poco que se reconozcan dos delitos, a pesar de un delito de Tercera Clase, ¿no les parece?

–Bueno... –trata de zafarse el fiscal.

–Yo habría esperado que se reconocieran como mínimo un par de delitos más. ¿Qué pasa, que ha podido con usted la defensa? Me confieso sorprendido.

Echo un vistazo a Elizabeth, cuya expresión se mantiene inescrutable.

–Señoría –dice el fiscal–, considero que en un caso tan particular como el que nos ocupa está justificada la alegación.

El juez no dice nada. Vuelve a hojear el contenido de la carpeta. La sala está en silencio, a excepción del ruido de papeles. Tengo la sensación de que todos le tienen mucho miedo al juez. Caigo en la cuenta de que a pesar de la túnica del magistrado, a pesar de la ujier y de la típica parafernalia del sistema judicial, este juzgado está muy lejos de la normalidad. Hasta los letrados tienen miedo. En el momento menos pensado pueden verse sentados donde lo estoy yo, defendiéndose de acusaciones falsas, y respondiendo de delitos que no necesariamente habrán cometido.

Finalmente el juez guarda los papeles en la carpeta, se quita las gafas de lectura y me mira.

–Tienes suerte, Jake.

¿Por qué será que no me siento afortunado?

–La semana pasada, nuestro abogado defensor era un picapleitos de Reseda. Dudo que hubiera podido orquestarte el mismo desenlace que la señora Watson. –Parece un poco contrariado, pero resuelto–. Levántate, por favor –dice.

Lo hago. También se levanta Elizabeth, que está a mi lado.

–Jake, se te ha acusado de un delito grave de Posesividad, sección nueve, unidad cuatro, párrafos del uno al seis, y de un delito menor de Búsqueda de Propaganda Anti–Pacto, sección nueve, unidad siete, párrafo dos. Tienes derecho a un juicio con jurado. ¿Cómo te declaras?

Miro a Elizabeth, que me dice algo al oído.

–Culpable, señoría –respondo–. De ambos delitos.

–¿Eres consciente de que una vez hecha esta declaración ya no podrás apelar después de la sentencia, en caso de que cambiaras de postura?

–Sí, soy consciente de ello.

–¿Conoces las enseñanzas de El Manual respecto a la posesividad?

–Sí.

–¿Cómo la definirías?

–Como la manifestación del deseo de controlar a la pareja.

–¿Estarías de acuerdo en que la descripción se ajusta a tu conducta?

–Sí, señoría. Es posible que cuando me declaré a mi esposa una de mis intenciones estuviera basada en este deseo.

–¿Eres consciente también de que buscar información por internet con la finalidad de vilipendiar o propagar calumnias acerca de El Pacto es un delito que no podemos tolerar, ni por el bien de El Pacto ni por el de tu matrimonio?

–Sí, lo entiendo, señoría.

–De acuerdo, Jake, acepto tu declaración. Has sido hallado culpable de un delito de Posesividad, según consta en nueve, cuatro, uno a seis. Ya sabes que se trata de un delito de Tercera Clase. También has sido hallado culpable de un delito de Búsqueda de Propaganda Anti–Pacto, según consta en nueve, siete, dos. Falta de Cuarta Clase. Ambos constituyen infracciones graves. Se dan los atenuantes de que es tu primer delito, y de que te has reconocido culpable de ambos por tu propia voluntad. La condena es la siguiente: seis meses de sesiones semanales con un tutor autorizado por El Pacto y elegido por tu coordinador regional, un año de disponibilidad para participar en nuestro programa de orientación a larga distancia, los cien dólares de multa acostumbrados, una moratoria de tres meses sobre el uso de internet con la excepción del correo electrónico y cuatro días en Fernley, ya cumplidos.

«Ya cumplidos.» Eso quiero decir que salgo. Se me doblan las rodillas de alivio.

El juez, sin embargo, continúa.

–Dado que me preocupan el grosor de tu expediente y las acusaciones que contiene, y que tengo la intuición de que corres el riesgo de reincidir, también voy a dictar la siguiente sentencia, que quedará en suspenso: un año de vigilancia domiciliaria, un año de encarcelamiento móvil de primer nivel y treinta días en Fernley que deberán cumplirse consecutivamente. Aunque de momento suspenda la condena, que sirva de motivación para perseverar cada día en el camino correcto. Si llega alguna vez a mis oídos que has empezado a cuestionar El Pacto, si descubro que has entablado más conversaciones, o que has practicado indagaciones similares, e indebidas, sobre enemigos pasados o presentes de El Pacto, regresarás aquí inmediatamente. Y te aseguro, Jake, que los castigos a los que has sido sometido te parecerán un juego de niños.

Mantengo la vista al frente, disimulando el miedo, aunque me ha dado un vuelco el corazón. ¿Nunca seré libre?

–Jake –prosigue el juez–, no sé cuánto tienen de ciertas las acusaciones que contiene tu expediente; tampoco te lo voy a preguntar, pero sí voy a decirte sin rodeos que me preocupa tu actitud. El Pacto y tu matrimonio son una sola cosa. Sin respeto y sumisión no habrá éxito posible. Me he mostrado benévolo porque eres miembro desde hace poco tiempo, pero ya habrás visto que mi benevolencia tiene un límite. El Pacto está por encima de todos. Nadie puede situarse por encima de él. Reconcíliate con El Pacto, y que sea ahora, por tu bien, no dentro de cinco años, ni de diez. Nosotros de aquí no nos movemos. Mira a tu alrededor. Los muros de esta institución son fuertes, pero aún es más fuerte la influencia de quienes la componen. No sabes lo grande que es la sombra que proyecta El Pacto. Y por encima de todo, tenemos una fe total e inquebrantable en que nuestra misión es la correcta. Encuentra tu lugar dentro de El Pacto y de tu matrimonio, y te verás recompensado día a día.

–Sí, señoría.

El juez da un golpe con el mazo, se levanta y sale.

Elizabeth y yo recogemos nuestras cosas y esperamos a que se vacíe la sala. Una vez que la taquígrafa ha guardado su aparato se ha ido, me giro hacia Elizabeth.

–¿Qué es «encarcelamiento móvil de primer nivel»?

–Tendré que averiguarlo. –Se la ve muy seria y preocupada–. No sé qué has hecho, ni a quién has cabreado, pero tienes que corregirte. Como vuelvas, dudo que pueda ayudarte nadie.

Acabo a solas con Elizabeth en el pasillo, fuera de la sala. Hay toda una pared de fotos de Orla en blanco y negro, posando contra una costa abrupta, frente a una casa envuelta en niebla. En la otra pared hay fotos, también en blanco y negro, de parejas el día de su boda. Personas importantes. Seguro que cuando se las hicieron no sabían en qué se metían.

A Elizabeth le vibra el móvil. Lee un mensaje de texto.

–Ya está listo tu avión –dice mientras me lleva hacia la enésima puerta.

La luz del día me deslumbra unos segundos. Me doy cuenta de que estamos justo donde entré en esta pesadilla. De pronto Fernley me recuerda las atracciones que tanto me gustaban cuando montaban la feria para carnaval: medio túnel del amor, medio casa de la risa, y terrorífico al cien por cien. Un vigilante me da una bolsa de plástico cerrada que contiene mis escasas pertenencias.

–Aquí nos despedimos –dice Elizabeth.

Tengo la sensación de que le gustaría abrazarme, pero lo que hace es dar un paso atrás.

–Buen viaje, amigo.

Entro en el lavabo de hombres, me quito rápidamente el mono y me pongo la ropa de calle. Al salir paso al lado de un espejo, y me sobresalta lo que veo. Me giro, como si detrás de mí pudiera haber un hombre calvo a quien no conozco, pero luego me doy cuenta de que el desconocido del reflejo soy yo.

Salgo del lavabo, no del todo convencido de que me dejen ir sin más, pero el caso es que me abren las dos puertas. Recorro el largo pasillo hacia la pista. Tengo la tentación de correr, pero no quiero dar la impresión de que se han equivocado. Al llegar a la última verja veo un Cessna –mi avión, espero– en la pista.

Estiro el pomo de la verja, pero está cerrada. Miro la cámara de seguridad. No pasa nada. Empieza a ponerme muy nervioso no poder salir.

Aterriza otro avión más grande, que se para al lado del Cessna. Cuando se apaga el ruido del motor se abre una puerta lentamente. Aparece una camioneta que frena justo al lado. Se abre la puerta corredera y bajan dos mujeres jóvenes con el mismo uniforme azul oscuro. Bueno, no llegan ni a mujeres. Aparentan a lo sumo diecisiete años. Sus uniformes son más ceñidos y más cortos que los del resto. Intuyo que forman algún tipo de comité especial de bienvenida.

Veo en el horizonte un carrito de golf que se acerca a nosotros. Lo conduce una mujer. El pasajero es un hombre con traje. De la camioneta sale un pie con una zapatilla de preso. El dobladillo del mono rojo se levanta al quedarse enganchado con la puerta, dejando a la vista un tobillo desnudo. No sé muy bien por qué, pero sé que es JoAnne.

Emergen dos brazos delgados con esposas, y luego una cabeza con una capucha negra. Las dos mujeres jóvenes la toman por los brazos y la llevan hacia el avión grande. Mientras JoAnne cojea por la pista, la capucha negra se gira hacia mí. ¿Me ve? Me horroriza y fascina ver cómo se acerca al avión. ¿Está así por mi culpa?

Sube por la rampa con dificultad y desaparece dentro del avión.

El carrito de golf se para justo al otro lado de la verja. Baja el hombre, que se queda de espaldas a menos de medio metro de mí. Traje caro a medida y zapatos italianos. Durante un momento no se mueve nadie.

Finalmente se gira. Es Neil.

–Hola, Jake –dice mientras saca un llavero de su bolsillo–. ¿Has disfrutado de la estancia?

En el llavero hay una sola llave.

–No del todo.

–La próxima vez no seremos tan hospitalarios, Jake.

El reflejo del sol en la llave proyecta esquirlas de luz en el traje. La tela tiene un brillo desagradable. Se nota que a Neil le han inyectado bótox muchas veces en la frente. No se me ocurre qué pudo ver JoAnne en él.

Me mira a los ojos.

–Cuando se incumple una norma –dice– hay que pagar el precio. Hasta entonces no se restaura el equilibrio, no se recupera la igualdad y no puede seguir El Pacto su camino, como los matrimonios. –Mete la llave en la ranura, pero no la gira–. Gracias a ti se ha trastocado gravemente el equilibrio. Estáis desequilibrados Alice y tú, lo estamos JoAnne y yo, y lo está El Pacto, que es lo principal.

Gira la llave. Se abre la verja.

–No pienso descansar hasta que se haya restaurado el equilibrio, ¿me entiendes?

No contesto.

Hay algo en su voz que me resulta familiar.

–Comprobarás que el avión está bien equipado. –Luego le oigo decir a mis espaldas–: ¿Un Dr Pepper, Jake?

Completo mentalmente la conversación, como siempre: «Pues la verdad es que sí, que me apetece».

Es cuando caigo en la cuenta. Es cuando me explico que me sonara tanto el día de la fiesta en Woodside. En la universidad no llegué a saber su nombre. Siempre pensaba en él como «el suicida de Sproul». JoAnne se casó con el chico a quien disuadió de saltar del tejado. Se casó con el chico a quien salvó. ¿Qué diría Freud?

Entonces, ¿por qué me dijo que había conocido a Neil después de un accidente de coche? ¿Por qué me mintió?

Camino decidido hacia el Cessna, mientras veo circular el avión de JoAnne por la pista, hasta que se eleva y desaparece en las ondulaciones del calor del desierto.

77

Las ruedas del Cessna vibran al rodar por la pista de Half Moon Bay. Recojo la bolsa de plástico, le doy las gracias al piloto y bajo la escalera a trompicones.

Me siento en el bar, en una mesa de la esquina, sin haber salido de mi aturdimiento, y con un hambre canina. La camarera del uniforme retro me deja una carta.

–¿Lo de siempre? –pregunta amablemente.

–Vale –contesto, sorprendido de haber estado tantas veces como para tomar lo de siempre.

Vuelve con la tostada y una ración de beicon.

Al acabar de comer enciendo mi móvil, que tarda bastante en arrancar. Me doy cuenta de que hay un nuevo icono en la pantalla principal. Es una P pequeña. Intento eliminarla, pero no se puede: se borra un segundo y reaparece. Tengo unos cuantos mensajes de texto, y varios de voz. En vez de abrirlos llamo a Alice.

–Ya he vuelto –le digo, sin darle tiempo ni de saludar.

–¿Estás bien?

Oigo el ruido de fondo del despacho.

–Eso parece.

–En media hora estoy ahí.

Salgo y encuentro sitio en el banco. Los aviones dan vueltas por el cielo. Al fondo del aparcamiento hay un Chevrolet Suburban negro.

Reconozco el motor del Jaguar viejo de Alice, que está saliendo de la carretera. Frena a mi lado y se inclina para abrir la puerta del copiloto. Recojo la bolsa de plástico y me siento. Alice me acaricia la cabeza rapada y me mira compasivamente antes de salir del aparcamiento y volver a la carretera principal.

También sale del aparcamiento el Chevrolet, que se incorpora a la carretera detrás de nosotros.

Alice lleva su vestido cruzado favorito, el que resalta su cintura estrecha y sus caderas bien formadas y enseña un poco, muy poco de escote. Mientras entramos en el túnel, yendo hacia Pacifica, deslizo una mano bajo el dobladillo y apoyo la palma en su muslo desnudo. Su piel desprende calor. Recuerdo exactamente cómo he llegado aquí. Este maravilloso matrimonio, esta horrible pesadilla, tienen ambos su origen en el tacto, en la sorpresa del calor de Alice y de la tersura de su piel.

Veo el SUV en mi retrovisor, y me parece oír la voz de Neil: «No pienso descansar hasta que se haya restaurado el equilibrio».

El móvil de Alice está en el salpicadero, entre los dos. En la esquina superior se enciende y se apaga una pequeña P.

78

En el coche, ni Alice hace preguntas ni yo le explico nada. Aún no estoy del todo preparado para contar mis desventuras, e intuyo que tampoco ella lo está para escucharlas. Aun así, cuando se mete por el camino de entrada y se inclina para darme un beso en la mejilla, me duele comprender que no entrará. Ahora mismo tengo una gran necesidad de estar con ella.

–Me sabe fatal –dice–, pero es que mañana tengo un día importante en el juzgado. Llegaré tarde.

Después de un período de separación, las parejas necesitan tiempo para conectar de nuevo. Así se lo digo a mis pacientes. El cine y la literatura traslucen una auténtica fascinación por las parejas destinadas a unirse, la idea de la media naranja, pero no hace falta decir que es mentira. Hay quien tiene muchas medias naranjas, y hay quien no tiene ninguna. Pasa como con los átomos: el hecho de que se formen las parejas guarda más relación con los tiempos y las circunstancias que con la magia.

También hay magia, claro. Como los átomos, una pareja solo puede combinarse si existe una atracción, algún tipo de conexión lógica, de química que desencadena una reacción; pero cuando dos personas están lejos, hasta los vínculos más fuertes acaban diluyéndose, inevitablemente; por eso es necesario redescubrir la conexión y reconstruir los lazos.

Hace años hice prácticas en la Veterans Administration. Uno de mis primeros pacientes se llamaba Kevin Walsh. Había ingresado en la reserva para pagarse la universidad, pero se llevó la sorpresa de que lo destinasen a Oriente Medio. La primera misión dio paso a otra, y esta a una tercera. Al volver a San Francisco y reunirse con su esposa y sus hijos, dijo que era como entrar en la vida de otro.

Los niños se portaban bien, y eran divertidos; la mujer era simpática y atractiva, pero Kevin no podía quitarse de encima la sensación de que no era su vida, que la había elegido otro hombre, y él era un impostor que se esforzaba por que funcionase.

Recorro la casa, volviendo a familiarizarme con nuestras cosas y con nuestra vida. Está todo patas arriba. Se nota que Alice no esperaba que volviera hoy. Ha redistribuido su estudio del garaje: dos sillas, dos amplis y dos pies de guitarra frente a frente. En una mesa hay una partitura vieja. La cojo y la miro fútilmente, como si los compases y las notas pudieran contener un código secreto de acceso a Alice, pero es un lenguaje extraño, impenetrable.

Estoy preocupado. Más por Alice que por mí.

Al subir veo la casa con otros ojos: dos platos en el fregadero, dos tenedores y dos copas de vino vacías en el suelo, al lado del sofá. Siento náuseas. Me acerco a la ventana y miro si está el SUV negro en la calle, pero no. Me fijo en la farola. Siempre ha estado. Su presencia trivial la hacía invisible, pero ahora me llaman la atención tres cajitas en la parte superior. ¿Ya estaban?

¿Qué ha pasado en mi ausencia dentro de la casa? Y, lo que es más importante, ¿ha estado vigilándola El Pacto? Por supuesto que sí. ¿Cómo puede ser tan imprudente Alice? Como venga El Pacto y se la lleve otra vez, no volverá a ser nunca la misma. Es posible que a partir de entonces sea más fiel, más obediente, pero no es lo que yo quiero. A quien quiero yo es a Alice; lo que quiero es que Alice sea Alice, para lo bueno y para lo malo. Por fin. ¿Será amor?

Llamo al despacho para anunciar que he vuelto. Huang está sorprendido.

–¿Dónde estabas, Jake?

–Por ahí. Me he cortado el pelo.

En el sofá hay un cuaderno abierto. Todas las guitarras y los amplificadores están repartidos por la casa. El cuatro pistas Teac está en la mesa de la sala del desayuno, al lado de otro cuaderno con títulos de canciones. En nuestra cama encuentro un regalo envuelto, con mi nombre. Un CD.

Lo pongo en el reproductor de la mesita de noche, lo enciendo, me pongo los auriculares, me siento en la cama y pulso el Play. Es la voz de Alice, con acompañamiento de guitarras, teclados y batería, y en un momento dado hasta de instrumentos de percusión infantiles. Se oyen coros, pero también los hace Alice. Son canciones bonitas, melancólicas.

La pista cinco es un dúo, Alice cantando con un hombre. Es otra canción que habla de relaciones. Esta me suena de algo. Me doy cuenta de que habla de Alice y yo, aunque al mismo tiempo me resulta ajena. Es nuestra historia vista a través de los ojos de ella. Mis partes las canta la voz masculina mejor que yo, qué duda cabe. La intimidad entre las voces da un carácter profundamente desasosegador a la canción. El sonido de tomar aliento antes de cada verso, esas cosas que se quitan en el corte final, me hacen sentirme como si estuviera con ellos en la misma sala. Intento distanciarme y oírlo tal como le sonaría a un tercero, alguien que no estuviera enamorado de Alice, pero no es posible.

Recuerdo el día de la escalera, cuando me vio Eric, pero no Alice. Pienso en cómo me miró, desafiantemente, aunque también es posible que me equivocara y lo que viese fuera compasión, o pena, por saber algo que ignoraba yo.

Escucho el disco hasta el final. Después vuelvo a ponerlo. Es una sensación como la de la habitación del garaje: ver una parte de Alice que me había imaginado, pero que nunca había llegado a ver.

El retrato musical que hace de mí es matizado, a veces indulgente, y de una brutal sinceridad.

Durante mucho tiempo me he aferrado a Alice sin perderla nunca de vista, mirando solo las partes que quería ver. He alentado las cualidades que me enamoraban de ella, fomentándolas con la esperanza subconsciente de que las otras, si las ignoraba, fueran borrándose hasta desaparecer. Es natural que en mi ausencia esas partes hayan prosperado. Alice ha empezado a ser de nuevo Alice, sí, en la exasperante plenitud de su yo. Escucho su voz con los ojos cerrados.

En un momento dado oigo ruido en la cocina y me quito los auriculares. Alice está en casa. Al salir al pasillo me encuentro sus zapatos de tacón tirados por el suelo de la sala de estar. Huele a pollo y ajo, con un toque de chocolate. Disfruto del momento como de algo perfecto y bienvenido, hasta que se inmiscuye en él una vaga aprensión. Miro por la ventana, para ver si hay coches sospechosos aparcados en la manzana.

Alice está delante de los fogones, con pantalones de pijama y una camiseta de los Lemonheads, friendo champiñones con mantequilla. Tiene una cuchara de madera en una mano, y en la otra una cerveza. La sartén chisporrotea. Hay un poco de humo en el aire. Le paso los brazos por la cintura.

–Anda, mira quién ha resucitado –dice.

–Me han encantado tus canciones –le murmuro al oído.

Se gira a mirarme. Yo le quito el vaso y la cuchara de las manos y los dejo en la encimera. Luego la aparto de los fogones y me la llevo al centro de la cocina, donde nos quedamos abrazados un momento, en una especie de lento baile. Al principio está rígida, con las manos en mis hombros y la espalda un poco arqueada, como si se resistiera el momento, y a mí. Después su cuerpo se relaja. Apoya la cabeza en mi hombro, desliza las manos por mi espalda y se pega a mi cuerpo. Siento su respiración a través de la camisa.

–Me saben mal algunas letras. –Noto que quiere decir algo más, así que espero, limitándome a abrazarla–. Y el resto –dice, suspirando–. El resto también me sabe mal.

Suena a confesión, que me alarma y alivia al mismo tiempo. Si les pasara a unos clientes les daría la enhorabuena por el avance. Les diría que es bueno ser sinceros, y que por ahí se empieza. Naturalmente, también les advertiría que, una vez al descubierto la verdad, no se podría descartar que empeorasen las cosas antes de mejorar.

–Sé como eres –le digo, creo que de corazón.

Alice salta y se cuelga de mí por la cintura, descansando todo el peso de su cuerpo. Es algo que no hacíamos en mucho tiempo. Se me había olvidado lo ligera que la siento, rodeado por sus piernas y sus brazos.

79

Recuperamos nuestros hábitos con sorprendente rapidez. Yo me pongo al día en el trabajo. Alice sigue con su nuevo caso, pero cada día sale un poco más tarde a trabajar, y vuelve más temprano. Cuando está en casa casi nunca la pillo con el maletín abierto, repasando documentos legales e investigando. Antes de que nos retiremos al sofá, y pongamos un nuevo episodio de *Sloganeering*, a lo que dedica más o menos una hora es a estar con el portátil, el Pro Tools y los auriculares, mezclando, retocando y repasando las canciones de su nuevo disco.

No hablamos de los días en que estuve ausente, ni de lo ocurrido en Fernley o aquí en casa. Es como si hubiéramos llegado a un pacto tácito. A pesar de que el juez me condenó a encarcelamiento móvil, no he recibido más explicaciones. Esperaba la pulsera, pero no ha llegado. Es de suponer que me estén vigilando más estrechamente que nunca. Quizá hayan escondido micros en la casa. O un aparato en mi coche. A menos que sea todo un cruel juego psicológico: a su manera, la ignorancia ya es una cárcel.

Poco a poco vuelve a crecerme el pelo. Cuanto más largo lo llevo, más parece Fernley una lejana pesadilla.

En el trabajo recupero mis pautas habituales: mis clientes, los adolescentes y las parejas casadas. Voy preparando poco a poco el balance final para los que están en esa fase. Como todas las conversaciones largas, la terapia tiene su inicio, su nudo y su desenlace.

En casa valoro como oro en paño la felicidad que hemos encontrado estas últimas semanas, la estabilidad, la seguridad y el calor. Se lo veo a Alice en los ojos: está más contenta. Me imagino que para ella habrá sido una sorpresa encontrar un camino secreto que le permite fundir las diversas facetas de su personalidad. Siento que vamos construyendo poco a poco nuestra relación, única y distinta a cualquier otra; un matrimonio que no deja de parecerse al ideal descrito por El Pacto.

Pero a pesar de todo, mi cerebro, como un ordenador que calculara siempre pi en el trasfondo, sigue buscando desesperadamente una salida de El Pacto. E intuyo que Alice también.

Anoche vi un SUV oscuro en la esquina. El día antes, a Alice le llamó la atención un Bentley en la acera de enfrente. Sabemos que se avecina un cambio, que algo hay que hacer, pero ninguno de los dos lo saca a relucir.

80

El martes Alice recibe la noticia de que el teclista de su antiguo grupo, Ladder, se ha matado en un accidente de moto en la Great Highway. Tenía poco más de cuarenta años, estaba casado y tenía dos gemelas en edad preescolar. Para Alice, que llegó a vivir con él en una furgoneta dos años, de gira continua, es un mazazo.

Han improvisado un acto benéfico en Bottom of the Hill para la noche del sábado. Le propongo que vaya ella sola, pero insiste en que la acompañe. El sábado, al volver de hacer recados, la entreveo delante del espejo del dormitorio, y a duras penas la reconozco. Lleva un peinado delirante, y un maquillaje radical. La minifalda negra, las medias de red y las Doc Martens se desmarcan por completo de su vestuario de los últimos años. Está muy guapa, pero me desazona que sea capaz de recuperar con tanta rapidez su antigua identidad.

Yo, después de pensármelo mucho, me decanto por unos vaqueros y una camisa blanca de vestir que tengo desde hace tiempo. Desentonamos totalmente, como si acudiéramos a una primera cita concertada con muy poco acierto por amigos que no nos conocen bien a ninguno de los dos. Alice tiene miedo de llegar tarde. Al final encontramos un hueco a seis manzanas y corremos a medias hasta el club. En cuanto entra Alice, la engulle una multitud de viejos amigos, conocidos y admiradores. Yo me quedo al margen, observando.

Empieza la música. Es una mezcla extraña de músicos que tocan grandes éxitos de toda la vida. Están Green Day, el teclista de los Barbary Coasters, Chuck Prophet, Kenney Dale Johnson y otros que me resultan vagamente familiares. La gente parece que disfruta. Es una amalgama de tristeza y alegría, en la que los asistentes celebran la vida de su amigo sin haberse recuperado de su muerte. La música es buena. Se nota que los músicos le ponen el alma a lo que tocan, pero como hacía muchos años que no iba a locales como Bottom of the Hill, en poco tiempo me zumban los oídos. Busco a Alice entre la multitud, sin encontrarla.

Pillo en la barra un Calistoga y encuentro un sitio al fondo, a oscuras, contra la pared. Cuando se me acostumbra la vista me doy cuenta de que hay otros tres hombres apoyados en la misma pared. Dos de ellos también se están tomando un Calistoga. Los tres llevan camisas blancas de vestir y vaqueros, y son más o menos de mi edad. Deben de ser de alguna discográfica.

¿Cuándo me he hecho mayor?

Es algo rápido, pero casi nunca ambiguo. En los restaurantes, el camarero te pone a ti la cuenta al lado. En el trabajo, durante las reuniones, cuando surge alguna decisión difícil, eres el primero a quien miran. Unos toques grises en las sienes, y los indicios evidentes: casa, coche pagado y mujer en vez de novia.

Mujer. Por fin veo a Alice, hablando con gente a la que no reconozco. Nos separa una multitud. A pesar de las complicaciones, me alegro mucho de mi elección, y espero que también ella de la suya.

Al final se me hace insoportable el ruido, así que dejo que me pongan un sello en la mano y salgo. Me sienta bien la niebla en la cara. Miro cómo suben los coches por la calle Diecisiete.

–Me han dicho que eres psicólogo.

Al girarme descubro a mi lado a Eric Wilson. Ahora veo lo que no me llamó la atención el día del garaje, probablemente por estar tan concentrado en Alice. Ya no se parece al bajista joven y guapo de la foto en la entrada del Fillmore. Tiene el pelo un poco grasiento y la dentadura estropeada.

–Sí –contesto–, y tú bajista en un grupo.

Me sale más despectivo de lo que quería. O tal vez no. La verdad es que no tengo nada en contra de los bajistas en general. Solo de este.

Saca un cigarrillo y lo enciende.

–De noche –me confirma–. De día soy profesor en Cal. De biología. ¿No te lo había comentado Alice?

–Pues no.

–Hay precedentes. El de Bad Religion da clases en UCLA.

–Qué interesante.

–Sí, estamos coescribiendo un artículo sobre las tortugas verdes de la isla Ascensión. *Chelonia mydas.* ¿Te suenan?

–No.

Siento en la pared las vibraciones de la música. Tengo ganas de volver a entrar, pero no tantas como darle un puñetazo en la cara a Eric Wilson. Es una sensación bastante nueva. Tengo curiosidad por saber qué pasaría si por una vez dejara de lado mi faceta más racional y obedeciera a mi instinto.

Seguro que Eric acaba de bajar del escenario, porque le cae sudor por el cuello. Me recuerda un artículo reciente de *JAMA* sobre que en muchos casos lo que atrae a las mujeres de sus futuras parejas es el olor de su sudor. La teoría es que buscan a un hombre cuya transpiración tenga un olor particular, porque implica una diferencia de genes, mejores perspectivas de inmunidad para sus hijos en común y más posibilidades de que se prolongue la descendencia. La inmortalidad condensada en el olor del sudor.

–Son unas tortugas de mar gigantes, verdes –dice Eric–, que nacen en la isla Ascensión y se pasan la vida muy lejos, disfrutando de aguas diferentes, explorando, nadando cerca de las costas de Brasil... Cosas así. ¿Pero sabes qué?

Eric se ha girado. Estamos tan cerca que me llega su aliento.

–Me imagino que vas a decírmelo.

–Cuando llega el momento de sentar cabeza y de tener familia, vuelven a ser ellas mismas. Increíble, ¿no? Cuando llega la hora de la verdad (que siempre llega, te lo aseguro), estén donde estén, crean haberse convertido en lo que crean, lo dejan de lado y empiezan a nadar y nadar... Miles de kilómetros, a veces. Prescinden sin pensárselo dos veces de su vida actual y vuelven a la playa de la isla Ascensión para quitarse cualquier máscara y ser exactamente como son, exactamente como eran.

Eric se acaba el cigarrillo, lo tira al suelo y lo aplasta con el tacón de su bota.

–Me he alegrado de verte, Jake –dice.

Veo cómo se aleja, con la espalda de la camisa manchada de sudor.

Más tarde está en el escenario con su grupo. Se hace difícil mirarlo. Se hace difícil no pensar en él en mi casa, comiendo en nuestros platos y bebiendo de vasos que nos regalaron por nuestra boda.

Pide a Alice que suba a cantar. Ella aparece por un lado del escenario, entre aplausos cuya fuerza me sorprende. Se sube a un taburete al lado de Eric. Empiezan por una canción muy conocida de su antiguo grupo, y luego pasan a una de las del CD que me dio Alice.

Me estremece verlos juntos en el escenario, a tan poca distancia. Cuando nos conocimos, Alice ya se estaba desmarcando de la música para seguir otro camino. Aún no estaba claro adónde llevaría, pero lo evidente era que había renunciado a su vida de antes, y estaba decidida a embarcarse en una nueva aventura. A mí me daba miedo que algún día descubriese que la nueva aventura, de la que yo formaba parte, no era más que una tangente que estaría dispuesta a rechazar al regresar a su anterior vida.

Hubo veces en las que traté de distraerla de ese regreso a su vida de antes. La animé a aceptar el puesto en el despacho de abogados y le compré el primer traje de marca de su vida. En eso fui tonto, y puede que hasta manipulador, pero es que tenía miedo. Quería conservarla.

Lo que no entendía del todo era que Alice no es una idea simple, no es un objeto inflexible, un florero inalterable. Sabía, sí, que era compleja; para eso no hacía falta una licenciatura en psicología. El día en que la conocí me acordé de los versos de Walt Whitman: «¿Me contradigo? Pues bien, me contradigo. Soy grande, contengo multitudes».

No, la complejidad de Alice la vi desde el principio. Lo que no capté fue que es un organismo en crecimiento y en evolución. Y yo también. Quiero pensar que no somos como las tortugas verdes de la isla Asunción, sino que hemos evolucionado más allá de los patrones básicos del mundo natural. Quiero creer que a Alice le sería imposible volver a ser quien era antes de que nos conociésemos. Quiero decirle a Eric que se equivoca sobre mi mujer. El periplo por la Facultad de Derecho, la vida profesional y las profundidades de nuestro matrimonio no han sido una simple excursión de la que pueda regresar para tomar de nuevo el rumbo al que está predestinada su vida. Nuestro matrimonio no es ninguna aventura equivocada, por mucho que Eric Wilson desee lo contrario.

Y se me ocurre que esa es la esencia de lo que me tiene enamorado de Alice: que contenga multitud de contradicciones. Asume todas las etapas de su vida, aprendiendo de todas, y cargando con sus experiencias sin dejarse nada. Adaptándose por intuición, y convirtiéndose, cada año que pasa, en una versión distinta y más compleja de sí misma.

Yo esperaba que casarse fuera como cruzar una puerta, como una casa nueva donde entras con la expectativa de que sea un espacio inmutable en el que vivir. Me equivocaba, por supuesto. El matrimonio es algo vivo y cambiante que es necesario cuidar, cada uno por su lado y los dos juntos. Crece de muchas maneras, normales o inesperadas. Como el árbol que hay al lado de nuestra ventana principal, o los kudzus que bordeaban el patio de la casa del padre de Alice la noche en que nos prometimos, es algo vivo, hecho de contradicciones, simultáneamente previsible y desconcertante, bueno y malo, y que se complica sin cesar.

Alice se gira hacia Eric como si le cantase directamente a él. Interpretan el dúo en un silencio general, provocado por la fascinación de verlos juntos en el escenario. Están frente a frente, con las rodillas en contacto. Alice cierra los ojos. Se infiltra la duda. La preocupación que antes solo existía en el límite de mi conciencia, contenida por mi optimismo y la ceguera de mi amor, ahora es una niebla negra en mi cerebro.

¿Por eso ha querido que viniese, para ver lo que ha pasado entre ella y Eric? ¿Es su manera de decirme que nuestro matrimonio ha llegado al final de su trayecto? Trato de armarme de valor ante la posibilidad de tener que irme solo del club.

81

Una de las preguntas que hago a las parejas en terapia es: «¿Aún os creéis capaces de sorprenderos mutuamente?»

La respuesta es demasiado a menudo que no.

Ojalá se me pudiera ocurrir una fórmula fácil para reincorporar la sorpresa a un matrimonio. Un cambio así de simple podría ser la salvación de muchas parejas que he visto. Desfibrilador Conyugal, lo llamaría: una buena descarga a palo seco para revivir el organismo.

Ver a Alice con el minivestido negro y los Doc Martens ha sido una sorpresa. Lo del escenario, en cambio, no. Viéndola cantar con Eric, he creído atisbar el final de nuestra historia.

Resulta que estoy en un error. Al final de la velada, cuando ya se ha marchado casi todo el mundo, y vuelvo a estar fuera –agotado, preocupado y confundido por lo que he ido presenciando–, ella sale del local.

Se le ha corrido el rímel. No puedo ver si es por el calor del bar o por haber estado llorando. El caso, sin embargo, es que se abraza a mí.

–Demasiado whisky –dice, articulando despacio y mal–. Tendré que apoyarme en ti.

En el coche, de camino a casa, vuelve a sorprenderme. Baja el parasol derecho, se mira en el espejo y hace una mueca.

–Debería haberme puesto rímel impermeable. Al final nos hemos puesto a hablar unos cuantos de él. Estábamos contando anécdotas de nuestra última gira. He reído tanto que se me han saltado las lágrimas.

Al llegar a la avenida Fulton, al largo trecho de bajada hacia la playa, donde no hay ni un alma, baja la ventanilla. Debajo de las farolas refulgen oleadas de niebla.

–Mmm –dice, sacando la cabeza por la ventanilla–. Huele a mar.

Me asalta un recuerdo de hace años, de una noche como esta, cuando estábamos recién enamorados. Un tipo cruel de *déjà vu*. Entonces era todo muy sencillo. El camino que se abría ante nosotros parecía claro.

–¿Has oído hablar alguna vez –pregunto al cabo de un momento– de las tortugas verdes de la isla Ascensión?

–Qué casualidad –contesta, subiendo el espejo de golpe, pero sin mirarme.

Para cuando nos retiramos a nuestro dormitorio ya son más de las tres. Están abiertas las cortinas, y veo salir la luna por encima del Pacífico. Alice está como una cuba. Aun así hacemos el amor, porque quiere ella, y porque quiero yo. Quiero recuperar lo mío, lo nuestro.

Me quedo despierto, mientras Alice duerme ruidosamente a mi lado. Para nosotros aún hay esperanza. ¿O no? Pienso en las tortugas que nadan sin cesar en dirección al sur por el Atlántico. Pero lo más importante es que pienso en El Pacto, ese agujero en el que hemos caído, y continúa el trasfondo de cálculos frenéticos de mi cerebro, que intenta discurrir una salida.

A las 9.12 reparo en que he seguido durmiendo a pesar de la alarma. Es suave, la alarma: David Lowery, de Cracker, cantando «Where Have Those Days Gone». El reloj está tirado por el suelo, al lado de la cama. Alice duerme a mi lado, sin más rastros de su noche loca que un poco de baba y el pelo enredado.

Me doy cuenta de que me he despertado por unos golpes en la casa de al lado. Parece que tiemblen las paredes. Al principio lo atribuyo a los vecinos. Es un matrimonio mayor que siempre me ha caído bien, pero se tiene constancia de que organizan partidas de mah-jongg que duran todo el día.

Luego caigo en la cuenta de que el ruido viene de la puerta de la casa.

–Alice –susurro–. ¿Alice?

Nada.

Le sacudo los hombros.

–¡Hay alguien en la puerta!

Ella se gira, apartándose el pelo de los ojos. La luz la hace parpadear.

–¿Qué?
–Que hay alguien en la puerta.
–No hagas caso –gruñe.
–No se marcharán.
Se despierta de golpe y se incorpora.
–Mierda.
–¿Qué hacemos?
–Mierda, mierda, mierda.
–Vístete –digo–. Deprisa, que tenemos que irnos.
Alice baja de un salto, se pone el vestido y las botas de ayer y se echa la gabardina encima. Yo me enfundo mis vaqueros sucios, una camiseta y unas deportivas.
Más golpes.
–¡Alice! ¡Jake!
Sacuden el pomo de la puerta. Reconozco la voz. Declan.
Salimos corriendo por la puerta de atrás y bajamos al patio por la escalera. Hace mucho frío. El barrio está cubierto por un manto de niebla, y del mar llega una brisa gélida. Ayudo a Alice a saltar la valla trasera, y la sigo a toda velocidad por el patio de al lado. Nos movemos deprisa por la trama de patios rectangulares, saltando vallas precarias de madera. En un momento dado tenemos que subirnos a un árbol limpiatubos para saltar una valla más alta. Finalmente, en la esquina de Cabrillo y la calle Treinta y nueve, nos escabullimos por una verja y salimos a la acera.
Aún oigo que nos llama Declan a lo lejos. A estas alturas, su compañera debe de haberse subido al SUV para buscarnos por las avenidas.
Hago que Alice se esconda conmigo detrás de una hilera de contenedores de reciclaje. Busco en mis bolsillos: ciento setenta y tres dólares, el móvil, las llaves de casa, la cartera y las tarjetas de crédito. Alice se arrebuja en el abrigo, tiritando. Me mira con pánico en los ojos. Se le han pegado hojas a la gabardina, pétalos rojos adhesivos del árbol limpiatubos.
–¿Por dónde vamos? –pregunta, petrificada.
No tengo la menor idea.

82

Vamos por Fulton hacia el este, sin apartarnos de los árboles. Luego entramos en Golden Gate Park por la avenida Treinta y seis. Corriendo por una niebla espesa, dejamos atrás Chain of Lakes Drive y nos adentramos más en los caminos infestados de vegetación. Oigo voces delante. Me acuerdo de que es el día de Bay to Breakers, la carrera anual de San Francisco que atraviesa la ciudad desde el Embarcadero hasta la playa, y en la que participa una insólita mezcla de etíopes de los de un kilómetro en dos minutos y medio, familias, nudistas y, cerrando el pelotón, borrachos disfrazados de *cheerleaders*.

Debe de estar a punto de acabarse, porque cuando cruzamos Kennedy Drive solo encontramos corredores disfrazados. Algunos caminan, y muchos llevan bebida. Alice se gira para mirarme con una mezcla de susto y de alivio. Bay to Breakers es lo ideal para perderse. Vemos pasar a los participantes: una docena de disfraces de M&M'S, un novio perseguido por la novia, una versión femenina de la delantera del equipo de los 49ers y una gran piña de corredores normales que avanzan lentamente, tirando de arrestos para terminar la última etapa de los doce kilómetros de carrera. Un hombre disfrazado de Duffman y con un carrito lleno de barriles de cerveza nos da dos vasos llenos, uno para cada uno.

–Salud –dice.

Nos sentamos en la hierba y nos bebemos a sorbitos la cerveza caliente, pensando sin hablar en el siguiente movimiento. Alice señala a veinte hombres y mujeres disfrazados de Kim Jong-il. Casi sonríe.

–¿Cuándo crees que podremos irnos a casa? –pregunto.

–Nunca –contesta ella.

Se recuesta en mí. Le paso un brazo por los hombros.

Sale el sol. Alice tiende su gabardina en la hierba mojada y se echa encima.

–Hacía años que no tenía una resaca así –se lamenta.

Cierra los ojos y se queda dormida en uno o dos minutos. Ojalá pudiera hacer yo lo mismo, pero empieza a no haber tanta gente, y no nos queda mucho tiempo.

Saco mi móvil y empiezo a buscar ideas de adónde ir. En la esquina de la pantalla parpadea la P azul. Hago una búsqueda rápida de compañías de alquiler de coches y luego apago el móvil. Busco el de Alice en los bolsillos de su gabardina, pero debe de habérselo dejado.

–Venga. –La zarandeo para despertarla–. Tenemos que seguir.

–¿Adónde?

–Hay una sucursal de Hertz bastante cerca.

Emprendemos la larga caminata hacia Haight a contracorriente de la multitud, cada vez menos tupida.

–¿Y si no tienen ningún coche?

–Alguno tienen que tener –contesto.

El abrigo arrugado de Alice y mi conjunto de camisa vieja y sucia y vaqueros agujereados hacen que pasemos desapercibidos entre los participantes borrachos de Bay to Breakers. Cruzamos laboriosamente el parque en dirección al este, hacia el Panhandle, y al final llegamos al cruce de Stanyan y Haight. Nos paramos a pedir un chocolate caliente y un café americano grande en Peet's. Usamos nuestras dos tarjetas para sacar el límite diario de efectivo en un cajero automático. Al llegar al Hertz, Alice se derrumba en la acera y se toma el café para intentar seguir despierta.

Cuando freno a su lado en un Camaro naranja descapotable, el único coche que tenían disponible, sonríe.

Recorremos la ciudad por varias calles, y tras cruzar el Golden Gate Bridge vamos hacia el norte por el condado de Marin. Paramos en una tienda de electrónica de San Rafael y nos compramos una tarjeta SIM nueva. Al volver a la carretera, Alice saca la de mi móvil y la tira por la ventana. Al llegar a Sonoma reclina su asiento, cierra los ojos y se empapa de sol. Me encanta que ni siquiera haya preguntado adónde vamos.

Sintonizo la KNBR y me pongo a oír el partido de los Giants mientras dure la señal. Van cuatro a dos. Justo cuando Santiago

Casilla intenta terminar la novena entrada se pierde del todo la señal. Vamos por la 116, bordeando el Russian, hacia el mar. En Jenner, donde confluyen finalmente el río y el Pacífico, meto el Camaro en el Stop & Stop.

Dentro de la tienda, mientras Alice va al lavabo, me surto de comida de gasolinera. Al entrar en el coche, Alice abre una botella de agua vitaminada, se la acaba y echa un vistazo a la bolsa.

–¡Chocodiles! –grita.

A partir de Jenner, la carretera es una cinta estrecha entre altos precipicios. El recorrido da miedo, pero es precioso. Por este tramo de la Highway 1 no había conducido desde la semana antes de que nos conociéramos Alice y yo. Han pasado tantas cosas desde entonces... ¿Quién es este hombre que huye de su vida en un Camaro naranja, con una mujer guapa, desorientadora y sin duchar que come Chocodiles en el asiento derecho?

En Gualala dejo el coche en el aparcamiento de una tienda donde venden de todo. Compramos pan y leche, un par de cosas para cenar y unas cuantas sudaderas y pantalones cortos para los dos. A algo más de un kilómetro aparco delante de Sea Ranch Rentals.

–¡Sea Ranch! –dice Alice–. Siempre había querido dormir aquí.

Detrás del mostrador está la misma chica de tez clara que me alquiló el complejo, leyendo una edición de bolsillo de *La subasta del lote 49*. Levanta la vista cuando entramos.

–Otra vez usted –dice, aunque me resulta inconcebible que se acuerde de verdad–. No es que me guste mucho el nuevo corte de pelo. ¿Tenían reserva?

–No.

Deja el libro y gira la silla hacia el ordenador.

–¿Cuántos días?

–No sé. Una semana.

–Tengo el mismo de la otra vez. Two Rock. –Pues sí, es verdad que me recuerda–. Nunca se me olvidan las caras –dice como si me leyera el pensamiento.

Qué raro, pienso. ¿O no? Me lo quito de la cabeza, no sin antes mirar de reojo su dedo anular. Ni siquiera está casada.

–No creo que me llegue.

–Pues le hago el descuento de regreso en familia. Porque regresa usted en familia.

–¿Cuenta mi mujer?

Oigo que alguien se mueve en la sala de al lado. La chica busca un bolígrafo, escribe «$225/noche» y me acerca el papel por la mesa para que le dé mi visto bueno. Asiento y levanto el pulgar. Seguro que son varios cientos de dólares menos que la tarifa oficial. Dejo una tarjeta de crédito sobre la mesa.

–¿Podrías quedártela y hacer el cargo cuando nos marchemos? –pregunto en voz baja.

–¿Pueden dejarlo inmaculado? –susurra ella.

–Como si no hubiéramos estado.

Mete la tarjeta en un sobre, lo cierra y me da una bolsa de plástico transparente con las llaves y las indicaciones. Yo le doy las gracias.

–Si pregunta alguien, no he estado aquí.

–Oído.

–Lo digo en serio –susurro.

–Yo también.

83

Cuando salgo de la carretera y entro en Sea Ranch, Alice se incorpora en el asiento y mira el mar. Las casas de madera y cristal se van volviendo más grandes y bonitas a medida que vamos hacia el oeste, en dirección a los acantilados. Cuando entro en nuestro complejo de alquiler, Alice me da un golpe en el hombro.

–¡La leche! –exclama.

Abro con la llave. Ella corre al salón y se asoma a los ventanales para ver el mar. Enciendo la calefacción. Se ve y huele todo igual que la otra vez, a aire marino y eucalipto, con un toque de cedro de la sauna.

–Desnúdate –le digo.

Se quita el vestido sin preguntar por qué.

–La ropa interior también –añado.

Se la quita y se queda desnuda. Yo le doy un beso –abrumado de alivio por estar aquí juntos, sanos y salvos–, recojo su ropa sucia y subo a poner una lavadora. Al bajar me la encuentro contemplando el mar desde un sillón, junto al telescopio, envuelta en una toalla.

–Quizá sea hoy el día –dice, pensativa.

Sé qué está buscando, lo que siempre busca cuando estamos en la costa.

Más tarde, en la cocina, preparando el pescado y los espárragos que hemos comprado en la ciudad, me sobresalta un grito. Corro al salón esperándome lo peor, que estén Declan y su amiga, pero al llegar me encuentro a Alice mirando por el telescopio, y señalando el mar.

–¡Ballenas, Jake! ¡Ballenas!

Escudriño el mar gris en toda su extensión, pero no veo nada.

–¡Ballenas! –vuelve a exclamar ella, mientras me hace señas de que mire por el telescopio.

Pego el ojo al ocular, pero lo único que veo son olas azules y serenas, una costa rocosa y un carguero que se aleja.

–¿Las ves?

–No.

–Sigue mirando.

Alice se ha dejado caer en el sillón, donde hojea el libro de Lyall Watson sobre las ballenas.

Miro a la izquierda, miro a la derecha... Nada. Insisto, pero sin resultado. Finalmente lo veo: dos chorros que se mueven despacio por la costa. No es nada, solo un agua que sube, pero me da escalofríos.

84

La mañana siguiente hago cola en la panadería Twofish para comprar pastas a primera hora. La última vez que vine abrían a las ocho, y a las ocho y cuarto no quedaba nada. Llego temprano y salgo con un rosco, un bollito de arándanos, un *muffin* con trocitos de chocolate, un café y un chocolate caliente. Recuerdo el manto de tristeza que me envolvió durante mi primera estancia, mientras comía mi rosco en la espaciosa cocina de la enorme casa vacía.

Cuando vuelvo, Alice tiene el pelo mojado de la ducha, y está muy guapa sin maquillar. Nos sentamos a comer las pastas en silencio, contemplando el mar.

Descansamos todo el día, leyendo libros de la heterogénea colección del dormitorio principal. A las tres, finalmente, logro arrancar a Alice de su novela negra noruega para ir a dar un paseo por la costa. Con la ropa comprada en la tienda del pueblo, que no es de nuestra talla, podríamos pasar por cualquier otra pareja. La sudadera de Alice lleva el sello de Cal State Humboldt, junto con el logo no oficial de la universidad, una hoja de marihuana. En la mía pone «No acercarse a más de 60 metros».

Después de andar unos ocho kilómetros por el camino de la costa, encontramos un banco, y enciendo el teléfono con la nueva tarjeta SIM: no hay ninguna P que parpadee. Dejamos mensajes en nuestros respectivos despachos, justificando con cualquier excusa que nos ausentaremos de la ciudad durante algunos días. Me sabe mal por las parejas a las que tenía que recibir, y especialmente por mi grupo semanal de adolescentes. Sé que les estoy fallando a todos, pero no hay ninguna manera de evitarlo.

–Tocado y hundido –dice Alice al colgar.

Sé que para ella es duro. Cuando volvamos, si es que volvemos, Ian, Evelyn y Huang me recibirán con los brazos abiertos, mientras que desaparecer de un día para el otro en un bufete que trabaja para empresas, en medio de un juicio de los gordos, es muy diferente.

Por la noche frío el resto del pescado, mientras Alice acaba su libro. Luego, en el porche, mirando las estrellas, me sorprendo de la rapidez con la que nos hemos adaptado los dos a este nuevo espacio tan bonito y al ritmo pausado de la vida en la costa. Se me pasa por la cabeza que podríamos vivir aquí. Nos sería tan fácil amoldarnos a este ritmo...

Recostada a mi lado en su tumbona Adirondack, Alice parece relajada de verdad por primera vez en ni sé cuánto.

–Nos alcanzaría para comprarnos una casa aquí –digo–. Vendiendo la de la ciudad, de sobra.

–¿No te aburrirías?

–No. ¿Tú sí?

Parece que me mira, sorprendida por su propia conclusión.

–No. Estaría bien.

Por la noche duermo profundamente, mientras rompen las olas a lo lejos. Sueño con Alice, con los dos en una casa desde la que se domina el mar. No es un sueño en el que pasen grandes cosas; más bien una sensación de dicha y de seguridad. Me despierto y respiro, llenando mis pulmones de aire frío del mar. Es cuando lo siento: la firme certeza de que sí, de que tenemos la posibilidad de crear algo nuevo, totalmente distinto.

Antes de la boda, mi única preocupación era cómo integrar este maravilloso matrimonio en nuestros marcos vitales. Ahora, en la cama, pienso que nuestras vidas anteriores ya no son necesarias –al menos para mí–, y que puedo vivir exclusivamente del matrimonio, sea lo que sea, y evolucione como evolucione. Lo ocurrido en el pasado parece irrelevante. Por primera vez, sé que Alice y yo creceremos juntos y que nuestra vida conyugal tomará derroteros que no siempre entenderé, quizá. Por primera vez sé que irá todo bien.

Me giro en la cama para darle un beso a Alice, contarle mi sueño y describirle esta sensación abrumadora de optimismo, pero descubro que no está.

Debe de haber ido al salón. Estará en el telescopio, buscando a sus amigas las ballenas.

–¿Alice? –la llamo.

Nada.

Al bajar de la cama, mis pies tocan algo duro y frío. Es mi móvil al revés en el suelo. Me invaden inmediatamente el miedo y la aprensión, pero solo hasta que me acuerdo de la nueva tarjeta SIM. No pueden habernos seguido. Al recogerlo veo que debe de haberse encendido solo al caerse de la mesita de noche. Hay veintiocho mensajes de texto, y nueve en el buzón de voz. Luego, en la esquina superior derecha, veo parpadear la P azul.

85

Salto de la cama en calzoncillos y echo a correr por el pasillo. En mi cerebro se agolpan un millón de preguntas. ¿Cuánto tiempo lleva encendido el móvil? ¿Desde cuándo parpadea la pequeña P azul, delatando nuestra ubicación exacta? ¿Y cómo puede ser? Tenemos que irnos. Tengo que hacer ahora mismo las maletas y meterlas en el coche para irnos lo más lejos posible. De Sea Ranch solo se puede salir por una carretera. Lo que está claro es que habrá que ir hacia el norte, hacia Oregón, porque si fuéramos al sur seguro que nos cruzaríamos con Declan por la costa.

A pesar de todo, sigue habiendo una parte de mí convencida de que en cuanto doble la esquina veré a Alice acurrucada con una manta en su sillón, mirando por el telescopio. Se burlará de mí por correr como un loco en calzoncillos por la casa. Me dirá que me acerque. Entonces la levantaré del sillón, la arrastraré otra vez a la cama y haremos el amor.

Más tarde daremos otro largo paseo por la costa. Nos beberemos una botella entera de vino, y nos sentaremos en la sauna a sudar y sudar, expulsando del cuerpo el miedo y el dolor.

Pero no, no está en el telescopio. Están los ventanales, el camino de bajada al mar, las olas y las nubes negras que bajan por la costa desde el norte, pero no está Alice.

Oigo algo en la cocina. Respiro entrecortadamente, con alivio. Estará haciendo café, intentando averiguar cómo funciona la cafetera de última tecnología de la casa.

Pero no, no está en la cocina. Hay una taza de café en el mármol, casi llena, de la que aún sale humo. Al lado está el libro de Lyall Watson, abierto por una página sobre las ballenas azules. La página está arrancada. Desde la esquina superior derecha baja un desgarrón que casi separa la página del libro.

No será nada, seguro. Por esta casa han pasado tantos inquilinos, y el libro lo han manoseado tantos niños...

¿A qué huele? Está encendido el horno. Lo abro y encuentro una bandeja de bollos de canela medio chamuscados. Mi frecuencia cardíaca se triplica. Se me hace un nudo en el estómago. Busco una toalla, saco la bandeja y la dejo en la encimera.

¿Qué he oído? Una especie de golpe.

Abro el cajón de los cubiertos y saco un cuchillo. Es de cocinero, de acero alemán.

Cruzo la sala del desayuno, cerrando bien la mano alrededor del cuchillo, pero tampoco está aquí Alice.

Más ruidos. Creo que venían del garaje. Pasos arrastrados. Quizá Alice haya salido a buscar algo en el coche y se le hayan olvidado los bollos. Es lo que me digo.

Sigo por el largo pasillo, hacia el garaje. Otro ruido, pero no, no viene del garaje. Viene de la especie de zaguán que separa la casa principal de la de invitados.

Ahora me muevo con mayor cautela, aferrado al cuchillo. Mi corazón late con fuerza. Algo raro pasa.

–¿Alice? –No hay respuesta–. ¿Alice?

Decididamente, el ruido viene del zaguán.

Más pasos arrastrados; luego un ruido como de rascar, y silencio. Solo el mar, el choque de las olas. ¿Por qué no me contesta?

Oigo una puerta. Estoy casi seguro de que es la de al lado, la que comunica con el exterior por el zaguán.

Ya sé adónde tengo que ir. Quien haya hecho el ruido ha salido por la puerta. Tengo que llegar antes de que desaparezca. Es lo que pienso durante un par de segundos de insensatez y tontería.

Al girar hacia el zaguán, sin embargo, veo a Declan. Parece mucho más corpulento de como lo recordaba. Detrás de él, en la puerta, está Diane, su compañera. No está sola. Va detrás de alguien a quien empuja. A pesar de las manos atadas en la espalda, y de la bolsa negra sobre la cabeza, sé, naturalmente, que se trata de Alice. Está descalza y solo lleva la camiseta con la que ha dormido.

–Amigo –dice Declan.

Me lanzo hacia él con el cuchillo.

–Eh.

Su enorme brazo se interpone ante mí. De repente el cuchillo está en el suelo, y mi brazo derecho, dolorosamente retorcido en mi espalda. En la camisa de Declan hay un corte del que brota un hilo de sangre. Se lo toca, sorprendido.

–No es buena manera de empezar, Jake. No es que esté herido, pero sí que he pillado un buen cabreo.

–¡Alice! –grito, debatiéndome.

La puerta del zaguán se cierra, separándome de Alice.

–Bueno, Jake –me regaña Declan–, sabes que no deberías haberlo hecho. Yo siempre te he tratado con respeto.

Me clava el puño en la base de la espalda. Intento mover el brazo, pero la fuerza con la que me sujeta es implacable. Echo el brazo izquierdo hacia atrás con la intención de darle un puñetazo. Él aparta el puño de mi espalda, me aferra el codo izquierdo y estira con tal fuerza que grito de dolor, sacudiendo los brazos a la desesperada.

–Jake, ha sido una tontería salir huyendo así. ¿Por qué habéis pensado que podríais escaparos de El Pacto?

Me da una patada en las dos piernas, haciendo que me caiga de rodillas. Durante un segundo tengo ganas de explicarle mi sueño, la sensación que me ha dado, y la promesa de empezar de cero.

–Jake, en serio, no me provoques, que he tenido una noche muy larga arreglando cagadas de otra gente y me he cansado conduciendo. No estoy de humor.

–Por favor, cogedme a mí en vez de a ella –digo.

Me suelta el brazo. Me levanto con dificultad. Mi cara está a la altura de su cintura. Tiene la chaqueta abierta. Veo la pistola dentro de la funda. Ojalá se la pudiera quitar.

–No funciona así. Abre de una puta vez los ojos a la realidad. –Parece más exasperado que enfadado–. Y no te preocupes –añade, alejándose–, que ya te llegará la hora.

Oigo la puerta de un coche fuera de la casa.

–¿De qué se la acusa? –Me da vergüenza preguntárselo, pero lo tengo que saber–. Dime al menos eso.

Declan abre la puerta y se gira a mirarme. Casi parece satisfecho de darme la noticia.

–Adulterio en Primer Grado.

Se aleja por la niebla, dejando un marasmo de palabras en el interior de mi cabeza.

–¡No sois la ley! –exclamo, siguiéndolo a tropezones–. ¡No hay ni uno de vosotros que lo sea! ¡Solo sois una secta de mierda!

Ni siquiera se gira para indicar que me ha oído. Sube al volante del SUV negro, da un portazo y pone el motor en marcha. A duras penas veo la silueta encapuchada de Alice en la parte trasera, al otro lado de las lunas tintadas. Aporreo la ventanilla del lado del conductor.

–¡Voy a llamar a la policía!

Declan la baja con el botón.

–Tú mismo. –Su sonrisa es desprecio en estado puro–. Saluda de mi parte a mis amigos del departamento.

–Eso es un farol.

–Piensa lo que quieras, por tu cuenta y riesgo. –Me hace un guiño–. Es lo mismo que pensaron Eliot y Aileen.

Vuelve a subir la ventanilla. Me desplomo de rodillas en la arena, mientras el coche llega hasta la carretera y desaparece.

Me quedo arrodillado, en calzoncillos, solo en medio del frío. Sin la menor utilidad ni para mi mujer ni para mí mismo.

Alice. Oh, Alice.

Antes de ver a Declan no estaba seguro de que mi mujer me hubiera sido infiel. Había indicios, sí; vaya, que supongo que debía de saberlo, pero iba aparcando mis sospechas: las dos copas de vino al lado del sofá, los dos platos en el fregadero...

La mañana en que nos escapamos por el patio de atrás, di por supuesto en cierto modo que El Pacto venía por mí.

Adulterio. En Primer Grado.

Repentinamente aplastado por la soledad, me invade una nueva sensación. Una nueva certeza. A pesar de todo, tengo que salvar a Alice. Tengo que buscar la manera de hacerlo. Solo me tiene a mí. Al margen de lo que haya hecho, sigue siendo mi mujer.

86

Me duele todo, y tengo el cuerpo lleno de cardenales, pero sin fracturas. Descuelgo el teléfono fijo y marco el 911. Pasa algo raro. «Su llamada está siendo redirigida», recita una voz grabada.

Al cabo de un momento se pone un hombre.

–¿Es una urgencia?

–Tengo que denunciar un secuestro –suelto a bocajarro.

–Amigo –dice la voz–, ¿está usted seguro?

Cuelgo de golpe. Mierda.

Me visto, meto nuestras escasas pertenencias en el coche, tiro los bollos de canela quemados a una bolsa de basura y paso un trapo a toda prisa por las superficies de la cocina. Me parece importante cumplir lo prometido. No dejo señales de nuestra presencia, de la nueva vida que tan posible parecía hace solo una hora.

Cuando paso por las oficinas para devolver las llaves, la chica no parece sorprendida de verme. Lleva una camiseta de *Sloganeering*. Detrás de ella está encendida la tele.

–Tengo que irme temprano –digo mientras dejo las llaves en el mostrador.

–Vale. –Saca mi tarjeta del sobre, la pasa y me la devuelve–. Para la próxima vez ya he pensado otro sitio. Es un don que tengo. Emparejo gente y sitios. Cuanto más conozco a la persona, más fácil es. Esta casa parecía la buena, pero no lo era. Deme otra oportunidad.

–Vale.

Sin embargo, lo único que puedo pensar es que se me han acabado las oportunidades.

87

Al llegar a casa me encuentro un montón de paquetes delante de la puerta. Me fijo por primera vez en que crecen malas hierbas por las rendijas de la acera. ¿Cuándo empezó esta dejadez? Me recuerda las fotos de Jonestown antes y después, una extraña utopía devorada tan veloz como íntegramente por la selva, y poco menos que olvidada. Pienso en Jim Jones, en su improvisado trono y en el letrero que había encima de él: «Quien no recuerda el pasado está condenado a repetirlo».

Dentro hace un frío que pela. En este momento parece que de nuestro matrimonio me quede solo esto, nuestra casita en las avenidas. Tengo que poner orden. No puedo dejar que se apoderen de ella otra vez los elementos. En un acceso febril de actividad: limpio, organizo, abro el correo, pongo el lavavajillas y doblo la ropa limpia. Me da pavor que esto que estamos construyendo Alice y yo se lo lleve una selva que sería absurdo tener la esperanza de controlar.

Una vez reinstaurado el orden, me embarco en el trabajo de verdad, el único capaz de que volvamos a estar juntos.

Hago una búsqueda por internet. Localizo una pequeña isla de la costa irlandesa. Rathlin. Trazo una ruta. Compro una serie de billetes de avión, exageradamente caros. Luego saco mi pasaporte de la caja fuerte, meto cuatro cosas en una maleta y pido un taxi.

De camino al aeropuerto, enciendo mi móvil. Vuelve a salir la P intermitente. Un mensaje de texto de un número desconocido enlaza con SFGate. En la página de inicio hay un titular casi invisible entre inauguraciones de nuevos restaurantes y la polémica sobre los derechos de los inquilinos: «Desaparecido un músico de la zona». Acerco el pulgar, estremecido.

Abro el artículo.

> El lunes por la noche fue denunciada la desaparición del antiguo bajista de Ladder, Eric Wilson, tras encontrarse su coche abandonado en Ocean Beach. Fue visto por última vez el domingo a primera hora de la mañana, después de un concierto en memoria de su excompañero de grupo Damian Lee, en Bottom of the Hill. Se han emprendido búsquedas en Kelly's Cove, donde va a menudo a hacer surf.

El artículo enumera todos sus grupos y sus discos. Al haber sido el de Ladder el de mayor éxito entre los segundos, también aparece el nombre de Alice. Hay un comentario de uno de los alumnos de biología de Eric, que no tenía ni idea de que fuera músico, y otro de un antiguo compañero de grupo que no tenía ni idea de que fuera profesor. También hay un vídeo de una actuación de Ladder hace doce años, con Alice a su lado. No lo miro. Sus padres y su hermana han venido de Boston en avión para colaborar en la búsqueda. Leo otras dos veces el artículo, nervioso, como si pudieran aparecer más detalles por arte de magia, pero no los encuentro.

¿Debería estar triste por su desaparición? ¿Debería sentir algo más que alivio?

Pienso en Eliot y Aileen. ¿Qué dijo JoAnne? «Desaparecen sin dejar ni rastro.»

88

En el aeropuerto hay vuelos con demora por mal tiempo en la costa este. Empiezo a ir de un lado al otro del país, de SFO a Denver, de Denver a O'Hare, de O'Hare a EWR, de EWR a Gatwick y de Gatwick a Irlanda del Norte. Llego a Belfast con hambre, entumecido y sin saber muy qué día es. Me muero de ganas de saber algo de Alice. ¿Está en una celda oscura o con luz? ¿Está esposada? ¿La están interrogando? ¿Cuál es su castigo? ¿Tiene un buen abogado?

Se me hace eterna la cola de la aduana. Todos los ejecutivos trajeados parecen tener prisa por llegar a importantes reuniones. Una agente de aduanas pecosa examina un buen rato mi pasaporte, y luego vuelve a mirarme a la cara.

–¿Ha tenido un vuelo difícil?

–Largo.

Mira otra vez el pasaporte.

–Bonito apellido irlandés tiene usted.

Es verdad. Mi familia es de ascendencia irlandesa. Llegamos a San Francisco hace cuatro generaciones, después de que mi tatarabuelo, conductor de tranvía con problemas de alcoholismo, matara a una mujer aquí, en esta ciudad. Huyó a Estados Unidos en un vapor para evitar la cárcel. Yo hasta ahora nunca había venido. Supongo que se podría decir que al fin regreso a la escena del crimen. Quizá siga formando parte de mí la predisposición genética al asesinato.

La agente pecosa de fronteras abre el pasaporte por la última página y deja un gran sello rojo mediante un golpe seco, terminante.

–Bienvenido a casa –dice.

Encuentro un cajero automático y saco un buen fajo de billetes. Al salir me subo a un taxi y voy a la estación de tren. Me quito el reloj para cambiar la hora a la local. Antes de volver a ponérmelo lo giro y leo la sencilla inscripción: «Para Jake, con todo mi amor. Alice».

La cabeza me da vueltas y mi cuerpo está exhausto. El ajetreo matinal, la congestión y el tráfico no ayudan. En la estación me doy cuenta de que será más complicado de lo que esperaba llegar a mi destino. En tren solo se puede hacer la mitad del trayecto; eso suponiendo que pudiera cogerlo, porque la estación está bloqueada por un piquete de más de una docena de trabajadores con pancartas donde pone «En huelga».

Me acerco al hotel Malmaison. El recepcionista es un hombre rechoncho con el traje arrugado. Le pregunto por el tren y me da una explicación larga y enrevesada. Si lo he entendido bien, he llegado a Irlanda del Norte en mal momento. Hay huelga de autobuses y de trenes, y por lo visto acaba de empezar un campeonato de fútbol importante.

–¿Le gusta el fútbol? –me pregunta.

–Mmm...

–A mí tampoco. Si espera hasta las doce lo llevo yo en coche hasta Armoy. –Me da un papel, que al parecer es algún tipo de billete–. Desayuno inglés gratis, si le apetece.

Señala una sala amplia y triste, con aspecto de escuela primaria abandonada. Enseguida tengo encima a un camarero que se emperra en servirme un té marrón muy raro. Le doy las gracias y me acerco al bufé con un plato de plástico.

Hay cuencos de huevos duros cubiertos de vapor, salchichas escuchimizadas y unas cuantas cazuelas inidentificables, además de montones de tostadas blancas y finas. Me como a la fuerza dos cajas de algo que se llama Fruity Sugar Surprise, bañado en leche desnatada. Veo a los turistas hacer malabarismos con sus cámaras, mapas y paraguas, aficionados al fútbol e ingleses de luna de miel –mayoritariamente jóvenes y radiantes de felicidad–, y los envidio.

A mediodía me da unos golpecitos en el hombro el de la recepción. Nos subimos a un coche tan pequeño que cada vez que tiene que cambiar de marcha se tocan nuestros brazos.

Todo el trayecto hasta Armoy se lo pasa hablando, aunque solo le entiendo la mitad. Va a casa de su exmujer para recoger a su hijo y llevarlo a una fiesta de cumpleaños. El niño tiene diez años, y hace un mes que no se ven. Dice que me habría llevado hasta Ballycastle, pero que ya llega tarde. Su ex se enfadará, y el niño estará de morros. Tiene que darse prisa.

Como pueblo, Armoy es un cero a la izquierda, una simple anécdota junto a la carretera. Me dice que hasta Ballycastle hay diez kilómetros. Me aconseja tomar un taxi, si es que lo encuentro, pero le digo que intentaré ir caminando. Él se pone a reír.

–Pero hombre, joder, que esto es Irlanda del Norte. Antes de que llegues habrá llovido cuatro veces, y eso es la parte fácil. Solo con el puto viento ya puedes volver volando a Belfast.

Al llegar a la casa de su ex nos separamos. Camino un poco, pero a los ocho o nueve metros doy media vuelta y espío por el seto para ver cómo llega hasta la puerta. Le abre la ex, una mujer guapa que parece agotada. Tal vez de la vida. De él, seguro. Hasta de lejos percibo el triste y complicado baile de amor y odio con que le obsequia en la puerta de la casa. El niño, alto y desgarbado, con un corte de pelo tremendamente tonto, sale corriendo para darle un abrazo. Me giro.

A menos de dos kilómetros empieza a caer puntualmente la lluvia, en rachas gélidas que me calan la chaqueta sin darme tiempo de sacar un anorak de la bolsa. Camino contra el viento y contra las salpicaduras de los camiones que pasan a mi lado. Estoy aterido, pero la lluvia me despierta; es la bofetada que necesitaba.

Cuando entro en Ballycastle ya no tengo la ropa empapada, sino húmeda, pero empieza otra vez a llover. Persisto hasta la terminal, con la esperanza de pillar el ferry a Rathlin. El edificio está cerrado a cal y canto y el aparcamiento vacío. Al final del embarcadero hay tres pescadores que descargan algo de una barca. No parece que les afecte esta lluvia tan fría. Les pregunto por el barco a Rathlin. Se me quedan mirando como si acabara de llegar de otro planeta, y contestan en un idioma que no entiendo. Viéndome perplejo, el capitán me explica con paciencia que el trasbordador a Rathlin participa en la huelga de transportes.

–Espero que no tenga usted prisa –dice.

Joder.

Vuelvo al centro del pueblo. No puedo evitar que me parezca bonito, hasta con esta lluvia que no cesa: casas de colores vivos y acantilados verdes sobre el mar. A Alice le encantaría. Encuentro una agencia de viajes, pero está cerrada. Me resguardo en un *pub,* el Dog & Shoe. Está llenísimo. En cuanto cruzo la puerta se interrumpen veinte conversaciones distintas a la vez y se giran todas las cabezas hacia mí. Al cabo de un segundo se reanuda el barullo. Hace años di una conferencia en un congreso en Tel Aviv. Me acuerdo de que luego di un paseo a solas por la ciudad, y que cada vez que entraba en un bar o un restaurante se callaban todos y se me quedaban mirando. Efectuaban inmediatamente el mismo cálculo, y tras no ver en mí amenaza alguna, seguían con sus discusiones.

Encuentro una mesa sucia en un rincón, al lado de la chimenea. Cuelgo mi chaqueta mojada en el respaldo de mi silla y dejo que se me acostumbre la vista a la penumbra antes de ir hacia la barra. Ardo en deseos de paliar mi agotamiento con una Coca-cola Light, pero solo tienen cerveza, mucha cerveza.

–¿Hay alguna manera de salir del pueblo? –le pregunto al de la barra.

–Mientras no se acabe la huelga, no.

–¿No puedo alquilar un taxi acuático?

Sacude la cabeza, como si le divirtiera mi ignorancia.

Pido una Harp y vuelvo a mi asiento para meditar el siguiente paso. Enciendo el móvil, sorprendido de que funcione. Me compré uno nuevo en el aeropuerto de San Francisco. El teléfono en sí era barato, pero el contrato con dos años de permanencia costaba un ojo de la cara. Todo era poco, sin embargo, con tal de no ver parpadear una P azul. He desviado a este móvil todas las llamadas del número anterior, por si llamara Alice. Cosa que no ha hecho.

Me levanto y me dirijo en voz alta al resto de la sala.

–Tengo que ir a Rathlin. Es urgente.

Tras un largo silencio, se oye el ruido del roce de una silla con el suelo, y se me acerca en dos zancadas un hombre compacto y musculoso.

–Barcos no hay –dice–. Aquí, cuando se hace huelga, se hace huelga.

–Es cuestión de vida o muerte –suplico, pero solo recibo miradas inexpresivas o rabiosas.

Fuera ha dejado de llover. Me doy prisa en regresar al puerto, donde se entrechocan con el viento un par de docenas de embarcaciones abandonadas. Solo en una barca, un pescador desenreda un sedal.

–Le pago quinientas libras por llevarme a Rathlin –digo, sacándome de la cartera los billetes, tersos y nuevos.

Él me estudia un momento.

–Que sean mil.

Subo a la barca, saco otros quinientos y se los pongo en la palma de la mano.

Él echa un vistazo a mi muñeca.

–Y el reloj.

–Es de mi mujer –le digo.

–Aquí no me va a dar muy buena fama haberlo llevado hasta la isla –contesta él, y sigue con el sedal.

Abro a regañadientes el cierre del reloj y me lo quito. Miro por última vez la inscripción. El pescador se lo pone en la muñeca y lo admira un segundo antes de señalar la popa, donde hay un banco no muy sólido.

–Cójase una chaqueta, amigo, que puede haber mala mar.

89

Si Ballycastle era pequeño, Rathlin es diminuto. Por lo que veo hay una pensión, un *pub,* un café, una tienda de objetos de regalo, que también sirve de oficina de correos, y un par de kilómetros de costa despoblada.

Me acerco a la pensión.

–¿Qué, mucha gente? –le pregunto al adolescente de detrás del mostrador.

–Solo usted.

Por nueve libras de suplemento me dan una habitación con vistas al mar. El cuarto de baño es compartido, pero todo indica que solo lo compartiré conmigo mismo.

–Te quería preguntar si podrías decirme dónde...

–Orla sabe que está aquí –contesta–. Lo llamará cuando esté preparada.

Sigue mirando el partido, sin esperar mi respuesta. Subo y doy vueltas por el pequeño espacio de la habitación. Contemplo el mar. No hay cobertura de telefonía móvil.

Estoy nervioso, así que salgo a dar un paseo. La playa está vacía en ambas direcciones. Parece mentira cómo se parece el mar al de donde damos nuestros paseos semanales Alice y yo. Las olas son traicioneras, y la niebla me recuerda a San Francisco. Ya ha anochecido cuando vuelvo a la pensión, donde me espera un mensaje. El adolescente sigue atento al fútbol.

Por la mañana me quedo en recepción, más impaciente que ayer.

–Es importantísimo que vea a Orla –insisto.

–Mire –dice él–, en Rathlin no van las cosas como en San Francisco. No hace falta que se quede aquí parado, que ya lo encontraré.

Recorro la isla. Subo a las montañas y camino por las dunas y las rocas resbaladizas. Encuentro el único sitio de toda la isla con cobertura para el móvil, pero sigue sin haber llamadas de Alice. Me quedo mirando el mar, exhausto, abatido y preguntándome si habré perdido para siempre a mi mujer.

Por la noche me despierto con pánico de una pesadilla en la que nadaba por un mar turbulento, intentando dar alcance a Alice, que se me escapaba siempre por poco.

Al tercer día, finalmente, el chico me entrega un sobre de pergamino. Delante está mi nombre, en elegante letra cursiva.

Subo a mi habitación, me siento en la cama y respiro profundamente. Me late muy deprisa el corazón. Al abrir el sobre encuentro un mapa de la isla, con una X azul que indica un sitio cerca de la punta norte. Detrás del sobre leo lo siguiente: «A las diez de la mañana. Traer calzado cómodo».

Paso la noche en vela. Al alba me visto con ropa de abrigo, como sin hambre un desayuno inglés y me dirijo a pie al extremo de la isla. En el lugar correspondiente a la X del mapa solo veo un banco orientado hacia el mar. El color del agua es gris acero. Del banco sale un camino que va hacia el Oeste por los acantilados. Como llego con más de una hora de antelación, me siento. No he visto a nadie ni nada en todo el recorrido. Poco a poco sube la niebla, que me envuelve. Espero.

Al cabo de un rato oigo que se mueve algo, y al levantar la vista veo delante a una mujer.

–Amigo –dice–, ven a caminar conmigo.

90

Orla es más alta de lo que me esperaba, con el pelo corto, blanco plateado, y una manera de vestir sencilla. Casi me ahogo de la rabia que le tengo. Estoy dispuesto a odiarla, a odiar lo que ha creado, esta conspiración tan desagradable que tanto daño nos ha hecho a Alice y a mí. Ansío decirle tantas cosas... Declaraciones de oposición y crítica, en un largo y cáustico monólogo.

Sin embargo, sé que debo andar con pies de plomo. Sé que con Orla no funcionará una estrategia de confrontación, como no funciona con muchos de mis pacientes. Tengo ganas de gritar y zaherirla, pero no me serviría de nada, solo empeoraría la situación de Alice. Los gritos comportan amenazas, y Orla no es una mujer sensible a ellas. Para conseguir mis objetivos debo estar tan calmado como ella y ser más calculador.

Caminamos en silencio. Al principio la observo y me mantengo a la espera, preparado para el diálogo y para que se envenenen las palabras. Su silencio es exasperante. Cuesta resistirse al impulso de darle más poder llenándolo yo con mis palabras.

–Me gusta caminar –dice finalmente–. Así puedo pensar con claridad. Jake, ¿tú consideras que piensas con claridad?

–Con más claridad que en muchos meses.

No contesta.

Acabamos en lo alto de una colina, desde donde veo una gran casa de campo que armoniza con los prados. Se reconoce a simple vista. Su combinación de madera reciclada y paredes de cristal me devuelve al pasillo del juzgado de Fernley, con sus fotos. ¿Es donde está Alice? ¿Ha mirado las fotos como las miré yo, loca de ganas de estar en otro sitio? ¿Está bien?

Orla me mira con una expresión que me hace dudar de si he expresado mis pensamientos en voz alta.

–Amigo –dice mientras descendemos la colina–, tenemos mucho de que hablar.

Quedo sorprendido por las dimensiones y la sencillez del interior de la casa. Está impecable, sí, con suelos de hormigón pulido y unas vistas espectaculares, pero se las arregla para transmitir una impresión de modestia. El mobiliario es austero y blanco. Me esperaba algo más: una sede mundial, un centro de mando con monitores de vídeo y pantallas táctiles, un edificio lleno de administradores, aduladores y acólitos.

No los hay. De hecho, que yo vea estamos los dos solos.

–Ponte cómodo, Amigo.

Se quita el calzado de montaña y desaparece. Doy vueltas por la sala, impaciente por que vuelva. Examino el contenido de las estanterías en busca de pistas acerca de su personalidad. Encuentro las obras completas de Yeats, *A Modern Instance*, la estupenda novela de William Dean Howells sobre el matrimonio, obras de Joan Didion, Cynthia Ozick y Don Carroll y primeras ediciones firmadas de *1984* y *Trampa 22*. En el estante más alto se codean *At the Disco*, de Romney Schell, con *Jealousy and Medicine*, de Michal Choromanski. Me llama la atención un lomo gastado. Me fijo: es *Obediencia a la autoridad,* de Stanley Milgram.

También hay fotos. Una de Orla con un hombre que podría ser su marido, Ali Hewson y Bono. Orla con Bruce Springsteen y Patty Scialfa. Orla de más joven con Tony Blair y su mujer Cherie. Bill y Melinda Gates. Una borrosa, en blanco y negro, de Orla con James Garner y su esposa. Una con los Clinton. Jackson Pollock y Dolly Parton con sus respectivos cónyuges. Entre los libros y las fotos hay unos cuantos objetos de decoración. Cojo un reloj Breitling con un cinco rojo delante, y al girarlo veo una insignia que podría no ser del agrado de todos los habitantes de Rathlin.

Me sorprende a mí mismo el atrevimiento con el que curioseo, pero tengo la sensación de que está todo orquestado, incluso estos momentos a solas en su casa. ¿Me habría traído aquí Orla si no quisiera que mirara sus cosas?

En la cocina encuentro un contenedor metálico con diez espátulas de tipos y colores diferentes. Justo cuando tengo en las manos la de silicona morada, vuelve Orla.

–Estaba intentando ver dónde está hecha –digo–. Es que colecciono espátulas, aunque parezca mentira.

–Ya lo sé.

Vuelvo a poner la espátula en el contenedor.

–Esta es de una tienda de diseño de Copenhague. Pasamos Richard y yo por la ciudad hace casi una década, y me llamó la atención el color. No dije nada, pero el caso es que él se fijó, y al cabo de unos meses apareció misteriosamente la espátula en nuestra cocina.

Se acerca a la encimera, y pulsando un botón hace que se levante una pantalla táctil de un compartimento secreto.

–Cuando el arquitecto me dio las llaves de la casa, me dijo que estaba diseñada para que le fuera bien la música. No sé si entiendo demasiado bien por qué, pero al final he llegado a la conclusión de que decía la verdad.

Suena por toda la casa el «Para Elisa», en interpretación de Alfred Brendel, por unos altavoces escondidos.

Orla saca una botella de vino de un armario.

–Es una botella especial –dice–, regalo de un miembro. Tenía ganas de abrirla, aunque supongo que aún es un poco temprano.

–En algún sitio es de noche –contesto yo.

La descorcha y sirve el vino. Es un pinot noir aterciopelado y denso.

–Siéntate, por favor –dice, llevándome a la sala de estar.

–No sé yo si podré beber vino tinto en tu sofá blanco.

–No digas tonterías.

–No, en serio; con solo un estornudo nos arruinaremos Alice y yo.

Orla casi sonríe, instante en el que creo vislumbrar a la mujer real que hay detrás de las respuestas medidas.

–Me harías un favor. Odio este sofá.

Hace girar el vino en la copa, toma un sorbo y cierra los ojos para saborearlo.

Dejo mi copa en la mesa de centro y me siento. Orla lo hace a mi lado, en un sillón de piel. Sus movimientos –un pie debajo del cuerpo, erguida, con la copa en alto– son propios de una mujer mucho más joven.

–He venido a hablarte de Alice.

–Naturalmente –responde con serenidad.

–Hace una semana secuestraron a mi mujer. Se la llevaron a rastras, aterrorizada y medio desnuda.

Orla me mira a los ojos.

–Lo siento, Jake. Soy la primera en reconocer que el uso de la fuerza fue excesivo.

Me toma por sorpresa su reacción. Había dado por supuesto que no admitiría nada, ni se disculparía por nada.

–¿Está en Fernley?

–Sí, pero en el ala de hotel.

Pienso en la cama cómoda, en las vistas y en el servicio de habitaciones. Visualizo a Alice en ese entorno, y confieso que al rememorar las palabras de Declan –«Adulterio en Primer Grado»– me la imagino sin nada más que hacer que meditar acerca de nuestro matrimonio. Después la visualizo en una de las celdas de aislamiento, por no decir algo peor, y me siento culpable.

–¿Por qué tendría que creérmelo?

–Tu mujer tiene un aliado poderoso: Finnegan –contesta Orla sin inmutarse–. Ya entraremos más tarde en detalles, pero es que hace mucho tiempo que esperaba hablar contigo, así que si me haces el favor...

Está claro que solo hablará de Alice cuando esté dispuesta a hacerlo. Ni un segundo antes. Casi me parece oír la advertencia de Alice: «Pórtate bien».

Orla se inclina un poco hacia mí. Intuyo que me está estudiando.

–Permíteme que te haga una pregunta. Supongamos que dentro de quinientos años sigue el planeta en su sitio, más o menos como lo conocemos. ¿Crees que aún existirá el matrimonio?

–No lo sé, la verdad. –Me impacientan tantas tonterías–. ¿Y tú?

–No funciona así. He preguntado yo primero.

Me lo pienso un momento.

–En el fondo, nuestro auténtico objetivo es la inmortalidad –contesto–. La única manera de alcanzarla es a través de la procreación. Cuando una pareja se mantiene unida, especialmente dentro del constructo legal del matrimonio, es cuando más posibilidades de supervivencia tienen los descendientes, y por lo tanto de ser inmortal el individuo. Dejando al margen la cuestión de los hijos, estoy convencido de que la mayoría de la gente siente un gran deseo de compartir la vida con alguien.

–Me imaginaba que contestarías exactamente así.

Orla me mira atentamente. No estoy seguro de si ha sido un elogio o un insulto.

–¿Puedo contarte una historia? –pregunta.

Tengo la sensación de que se dispone a ofrecerme una versión del relato que oí el primer día, cuando se presentó Vivian en nuestra casa con los contratos que tuvimos la ingenuidad de firmar, y que nos arrastraron a esta pesadilla. Me recuerdo que a pesar de su calurosa hospitalidad y de la buena relación que parece haberse establecido desde un primer momento, esta mujer frágil y de pelo canoso es un lobo con piel de cordero; o, para ser más exactos, un lobo con las mejores galas.

–Mis padres eran pobres –dice–. Mi padre trabajaba en una mina de carbón de Newcastle, y mi madre era costurera. A mi hermana y a mí nos apoyaron en todo, pero sin darnos nunca ningún consejo. Tenían opiniones, pero sin convicción ni claridad. En lo relativo a los temas importantes (la religión, la política, el trabajo) tuve que buscarme mi propio camino. No es que se lo reproche. Con lo deprisa que crece nuestro mundo, ¿cómo va a contar alguien con las herramientas adecuadas para transmitírselas a la generación siguiente? El mundo actual no es el mismo donde crecieron mis padres. Ni siquiera es el mismo donde crecí yo.

»Desde hace un tiempo me preocupa que la evolución del mundo moderno pueda dejar atrás el matrimonio. Tiene mucho que ver con la globalización, y con la economía colaborativa.

–¿Qué tiene que ver la globalización con la muerte del matrimonio? ¿Y qué tiene que ver con todo esto el sistema brutal que has creado?

Se echa hacia atrás con las cejas en alto, como si le sorprendiera mi tono de rabia.

–¡El matrimonio es ineficaz! –proclama–. Todo el constructo es un ejemplo de derroche de recursos. A menudo la mujer se queda en casa, cuidando de los niños, si es que hay más de uno, y renuncia a la carrera que tanto le ha costado construir. Aparte del talento derrochado, piensa en el derroche físico, en lo superfluo de que se repitan tantas cosas en las casas. ¿Cuántas tostadoras dirías que hay en el mundo?

–No tengo ni idea.

–No, en serio, a ver si lo adivinas.

–¿Diez millones? –digo, impacientándome.

–¡Más de doscientos millones! ¿Y con qué frecuencia dirías que se usa la tostadora, en promedio, en cada hogar? –Tampoco esta vez espera a que conteste–. Solo 2,6 horas al año. Estadísticamente hablando, doscientos millones de tostadoras se quedan sin usar durante el 99,97 por ciento de su vida activa.

Se acaba el vino y se levanta para ir a la cocina. Vuelve con la botella, rellena mi copa sin preguntármelo y se sirve a sí misma.

–El mundo quiere conservar recursos, Jake. La gente se está concienciando de que no necesitamos tantas tostadoras, ni estas unidades familiares pequeñas, con sus casas egoístas, que empiezan y acaban en sí mismas. La evolución siempre premia la eficiencia. El matrimonio moderno, y la unidad unifamiliar, son ineficientes, y no hay más que hablar.

Su pasión por el tema tiene un punto de locura. Por supuesto. ¿Cómo iba a existir El Pacto sin locura?

–¿Qué me estás diciendo, que deberíamos prescindir del matrimonio?

Me he quedado atónito. ¿Cómo voy a razonar con alguien que se contradice de manera tan flagrante?

–¡En absoluto! Yo no soy economista, Jake. ¡Por suerte! Lo que creo es lo siguiente: la eficiencia no es siempre buena. Lo fácil, incluso lo que creemos que es bueno, no siempre lo es. ¿Por qué creo yo en el matrimonio? –Se pone de pie enfrente de mí–. Porque no es fácil. Porque nos plantea un desafío. Me desafía a mí a cambiar de hábitos, tener en cuenta otros puntos de vista e ir más allá de mis deseos egoístas.

–A ver si me aclaro. ¿Crees en el matrimonio porque es... difícil?

–Puede que sea difícil, pero la cuestión no es esa. Lo importante es que el matrimonio crea una base para el entendimiento. Te permite meterte en los pensamientos y las necesidades de tu pareja, y ahondar de verdad en la esencia de otra persona.

Ha empezado a caminar por la sala.

–Este entendimiento es un punto de partida que abre las puertas al ejercicio de una creatividad y un pensamiento superiores a lo que pueda tener a su disposición el ser soltero y egoísta. Los seres humanos derivan con demasiada frecuencia hacia la repetición, hacia hacer una y otra vez lo seguro y lo fácil. El matrimonio cuestiona esta tendencia. Ya sabes que El Pacto nació del fracaso de mi primer matrimonio. Yo veía lo que podía ser la vida conyugal, pero sabía que la mayoría de las parejas no podían cumplirlo, como en mi caso. Quería unas reglas estrictas que acabaran con el egoísmo.

–En teoría suena todo muy noble, pero lo que he presenciado dista mucho de serlo, Orla.

Parece que se altere al oír su nombre. Se gira.

–Has venido a pedirme que os permita salir de El Pacto a tu mujer y a ti. ¿Es correcto?

–Sí.

Se me queda mirando sin decir nada.

–Seguro que te das cuenta de que el propio hecho de tener que pedírtelo es absurdo. –Me pongo de pie para que estemos frente a frente, y reduzco mi voz casi a un susurro, a fin de que tenga que acercarse para oírme–. Estás convencida de que tu misión es noble y de que El Pacto es puro, pero diriges la organización como si fuera la más cruel de las sectas.

Se la oye respirar.

–¿No buscas el éxito en tu matrimonio, amigo? ¿No quieres compartir tu vida con Alice? ¿No quieres plantearte un desafío?

–¡Pues claro que quiero todas esas cosas! ¿Por qué narices te crees que vengo de tan lejos? Quiero recuperar a Alice tal como era antes de que empezáramos a vivir con miedo. Quiero recuperar nuestra vida. Con lo felices que éramos antes de que os presentarais vosotros y lo dejarais todo hecho una mierda...

–¿Lo erais?

Orla sonríe. Parece que se divierta. Yo, de lo que tengo ganas es de poner mis manos alrededor de su cuello y apretar.

–Sí, Orla, lo éramos. Estoy enamorado de Alice. Haría cualquier cosa por ella. Cualquier cosa.

Caigo en la cuenta de que nunca se lo había dicho a nadie. Hay un momento en el que me pregunto si solo se ha hecho realidad en este instante, al pronunciarlo en voz alta. Quería a Alice a mi lado, sí, pero quizá no la quisiera bastante.

–Pues entonces, ¿por qué desistes?

–¡No desisto de mi matrimonio! De lo que desisto es de El Pacto. Está claro que eres una mujer muy inteligente. Me niego a creer que no entiendas la diferencia. Por favor, explícame cómo se llega a alguno de los nobles objetivos que has descrito por la vía de la vigilancia, las amenazas y los interrogatorios. ¡Hablas como una abogada, pero mandas como una tirana!

En algún punto de la casa suena un teléfono. Orla echa un vistazo al reloj.

–Perdona –dice–. El día a día, ya me entiendes...

Se va hacia el fondo de la casa. Me paso diez minutos, un cuarto de hora dando vueltas en espera de su regreso, que no se produce.

¿Qué pensar de Orla? Estaba seguro de que sería una mujer carismática e inflexible, una líder al estilo de Jim Jones o David Koresh, pero no, en absoluto; se la ve reflexiva, y casi dulce. Parece abierta a nueva información, dispuesta a asimilar nuevas ideas y a buscar opiniones contrarias a las suyas. Si pudiera meter en un frasco lo que la distingue, se lo daría a todos mis pacientes, pero antes me reservaría un poco para mí.

Probablemente sea puro teatro, claro. ¿Ha sido casualidad que sonara el teléfono justo cuando le pedía explicaciones por las despiadadas tácticas de El Pacto?

Sin darme cuenta, me he quedado mirando la foto de la repisa de la chimenea, donde salen Orla y su marido entre otras dos parejas: Meryl Streep y Pierce Brosnan con sus respectivos cónyuges de toda la vida. ¿De verdad que todos estos famosos la consideran amiga suya? Me gustaría saberlo. ¿O también se han visto atrapados en una red de la que no pueden escapar? ¿Cuántos interrogatorios se han grabado? ¿Qué secretos saldrían a la luz si se atreviesen a huir?

Entra en la sala un hombre alto, seguido muy de cerca por un Scottish terrier. Parece cansado. Lleva la camisa arremangada y las botas gastadas. Y yo que me pensaba que estábamos solos Orla y yo, desde el principio... ¿De dónde ha salido?

–Hola, Jake –dice, tendiéndome la mano–. Soy Richard; y este, *Shoki.*

Es diez o quince años mayor que Orla; a su manera hogareña, informal, desaliñada, no deja de ser un hombre guapo. El perro se queda a su lado, vigilándome con atención.

–Orla tiene muchas ganas de seguir con la conversación, pero tendrá que esperar.

–Oiga, que yo ya he esperado bastante. Lo único que quiero es que me devuelvan a mi mujer...

–Eso, por desgracia –me interrumpe Richard–, tendrás que hablarlo con nuestra intrépida lideresa. –Me guiña un ojo, como si estuviéramos en el mismo bando–. Seguro que volverá muy pronto contigo. Mientras tanto, en el extremo sur de la propiedad tenemos una casa de invitados, Altshire, donde estarás la mar de cómodo. Ve seiscientos metros hacia el sur por el camino, gira a la derecha en el árbol que está solo y sigue hasta que veas la casa.

–Oiga, no sé a qué está jugando...

El Scottish terrier gruñe. Richard, que me sigue de cerca, tiende un brazo por encima de mi hombro para abrir el pestillo, y me pone una mano en la espalda con firmeza.

–Es que está enferma.

En quien primero pienso, con pánico, es en mi mujer.

–¿Alice?

Se aparta un poco.

–No, Alice no, Orla.

Me mareo de alivio.

–Ah... ah, pues no lo sabía –balbuceo.

Me mira brevemente, con tristeza, aunque sin apartar la mano de mi espalda, ni dejar de empujarme hacia la puerta.

–Me alegro de haber podido conocerte, Jake. Orla me había hablado con mucha admiración de ti y de Alice.

La puerta se cierra a mis espaldas. Entra en mi chaqueta una ráfaga de aire frío del mar. Oigo los ladridos de *Shoki* dentro de la casa, donde hace calor.

El aire es húmedo y la niebla espesa. No veo ninguna casa en la distancia. ¿Será otra trampa? ¿Algún código de El Pacto, la respuesta en clave a un problema? Como si un miembro dijera: «No he visto a Jerry», otro contestara: «Lo han mandado a Altshire», y los dos supieran que a la persona en cuestión la han arrojado por los acantilados de Rathlin, dejando que destroce su cuerpo el impacto con las rocas y que se lo lleve el mar al norte, más allá de las islas Faroe, rumbo al olvido.

91

Envuelta en niebla, y construida sobre una ladera de hierba, Altshire es una versión más pequeña de la casa de Orla. Me veo obligado a lanzarme con todo mi peso sobre la puerta para que se abra. El interior es espartano, con dormitorio, cuarto de baño, sala de estar y una cocina muy pequeña. Hace un frío polar y huele un poco a moho. Del grifo, cuando lo abro, sale un agua marrón y con arena. En los armarios no hay comida, solo botellas de agua en la nevera. Abro las ventanas y sacudo las sábanas.

Fuera de la casa, en un cobertizo de metal, encuentro cerca de una tonelada de leña y un hacha. Saco un poco de madera al patio y me ensaño con ella hasta que me arden los brazos y me duele la espalda. Aturdido y sin fuerzas, me quedo mirando la pila cortada. Al final entro, cierro las ventanas y enciendo la estufa de madera. ¿Y ahora qué?

¿Cuánto tiempo piensa tenerme aquí Orla? ¿Es hospitalidad o una cárcel más? ¿Eliot y Aileen también se alojaron en Altshire antes de su desaparición?

Mantengo la esperanza de que llame Orla a la puerta, pero no, no viene. Rehago el largo camino a la pensión para buscar mis cosas. Me compro lo más básico en la tienda, lo encajo en mi mochila y me apresuro a regresar a Altshire antes de que me pille la puesta de sol, por miedo a perderme de noche por el frío y la niebla. Miro constantemente el móvil, esperando a que tenga cobertura.

Al entrar en la casa, enciendo la luz y me hago un bocadillo, pero no tengo hambre. Orla no aparece.

Hacia las doce busco mantas en los armarios, salgo otra vez a por el hacha y la dejo detrás de la cama. Luego me estiro en el duro colchón, y mientras miro las sombras del techo pienso despierto en mi tatarabuelo, el que mató a una mujer en Belfast antes de huir a América. Nos acostumbramos todos tanto a como creemos ser... Tenemos en la cabeza una visión determinada de nosotros mismos y una ingenua confianza en nuestros límites morales, en lo que haríamos y lo que no.

92

La luz matinal cambia el aspecto de la casa. Ya no hay niebla. Ahora se ve el mar por las ventanas. Vuelvo a encender la estufa, que no tarda en calentar la casa, y me lavo lo mejor que puedo con el agua tibia de la ducha, que es minúscula.

Al lado del sofá hay un libro de invitados. Lo abro por el principio. El 22 de noviembre de 2001 celebraron su décimo aniversario en esta casa Erin y Burl. Avanzo varias páginas. El 2 de abril de 2008 vinieron al pueblo Jay y Julia para una firma de libros. Vieron tres zorros y tuvieron lluvia toda una semana.

4 de octubre, sin año: «He grabado tres canciones mientras mi adorada esposa preparaba la cena más larga y complicada de la historia. Me siento renovado, y con fuerzas para escribir un nuevo disco. Por fin he conocido a la abogada joven del caso de los derechos. He vuelto a hablar con Orla y hemos estado de acuerdo en que será perfecta. Finnegan».

¿Perfecta para qué? Me estremezco. Finnegan. El causante de todo este desbarajuste. Ojalá Alice nunca lo hubiera conocido. Al releer sus palabras, tengo la sensación de retroceder en el tiempo. Alimento fugazmente la idea mágica de que arrancando la página y tirándola al fuego podría anular todo lo malo de los últimos meses. Intento imaginarme cómo sería un matrimonio sin El Pacto, y como es lógico llego a la conclusión de que no tengo ni idea. Alice y yo solo hemos conocido el matrimonio tal como existe dentro de los límites de El Pacto. La intensidad de nuestro amor, la pasión por las noches con la pulsera, el Collarín Centrador, mi feroz necesidad de proteger a mi esposa... Todo ello queda dentro de El Pacto.

Recuerdo los primeros días en que tuve miedo de que el matrimonio no tuviera bastante emoción para Alice. No puedo negar que

El Pacto ha sido un reto. Nos ha aportado incertidumbre, y también emoción, la verdad sea dicha. Luchar contra un enemigo común nos ha dado una intimidad increíble. Pero también ha estado a punto de poder con nosotros.

Me fijo en que en el dormitorio hay un televisor pequeño y una biblioteca de DVD bien ordenada. Pongo *Delitos y faltas*. Dos horas después estoy inquieto, lleno de una energía nerviosa, pero no salgo de la casa por miedo a que Orla no me encuentre. Lleno el fregadero de la cocina de agua caliente con jabón y pongo en remojo toda la ropa que no llevo puesta. Luego la tiendo alrededor de la estufa de leña. Me paso el día a la espera, dando vueltas por la casa.

Me leo de principio a fin el libro de invitados. Más entradas de Finnegan y notas crípticas de agradecimiento de varias de las parejas cuyas fotos adornan las estanterías de Orla.

Por la tarde oigo que llaman a la puerta. Es Orla con un impermeable y unas zapatillas de tenis. Le hago señas de que entre, pero ella retrocede, como si me sometiera a una nueva evaluación.

–¿Un paseo? –pregunta.

Me pongo la cazadora, y al salir descubro que ya se ha alejado un centenar de metros por el camino. Está claro que enferma no parece. No dice nada cuando le doy alcance. Caminamos mucho tiempo sin hablar, y solo vamos hacia su casa cuando empieza a llover de lado por el viento.

Una vez dentro, me da una toalla para que me seque el pelo y sale de la habitación. Vuelve con otra ropa, llevando una copa de vino para ella y un chocolate caliente para mí.

–No sé si preguntarte qué es –digo al rechazar la taza con un gesto.

Ignora mi sarcasmo.

–Siéntate.

Ella lo hace en el sillón de piel. No hay comentarios sobre el tiempo transcurrido desde nuestra última conversación. Se diría que en el mundo de Orla el tiempo está dotado de una extraña elasticidad. Intuyo que en su vida está pasando algo más –¿la enfermedad mencionada por Richard?–, pero al hablar da la impresión de estar totalmente centrada.

–Me caes bien, amigo, de verdad.

–¿Y se supone que por eso tengo que fiarme?

Hace un gesto con la mano en alto, como si careciera de importancia.

–Aún no, pero ya te fiarás. ¿Has tenido tiempo de pensar?

–Sí –contesto, entendiendo de golpe el tiempo a solas en Altshire y la larga espera en la pensión: nada se ha dejado al azar.

–¿Y sigues convencido de que El Pacto no es el mejor camino para que Alice y tú tengáis éxito en el matrimonio?

Es una frase rotunda, pero sin juicios de valor.

–Me contaste una historia. ¿Te puedo contar otra?

Asiente con la cabeza.

–De pequeño tenía una idea vaga e idealizada de cómo tenía que ser el matrimonio. Era una especie de amalgama absurda entre la información que había ido cosechando del matrimonio de mis padres, mis lecturas y lo que había visto por la tele o en el cine. No era nada realista, y aunque lo hubiera sido, habría correspondido a la estructura de un matrimonio de otra época. Al hacerme mayor, este concepto tan poco realista se convirtió en una barrera que frenaba el progreso de mis relaciones. No me imaginaba a ninguna de las mujeres con las que salía en el contexto de este matrimonio idealizado.

–Sigue –dice Orla, muy atenta.

–Conocer a Alice fue como un cambio de chip. De repente se empezó a difuminar este concepto idealizado, y también el peso de que tuviera que salir todo bien. Sabía que si no quería perderla tendría que renunciar a mis ideas preconcebidas sobre el matrimonio, y dejar que se desarrollase todo de manera natural. Después de que me diera el sí, acordamos tácitamente ir a ciegas, a tientas, intentando descubrir qué funcionaba mejor en nuestro caso. Luego, cuando intervino El Pacto, supongo que nos alivió a los dos que nos marcaran un poco el rumbo. Puede que fuese por pereza. Era como si nos ofrecierais un mapa claro de carreteras justo cuando estábamos perdidos en un territorio vasto e inexplorado.

Orla no dice nada.

–El Pacto tiene muchas buenas ideas. Gracias a vosotros, Alice y yo nos haremos siempre regalos y haremos siempre escapadas los dos juntos. Otra idea que me encanta es la de rodearse de otras personas muy volcadas en el matrimonio. También reconozco que durante una temporada, después de su primera estancia en Fernley,

Alice empezó a venir más pronto del trabajo y a prestar más atención a nuestra vida familiar. Quizá te sorprenda saber que a pesar del infierno por el que hemos pasado me doy cuenta de que El Pacto, tal como se te ocurrió al principio, tiene un buen fondo. La idea sobre la que se basa la ideología de El Pacto, yo la asumo.

–¿Cuál es?

Orla parece fascinada por mi respuesta.

–El equilibrio. De lo que trata El Pacto es de introducir equilibrio y equidad en la vida conyugal. Convendremos en que en los matrimonios hay momentos en que uno de los cónyuges puede necesitar más al otro que a la inversa. ¿La mayoría de las veces no hay uno de los dos que da o recibe más que el otro: más amor, más recursos, más tiempo? Aunque se intercambien los papeles, sigue existiendo un desequilibrio. Por eso me gusta que El Pacto ponga tanto empeño en impulsar la relación hacia un punto de equilibrio finísimo. Como terapeuta de pareja, me ha dolido aprender por experiencia que cuando se trastoca demasiado el equilibrio para que sea posible repararlo, la mayoría de los matrimonios hacen aguas.

Se oyen voces en otra zona de la casa. Orla frunce el ceño.

–No te preocupes –dice–. Cuestiones operativas.

–Mi problema con El Pacto –continúo, midiendo mis palabras– son los métodos que emplea. Tus objetivos deberían alcanzarse con suavidad y mano izquierda, no con mano de hierro. Lo que hacéis no tiene justificación. Así de claro. La violencia es bárbara. No me entra en la cabeza que puedas consentirlo.

–El Pacto se rige por un elegante conjunto de ideas, en el que la mano de hierro es solo una pequeña parte.

–Pero no pueden separarse las dos cosas –digo con rabia–. Las amenazas comportan miedo. A partir del momento en que infundís miedo a vuestros miembros, no podéis saber si el éxito de su matrimonio es real o se limitan a seguir las normas por miedo a unos castigos draconianos.

Orla se levanta y se acerca a la ventana.

–Mira, Jake, casi todos los miembros de El Pacto gozan a diario de una vida productiva y creativa, enriquecida por matrimonios que los apoyan y por una comunidad de personas con ideas afines. Más del noventa por ciento de nuestros miembros nunca ha visto por dentro sitios como Fernley, Kettenham o Plovdiv.

¿Kettenham? ¿Plovdiv?

–Lo que hacen es vivir satisfechos y cerca del ideal del equilibrio perfecto.

–¿Pero y los otros?

–¿Te soy sincera? Las molestias de unos cuantos, o en algún que otro caso excepcional la grave deuda que pagan unos pocos, queda justificada por su eficacia como ejemplo, como historia aleccionadora para ayudar a los demás a mejorar su vida conyugal. –La tengo de espaldas. Al otro lado de la ventana corre un banco de niebla sobre el mar–. Estoy al tanto de tus antecedentes, Jake. He leído tu tesis de posgrado. Hubo una época en la que podrías haber defendido apasionadamente nuestras tácticas. ¿Me lo negarás?

Me estremezco. Durante el posgrado, y los siguientes años, me fascinaban una serie de estudios de una crueldad atroz, como el experimento de la cárcel de Stanford y el de Milgram, así como otros menos conocidos que se hicieron en Austria y en la Unión Soviética. A pesar de que como terapeuta opté por una vía definida por la compasión y la elección personal, tengo que reconocer lo despiadado de la conclusión de mi tesis: a veces la obediencia individual es necesaria para el bien común, y una estrategia sumamente eficaz para obtenerla es el miedo.

–Podrás acusarme de lo que quieras, Jake, pero las estadísticas indican que incluso entre los miembros de El Pacto, cuya vida conyugal presenta una calidad claramente mayor a la del grueso de la población, quienes han pasado por nuestras instalaciones correccionales dan testimonio de una intimidad y una felicidad aún mayores y más duraderas.

–¿Pero te estás escuchando? ¡Eso es propaganda de manual!

Cruza la habitación y se vuelve a sentar, pero no en el sillón, sino a mi lado, en el sofá, tan cerca que se tocan nuestros muslos y brazos. Las voces de fondo se han ido apagando.

–He seguido muy atentamente tu evolución, Jake. Sé lo que te pasó en Fernley, y aunque no voy a disculparme por cómo administramos las consecuencias, reconozco que tu caso fue tratado con severidad. Excesiva.

–¿Sabes que me tuvieron toda una hora con descargas eléctricas? ¿Que se quedaron sentados y mirando mientras me retorcía en el suelo con unos dolores angustiosos? En Fernley estuve convencido de que me moriría.

Hace una mueca.

–Lo siento muchísimo, Jake. No sabes cuánto. Durante los últimos meses he cedido demasiado el control a un grupo reducido y poderoso de personas, y se me han pasado por alto varias cosas.

–No es excusa.

Orla cierra los ojos y respira suavemente. Me doy cuenta de que está experimentando dolor físico. Al abrir los ojos me mira sin flaquear.

Qué estúpido he sido. El pelo corto, las mejillas chupadas, los cardenales a lo largo de las venas... Esta mujer se está muriendo. Qué tonto me siento por no haberme dado cuenta hasta ahora.

–La actuación del consejo ha sido reprensible, Jake. Estamos implantando nuevas normas que permitirán que los agentes del orden puedan negarse a cumplir órdenes injustas. Por lo que respecta a la cúpula, va a haber cambios...

–¿Dónde están ahora? –la interrumpo–. Neil, Gordon, los miembros del consejo... ¿Y el juez que aprobó las técnicas de interrogatorio que usaron conmigo? ¿Y el que aprobó el secuestro de Alice?

–Están siendo reeducados. Después habrá que decidir si aún pueden desempeñar algún papel dentro de El Pacto. Queda mucho trabajo por delante, Jake. Yo estoy orgullosa de El Pacto, y a pesar de esta última serie de incidentes, cada día recibo nuevos datos que me convencen de su eficacia. El Pacto gira en torno al matrimonio, sí, pero también va mucho más allá. En todo el mundo hay casi doce mil «amigos». La flor y nata. Los más inteligentes y con más talento. Elegidos uno por uno y sometidos a un riguroso proceso de selección. Pero hazme caso, que habrá más. Yo no tengo una visión clara de hacia dónde irá El Pacto, pero quiero que crezca, y que prospere. Quizá el matrimonio no sea eterno, pero quiero luchar por él todo el tiempo posible. Como bien has dicho, Jake, todos los matrimonios tienen que evolucionar. El Pacto también.

Se acerca a la encimera y toca unos botones. Empieza a sonar música por toda la casa.

–¿Que si ha cometido errores El Pacto? ¿Que si los he cometido yo? Sí. ¡Mil veces sí! Pero eso no me impide estar orgullosa de mi esfuerzo. Amigo, puede que vengamos de lados opuestos, pero nos encontramos en el medio. Aspiramos a lo mismo. Damos lo mejor de nosotros y tenemos éxito o fracasamos. No hay que tener miedo de ninguno de los dos desenlaces. Lo que me da pavor a mí, Jake, es no hacer nada.

Me acerco a ella por delante y apoyo las manos en sus frágiles hombros. Se le marcan los huesos a través de la fina tela del jersey. Solo unos centímetros separan nuestras caras.

–Tantas teorías –digo–, tanto hablar... Para mí no significa nada. ¿Tan ciega estás que no lo ves? Alice y yo queremos irnos.

Hace una mueca de dolor. Me doy cuenta de que le estoy apretando mucho los hombros. Levanto las manos. Ella retrocede, sobresaltada pero firme.

Aparece una mujer joven con un uniforme de lino gris que le susurra algo al oído, y antes de marcharse le entrega una carpeta verde. En el mismo momento oigo otras voces al fondo de la casa: voces de hombre, como mínimo tres. ¿Qué piensan hacer conmigo?

–Sé que os han puesto a prueba a Alice y a ti. Era necesario.

Me quedo quieto, pero pensando a gran velocidad.

–Algunos no os veían de la misma manera que Finnegan y yo –dice Orla, mirándome con atención–. No entendían vuestro potencial.

–¿Potencial para qué? –pregunto, perplejo.

¿A qué está jugando?

–Toda mi vida he hecho preguntas, Jake. Casi nunca me conformo con las apariencias. Esa virtud también la tienes tú, y la admiro mucho. La duda es una herramienta útil, y mucho más deseable que la fe ciega. Es verdad que tus dudas han hecho que haya sido infinitamente más difícil tu camino por El Pacto, pero también me han llevado a respetarte. Hazme caso si te digo que tienes enemigos, pero que yo no me cuento entre ellos.

–¿Qué enemigos?

Pienso en la primera fiesta, la de diciembre en Hillsborough, en lo simpático y acogedor que estuvo todo el mundo...

Orla me estudia sin moverse. Tras ella, el mar, vasto, agitado. Es como si estuviera esperando a que se resolviera en mi cabeza un complejo problema matemático que me haga ver lo que ella ve desde el principio.

–Quizá sea mejor que leas los documentos.

Me da la carpeta verde. Pesa mucho y huele un poco a descomposición, como si la hubieran desenterrado de un mohoso almacén.

Al bajar la vista veo que en la portada hay un nombre: Joanne Webb Charles.

Orla ha salido de la sala. Me quedo solo con la carpeta. Tardo mucho en abrirla.

93

La primera página contiene una foto de hace muchos años: JoAnne tal como la conocí en la universidad: relajada, morena y feliz.

La segunda página es su currículum, profesional y personal: ni carreras a medias, ni másteres, ni un trabajo en Schwab. No se parece en nada a lo que me contó el día de la zona de restauración. Un doctorado *cum laude* en psicología cognitiva, pero luego el brusco fin de un posdoctorado en una prestigiosa universidad sueca, seguido por la boda con Neil.

Hay una foto de Neil y JoAnne el día de su boda, cogidos de la mano contra el fondo luminoso de un desierto. En la siguiente página aparece Neil con otra mujer. Al pie de la foto hay algo escrito a máquina: «Neil Charles. Viudo. Fotografiado con su primera esposa, Grace. Causa de la muerte: accidente».

¿Pero qué coño es esto? Leo tres veces el pie, sin querer darle crédito.

La siguiente página contiene un recorte de un periódico sueco, acompañado por su traducción. El artículo anuncia una cantidad de siete dígitos como acuerdo extrajudicial en una demanda contra JoAnne Webb y la universidad sueca. Los demandantes eran voluntarios de un experimento psicológico que tuvo consecuencias desastrosas. Al leer los detalles –a la vez crueles y familiares– mi estómago da un vuelco.

Las siguientes páginas contienen un borrador inédito de un artículo especializado, coescrito por JoAnne, sobre la correlación entre el miedo y los cambios conductuales que se persiguen. Hay una nota al pie resaltada: «A los sujetos que manifiestan poco o ningún miedo por su propia integridad suele ser posible convencerlos de que actúen en conflicto directo con su propio código moral cuando ven que un amigo, o una persona amada, corre el peligro de experimentar violencia».

Tiemblo al hojear el resto del informe. El último fajo de papeles está grapado, y en la tapa roja se lee «Informes sobre los sujetos 4879 y 4880».

Estas páginas no están escritas a máquina, sino con la letra de JoAnne, que reconozco. «Encuentro con 4879 en el centro comercial de Hillsdale. Se adjunta archivo de sonido. Las respuestas a mis preguntas y mis comentarios revelan deslealtad a El Pacto.»

Me estremezco y paso de página. «Experimento de la jaula de cristal –ha escrito JoAnne en la parte superior–. 4879 manifiesta una deslealtad continuada a El Pacto, a la vez que trasluce unas tendencias de un distanciamiento extraño. Parecía horrorizado por mi situación, pero al mismo tiempo estaba claro que le resultaba un poco placentera.»

Me aguanto las ganas de vomitar. El sujeto del experimento de la jaula de cristal no era JoAnne, sino yo.

Paso de página. «Informe de infidelidad: sujeto 4880.» Mis manos empiezan a sudar.

La página lleva enganchada con un clip una foto con grano de un hombre que sube la escalera de mi casa llevando una guitarra. Tengo clarísimo quién es, aunque esté de espaldas a la cámara.

«Se ha visto subir a la casa de los sujetos 4879 y 4880 a una persona ajena a El Pacto identificada como Eric Wilson (ver anexo 2a) mientras se encontraba en Fernley el sujeto 4879. Wilson llegó a las 22.47 de la noche del sábado y se marchó a las 4.13 de la mañana del domingo. Durante toda la noche se oyó música en el interior de la casa.»

Sonó música toda la noche. La duración idónea de un ensayo serio, en el caso de Alice, es de entre cinco y seis horas. Asegura que por debajo de eso es imposible meterse del todo en la música, y por encima ya no es productivo.

Al levantar la vista me doy cuenta de que Orla ha vuelto sin hacer ruido. Está sentada en el sillón de enfrente, y me observa fijamente entre sorbos de vino.

–Tengo que saberlo –digo–. La acusación de Adulterio en Primer Grado contra Alice... ¿se basaba solo en este informe?

Asiente.

Comprendo la verdad: Alice no estaba acostándose con Eric. Es cierto que él estuvo en mi casa, y que parecía que Alice me hubiera sido infiel, pero los hechos simples sacados de contexto no siempre indican la verdad. No se estaba follando a mi mujer. Estaban ensayando. Qué tonto he sido. Qué error el mío al dudar de mi mujer.

Sacudo la cabeza con incredulidad.

–¿Por qué iba a hacer JoAnne estas cosas?

–El Pacto ha adquirido una riqueza inesperada y una fuerza increíble. Hay gente desesperada por ponerse al frente. Al enterarse de que estaba enferma, Neil y JoAnne pensaron que se les abría una oportunidad. Ya se veían al frente de El Pacto. Pero quienes ansían liderar rara vez acaban siendo buenos líderes. –Titubea–. Ahora debo decidir qué hago con ellos. –Le pasa por la cara una sonrisa pilla–. ¿Tú qué harías?

Ya he dicho antes que siempre hay una sombra entre la persona que queremos ser y la que somos. Tenemos en la cabeza una visión determinada de nosotros mismos y una ingenua confianza en nuestros límites morales. Yo quiero ser la persona que encarna el ideal de hacer algo bueno en vez de no hacer nada, pero el bien y el mal son conceptos complicados, ¿no? Y es mucho más difícil hacer algo, lo que sea, que no hacer nada.

Contesto sin vacilar ni dudar un momento. Cuando acabo, Orla toma un poco de vino y asiente.

94

En el aeropuerto de Belfast, enchufo mi móvil en la pared y espero. Me quedo mirando la pista mojada mientras decido mi siguiente paso. Finalmente, el móvil pita y se enciende. En la esquina parpadea la P azul.

Se suceden a gran velocidad los correos electrónicos y los mensajes de texto. Aunque solo lleve siete días fuera, tengo la impresión de que mi vida anterior está a una distancia inverosímil. Hago correr los mensajes y los correos para ver si hay alguno de Alice. Es una sorpresa descubrir que aún existe mi vida de antes, y que me espera. Hay mensajes de texto de Huang, Ian y Evelyn. Dylan ha empezado con una nueva obra –hará de Garfio en *Peter Pan*–, y quiere que le reserve la noche del estreno. Isobel ha escrito: «Conrad me llevó a una nueva panadería budista donde hacen un pan alucinante. Hicimos tostadas. El secreto de la vida está ahí, en el pan».

Varias pantallas más abajo, escondido entre los nombres, aparece finalmente el de Alice. La sensación de alivio es física, como si se hubiera roto un aro que me constreñía el pecho y por primera vez en mucho tiempo pudiera respirar, respirar de verdad. Clico en el mensaje con la esperanza de encontrar alguna noticia, algo que pueda servir de punto de partida. Es de hace dos días, cuando yo aún estaba en Altshire. «¿Cuándo vuelves?» Nada más. Casi oigo su voz.

Le respondo con otro mensaje: «De camino. ¿Tú estás bien?», pero no contesta. Llamo. Su móvil suena y suena.

En el vuelo de Belfast a Dublín hay turbulencias, y en el de Dublín a Londres mucha gente. La noche en Gatwick es incómoda y fría. Finalmente aterriza el avión en SFO. Al cruzar la nueva y reluciente terminal ya no me quedan fuerzas. Me va tan holgado el pantalón que desde la última vez que estuve aquí debo de haber perdido cinco kilos. Me muevo por el aeropuerto con determinación, esperando no encontrarme con ningún conocido. Al llegar al final de la escalera mecánica, me pongo la capucha y me abro paso entre la multitud.

Me parece haber oído que me llaman por mi nombre, pero al mirar hacia atrás no veo a nadie conocido. Sigo adelante. Al salir y dirigirme a la parada de taxis vuelvo a oír mi nombre.

–Amigo –dice una voz familiar.

Me giro, sobresaltado.

–¿Qué haces tú aquí?

–Por ahí está el coche.

Vivian me tira suavemente del brazo.

–Prefiero ir en taxi –insisto.

–Me ha llamado Orla por teléfono. –Vivian sonríe–. Me ha pedido que me asegure de que estás completamente cómodo.

Me lleva a un Tesla dorado que espera al lado de la acera. Este modelo nunca lo había visto. Debe de ser un prototipo. El conductor sale del coche y pone mi equipaje en el maletero. Su traje a medida no disimula del todo un exceso de corpulencia y de músculos. Ahora lo tengo detrás, con la puerta trasera del coche abierta. Lanzo una mirada de anhelo a la cola que alimenta un flujo incesante de taxis amarillos. Vivian me indica que suba al coche.

En el asiento de al lado hay una cesta con botellas de agua y pastas. Vivian se inclina entre los asientos para decirle algo al conductor.

–Ya estamos listos.

Tiende la mano hacia la guantera y me da un vaso de chocolate caliente. Luego se apoya en el respaldo. Mientras el conductor se abre camino por el tráfico embotellado del aeropuerto, tomo un sorbo. Es denso, con sabor a menta. Tomo un poco más. De repente, me doy cuenta de que Vivian se ha inclinado hacia mí con las manos abiertas para que le dé el vaso.

Tengo un sueño tremendo. Han sido tan largos los vuelos, y tan agotadores el viaje y los últimos meses... Me cuesta no cerrar los ojos. ¿Adónde vamos? Necesito saber que a casa.

–Duerme –me dice Vivian con suavidad.

–Me lleváis con Alice, ¿no? –le pregunto, pero está ocupada con el móvil y su cara se pone borrosa.

El conductor gira hacia la I–101 Norte. Tengo un gusto metálico en la boca y me da vueltas la cabeza. Intento mantenerme alerta hasta la confluencia con la 80, donde se va por un lado a nuestra casa de la playa y por el otro al puente, y hacia el este, a las montañas, pero es hipnótico cómo se desliza por debajo de nosotros la carretera.

95

En mi sueño subo los escalones de la entrada, saco la llave de mi bolsa y entro.

–¿Alice? –digo, pero no contesta nadie.

En la mesa de la cocina hay una nota. Está escrita con una cera de color azul eléctrico. Debajo Alice nos ha dibujado a los dos delante de la casa, bajo un sol de intensa luz anaranjada. Me encanta su optimismo. No me acuerdo de la última vez que vi brillar el sol a través de la niebla en nuestro barrio. Abajo del todo ha puesto un billete sencillo con un clip.

De repente ya no estoy en nuestra casa, sino haciendo cola en la entrada de Bottom of the Hill. Cuando cruzo la puerta ya ha empezado el concierto. Alice está en medio y al borde del escenario, tocando una de sus nuevas canciones con el grupo. Hay poca luz. Se acerca una camarera que me da un Calistoga. Se pone la bandeja entre el brazo y el cuerpo, y se apoya a mi lado en la pared. Noto que choca con mi hombro. Otro choque. No me deja estar tranquilo. Me giro a mirarla, pero lo que veo son las ventanillas tintadas del Tesla. Me pesa mucho la cabeza y tengo el cerebro embotado. Quiero seguir soñando. No estoy dispuesto a pasar página.

Pongo toda mi voluntad en volver a dormir, regresar a la sala de conciertos y que vuelva Alice al escenario.

–¿A que es alucinante? –dice la camarera, mirándola.

Al momento siguiente ya no está.

Un golpe en el hombro, luz filtrada por el tinte de las ventanillas, la voz de Alice reduciéndose apenas a un susurro... ¿Dónde estoy? Entreabro los ojos sin ganas. ¿Por qué no he llegado aún a casa?

Otro salto. El coche da bandazos. Vamos por una carretera de tierra, levantando una polvareda que entorpece la visión. Qué sol más fuerte... Deslumbrante, la verdad, hasta con los cristales tintados.

¿Sol? Caigo en la cuenta de que no estamos para nada en Ocean Beach, ni en San Francisco. En nuestro barrio no está previsto que haga sol como mínimo hasta dentro de tres meses.

Alrededor del coche, el polvo se nos traga como una espesa nube. El calor, la luz cegadora, lo llano del paisaje, la ausencia de color... Parece que estemos cruzando uno de esos valles tan grandes del planeta Marte. ¿Será que aún duermo?

Aquí pasa algo raro. Muy raro. Me giro bruscamente a la derecha, esperando ver a Vivian. Voy a exigirle explicaciones. Exigiré saber dónde estamos, y sobre todo adónde vamos. De repente me doy cuenta de que voy yo solo en la parte trasera del coche. Ahora hay una mampara entre los asientos delanteros y los traseros. Me protejo la vista del resol inclemente. A duras penas puedo discernir al otro lado del cristal la silueta de dos cabezas en los asientos delanteros.

Me entra pánico. Qué estúpido me siento. Otra vez. Qué ingenuo. Haberme fiado de Orla. De su amabilidad y de su sensatez. ¿Cómo puedo haber bajado tanto la guardia como para creérmela?

No quiero que sepa que estoy despierto. Miro el asiento trasero. No hay nada que me sirva. Solo la bolsa de bollitos y una manta de lana gris que me ha echado alguien encima, y que ahora tengo enredada en las piernas. Busco el mando de la ventanilla. No está en la puerta, sino en un panel central, a un lado de la guantera. Acerco una mano lentamente a los botones, casi sin mover el cuerpo. No tengo ningún plan. Solo quiero salir. Necesito escapar.

Mi dedo extendido llega al interruptor donde pone ATRÁS IZQUIERDA. Justo cuando voy a pulsarlo, se me ocurre que quizá sea mejor pulsar el otro, ATRÁS DERECHA. Sería más difícil lanzarme al otro lado del asiento antes de salir por la ventanilla y echar a correr por el paisaje, sucio y yermo, pero calculo que es como más posibilidades tengo. Si salto por este lado me pillará a los pocos pasos el conductor. Por el otro lado, en cambio, le tocará a Vivian emprender la persecución, con sus tacones de ocho centímetros. Sí, más que ella puedo correr, estoy seguro.

Cambio de postura, deslizándome por el asiento y quitándome la manta de las piernas con sigilo mientras mantengo el dedo cerca del mando de la ventanilla. Dedico un par de segundos a analizar mis opciones, que son increíblemente limitadas, y llego a la conclusión de que lo único viable es esta huida tan inverosímil. Es la única manera de salvarme y de salvar a Alice. Suponiendo que aún esté viva.

Mediante un solo movimiento aprieto el botón y me arrojo hacia la ventanilla. Voy a tirarme de cabeza. Dolerá, pero ya me las arreglaré para rodar, levantarme y correr.

Lo siguiente que ocurre es... nada. Las ventanillas están bloqueadas. Muevo el tirador de la puerta como un desesperado, mientras preparo mi cuerpo para la caída, y para rodar, pero sigue sin pasar nada. Están bloqueados todos los controles traseros. Estoy atrapado.

96

El Tesla se para. Las nubes de polvo del otro lado de la ventanilla tardan una eternidad en bajar. No veo nada. Oigo la ventanilla del lado del conductor, y un murmullo de voces.

Después oigo el traqueteo de una verja que se abre, y noto que los neumáticos pasan a rodar sobre cemento. Me quedo consternado. Ya no me hace falta mirar por la ventanilla para saber dónde estamos. En Fernley.

¿Qué le han hecho a Alice, en realidad?

En el momento en que cruzamos la verja, el vigilante, de uniforme gris, me busca con la mirada. Me estremezco al oír que se abre la segunda verja. El coche da un acelerón. Se cierra la verja a nuestro paso. Una vez dentro del complejo, rodeamos la pista por el lado más largo. Se oye el rumor de un Cessna que vuela bajo en espera de aterrizar. Lo tenemos justo delante de nosotros.

El Tesla aparca por detrás del avión y se queda a la espera. Están bajando del Cessna a un hombre. Su postura, vacilante, me indica que es la primera vez que viene. Dos vigilantes se lo llevan de la pista y lo introducen en el corredor cubierto de acceso al enorme edificio.

Estoy mirando la cárcel fijamente, asimilándola en todo su horror, cuando se abre la puerta del coche. Al levantar la vista veo a mi conductor. Bajo apesadumbrado, protegiéndome los ojos del sol con una mano. Él me hace señas de que suba al asiento delantero de un carrito de golf. Se lleva una mano al bolsillo. Yo me encojo por instinto, pero saca unas Ray–Ban y me las ofrece. Se ajustan a la perfección.

El conductor del vehículo es un hombre uniformado, pelirrojo y absurdamente alto, con la tez clara quemada por el sol del desierto.

Me lanza una mirada nerviosa y mira al frente. Vivian se sienta detrás. Me giro para pedirle cuentas, pero ella sonríe tranquilamente. Su sonrisa solo sirve para empeorar las cosas.

–¿Dónde está Alice?

Ni el conductor ni Vivian dicen nada. Hay algo en Fernley que exige esta conducta, como una iglesia, el despacho del director o algo mucho peor.

El carrito de golf rodea a gran velocidad el edificio y se mete por un estrecho pasadizo que lleva por debajo del complejo. Es un túnel húmedo y frío. El carrito se mueve tan deprisa que me veo obligado a sujetarme a la barra delantera. Me planteo saltar, pero ¿adónde iría? Al cabo de un rato nos paramos en una zona de carga y descarga. Nos está esperando un hombre bien vestido, de pelo plateado.

–Amigo –dice, tendiéndome la mano.

Lo miro a los ojos, pero no digo nada, ni despego la mano del cuerpo. Odio este juego implacable, con sus apretones de mano corteses, sus saludos cordiales y sus agasajos que no hacen sino enmascarar horrores indecibles.

Cruzo con él la zona de carga y descarga, y entramos por una puerta cerrada con llave. Vivian ya no está. El otro, el alto, en cambio, parece que ronda por detrás.

Entramos en un pasillo que lleva a una escalera. Esta, a su vez, conduce a otro pasillo, que a su debido tiempo desemboca en una zona de lavandería llena de vapor. Al vernos, todos los trabajadores interrumpen sus actividades y se nos quedan mirando. Más escaleras, más pasillos, más puertas cerradas, todas con sus correspondientes e intrincados paneles de teclas; y por cada puerta, un portazo a nuestras espaldas.

No hay nadie. Aparte del ruido de las puertas, y del eco de nuestras pisadas, todo está en silencio. El hombre no me dice nada. Me imagino que mi negativa a darle la mano no habrá hecho sino empeorar las cosas.

Y eso que antes, al llamarme «amigo», parecía tan nervioso por mi falta de respuesta... ¿Cómo vas a aprender a jugar a algo cuyas normas cambian constantemente?

Un laberinto de escaleras nos lleva a las entrañas del edificio. En un momento dado atravesamos una sala ruidosa de calderas; luego una serie de almacenes y cuatro tramos de escaleras. El recorrido es tan largo que empieza a ser absurdo. Parece que haya poco oxígeno. Me cuesta no quedarme sin aliento. Me acuerdo de mi primer día aquí, siguiendo a Gordon. Ya me di cuenta de que era imposible escapar antes de saber adónde me llevaba. Mi guía no abre ni una sola vez la boca.

Finalmente, varias puertas cerradas, un doble acceso de seguridad y un detector de metales nos llevan al pasadizo más largo que he visto en mi vida. El suelo de cemento se convierte en mullida moqueta, y entran chorros de luz deslumbrante por múltiples ventanas. Levanto la mano para protegerme la vista del resplandor. Aún oigo detrás de mí los pasos sordos de los zapatos del cuarenta y ocho del hombre alto. Mientras caminamos me doy cuenta de que al fondo hay una sala con la puerta abierta.

Es tan largo el pasillo, y deslumbra tanto el sol que penetra por los ventanales, que al principio creo que la mancha roja del fondo, dentro del marco de la puerta abierta, es fruto de mi imaginación. Una mujer. Nos acercamos a ella. Me late con fuerza el corazón. Por unos instantes me deja de piedra un gesto revelador, esa manera de sujetarse los codos como si tuviera frío. Me es todo tan familiar que seguro que me engañan mis ojos.

Al reducirse la distancia, sin embargo, me doy cuenta de que es exactamente quien parece.

97

Cruzo la puerta abierta. Al otro lado está ella, completamente inmóvil, con un vestido rojo de gala cuyo corte resalta sus blancos hombros. Lleva el pelo recogido en un lado de la cabeza, con un moño enrevesado. Qué cuidada se la ve... Más maquillada de lo que me tiene acostumbrado, con las uñas perfectamente pintadas de un rojo más oscuro, y las joyas –un collar de perlas de una sola vuelta que veo por primera vez, y unos pendientes que brillan– impecables. No dice nada mientras me acerco.

–Supongo que preferirán estar un rato a solas –dice mi acompañante.

Me mira a los ojos con cara de nerviosismo antes de salir, cerrando la puerta. Comprendo que debemos de estar en el ala del hotel. En la habitación hay una cama *king-size*, un escritorio elegante y una ventana con vistas al desierto.

Abro la boca, pero no me salen las palabras. Con Alice tan hermosa frente a mí, enmudezco de felicidad y alivio.

¿Cuánto tiempo hace que me espera en esta habitación?

Tiendo los brazos, abrumado, y la acerco a mí. Ella me rodea la cintura y se pega a mi cuerpo. Exhala un profundo suspiro. Comprendo que también para ella es un alivio. La abrazo con fuerza, sintiendo el calor de su cuerpo y de su cabeza en mi hombro. Es una sensación agradable, a pesar de que no parece del todo Alice. Tal vez sea el peinado, o el maquillaje, o el vestido. No lo sé muy bien. Me aparto un segundo. Está espléndida, pero distinta. Es la misma Alice, sí, pero vestida para otro papel, en un montaje teatral que nunca he visto.

–Fui a Irlanda –digo–. A buscar a Orla.

–Y has vuelto.

Al oír su voz me doy cuenta de que no es ningún castigo. No me han llevado a mi perdición. Orla decía la verdad.

–Aún podríamos escaparnos –digo.

Alice sonríe con tristeza.

–¿Con estos zapatos?

Me da un beso largo y dulce, y por un momento casi se me olvida dónde estamos.

Después, sin embargo, oigo voces y me aparto. Miro las esquinas del techo como un paranoico, buscando alguna luz reveladora. Presto oídos a un posible zumbido de aparatos. Examino la franja luminosa de debajo de la puerta por si se mueve algo. Me acerco a la ventana y miro el desierto que se extiende inmenso al otro lado de la valla cubierta de hiedra. Solo kilómetros de arena y de matojos. Qué irreal parece todo... Durante un momento me quedo fascinado por el sol naranja que flota por encima del desierto.

Cuando me giro hacia la habitación, Alice está desnuda, con el vestido rojo a sus pies. Por la ventana entra el sol a borbotones. Contemplo con asombro a mi mujer. Veo lo pálida y delgada que está, y me pregunto si la marca que tiene en las costillas es un cardenal de hace días o solo un efecto de luces y de sombras.

Me acerco. Levanta las manos, me desabotona la camisa, me desabrocha el cinturón y recorre mi pecho con las uñas. Yo le toco la cara y los pechos. Qué caliente es su piel bajo mis manos. Cuánto la he echado de menos.

En el momento en que se pega mi mujer a mí, no puedo evitar hacerme la pregunta de si este momento tan hermoso es un sueño, o lo que es peor, una interpretación.

Por unas décimas de segundo tengo la visión de una sala pequeña con monitores de vídeo, y alguien uniformado de gris que nos observa y nos escucha. Alice se aparta. Veo que va hacia la cama. Se acuesta encima de las sábanas blancas, con los brazos abiertos.

–Ven aquí –me ordena con una expresión inescrutable.

98

Me giro hacia mi mujer y descubro alarmado que no hay nadie en la cama. Me incorporo de golpe, embargado por el pánico, pero Alice está aquí, al pie de la cama, mirándome desde la silla. Vuelve a llevar el vestido rojo, pero se le ha difuminado el maquillaje y se le ha deshecho el costoso peinado. Parece otra vez la de siempre.

Hago la pregunta que había estado evitando.

–¿Te han hecho daño?

Sacude la cabeza y viene a sentarse a mi lado.

–Me tuvieron dos días o más en una celda de aislamiento, y luego me trasladaron sin explicaciones a esta habitación. He tenido plena libertad de movimientos. –Señala la ventana–. ¿Pero adónde iba a ir?

Bajo de la cama.

–Mira en el armario –dice Alice mientras me dispongo a recoger mi ropa del suelo.

Abro la puerta corredera. Dentro hay un traje espectacular, una camisa de hilo planchada y una corbata de Ted Baker, todo en colgadores de terciopelo. En el suelo hay una caja que contiene zapatos de piel italianos.

–Esta mañana, cuando he salido de la ducha –dice Alice–, había desaparecido toda mi ropa, y este vestido estaba colgado en el armario. Ha venido una mujer a peinarme, maquillarme y hacerme las uñas. Cuando le he preguntado de qué iba todo esto, me ha dicho que no tenía permiso para decirlo. Parecía nerviosa.

Me pongo la camisa blanca, los pantalones y la chaqueta. Me va todo perfecto. También los zapatos parecen hechos a medida.

Alice saca una cajita de terciopelo del escritorio y la abre, revelando dos gemelos de oro en forma de P. Levanto las muñecas. Ella me los pone.

–¿Y ahora? –pregunto.

–Ni idea, Jake. Tengo miedo.

Me acerco a la puerta. No me extrañaría que estuviera cerrada por fuera, pero no: el pomo gira, y la puerta se abre. En el último momento me apodero de una gran botella de agua de cristal, inútil arma. Salimos juntos al pasillo vacío.

99

Se hace raro estar juntos aquí. En compañía de mi esposa casi puedo fingir que estamos solos. Casi puedo fingir que no estamos rodeados de cemento, alambradas y un desierto interminable.

Vamos hacia los ascensores. Oigo voces, pero no sé de dónde vienen. Justo cuando pasamos al lado de una puerta, se abre y sale un hombre. Alto, con traje oscuro y corbata roja; y aunque me sobresalta encontrármelo de cara, en cierto sentido es de pura lógica.

–Hola, amigos.

Lo saludo con la cabeza.

–Finnegan.

Nos mira, primero a Alice y después a mí. Su mirada es intensa, pero no aparto la vista.

–Orla quiere que veáis algo.

Dicho lo cual abre la puerta al máximo, dejando a la vista una sala estrecha y sin ventanas. Alice me precede. Siento en mi espalda la mano de Finnegan, que me incita a seguir. En una pared hay una cortina oscura. Finnegan la descorre, y aparece una ventana ancha que da a una especie de capilla, iluminada por una majestuosa lámpara de araña.

Al otro lado hay mucha gente. Se oye un murmullo de conversaciones. El ambiente está electrizado por la expectación. Tienen flautas de champán en la mano, pero nadie bebe, como si esperasen algo. Lo curioso es que al abrirse la cortina nadie mira hacia nosotros.

–No nos ven –observa Alice.

Reconozco algunas caras, pero la mayoría no. Busco a Neil, JoAnne, Gordon y todos los de las fotos en blanco y negro que cubren la pared del juzgado de mármol. Recuerdo haberme quedado mirando todos los retratos mientras esperaba a que el juez dictara su sentencia. Durante un momento me pregunto dónde están, pero luego me parece que lo entiendo.

Finnegan se queda silenciosamente a un lado mientras observamos a la multitud. Al cabo de un minuto pulsa un botón. Se abre la enésima puerta, tras la que no hay más que oscuridad. Alice respira entrecortadamente y me lleva a lo desconocido, enlazando sus dedos con los míos.

Sintiendo una mano en cada hombro, me giro y veo que es Fiona, la mujer de Finnegan. Lleva el mismo vestido verde que en nuestra boda. Ella y Finnegan se quedan rezagados en silencio.

En las paredes del estrecho pasillo hay hileras de velas que parpadean en la oscuridad. Detrás de nosotros solo se oyen pisadas en el suelo. Delante resuena un gemido. No estamos solos. Se me acelera el corazón, y siento gotas de sudor en los brazos y la espalda. En cambio Alice, a mi lado, parece serena y hasta impaciente.

A medida que caminamos se intensifican los ruidos: una cadena, algo que forcejea en un espacio cerrado... Las respiraciones se vuelven más pesadas. Más ecos de cadenas, de algo que se arrastra o que se ha quedado atascado, tal vez. Se activa un sensor de movimiento que nos ilumina el camino con luz tenue. Al mirar a la derecha veo una estructura alta que me resulta familiar, y me quedo estupefacto, pero luego me doy cuenta de que la tengo a pocos centímetros. Acto seguido aparece una silueta, alguien de pie entre láminas de plexiglás, con los brazos y las piernas extendidos, sujetos con grilletes. Un Collarín Centrador le obliga a mirar siempre al frente. Al pasar por delante, se activa con un clic otro sensor. Durante un par de segundos, cae sobre la estructura la cruda luz de un foco. A través del vaho del cristal se dibuja claramente el rostro. Por un momento mi mirada coincide con la del juez, el hombre que dio su beneplácito a que me interrogasen. Sus ojos no delatan emoción alguna. Luego vuelve a envolverlo la oscuridad.

Al girarme hacia Alice, veo que mira al otro lado; también ahí hay plexiglás y otra instalación. Una mujer. Recuerdo haberla conocido en una de las fiestas y haberla visto en los pasillos de Fernley: una digna integrante del consejo. Tiene el pelo apelmazado y la cara brillante de sudor.

Alice se detiene ante ella, fascinada.

Vamos pasando junto a las instalaciones vivas, cuya altura nos domina. Los sensores de movimiento se encienden uno a uno, iluminando brevemente las caras de los prisioneros. Sus expresiones son inescrutables. ¿Miedo? ¿Vergüenza? ¿O algo más, la comprensión de que se ha hecho justicia y de que nadie está por encima de las leyes de El Pacto? Hay que estar al servicio de sus objetivos. Hay que reinstaurar el equilibrio a cualquier precio.

Mientras nos siguen a unos cuantos pasos Finnegan y Fiona –que se paran cada vez a mirar, y siguen caminando–, el pasillo se llena de parpadeos luminosos. Miembros del consejo solos en sus marcos de cristal, atados de pies y manos, y testigos todos de su caída en desgracia. Especímenes de estudio, como lo fui yo. Sujetos bajo un microscopio. Solo el terror de sus miradas, y el ruido persistente que hace un prisionero al forcejear contra los inamovibles grilletes, nos recuerdan que no es arte, sino vida.

Recuerdo el momento en que Orla me preguntó qué castigos había que infligir a quienes habían incurrido en abuso de poder y subvertido los objetivos de El Pacto en aras de sus deseos personales. No me arrepiento de mi respuesta.

El bien y el mal son complicados. Rara vez coincide lo que somos con lo que creemos ser.

Tal vez Orla y yo, El Pacto y yo, no seamos tan distintos como había llegado a pensar.

Al fondo están las dos últimas instalaciones, apartadas de las otras y rodeadas de velas. Cuando Alice y yo pasamos entre ellas, miro al frente. No me hace falta verlas. Sé quiénes son. Noto que a mi izquierda Alice tiende la mano hacia el fino marco de plexiglás que la separa de JoAnne. Cuando se activa el sensor de movimiento y cae la luz, oigo el roce de los dedos de Alice deslizándose por el cristal.

100

Al llegar al final del pasillo damos un giro brusco a la derecha, y luego otro a la izquierda. Trato de orientarme por la oscuridad, con la sensación de que estamos regresando al punto de partida y de que con cada paso nos internamos más en la cárcel. De repente se enciende una luz, iluminando a Orla. Tiene al lado un candelabro alto. Va vestida de blanco, y nos observa, esperando.

Me paro, pero Alice me estira suavemente, moviéndose sin titubeos. Es tan cálida su mano, tan como tiene que ser... Parece incongruente esta inercia, este impulso que nos hace seguir.

Llegamos frente a Orla. La llama de la vela esculpe sombras en su pálido semblante. A su izquierda hay una puerta cerrada, pintada de oro. A su derecha, otra puerta cerrada, pintada de blanco.

–Hola, amigos. –Se inclina para darle un beso en la mejilla a Alice, y después uno a mí. Está aún más frágil que cuando la vi hace pocos días. Habla con un hilo de voz y tiene la piel amarillenta–. Tal vez ahora me haya ganado vuestra confianza.

Asiento con la cabeza.

–Y vosotros la mía. –Señala con un gesto la puerta dorada de su izquierda–. Acercaos y escuchad.

Aplico el oído a la puerta. Alice también. Al otro lado se oyen voces, decenas de voces que hablan al unísono. Copas, música suave... El sonido de una fiesta. Comprendo que han vuelto a llevarnos detrás de la capilla.

Alice se mira el vestido rojo, como si entendiera por primera vez su función.

–Al otro lado de esta puerta están cuarenta de nuestros miembros más apreciados y de mayor confianza –dice Orla–. Desconocen totalmente por qué han sido convocados.

Miro a Alice. No parece tener miedo, al contrario; lo que parece es intrigada.

–He llevado El Pacto lo más lejos que he podido –continúa Orla–, y ha llegado el momento de desvincularme de él. No puedo irme de este mundo sin saber que estará bien cuidado, evolucionará y crecerá.

Alice se queda a mi lado sin moverse. Orla la observa atentamente. Se me pasa por la cabeza que siempre ha sabido con exactitud en qué terminaría todo, desde el primer momento.

–Un líder tiene bondad en una mano y en la otra disciplina. He visto que vosotros sois capaces de encontrar ese equilibrio. –Se acerca más–. Jake, Alice, creo de todo corazón que sois los indicados para liderar El Pacto en este nuevo capítulo. Para ser un gran líder, sin embargo, hay que estar dispuesto. Hay que aceptar la responsabilidad sin vacilar ni arrepentirse.

Orla me pone una mano en el hombro, y la otra en el de Alice.

–Por eso os planteo una elección. Si cruzáis la puerta dorada, quedarán a vuestra disposición todos los recursos de El Pacto. Podréis darle la forma que juzguéis conveniente. Yo estaré junto a vosotros en esta capilla, en compañía de amigos, y os anunciaré a los dos como nuestros nuevos líderes.

–¿Y la puerta blanca?

Orla sufre una tos violenta y se cae contra mí, aferrada a mi brazo. Al sostenerla siento la fuerza sorprendente de sus dedos a través de la chaqueta del traje. Al cabo de unos segundos se recupera y parece más alta que antes, como si recurriese a todas sus fuerzas.

–Querido Jake, querida Alice, ya sabéis que en la historia de El Pacto nunca se ha permitido que saliera nadie. Jamás. Sin embargo, dada la importancia de lo que os estoy pidiendo, es de justicia que podáis elegir. La puerta blanca es una salida. Si la cruzáis, cesarán de inmediato vuestras obligaciones con El Pacto. Ahora bien, os aviso de que si cruzáis esa puerta no acudirá nadie a salvaros. No vendrá nadie a salvar a Alice. Dependeréis completamente de vosotros mismos. A vida o muerte. Solos.

Miro a Alice, que con su vestido rojo está soberbia. Le brillan los ojos. Su expresión es expectante. Intento adivinar qué piensa esta mujer, siempre empeñada en la victoria. Esta mujer mía que contiene multitudes.

Me imagino que cruzamos la puerta dorada. Nos veo moviéndonos entre la multitud, entre manos que nos tocan los brazos y la espalda. Me imagino a las parejas bien vestidas, su entrega, el abrazo colectivo. Me imagino cómo se apodera el silencio de la multitud en el momento en que Alice y yo damos un paso hacia delante, levantamos nuestras copas y pronunciamos una sola palabra, llena de poder: «Amigos».

Alice me coge de la mano. Es el momento en que lo sé: está conmigo, en lo bueno y en lo malo. Me acerco a ella, y siento en mi cuello el aliento con que me susurra unas palabras al oído. Palabras de ánimo, y también de algo más. Palabras pensadas solo para mí.

Pongo la mano en el pomo y lo giro.

101

Salimos a la noche del desierto. Hay millones de estrellas, más de las que había visto nunca. El césped que pisamos es verde, y aún está mojado por los aspersores. Cien metros más allá está la valla de tela metálica, de dos metros y medio de altura, cubierta de hiedra.

Alice se quita los zapatos de tacón y los tira al césped.

–Ahora –susurra.

Corremos hacia la valla. No se oyen sirenas ni se encienden luces. Solo el suave impacto de nuestros pies sobre la hierba.

Al llegar arrancamos un trozo de hiedra para encontrar un punto de apoyo. Trepamos lado a lado. A pesar de los días en Fernley, Alice conserva la fortaleza de sus sesiones matinales en Ocean Beach, y solo tarda unos segundos en escalar la valla. Nos dejamos caer al otro lado en la arena fresca del desierto. Nos fundimos riendo en un abrazo, con el vértigo de una libertad recién encontrada.

Tardamos varios segundos en recuperar el aliento. Están permitiendo que nos vayamos.

Dejamos de reír. Miro a Alice a los ojos y sé qué está pensando. ¿De verdad que dependemos de nosotros mismos?

Me imagino a lo lejos una carretera, negra bajo la luna, y el reflejo de unas franjas amarillas que señalan el camino a casa. Sin embargo, no veo ninguna. El paisaje está sembrado de cactus gigantes. El desierto se extiende sin final. No hay luces de poblaciones lejanas, ni sonidos de la civilización.

Solo tenemos la botella de agua que me he llevado de la habitación. Tendremos que avanzar mucho antes de que salga el sol y empiece a hacer calor. Echamos a correr en dirección contraria a Fernley, hacia la carretera que tiene que haber en algún sitio, pero la arena es blanda y profunda. Pronto ya no corremos deprisa. A partir de un momento caminamos con dificultad. El borde del vestido de Alice se arrastra por la arena.

Finalmente, llegamos a un camino de tierra compactada y empezamos a caminar por la superficie lisa, salpicada de piedras afiladas. Le doy mis zapatos a Alice y sigo en calcetines. Una luz dibuja un arco por el cielo. Luego otra, y otra.

–Una lluvia de meteoros –dice Alice–. Qué bonita.

Tomamos cada uno un sorbo de agua, con la precaución de que no se caiga ni una gota.

Caminamos mucho tiempo. Me duelen las piernas y no siento los pies. Después de un tiempo, no sé muy bien cuánto, me fijo en que Alice va más despacio y en que le cuesta respirar. ¿Dónde está la carretera? Las estrellas han desaparecido y cuesta ver la luna a medida que la noche deja paso al crepúsculo. Desenrosco el tapón de la botella y la incito a beber.

Alice toma un sorbo con cautela, me devuelve la botella y se deja caer en el camino pedregoso.

–Vamos a descansar solo un minuto –dice.

Tomo un sorbo de agua, enrosco la tapa con cuidado y me siento a su lado.

–En algún sitio habrá una carretera, una gasolinera –digo.

–Sí, tiene que haberlas.

Me pone los dedos en la nuca. Yo le doy un beso largo y dulce, y me alarma descubrir que tiene los labios rugosos y agrietados. Se me ocurre algo horrible: ¿habremos elegido mal? Pero cuando me aparto, de mala gana, me doy cuenta de que Alice está sonriendo.

Esta es la mujer maravillosa y complicada con la que me casé. La que estuvo tendida a mi lado en la playa durante nuestra luna de miel en el Adriático. La que en la recepción del Grand Hotel bailó lentamente a mi alrededor mientras cantaba de principio a fin, a pleno pulmón, «Let's Get Married», de Al Green. La que una noche de calor en Alabama, sentada frente a mí, cerca de la piscina, se quedó mirando el anillo que le ofrecía y se limitó a decir: «Vale».

Veo en ella la firme determinación de seguir adelante sin volver atrás, de aceptar este viaje tan extraño, este matrimonio, con todas las sorpresas que pueda deparar. La determinación de llegar hasta el final. Para bien o para mal.

Aquí, en el desierto, entiendo lo que debería haber visto hace mucho tiempo: que nuestro amor es fuerte. Nuestro compromiso es firme. No necesito El Pacto para que siga conmigo mi mujer. El matrimonio es un territorio vasto e inexplorado, sí, y no hay nada seguro, pero aun así daremos con nuestro camino.

De repente se llena todo el cielo de una luz deslumbrante, al despuntar un sol enorme sobre el horizonte. Oigo soplar el viento por el lecho del valle. Empiezan a brotar olas de calor de la tierra. Pasan los minutos y nos quedamos donde estamos sin movernos, fascinados. Estamos muy cansados y queda un camino muy largo. Tengo la cabeza en blanco. Es como si el sol implacable y el aire seco de este extraño paisaje desértico hubieran barrido de mi vida todo lo anterior.

Pronto un calor insoportable hará ondular el aire del desierto, y la arena nos quemará los pies.

–Amigo –dice Alice, levantándose.

Me tiende la mano y me levanta con una fuerza sorprendente. Empezamos los dos a caminar.

Agradecimientos

Quiero dar las gracias a quien es desde hace tiempo mi agente y mi amiga, Valerie Borchardt, así como a Anne Borchardt. Sois las dos increíbles.

Gracias una vez más a mi fantástica editora, Kate Miciak, por su amplitud de miras y su entusiasmo contagioso. Gracias también a Kara Welsh, por su apoyo a este libro, y al maravilloso equipo de Penguin Random House: Julia Maguire, Kim Hovey, Cindy Murray, Janet Wygal, Quinne Rogers, Susan Turner y Jennifer Prior.

Gracias a Jay Phelan y Terry Burnham por sus ideas y textos sobre los regalos. Gracias, por supuesto, a Bill U'Ren. Gracias a Ivana Lombardi, Kira Goldberg y Peter Chernin por su fe en este relato. Muchas gracias a las editoriales y los traductores de todo el mundo que han acogido el libro con los brazos abiertos. Espero conoceros algún día. Gracias a Jolie Holland y Timothy Bracy por las letras de canciones.

El gran Leonard Cohen solía dirigirse a su público con la palabra «Friends», «Amigos». Gran parte de este libro está escrito con la música de fondo de su disco *Live in London*.

Gracias a Kathie y Jack por mil y un detalles. Gracias a Oscar por sus perspicaces ideas sobre el argumento. Y gracias, sobre todo, a Kevin, por más de dos décadas de regalos inesperados, incluido este.

Otras novelas impactantes de MAEVA | NOIR que giran en torno a las relaciones familiares y de pareja

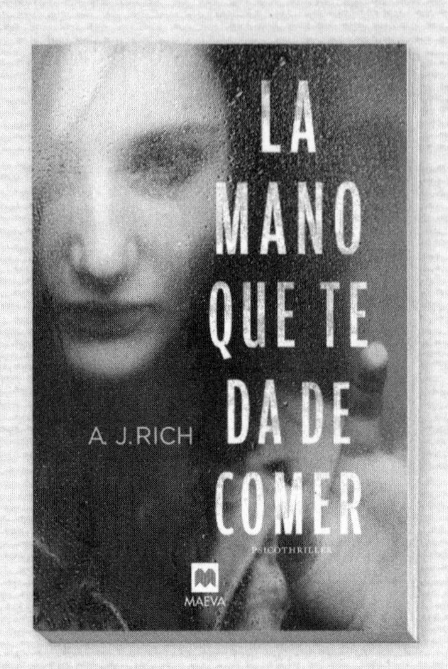

La mano que te da de comer

A. J. Rich

Un *psicothriller* que quita el aliento. ¿Realmente conocemos a aquellos con quienes compartimos nuestra vida?

Círculos cerrados

Viveca Sten

El asesinato de un miembro de la élite en la isla de Sandhamn destapará los secretos de un círculo cerrado y excluyente.